乌暗暝

黄锦树 著

后浪出版公司
上海文艺出版社
Shanghai Literature & Art Publishing House

目 录

我们的南洋摩罗

——重读黄锦树的《乌暗暝》

张惠思

夜里，友人留言，愤愤不平地说起对一场讨论的不满，整场讨论中依旧有人以强悍莫名的防卫口吻抨击黄锦树对马华文学的伤害。烧芭多少年过去了，却仍没能以理性的思考、反省与对话来取代情绪性的抨击。只有时间在流逝，仿佛一切没有改变。友人写道，当发觉周围尚没有辨识能力的听众也许都会一一接受这说法的刹那，心中为之寒凛——“直想夺门而出”。

一段段在脸书对话框中浮现的留言，仿佛果真还是对应了多年来黄锦树在多本著作、短评中或隐或显的感受：**故乡人手拿石头，赫赫相对**。翻阅《论尝试文》，王德威早已随着黄的写作、论述与格局的多面向发展与其在文论思考上的重要性，把多年前对黄的“坏小孩”说法加以延伸、重新定位——而远遥地与鲁迅笔下的摩罗诗人衔接。

这几年，黄锦树和时间搏斗，连连出书，小说《南洋人民共和国》等对历史的反思、质疑与嘲讽，散文集《火笑了》中骇笑一如张爱玲的心灰：如果回到当初，还会这样写吗，也许就不会这样写，应该写的是……。**应该要温柔敦厚**（《火笑了》，二六三页）。但那些质疑、嘲讽、骇笑与心灰，那些背面没有写出来、说出来的，真的没有同乡测量出压在纸页底下那厚重的、沉痛的感情的温度吗？然而谁能否认此时此刻，黄锦树不已成为马华文学系统的一部分？任何阅读、思考或准备进入马华文学的人，都必定需要和黄锦树对话。不管是站在他的那一边或对立面。从陈雪风、林建国、许文荣、庄华兴、朱崇科，到王安忆、黎紫书，皆是如此。

辗转经年，黄锦树也到了知天命的年龄（虚岁五十一）。在这个时候，着手将最早的两本小说集二合为一，重新排序，再次出现在新世代的读者面前，自然是适宜的。当然，作为他的长期读者，因为手边是有着两本第一版的小说，先入为主，当知悉新版小说会以《乌暗暝》书名覆盖掉第一本《梦与猪与黎明》，倒是有点舍不得。无论如何，这个新版集子里的多篇小说，因为都是旧识，甚是熟悉，重新于纸页间磨蹭，多年前阅读时的思考痕迹与心怀递换、那年代的各种回忆不断如飞絮纷飞。黄锦树小说中永远无法辨认的 M、以祖父手迹不停代笔继续写大卷宗的早衰独子、失踪的郑增寿、在小说中带着未明的心事悄悄地回来的郁达夫，当然还有《鱼骸》中潜入热带沼泽水域中爱抚兄长骸骨、嗜好吃龟而落脚台湾的中文系教授。

这些小说几乎表征着我大学时期以及前大学时期的马华文学阅读经验中十分重要的部分，如小说所说的，竹竿搭就的一条桥道如史前恐龙骸骨般展开。

我初中三年级那年，黄锦树的《M的失踪》和李天葆的《秋千，落花天》并列同获乡青小说首奖。当时并不懂什么是后设或互文，但因为小说里头出现了一连串我当时认识与听过的马华作家，甚至马来作家的名字，真实的人物走入小说，并以一种类侦探式的追踪展开对大作家的思考，自有一种新奇的玩味感。还有那与一般小说写法迥异的结尾声明写法，加上小说得奖后，听到的一些质疑与抨击，也使小说充满话题性。后来在大学时期重读，才领略其中隐隐约约的马华文学微当代史的一种判断眼光。这几年因教文学而常读近现代小说，每每读到鲁迅的S城M城，偶尔还会闪过此篇小说，竟有新生发的触动。此外，《大卷宗》《死在南方》《伤逝》等好几篇小说都各有所指，都如同一把把匕首，清晰亦犀利地指出问题的症结。通过小说书写，黄锦树一直在为马华文学与近现代文学甚至是世界文学，细密地做一种内部的勾连。例如其中几篇明显地散发马奎斯[1]味道的小说，失踪、消散、梦境中故乡的潮湿感、文稿上的蚂蚁，这些熟悉的符号皆反复出现。

对当时在本科阶段的我们来说，小说的意义不仅仅是小说本身，也溢出小说之外。那些年，我和班上那位很喜欢张爱玲、准备读美国博士的同学黄美仪竞相阅读马奎斯，一样对莫

1. 即加西亚·马尔克斯（García Márquez）。—— 编者注

言过于凸显、粗糙的魔幻写实感到诧异——我们都觉得若是模仿的话,《大卷宗》的马奎斯味道绝对比《红高粱》中的魔幻写实的穿插来得更为成功。至今，读及郁达夫，脑海里还是很容易地浮现“死在南方”这四个字，以及小说中的一些景象。

现在算来，距离黄锦树第一篇小说《非法移民》，一晃三十年过去了。我们接触的他，不仅仅小说，更包括了他的论述以及对马华文学的建言。那是九〇年代，作为马大中文系的学生，当时的自己和周围的一些学长、同学、学弟妹，即便没有太清晰的自觉，大都还自以为是处于马华文学研究的核心，且以之为己任。当年黄锦树的烧芭事件、他和陈雪风之间的辩论文章、他和林建国的电邮来往刊登在报章，我们都会剪下、细读，并且私下讨论。尤其是黄锦树在华研出版的那本错漏字百出的《马华文学：内在中国、语言与文学史》，是开启我们尝试以学术口吻讨论与思考马华文学史的入门书：是华人文学还是华文文学？

什么是经典？什么是华文？

这本书，我至今还很是珍惜，认为是惨淡经营的华研的出版物中最有分量的其中一本。用一句自嘲的话来说：在本地，错漏字好像也是常态，我们自然进化出读出它的本来面貌的能力。相较于颜清煌、王赓武的客观史学式的梳理，或其他以个人经验、感叹等主观的情感判断居多的马华文学论集，我们更对黄锦树清晰的问题意识与充满力度的文字力量所震撼，更常会被压在纸背下对马华文学的殷切之情所撼动。

当然，还有林建国的《为什么马华文学》，几个大哉问构建了我们打开马华文学的思考启蒙的框架。前年在新竹和林建国见面，在清华大学湖畔，只觉得心里有一句话时时欲迸齿而出：**和好吧**。因为当年的我们心中，那样相信着，这样的电邮论学，是马华文学中罕见的学术对话。可惜太短促。若能发展成熟，或也许可以是如陈平原、钱理群与黄子平的三人谈，在某个特定的时空点出现之后，各有发展，而情谊永恒。后来在《火笑了》读到最后一篇《几个愚蠢问题》：没有对手的摩罗，到底只能寂寞荷戟。不禁有微微的感叹。

不管愿意不愿意、抵抗或接受，黄锦树的论述与他对很多文学现象的思考，已经成为马华文学及研究的基本知识。如对神州诗社、李永平、张贵兴、商晚筠等的看法，很难逾越黄锦树的基本评价。若稍微注意，就可以发现而今在马来西亚的大学中文系，马华文学课程安排与篇章选读，几乎都无法走出这位马华摩罗的法杖所挥洒出的视界。可以理解，一些本土马华文学研究者对他的不满，或应该说，那更像是一种恐惧感，因为烧芭在某种意义上的确奏效了：无论如何，方修之后的马华文学史，真的暂时没有办法写下去。终是烧掉了。是没有办法像方修和杨松年那样地分期、归纳、顺理下来。没那么简单了。没办法再依循着固有的意识形态下去了。不能停滞不前了。这一次，若想写下去，就必须是像黄锦树这样的**真正的思想者**一样地工作。只是，烧芭事件真的是一个悲剧。因为这片土地封闭太久、情绪太大、阻碍太多，要我们承受突然辗压过来的负面判断，的确太难受、太困难。如果我是方北方，我是否真的能嬉笑轻松应对，而没有丝毫的愕然痛苦辗转难眠无言以对？作为耿直不阿、将自己完全给予马华文学的老先生，他用生命诚实地回答了这样的诘问。而站在人心的角度，黄锦树这些年难道就不曾感到愕然痛苦辗转反思寂寞汗涔？我们这一代人，要用怎样的姿态正视问题的症结，才能还老先生的死亡事件一个真正的答案？或我们是不是应该认真想：若是彼时，我们的文学评论体系可以更早地建构起来的话，若是学术式讨论可以更早的在本土学界形成……

今年二月底，在丹绒马林见面，是和黄锦树最靠近的一次。此前，并不熟悉黄锦树的人，到底熟悉的是他的小说、他的论述、他引发的事件，脸书上短短的问候和对话的语气。去年十月，就听说依大中文系准备邀请他到大学校园做系列演讲。很快地知道在计划中原是希望至少三场，并且在预想中有学生交流的环节。那是我压在心底没说出来没做到的想望：请他到马来西亚的大学课堂，让我们的学生有亲炙南洋摩罗诗人的机缘。正如去年三月诗人杨泽来马大担任驻系作家，临别时说的：你们需要的，不是我们，是黄锦树、李永平等这些自己人。原是我未遂的心愿，德发却先我实践了。吉隆坡这里，有人出版社也给我发信息：你那边，是否有安排一场？若是没有，我们这里想在月树也办一场。然而，很快地传来了黄锦树旧病复发的消息。

来回确认了还是会回来，已是二月初了。我陪着德发到机场接机。犹是王祯和见张爱玲。发现我们的南洋摩罗已老。才不过四十九岁。坐在机场高速道路往吉隆坡奔驰的车子前座，因为身上的病，他仿佛真的是一位已经完全透支的疲惫旅人在返乡。在不停的瞌睡如梦中和我们断断续续地闲话家常，提到父亲翻种的胶汁稀少的橡胶树、多子的母亲（**生那么多来做什么**）和长兄的恩怨等家事。早期多篇小说的片段忽现，那些胶林深处狗吠灯黄的情景清晰地立起，扑面而来。如此地清晰。“如果没有走，也是死路一条。”从某种意义来说，黄锦树在《梦与猪与黎明》与《乌暗暝》中的好几篇小说涉及他的过往、在现实中逐渐不见的胶林与果树、多子的母亲与狗吠灯黄的童年——简直就是伪装成小说的**散文**，我们的集体的过往。“这病就是这样，讲着讲着，就会睡着。”旅人戴着棕褐色条纹斑鸭舌帽，说话语调急速、顺畅但还是属于马来西亚华语的腔调，话音刚歇，身体就前倾，竟真的睡着了。

在丹绒马林那山色树色青郁的依大校舍转折处，车子转了一个弯，又平顺地向前开去。**梦魂空系潇湘岸，烟水茫茫芦苇花**。我手上拿着列印好的明天的讲座题目：“我们的‘文学的加拉巴哥群岛’”。返乡的旅人提醒我们，马华文学，就是那加拉巴哥群岛上特异的物种。要珍惜这原初的质地。望着车窗外，只觉得长年阅读他的那些小说情节、那些坦诚无畏的散文句子、那些充满火气率真的评论字眼，一如那个很久不见、隔着时间的长河对岸那遥远的文青的自己，好像从很远很远的生命他方，突兀地回到身边。

——最后定稿于二〇一七年四月四日

张惠思，现为马来亚大学中文系高级讲师。文中提到的许德发为其先生，现为苏丹依德理斯教育大学现代语言学系中文学科主任。

胶林深处的暗夜
——《乌暗暝》新版序

我最早的两个短篇小说集子《梦与猪与黎明》（一九九四）和《乌暗暝》（一九九七，均为九歌出版社）出版迄今都接近，甚至超过二十年了。虽然偶尔有人在二手书店还会见到一两本，在书肆确实断版已久。卖完的可能性不大，多半还是被磨成了纸浆，转生去也。

两本书出版虽有三年之隔，《乌暗暝》内大部分小说且发表于一九九五年，印象中多篇初稿与《梦与猪与黎明》所收诸作同时，也就是大学迄研究所期间，因不满意而反复修改者。因此这些作品都可以说是同期的习作，时间介于一九八九—一九九六年间，将近十年；空间上，从台大男一舍，到淡水、新竹、台中，包含了南下定居埔里之前的所有歇脚处。那是留台、写作的第一个十年，总共二十一个短篇，也不算多。那些年的写作，半数和文学奖甄选脱离不了干系。但一九九五年后，我的“文学奖”参赛时期也差不多结束了。

那同时，在修学位、写论文、学习当一个学者，为长期留台做准备。因而与这批小说同时的，是我的硕论，及《马华文学与中国性》里的大部分论文，几篇台湾文学论文。接下来的一个十年，也没写多少小说，在台湾学院谋生也没有想象中轻松。而今到了第三个十年的末尾了，却难免于病。

相较于某些留台前辈之可以立志一辈子只做一件事，我别无选择，至少得做两件事。况且，在我们的“文学的加拉巴哥群岛”，写多写少，意义可能也差不多——究竟有多少作品留得下来呢？

一转眼，五十岁了。重印这两本三十岁前的小说集，聊为五十之年的纪念。

这里头的小说，除了少数曾被选入各类《小说选》的篇章外，其余诸篇大概出书之后就不曾重读。这回为了重印，校对时仔细看了一遍，竟发现有不少冗词废字，表达欠简洁达等，那是初版时没校出来的（《血崩》最多），或竟是小说本身的问题，又譬如叙事上有缺漏（如《死在南方》），角色名字不统一（如《M 的失踪》）等，一改再改留下的痕迹。不知道为什么竟不曾有评者指出。凡此种种，修正不下百处。有一处明显的史实错误，多年前经潘婉明指正，趁这难得的机会做了更正。

《胶林深处》最后的部分做了较大的更动，那原是为二〇一四年《蕉风》为我做的一个专号而修的，因为其初版就刊于一九九四年的《蕉风》，到二〇一四年该文恰发表满二十年。而我一直有点遗憾，原来的结尾没处理好。主编后来为什么没用我不知道，也没被告知；两位朋友被邀请为该专辑而写的评论，甚至没在当期刊出，也不知道为什么。反正，《蕉风》到南方以后就变得更奇怪。这版本后来收进我与友人合编的文集《胶林深处——马华文学里的橡胶树》（大河，二〇一五）。

小说里的两个人物都有真实的蓝本，也都呼之欲出，议题也颇清楚，但似也没专业读者有对话的兴趣。可能因为它确实*不好看*。

这次重新结集，仍以《乌暗暝》为题；“胶林深处”也许是另一个选择，较一般的选择。“乌暗暝”，彼时书名英译为“Dark night”，标准中文为**暗夜**，确实不如闽南语**乌暗暝**有意味。当年第一本书以“梦与猪与黎明”为书名，是编辑的建议，和商禽的诗集《梦或者黎明》只差几个字（那篇小说写得很痛苦）。而我自己属意的，也许是“意念先行”的“大卷宗”吧。

校对时，可以发现年轻的自己徒手搬石头似的揣摩小说的语言及尝试不同的叙述方式。有时会出现当代大陆小说的词汇、腔调；时而是“台湾式”的，或“本土马华”，有的揣摩得很辛苦（指掌脱皮见血）但未见成功（譬如《梦与猪与黎明》和《血崩》的尝试用闽南语——枯涩之至）。偶见大马前辈谈到生活的语言难以转化为小说语言的痛苦，我也颇能体会。有时甚至因苦于无法充分转换而宁愿不写，但与其裹足不前，不如和既有的书面语妥协，不要太过分就好。写作无非就是这么一回事。

一九九六年在台中写《乌暗暝》的序时，家人已搬离我们从小生活的胶园；书于次年初出版，年底父亲就过世了。那之后，我离家赴台后魂萦梦牵的那个世界，逐渐烟消云散。然后，二十年过去了。

几代人赖以为生的广袤的橡胶林，转眼为油棕所取代。对我们的下一代而言，胶林生活兴许已如天方夜谭那般渺远与不可思议；就好比父母辈曾经直面过的地球上最古老的热带雨林，我们这一代已很少人有机会亲自体会它的狂野苍郁。

两本书原有的序都移作附录。写序时的心情已不可复现。一九九四年春天写《再生产的恐怖主义》时，硕士只剩下口试，五六年内发表的小说结集成册，也是阶段性的总结。序文的语调高亢，那是事情告一段落的放松，也是年轻的不知天高地厚。为看来并不复杂的“后设”形式辩解，却是不得不然之事。那是台湾八〇年代末曾一度蔚然成风，被轻便地视为“后现代”小说的指标之一，但也很快地被耗尽，且弃如敝屣。对我而言，那表面的简单其实蕴涵着复杂的可能，不纯然是“形式”问题。它同时是一种压缩器，也是一种“省略”的方便法门，可以避免无谓的冗长。我可没有那么多时间。

当然，关于互文与用典，序文里的明示或暗示，有时也有误导性，不能太当真。

十多二十年来在台湾，马华文学的读者应该没有增加多少，即便是专业的读者。我甚至怀疑，它的大马读者究竟增加了多少。

比较出乎我意料的是，《非法移民》曾被两位同乡批评为歧视、污名化非法移民[1]，这些年马来半岛治安大坏，大马政府偏袒穆斯林非法移民的政策也绝对脱离不了干系。

《非写不可的理由》也许透露了太多自传性材料，对自己却不无纪念意义。写序时博士班的学分已然修完，甫找到工作，将南迁埔里，生命即将进入另一个阶段。序里有若干争辩：烧芭、告别传统、身份困境、重写马华文学、重写马华文学史、个别作品对我个人的特别意义等，都做了颇为直白的解释。对我（们）这样的写作者而言，身份问题将是无尽的困扰。

如果那年我就返马“为国服务”（彼时不乏有人在报纸副刊上公开呼吁我们回马[2]），《乌暗暝》出版后，也多半不会有下一本了。可能这就是我写作的全部。要不就等到退休，孩子都长大以后，如果还心有余力的话。留台时曾有志写作的学弟妹，返马后，多未见作品能出版——二十年就那样地默默地过去了。即便能继续写作，也是稀稀疏疏的，不难想象那背后的生活压力。

1. 对其中一位公开形诸于文的，我的仔细回应见于《注释〈注释的南方〉》，《注释南方》（有人，二〇一五），二九一三二。

2. 如夏绍华，《回来——致留台创作群》，《南洋商报·南洋文艺》一九九七年四月九日文中有“对大马写作人的外流，我深感痛心”。这种论调时有所闻。但谁关心那些一代又一代，回去了，而名字渐渐消失于文坛的文青？谁会为他们“深感痛心”？

但那序竟把我自己的赴台之年写错了。

这次重印，有的篇章（我认为较弱的）原考虑拿掉。后来想想，还是算了，何苦为难年轻时的自己。

小说的排列顺序也重新调整过了。大致把《梦与猪与黎明》原来的顺序颠倒，从始于《M 的失踪》终于《落雨的小镇》，到始于《落雨的小镇》到终于《M 的失踪》。原《乌暗暝》顺序大致不变。于是整本书的次第，始于《落雨的小镇》，终于《鱼骸》。中间少数篇章位置略有调整，这样的叙述顺序应该是比较合理的。

感谢杨照、张锦忠、张贵兴诸先生慨允转载当年的书评，以为本书之附录。

重读这几篇书评，可以看出同乡与非同乡读者的深刻差异。杨照虽然敏锐地辨识出“文学史的附魔”状态[1]，但同样让他印象深刻的，是那对他而言**唯一的功能**是瓦解单一叙事声音之霸权的后设形式本身绝望的在场——除此之外，小说中思考的其他问题，因评者大马在地知识的不足，就好似不存在似的，“文学史的附魔纪录”其实已经是一种窄化的解释了。没用上后设技巧的更只好存而不论。这种认识在台湾应该相当有代表性，更多的台湾读者会选择不看，略过。不得已必须一读的，也多选择沉默。以致二十年后，一位台文所出身的青年学者读了《南洋人民共和国》后，因小说思考的对象物（“马共”）对他而言是透明的，文本策略对他而

1. 杨照，《文学史的附魔纪录》，本书附录。

言只可能是无意义的空转，而有“黑影开枪到不知伊于胡底”的评断[1]。之所以如此，在于我采取的策略，一定程度的妨碍和读者之间的沟通（《文学史的附魔纪录》即已指出这一点）—— 意谓：那些小说不是为此间读者而写的。那样的设置，可以说是在作品和读者间设置了一道认识的栅栏。这样的判断，身为同乡，知情者，二张的书评也从不同的角度指出了，也解释了何以如此。如张贵兴言，“即使 M 失踪了，貘绝种了，马共解体了，干台湾底事？”[2]台湾读者的东南亚知识水平二十年如一日，那种无意识的优越感似乎更稳如磐石。锦忠借小说《胶林深处》以为况喻：胶林太深，太黑了，外人进不去，也没那个兴致。即便进去了，可能也出不来。《胶林深处》原就是一则马华文学处境的悲伤的寓言。为什么“后设”？“后设”的其中一个面向不就是评论 —— 把非思问题化？我们不都是在自身的暗夜里写作？

这些多年前的书评都已敏锐地指出或暗示，身在异乡，如果你还想写作，如果还想在这里生存，该怎样自我调整呢？可能的途径有二。

一、最务实的途径当然是，好好地讲个有趣、好看的故事就好；不要把你对你的存在困扰的痛苦思考强塞给读者。要写得曲折离奇，有血有泪，感人至深，在华美诡谲的异国情调背景里。

二、把可能给读者压力的**背景**剔除得干干净净，以创造出

1. 詹闵旭，《伦理的包袱》（二〇一三）收于《读裁读侨肚脐》（前卫，二〇一五）。
2. 张贵兴，《再见普罗米修斯》，本书附录。

"普世"的寓言。

还好，二十年来，那两条路中的任何一条我都没走。《乌暗暝》出版四年后面世的《刻背》，似乎反而"变本加厉"地沿着原有路径往前走。没有任何反响是一点也不奇怪的。

在这些少作里，雨经常下着。暗夜的树林，有人一再归来。北上的、或南下的火车，总是抛锚似的停在半中途。日本鬼子再次杀了进来，尸首老是淤积在黑水之河。黑河之水汹涌，马共在历史的深处发出幽黯的光。有人反复醒来，在重层的梦的深处。失踪、死亡，在故事的开端或终端。妄想回家的人并没有意识到，他再也回不去了。

重看之后，除了几篇非大马背景的（《伤逝》《少女病》《新柳》）之外，其他的与其说是太现代，不如说是过于写实了。

感谢麦田出版社编辑同仁的努力。

特别感谢马大中文系张惠思为这新版写序。惠思小我七岁，四年前她和夫婿许德发造访埔里时曾约略提及，我年轻时的那些作品对她们那一代曾经有过一些冲击。今年二月中旬返马，德发提及我一九九六年曾到马大去座谈，他们两位都曾与会，但我不记得了，惠思也不记得了。后来惠思出示一本《梦与猪与黎明》让我签名，扉页上就以她当年的字迹注记着九六年的出席。他俩而今都已为人师多年，在国立大学里有重要的位子，任重而道远。夜长虽梦多，黎明还是会来的。马华文学困境的缓解，还有待于在地学者的努力。本地国、私立大学中文系的老师尤其扮演了关键的角色。谨致祝福。

——二〇一六年四月十七日

落雨的小镇

·落雨的小镇

火车一入站，我就随着其他返家的人匆匆拎了行李准备下车。虽然我只不过是一个旅人，突然想下车也许只是因为过早地厌倦了这样的旅行方式。旅途的疲惫也隐约地为我说明了小镇的由来，而我想，说不定他俩也会在这小镇歇脚罢。

当火车远去，下车的旅客一一归去，我才觉得黄昏竟是如此沉重。金色的残照镀上古旧的牌楼，英殖民晚期的建筑样式，顶端是拱状的前缘，浮刻着一逝去的年代：一九五四、一九四七、一九三八、一九二〇、一九一一……两只石狮子须发偾张，肌理鳞然，鼓睁的双目里一把熄灭的火。几只黑鸦蓦然从视野未及的角落飞出，刷过铁道。我缓步踏进古老寂寥的街巷。

这时每一家敞开的店面因还没开灯而显得异常昏暗：牙医诊所、杂货铺子、印度餐厅、茶餐室、中药铺、洋服店、神料店……卖小报的印度人嚼着一口槟榔红，像端详异乡人那样漠然地瞅着我。黑色的脸在凝神的一刹那，好似凝成了一幅千年的画面。金色的阳光给予他和他的背景一抹专属于遥远过去的残颓色泽。在那一瞬间，他突然卷起一卷报纸给我——我略略止步，来不及考虑掏钱。约莫是当日的《新生活报》，大标题依稀是某地发现一只长得像麟的四脚蛇。

我胡乱地走进一家陈旧的旅舍，老板娘浓脂抹粉，只问了句："一个人？"便放我进去。阴暗的楼梯，淫秽的气味。房间里陈设简单，一张双人床一张梳妆台，床单是褪色的红色花布；墙壁上斑斑污渍，那股浓浊的前人休息或体液气味的积淀愈发令人难堪了。我便把窗子打开。

日暮里，金色的铁轨和它深郁的暗影，便是窗外的主景。有些归家的车辆率自亮起了灯，几只乌鸦在树影里间歇叫了几声。我拉了张椅子，临窗坐下，叼了根烟。在视野里那乍红乍绿的交通灯是最刺眼也最文明的存在，两个癯瘦的马来警察配着短枪悠哉地漫步在骑楼的走廊上，皮鞋使劲的敲击声未经修饰地施展着它们的节奏。除了几套换洗衣服和卫生用品之外我什么也没带，即使是我最最心爱的书籍。我留恋地看着日落，轮廓被它自己的光融蚀的太阳，带着一个发亮的中心飞快地隐没在山的那一边，大块大块的层云把剩余的光也挤落山头。这时，所有的街灯便次第地亮起来。

我发了一阵子愣，烟抽完了，淡淡的雾也漫上了我的眼镜片。妹子呀，你和你的他今夜是否也会在这个日落的小镇落脚？

一直到有人敲门，我才下定决心出去吃晚饭。女房东鬼祟地问我，房里的灯怎么没开，是不是坏了？我心里的声音答她说，灯没坏，是日头熄了。

为了暂时的离去我必须记下旅店的名字：南天旅舍。

小镇的结构简单，一间油漆剥落的邮局、电讯局、警察局，老槟榔树下一间华文小学。河边一家没落的戏院，正上演最近颇受欢迎的黄飞鸿。我到华人巴刹[1]去，囫囵吃了一盘海南鸡饭。沿着河边走去，三三两两的华人老头子聚坐在河堤上，说着熟悉的家乡话。几对各族的情侣牵手散步，老树下停了十余辆三轮车。河床上长着一丛丛芒草，河水融融地晃漾着几盏灯火。小镇似乎不曾辉煌过。

我走遍了镇上的三家杂货店，一家西药局，问他们是否在日落以前见过一对年龄和我差不多的陌生青年男女。可是他们的答案不论是是或否，还是不置可否，都不是十分可信。我渐渐地理解到，他们不全然把我当陌生人看待，因为这样的小镇通常大部分年轻人都离开了，到大城市谋生去。每一个候鸟般归来的青年脸上，都残余着几许异乡的陌生色彩。接着走访了七家服装店，我知道她没带多少衣服，然而我不再向人打听。顺路到一家文具店去，买了刚出版的三种香港漫画，走进A&W喝了一杯可乐，再到小镇唯一的一家百货公司，到她平

1. 马来语 pasar，指菜市场。——编者注

常爱吃的食物的摊子、女装部各处看看，结果也只是买了几样自己爱吃的零食。我不禁觉得这样的寻找方式十分可笑，这时到了电影院门口，戏正上演，他们会不会就在里头呢？

我就那样隔着一条街望着电影院门口。此时戏院门口冷清清，三个电影看板颜色鲜艳醒目，左右的看板上都挂着个“不日”的牌子。只有中间那个挂着“今天上映”的，李连杰的脸庞给画得肿大走样，好似惨遭过一顿狠打。我又点了一根烟。一股没来由的冲动让我下定决心等电影散场，好似他们就在里头似的——

左边转角一家“多多博彩”灯火耀明，华人、印度人、马来人排了一串，在那里消费命运。

其实我没理由耽搁，说不定他们早已走到下一个城镇，甚至走得比我想象的更远，现在犹相拥在一辆开往异国的火车上（那也好）。她虽然衣服带得不多，却把存折和所有的证件都带走了。她只给我留下一纸便条：

哥，我走了。你们不必来找我，我不会再回来。照顾爸妈。

妹留

她只留那样简单的便条给我……那时距我抵家门也不过是半个小时。她连半个小时都不能等吗？我已多年没见她了，她就不能让我和她见了面再走吗？

和我想象的完全不一样，她是因为我要回来才先一步离去吗?

母亲焦急地说她还没出过远门又那么年轻万一给人骗去卖了怎么办。伊说又不是不给她谈恋爱至少也要等高中毕业了啊。父亲没说话，只是哀哀地叹息。我经历了长途的旅程之后初抵家门，一时还搞不清楚状况，愣在大门口。这些年来我不在家，她是怎么过的?和她信中描述的一样吗?屋里难以想象的昏暗，此外一切都没改变。

刚开始谁也不知道她走了。是那张字条，在她房里木桌上。她对父母说，哥哥今天回来，她到市场去多买一些菜。她的脸上没有一丝异样，甚至还带着浅浅的笑。是因为即将离去，即将的冒险，让她难以抑制地兴奋着吗?然而她给我的信，都没有露出任何的征兆，她什么也没说。

她的房间摆设简单，木造的房子，白日里也觉得黑暗。白色的蚊帐因年深日远，经年的洗涤而近乎透明了。墙上挂着一盏陈旧的油灯，桌上还摆着一幅框好的她的照片。那照片我没见过，她蓄着长发，笑得很灿烂。是留给我的吗?

她抽去了我此趟回家的理由。是我宣布了她的离去。我带了那张照片，我发觉照片背后写着：植有木瓜的小镇。我说，我去找她。

“刚回来又要走?”

“找到她才能安心——我会回来的。”

他们补充了一个外乡人的故事，那人经常来找妹子，一道去看电影或干什么的……随后证实了，那外乡人几乎在同一天向工头辞职。

在街上，一家杂货店的老板叫住了母亲，说妹子把脚踏车寄放在他那里，托他转交。有人看到她在巴士车站等车，又有人说亲眼看到她和一个人上了火车。

从我们那小镇往外，恰好有四条路通向四个不同的方向，然而铁路只有一条，却同时拥有两个方向。我只能从她往昔的讯息，猜测她消失的方向。也许她会跟随那个外乡人回到他的故乡去，一个植有木瓜的小镇。

在漫长的等待中，那场电影像是一出永远也不会散场的戏。天悄然笼上一层朦胧的灰，气温突然下降，闷闷地响了几个远雷，没有轮廓的云快速流动。天陡然坼裂，在一声近郊的暴响之后——余声如密鼓一串远去。我知道，雨即将来临。

先是几颗很大的雨滴打在头上、臂上，触肤生疼，街上的行人飞快地闪入檐下，我买了一把黑雨伞。没等戏散，就往旅舍的方向走去。沉沉的吼声从山的方向凌越千流万树赶来，一瞬间伞面重重向下一坠，所有的雨脚都整齐地落到路面，小镇淹没在千丝万缕的雨声中。雨声中夹着狂风暴雷，身体没两下子就给泼湿了大半。

多年以前，我和妹子每天都要走几英里的路上小学，在黄昏回家途中最怕遇上这种天气。日头一被遮蔽，胶林就过早地入夜了，乌云和滂沱的雨把胶林漫漶成潮湿的赤道雨林，前方一片迷茫，流水沿着山径奔泻，我们走在流水里，穿着胶鞋，披着雨衣。寒冷和恐惧让我们苍白着双唇，都不敢说话，默默地听那一阵雷一阵风雨。每片树叶着了雨滴都不歇地响着，树上的枯枝给风绞落，狂风中橡胶树交相摔打着，响雷劈倒了一棵树。妹子紧跟着我的脚步，我们都觉得书包好像愈来愈重了。那时候，听到狗吠就知道快回到家了。

我知道他们也许不会在这里歇脚，而这里却是她离去的必经之地。是这场雨让我几乎确定了，甚至她路过时匆促的目光曾短暂落在哪一栋方形的建筑。我几乎可以感觉到她在这里的感觉；雨中坠落的黄槐和火焰木被雨水从满是疙瘩的柏油路往铁路围篱旁的小水沟拖曳，伴随着枯叶潴聚在一根枯枝的拦阻中，花片在那儿打转、浮沉、盘旋。妹子她必然不会忘却在花树上留下她目光的隐形刻迹，她甚至已经预约了这场雨，雨水湿了我的鞋和裤管，她一定知道我会随后而来，因为落雨原是这一个小镇的属性。

邮局前方空地上栽了两棵木瓜，已经长得老高了，贫瘠的土地让它们累累的结实却颗颗都像是衰败的乳房。

又一班火车鸣笛入站，不到半分钟，又凄凄戚戚地走了。夜里的旧街只有一盏失色的街灯，几个印度人躺卧在走廊上，铁卷门都已经拉上了。南天旅舍只开了个小门，仍旧是那个妖艳多彩的徐娘。她示意我把雨伞放在楼下，挨近了问我：“要不要找个姑娘？”我摇摇头。

一夜的雨声忽急忽缓，在心情上不知道是归来还是离去，是该算归来还是该算离去。我迷迷糊糊地寐了一阵，隔音很差的墙壁不时为我传来隔墙的异声，仿佛在梦里听到少女的啜泣和呻吟，顿时令我想起这些年来时时发生的“乡村少女被姑爷仔拐骗失身，推入火坑”之类的社会新闻，他们活动的场域便是在旅舍。骗少女来贩卖在这个万般皆下品的年头，是继走私毒品枪械勒索打抢银行之外，发达最快而又风险最小的行业。它维持着固定的成长率，反映了国家经济稳健的成长。他们的诱饵是爱情和物质；她们的结局是在暗巷里哭泣。而我却几乎确定带走我妹妹的男人不会是那种社会新闻里的男主角，妹子她也不是。

夜深以后蛙鸣交响在周遭四野，雨势逐渐减弱。

• 黑河之水

雨声是回忆和怀旧的原初形式。然而对于身在胶工家庭的我，期盼落雨竟也不由自主地被罪恶感笼罩，夜雨是父母最深的忧虑。

一个陌生的小镇。火车旁就栽了五棵大小不一的木瓜，就在墙边，在水泥地的驱迫下紧紧挨着墙，身子枯瘦的疙瘩，枯枝萎垂开列如伞骨。叶子瘦弱如掌，各自结了实，不过拳头大。其中一颗熟了，竟没人摘，野鸟啄余一深洞，裸着红肉。

另一个小镇。

黄昏时燕群栖止在电线上。电线杆与电线杆之间，密密麻麻的燕子。燕屎给路旁的车顶着上一层白霜，小镇于焉喧嚣如华人新年。

终于上了返乡的火车。等了三个多小时，时间在这个国家之内似乎凝滞了，火车还是那么旧，也还是那么不慌不忙。每一个小站都停，而且停蛮久的，我看着那些马来印度青年在从容地上货和下货，原来这也是一辆货车。大型包裹，机车。火车厢内有一股陈年的怪味，每一扇车窗都开着，走道顶端架着骨董风扇，发出的声音只比火车稍微小些。窗外的景致多年不见却仍熟悉，一间间高脚屋、违建木屋、椰树和水井、河、桥，甚至露出白牙向火车拍手欢呼的印度小孩，也都一如往昔，仿佛我不曾离去，他们也不曾长大。于是我的归来，便仿佛是想象的错误。我突然对这不变的一切感到恐惧，甚至车厢里的人，那喑哑的目光，也似乎指向一个永远的过去。

公路上的机车，大白天亮着大灯。我沿途搜寻，都是如此。怎么回事？他们说：这是交通部最新的发明，据说可以大大减少车祸，本国是全世界第一个强制推行此种规定的国家。

一个印度老人拦着我，用马来话说，他孩子重病，家贫无以为继，已经饿了两餐，向我要五角钱，我掏给了他，闻到他满口酒味。

不知道走过多少小镇，每一个小镇都下着雨，都散发出一股奇特的忧伤。它们的镇貌大抵类似，一条或两条主街，几排老店，家家挂着华文字的招牌，有意无意地都种了一些热带水果，譬如椰子、芒果，或者木瓜。我不知道那股忧伤之感从何而来，也许和历史有关，小镇的历史都不超过一百年。忧伤，或许和妹子有关……雨水刷走了她的足迹，却刷不走我们共通的感觉。

我们都在雨声中长大，是以记忆总是潮湿多汁。

于是我想，如果雨停了，我是不是还要——或者还有耐心这样一个镇子一个镇子地走下去？是为妹子，为了木瓜，还是为了雨？

妹子是三岁时进我家门的，是一门远房的家道中落的宗亲的遗族。由于家贫而子女众多，兼之父亲遭逢意外，只好把几个年幼的孩子以寄养的名义送人，或以送人的名义寄养。一个家，就那样散了。

在那些护送妹子上学的年岁里，有时在街上碰到陌生却依稀熟识的脸孔，目光灼灼地朝妹子打量时，我都会急急忙忙掩护着妹子离去。那时节，我是多么惧怕妹子有一天突然从我身边被带走啊。

她的兄长在她小学五年级时到我家来过，两个一块，都长得瘦而黑，大概都是卖劳力吃饭的罢，小心翼翼地连喝咖啡都生怕打破杯子似的。他们也是在大雨中来的，沿路一家一家地问进来，也没说要带妹子走，只是说来看看她。那时妹子竟瑟缩在我背后，紧紧抓着我的衣袖，但她毕竟了然于自己的身世。她的兄长们见着她时红着眼眶良久说不出话来，战战兢兢地从裤袋中掏出一个蚌状的粉红盒子，说她母亲临终前托付转交，将来给她做嫁妆的。她母亲已经在多年前一场恶病中无奈地死去了。

那时我才知道她来自一流着黑水的家乡。

去国前的清明节，征得家人的同意我陪着她回乡上坟。那是一个遥远偏僻的小镇，那儿的流水都是黑的。清明原是北国的节日，却总在我们南方热带的土地上落雨。妹子在一瞬间长大了许多，在坟前她像成年人一样上香，默默地注视着墓碑上的遗像，好似在进行无言的沟通。她像是许了嫁似的，好像是不需要再回去了。那时怎么也想不到，妹子有一天竟然不告而别……不管什么事，只要她当面恳求我，我都不曾拒绝。是以她的出走必然预设了我的尾随……

一个奇异的小镇。没有落雨。乌云在天上追逐冲涌。小镇里竟然没有一个华人。所有的住家都是高脚屋，街上没有行人，少女和小孩都躲进了屋子，公鸡母鸡也早早地藏在屋子底下。风突然止了，两座回教堂同时响起晚祷之声。全镇没有几盏街灯，只有一座红色的公共电话亭。

在经过若干小镇之后，我决心忘却它们的名字，一如它们过早地忘却了我。

唯有木瓜树，每一棵都那么孤单。在贫瘠的土地上，尤其凄怆——营养不良的枝叶黄萎着，短小，围成一支小小的玩具伞。挂着几颗永远长不大的青木瓜，在一片满是沙石的弃坡上。

入夜了，除了灯火，我什么也看不到。饥饿令我浮起一股难以言喻的焦躁。也许真正令我不耐烦的是，火车的速度和我内在的速度之间的不和谐。在我的内里，一列火车正在脱轨。我深深感觉到两种时间的差异，一旦曾经离乡，即使归来，内里滴滴答答响着的也是异时的时钟。这种想法令我身心俱疲。刚才向我要过钱的印度人又来了，显然我衣着的整齐“文明”颇为吸引他。他向我重复他那令人哀怜的家庭状况，这次我掏了五块钱给他。他感激地伸出一双黑手捧着。“请你喝酒。”我说。

·植有木瓜的小镇

鸡啼以后，雨声仍淅淅沥沥，是故鸡鸣也像是泡过水似的软绵绵无力。狗远远地吠了几声，仿佛宣布了雨季的到来。接下去的旅程没有公共交通工具可以抵达，必须骑脚踏车。

历史曾经狂暴地进驻过这里。虽然它是那么地隐秘偏远，刻意躲过了主干道路，避开了英殖民地象征便利繁荣的铁道（火车的响声从未传到这里），可是就算再怎么迂曲，也不可能和外界完全隔绝，还是留下了沟通之路，注定了悲剧之必然。

从柏油路转入红石子路，开始了坎坷的历程。载树桐和黄梨等物产的大卡车把路面辗得非常曲折，处处都是一坑一坑一洼一洼的积水，加上这种路面原本就铺着石砾，人坐在车包上，难免跳个不休，双手勉强握着车把手。这里通用的交通工具除了卡车，就是摩哆[1]，两旁都是咖啡可可，住家盖的都是锌板屋，屋旁种着遮荫的芒果、红毛丹，或者多汁的木瓜。

由于是丘陵地，不断地上坡下坡，下坡时冲如飞，上坡时却踩了满裤裆汗。一辆卡车急速掠过，黄浆溅了一身。渐渐深入时，住家却少了，穿入马来人的保留地，气温突然下降。这

1. 即摩托车。摩哆为东南亚华人的称呼方式。——编者注

是未开发的原始森林，没有一寸土地没有植物的赤道雨林。沿途招摇的是长形瓶状的猪笼草，路也由红石子路变成了黄泥路。雨后的黄泥路面像稀粥一样的液态，脚踏车轮子一下子就陷进去，给牢牢吸住。只好下车，一步一步徐徐地走，幸好我换上了雨鞋，脚下却仍是滑溜滑溜的身不由己。

多年以前雨季里我载着妹子上学去，也是这幅光景。她坐在脚踏车后座，我脱了鞋子赤着脚搀着车子，每走一步脚趾头都得死命地钉着泥地。车轮随时停止转动，而倾斜滑动。在那样的时节，每走一步就拉拔出一个大象一般的脚印，放晴以后，便晒成铁硬的疙瘩——他们想必在落雨前走过，那时风尘一定很重，却不必留下脚印。

走到几乎连时间都失去意义了，才走过一座木板桥，桥下是黑色的流水。我在桥上呆呆地站了好一阵子。

黑河涮着白色的滔花，在雨林间扭腰奔泻。便是这条流水了，我知道离黑水镇（Air Hitam）已近。

那一年，黑水河还是和今天一样黑，只是河中横陈直插着枯木死树，以致河水格外汹涌喧哗，日夜有声。这一带都是肥沃的黑炭土，来自中国的某个方言族群也许就是贪它这一点好处才不嫌偏远地在这里落户罢。他们花了整整一代的人力开伐了河边的一片莽林，在英殖民者的指引下大量栽种黄梨。为了奖励繁荣，三〇年代殖民政府为他们带来了文明，牵来水电，设立小规模的警察局兼邮局、消防局和红十字会。加上华人无所不在的杂货店、咖啡店、大排档、面包店等，使得黑水村得以升级为黑水镇，不像马来甘榜[1]即使过了一百年也还是甘榜。

那年，几乎是在攻陷新加坡的同时，日军的一支脚踏车队在微雨黎明中悄然抵达（后来才知道是泥泞小路拖了他们一夜——据说带路的马来人曾在镇上当过警察），在很长的一段时间里，他们一直搞不清楚为何日军一入镇就展开全面的屠杀，而不是像其他镇子那样进行敛财、强奸、选择性的杀戮。一九六九年，一位当时参与其事的士兵辻尺信在他的回忆录《南进物语》中才第一次做了披露，他说：

> ……根据情报，那地方（按：即黑水镇）的居民大都是反日分子，在皇军进出支那时，那里每一家都定期寄钱回去支援国民党政府。而且他们坚持抵制日货，所以到了一九四二年，那里竟然还没有一台收音机。据分析，如果他们知道星马都已沦陷，一定会接收英军的枪械，躲入丛林，成为抗日游击队。（页七八）

第一个受害者家在路口，一家之主刚吃完早饭，在五脚基[2]上被射杀；他的女儿、老婆、儿子随即遭殃。第一声枪响之后，二十五个士兵以良好的训练快速散入各个民家，狗吠夹杂着人嚎，当历史首度仓促登临，他们由于缺乏经验而慌张忙乱。男人操着刀把妻子和孩子都驱赶入黄梨园，嘱咐他们快速

---

1. 马来语 kampung，即乡村，尤指马来村庄。——编者注
2. 意指店铺住宅临街骑楼下的走廊，在新加坡或马来西亚的闽南移民习惯称之为五脚基。——编者注

渡河，到对面的原始森林去。他们企图抵挡一阵，不料不到两秒，壮硕的身躯就倒了下来。只有打铁佬以长枪准确地命中一个鬼子的后心，在投掷之后，他同时被七挺步枪打烂。在几近完美的杀戮之后，他们搜索生还的女人，从容享用热腾腾的早餐，踩遍数百亩的黄梨园，搜刮一番之后，在雨中掖着冒烟的枪和红肿脱皮的阳具，把死尸一一抛入河中，所有残存的呻吟都给刺刀戳成寂静。

那时雨突然大了起来，且雷电交加。空前的大雨模糊了来路和去路，鬼子被迫在死者的屋里躲雨。大雨涮走了淋淋血迹，却也因浮尸和废木的阻拦而造成河水暴涨，黑色的流水很快地就与河岸齐平。哗哗的流水越过地平线，漫进家家户户，部分尸体也给带向空洞的房屋。鬼子眼见情况不对，便下令撤退。

躲藏中的生还者匆促地寻觅各自的家人，在大雨中却碍难辨认，他们哭泣着离去，后来一一都成为忠贞的抗日游击队员。

因为那场及时的大雨，援救了下游的那个华人小镇。

它的第一个标志是坟场。

“华人义山”。

古旧的牌楼似是屡经风烟有黑色的烟熏痕迹，字迹褪色苍劲是中国帝制时代某个保皇党余孽的手迹，满山遍野的坟茔，老树苍郁。

那一次杀戮之后，过了几天，另一支部队开拔到黑水镇，那时雨仍细细地洒着。水已经退了，却仍及膝深浅，掺和着尸汁的黑水渗进鬼子们的靴里去。所有的尸体都已浮肿发臭，衣服给撑得鼓胀迸裂，在涉水声中绿头苍蝇轰然炸开，黑压压地直往鬼子身上扑去。多年以后，昔日的步兵，执笔时已是某会社退休社长的鸟田虎次郎写道：

> 战争的残酷，就那样地给我们亲身体验着了呢。我第一次见到那么多的苍蝇，像乌云那样地笼罩着镇子，嗡嗡之声不绝于耳，我想说不定会带来瘟疫的吧。黑水里浮游着密密麻麻的白蛆，空气中唯一的气味是恶臭，有几个新兵受不了当场就呕吐起来。看这情形，说不定连一个生还者都没有呢。……到了下一个镇子，略做休息，脱下靴子一看，双脚给泡出一层皱巴巴失血的皮，还插着满满的蛆呢。(《赤道の回憶》，页九十九)

入口处有两座庙，分据左右，各有一棵老榕树荫庇着。

> 新近在屋前的空地上栽了两排木瓜。全是我一个人弄的呢。太久没拿锄头了，手掌都起了水泡。等你回来，木瓜想必都累累地结实了吧。

如今我来到外乡人的家乡，挨家挨户地寻去，他们却说，那个人已经离家很久了，他已很久没回来。找到了他的家，他们说，他出国去了，在许久以前。他家看起来相当熟悉，木屋、水泥地、瓦片盖的屋顶。颇陈旧，浅蓝色的漆依稀剥落，大厅正中央神台上挂着一排黑白的遗照，照片中的人物年龄不等。小孩在门口目送我。家家户户都有人探出头来张望。

火车又停下来了，在一个陌生的小镇，Hakikat，站牌上以马来文写着。小站里头清一色地坐着裹着黑色头巾白 Songkok[1] 的马来妇女和男士。这一站似乎是途中最最陌生的，竟然仿佛不曾到过——而火车在这里肃穆地停了很久。在漫长的等待中，我又开始产生离家的错觉，静止的车原就无所谓去来。我不知道如何向你准确地描述这种感觉。车上的人都耐心地等待。坐上了慢车，似乎就有义务停在这里让快车先通过，因为铁轨就只有这么一组。

我不自禁地想起一篇大陆小说中读到的一首草原古歌的最后两句：

> 黑骏马昂首飞奔哟，跑上那山梁
> 那熟识的绰约的身影哟，却不是她

午后下了一场大雨，我继续走下去。离开黑水镇，往下游的镇子走去。穿过一片片胶林、油棕园、可可芭、原始森林。滔滔的黑水蛇一般地蜿蜒，一忽儿在路的前方，一忽儿闪现在左边或右边的林中，流水和我有着共同的目的地。下一站是“下黑水镇”。

---

1. 一种东南亚穆斯林在正式场合经常佩戴的男用帽子。——编者注

路泥泞难行，且不时要闪避大卡车，走得很慢。抵达村庄时已入夜，阵阵晚祷远远近近地传来。一切都非常熟悉，我快速地踩踏，循着一条积水和坑洞的路，左转、右转，拐进林中小径，在黑暗中穿行。渐渐地瞧见一盏灯火，间歇的狗吠，渐渐地近了——绿叶拦路，我伸手拨开，是木瓜树！两排木瓜树都已过人头高了，累累地结实。路的尽头大门敞开，是妹子她含笑倚门，一边唤着狗，喜滋滋地扬起了眉。

是吗？是——

——一九九三年十一月号《联合文学》

第七届联合文学小说新人奖推荐奖

错误

一阵刺耳的刹车声后，火车便突然停了下来。由于停得猝然，他的身体给带得往前冲，几乎撞上前座的椅背。幸亏他及时举起左手，一撑，一顿，便又坐稳。像之前无数的大站小站那样，每一度刹车，都是一次激烈的震荡，把他从睡梦或幻想中震醒。精神恍惚中，他习惯性地望望窗外，寻觅站牌，看看究竟到哪里了。有时实在倦得睁不开眼，便持续打盹，等待开车。

此刻他一张开眼，便瞧见窗外一片耀眼的暴亮，白晃晃地把所有的事物都漂白得刺目扎人。树干像熔解了，树叶似乎也熔融浑化成一片；铁道旁的石块腾腾地升起曲曲折折的热气。他突然觉得酷热难耐，发际汗流如淋，双目灼痛。赶紧转移视线，车厢内暗郁如洞穴，一张张苦待的脸也是墨黑的，睛珠晶亮晶亮。

车厢里塞得满满的，不是印度人便是马来人，都是中年男人、妇人，和眼睛会发亮的小孩。在印度人那枯黑的皮肤上，也许是饱经日晒的缘故，竟尔披洒着一抹淡淡的灰色，如霉。

站立在走道上的，目光呆滞；瘫坐在座位上的，嘴巴痴张，睡意浓浓地潴聚在车厢里。那是火车行走中的样子。可现在车子一停下来，站的人便沿着走道往两旁移动，或者上厕所，或者径下了车，到那暴亮中透气去。人一散，车厢里便空了些，然而尿骚味却愈发漫漾开来，伴随着汗臭、印度人特有的体味，直往他鼻孔里戳钻。见鬼！这三等车厢。他不禁一壁揩着汗一壁在心里诅咒。

看一看表——车子停了五分钟了——快开了吧?

印度妇人披缠着光彩流丽的薄纱，露出蛙肚，和圆圆的肚脐。

搁在膝上的中古皮箱，令他在这长长的旅途中始终不敢随意离座（除非，尿憋得受不了）——放着，怕给人顺手拎走，里头的文件虽不值钱，却是自己的心血，带着走又怕位子给人占了——要是没位子坐，只怕剩下的旅程便更折腾了。

无聊的等待中，他启开皮箱。如往常地，焦灼的目光不经意地投在手背上，一烫。

一叠纸他捽在手中，搁在皮箱盖子上，一张张浏览过目。他尝试描摹这正午的酷暴。目寓鼻闻耳听身受的种种，便足以勾勒出这赤道跨骑着的热带。裤裆里的热。

正如之前许多次短暂的过站停歇，他试图用笔捕捉旋起旋落的刹那感受、思绪。由于运笔快速而导致字体产生某种程度的病变、扭曲——恰如在烈日下烤干的倒霉蚯蚓。幸好，汉字的象形特质就容忍“病变”，容许肢体的抽搐与痉挛，而那也间接反映了笔尖（或持笔的手）的存在情境。由是，他也觉得那些守拙的汉字是一群可怜的蚯蚓了——在骄阳下集体脱水，在地表挣扎。而蚯蚓是无从相濡以沫的。

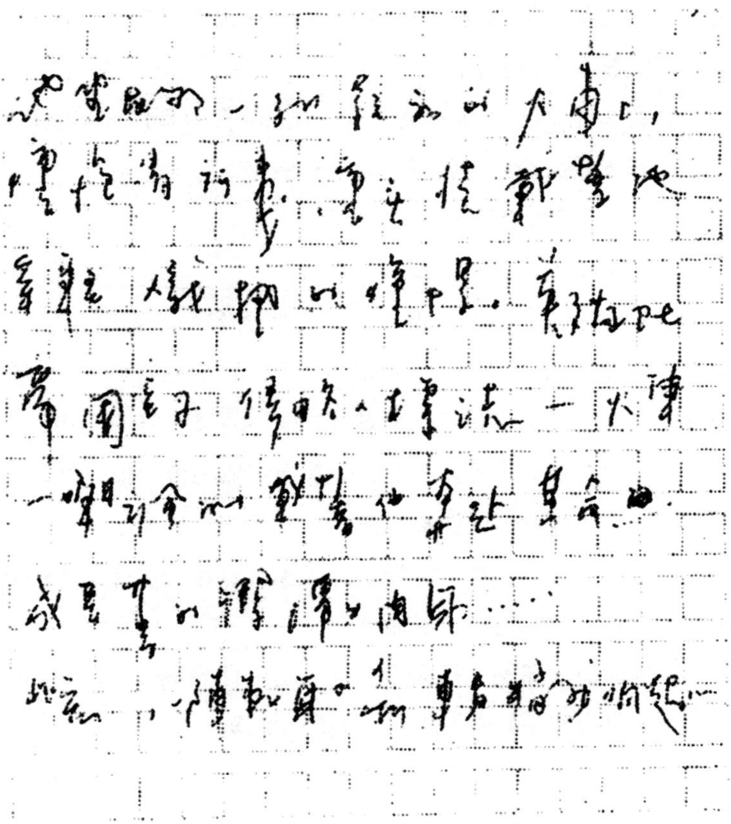

——吃进去的是泥土，吐出来的也还是泥土。

下车的人纷纷上来了。

闷热令他心浮气躁。车厢里其他人都在张望、在交换不耐烦，而微微鼓噪。坐着的人都站起身来，回来的复往外走，磕磕踏踏的尽是郁闷的脚步声。

望一望窗外，日光依然暴辣。把头伸出窗外一瞧，没看见任何站牌之类的指示物。心一散，思绪再也难以集中，遂阖起皮箱，竖放在地面上。

究竟是怎么一回事？莫非——抛锚了？脖子、胸腹上的汗流恰似蚯蚓蠕动。一股闷气盘窒在胸中。

此刻，走道上突然响起一阵叫卖声。

“air！ air！”（水！水！）

叫卖声中，一前一后两位马来青年各拿着一篮纸包装茶、果汁、易开罐汽水走来，一晃就到了身边，他拦着要了一包杨协成的菊花茶。喝了两口（不冷了……），又一阵叫卖声，一华裔中年妇女在兜售煮熟的花生。那声音熟悉得令他一愣。

转过头，盯着那渐近的身影。

不是同一个人。声音很像，样子也有点像。也许是伊的女儿罢？他要了一包花生。不热了。

多年以前，那妇人是火车上唯一卖熟食的华人。虽然年龄大了些，声音却是异常娇媚，令他印象深刻。也不知道伊是怎么弄到许可证的。

剥了壳，一颗颗花生仁往嘴里送。水煮的，易剥易嚼，软软的易化，没两下子，整包都吃完了。乘客们都把空罐子、袋子、果皮等往窗外抛。他目光搜寻了一会：没见到垃圾桶。手掌用力一揉，垃圾便垂直落在脚畔。

火车还没有开动，他突然听到表在响，很费力、很刻意地，一瞧：二十九分钟了。这究竟是怎么一回事？没有人去问问司机吗？为什么大家都这么有耐心？一双双疲惫的眼，一颗颗黑灰色的头颅。最急躁的似乎是手表。

吐了一口浊气，一转头，目光投向窗外的林子中。蓦然瞧见森林中一闪暴亮，许是白铁皮在反射日光，却引起他内心深处隐微的悸动，类似触电般的一股感动。顿时脑中灵光一闪，促使他不由自主地拿着皮箱直挺挺地站起身来，蹬蹬蹬蹬地走向两节车厢之间，头也不回地，一转，下了车。

阳光炙辣辣地泼溅在颈背上、手臂上，液态似的在肤表蠕动。日光刺目，令他眯着。枕木下的石块尖棱棱地冒着热气，一踩，几颗松动的石子便滚了下去。石缝间疏疏地抽长着几茎绿草，有的还开着白色黄色的小花。

他的目光在搜寻那片银亮的铁皮。它活泼泼地嵌在一片无声的绿发之中，这便是他当下设定的目标了。

离开铁道前，他禁不住回头看一看那火车。长长的一列，赤红亮丽，只有轮子是阴郁的黑。白色的火车头，略微肿大。他突然觉得这火车长得很古怪滑稽。

车窗里都是人头，半数以上是孩童。车厢间也挨挤着人。所有的目光都往他身上投照，他心中一动：这眼神像极了送别。是送行者不免惋惜的眼神。就在他这么想时，蓦然瞧见每位凝望的孩童都向他挥手。

随着孩童，每位凝望者都朝他挥手，他赶紧报以同样的姿势。这异样的景象令他产生以下的错觉：仿佛在所有乘客的挥手中，火车开动了。乘客们以挥手带动了火车，而那是以他的离去为代价。然而错觉毕竟只是错觉，火车实际上并没有动。可是当他转回头重新面对那片绿发时，脑海中却停格着那幅众人挥手，火车徐徐开动的画面。他感到一丝莫须有的悲壮。

他不再回头，直当那火车已经走了，铁轨上流漾着酷白的日光。

往下走，是一片陡坡。斜斜往下延伸，青草没入绿树丛中。他随即放弃俯瞰的姿势，紧盯双脚。

一如预料，在茅草覆被中，有一条隐约的窄径，淡淡的人的行迹。似是不常有人走动，绿草快把它给收编了。

他把重心放低，身子半蹲，以让脚板牢牢地贴着地面。然而，许是隔着鞋底，又因为踩着的是草叶，仍觉得有点滑溜。脑子一转，他以双膝夹着皮箱，左右手各兜抄一把草，踩着小小的步伐，缓缓下坡。几步之后，又往前抓过一把草，握在掌中，支撑他下滑时加速度的体重。（别推别推，你们如许沉重的目光。）

过了一阵子，坡势逐渐平缓，遂放开手中的草。掌心一道道红色瘀痕隐隐生疼。站着，双手摩挲一番，方拎起皮箱，稳健地往前踏步。

一条清水满溢的小水沟横阻，水流颇急，有形无声。水中有蓝线鱼、虎纹鱼穿梭。有腐叶。有无端伸入的草叶，以摊掌的态势。而桥呢？桥在水面之下，一块黑色的枕木缀满青苔。

小鱼穿过桥身的孔隙。

放下皮箱，脱鞋、除袜，而后一手提着鞋子、一手提着皮箱，把赤足伸入水中——凉爽无比——贴在湿桥上——好滑好滑——小步小步的——脚板始终在水中——脚底似乎有点痒，却又觉得很舒服，他不自禁地展唇微笑。

过了桥，他开始眷恋脚板裸赤时那种细腻的触觉，便赤脚踩在泥土上——好硬好冷——而路变得宽些，两旁开着含羞草毯状的花。

转瞬，树林迎以树影森森，寂静。走进树影光斑里，一股清新的空气柔柔沁肺。瞧一瞧，那一片铁皮暴亮底下显露出木屋清晰的格局，像火柴盒那般小。

他停下来，思忖了一会。如果循脚下这条小路，只怕永远也到不了目的地。于是他一转身，沿对角线方向斜穿过树林，脚板踩着枯枝落叶。哔剥窸窣。那声音蓦然勾起他的乡愁，脑中浮现一妇人宽胖沉厚的脸，饱经日晒的色泽是土地的色泽。而周遭依然寂静，只有他的脚步声像一颗颗逗号，在时间之流中缀联，抖动。

走得更近些，才瞧清楚屋旁的树都给砍了，腾出一片天空，银白的日光便从那儿泻下，向四方溢去，和日影光斑混在一块儿了。

异乎寻常地——那户人家似乎没有养狗——这不符合乡下人谨慎的习性。更怪的是，似乎没有人发现他这个异乡人的步步迫近。于焉在离屋子十码处，他停了下来。

难道竟是一间空屋？

就在此时，他仿佛听到火车开动的声音，细细的，像是在遥远的记忆里。同时，也像是拉动帷幕的声响——为强忍着回头的欲望——而眼前的景致却也似乎稍稍异动了。

细微的变化首先是表现在阳光的色泽上。那刺目的骨白渐渐转晦，呈淡淡的茶色，而给眼中的木屋敷上一层苍黄的色泽，像陈年的旧照片。就在这时候，一扇窗子打开了——也许原本它就开着——一只赤色的猫从屋里跳出来。

一只母鸡在鸡舍里报告她新下了一粒热蛋。公鸡得意地鼓翅叫好。

这时他方察觉木屋的陈旧——壁板已经灰黑腐软，暴亮的铁皮其实也已赤锈斑斑，凹凸参差。左侧一棵榴梿树高高拔起，有一股耀武的势头。

一老妇人的脸孔出现在敞开的窗中。彼此都愣着了。妇人的脸孔急速扭曲，眼圆睁，皱缩的嘴巴渐渐弛张。

"你是——"

下意识告诉他，这妇人好像对他有印象。

"火车，"他有点木讷，"火车坏了，我看到这里有住家，所以过来讨一杯水喝。"

"进来吧。"妇人开了门，门没上锁。伊佝偻着身子，领着他踅向厨房。绕过黑暗的大厅，神台上供着大伯公，墙上一列遗照，令他触目惊心。其中有一张像透了二十多年前的他，理着当时青年男人流行的平头，连笑容也是时新的。那狂飙的年代……

水泥地面黑滑黑亮。桌子是桌子，椅子是椅子。炉灶上赫然还烧着一壶水。妇人请他坐下。

“水马上就滚了。”

口齿间有压抑的悸动。伊佝偻的背影，发盘成髻窝在脑后，深蓝色粗布衣裤，迟缓地给他倒了一杯冷开水。

……

在他身伴坐下，双目圆睁着瞅着他，双手搀起他的左臂，不断地摩挲着，枯干的脸上清泪滚涌而下。他强捺着心中的惊慌。从妇人含泪的瞳仁中（因室内光线不足而彻底张开）他瞧见了自己过去的形象——那年少的、充满理想的、带着稚气、撒娇意味的——浑身满溢正午的日光。也许，妇人从他的瞳孔里，也看到了她年轻时宽厚土色的容颜。（妈妈！！）

“真的是你吗？真的是你回来了吗？”

他想，角色是情境的产物，而人有时候无法选择情境。或者，即使选择了情境，也无法选择应扮演的角色，那么，就顺其自然吧。

于是他报以亲切的微笑。这回在妇人眼中，他看到一中年男子风尘仆仆的脸，土色的宽厚。那中年人的目光是诚挚的，饱含着生命的积淀。

就那样默默对望着，也不知道过了多久，只听到橡胶籽落在屋顶上，弹着、跳着，沿屋檐掉下。炉上水壶发出咕咕声。不远处有枯枝从高树坠落，摔折成数截。光斑缓慢地收缩、变形、扩大、平移，和着落叶的沙沙之声。

良久，妇人才把泪收拾起。水滚了。伊起身。

此刻，他也转过头，目光横扫过整齐排列的橡胶树。远远地，约略是在铁道上，赤红的一列犹搁在那儿，顶端一长带白晃晃的亮光，亮得扎眼刺目。

“停在那边已经很多年了。有用的部分都拆掉了。路也毁了。剩下的火车壳停在那里日晒雨淋，都生锈了。”妇人一壁冲泡咖啡一壁徐缓地说。

“当时谁也没想到火车会出事，更没有想到你会在那班车上。偏偏，火车又停在这里。”

妇人又坐在他身旁，目光微微上飘，瞳仁中有一列火车在徐缓地开动，朝瞳孔深处，拖着长长的尾巴。

“听到一声很大的刹车声，接着便是一声‘砰’，我们都想：出事了，火车相撞了。隔得那么远，也看不清楚。只看到一阵烟……”

“屋里的人——爸爸、哥哥、叔叔……除了我和小孩留下来看家之外，都跑了去。

他们说火车出轨了五六节。好像不是撞车……车厢里的人都叫得不像人声，很多人满身鲜血地从窗口爬出来。有的挤在里面，他们赶快去帮忙，将卡在里面的人拖出来。拖了二十几个——才发现你躺在里头——”

他啜了一口黑咖啡。苦。浓黑不透明的液体，上面还薄薄地浮了一层细小的颗粒。

“是我吗？”他忍不住笑了。低头，手指沿着杯口兜弄。

“是呀。他们看到你软软地瘫在地上，身上都是别人错乱的脚印。摇、捏、拍……怎样弄都弄不醒。没办法，只好把你从窗口拖出来。那时，你拿的是一个蓝色的书包。书包打开了，东西散了一地，一张张写满字的白纸……”

“火车出了什么事？”他忍不住插口。

“好像是撞到一只大象。”

“大象！”

“是呀。听说车头扁了，火车路上都是血。那头象还没死咧，摇摇摆摆走了。”

伊的瞳仁中出现野象离去的臀影。

“可是，那火车为什么不拖走呢——铁轨也还好好的呀。”

妇人似乎没听见，自顾自地说起她记忆中“他”的少年时代。一个熟悉的、那个激情年代的少年典型的形象，相信自己是国家未来的主人翁，在国家尚未独立的殖民晚期；自诩是民族的救星，怀抱着血色红醉的祖国意象。……渐渐地，她目光空洞地泛出陈旧之色，皱缩的嘴无声地张着。

他觉得疲乏了，以手遮着口，打了个哈欠。眼眶中燥燥的，眼球大概布满血丝了。不知不觉咖啡已喝得见杯底了，小颗粒的糖依旧结晶着，濡着残剩的咖啡汁液，而不免狰狞了。强自振作起来，他终于按捺不住问道：

“后来呢？”

妇人一回神，怔怔地瞅着他。瞳仁中躺着一位白衣少年，身上都是黑灰色的脚印。突然，人群尖叫起来，四下奔跑着。草丛中隐隐显露一幢幢人影，手中横把着木棒状的事物……

妇人便不再言语了。于是，他专注地解读伊的皱纹：

“……他们拖出了一具多脚印的尸身，我却知道那不是你——你一定是在混乱中走了。二十多年过去了，死的死、搬的搬，只有我坚持留下，怕你哪天回来找不到人……”

那火车顶上一烙白光，硬是白得戳眼。他觉得眼皮愈来愈重，沉甸甸地直欲下坠。这时回头，一瞧，妇人褐色的瞳仁环状的皱褶中，出现一只只白色的绵羊，在跳跃着，一蹦一蹦的，跳过深褐色的围栏，一只一只的，咩咩娇吟……

然后胶林变得茂密了，树的行列之间只留下狭小的空隙，于是他的肩肘不时和树干擦触，挨着挨着，十分艰难地往前走。顶上是十分浓重的绿，浆了他一身余荫。除了指甲和眼珠，所有的部位都沁出豆大的汗。终于，钻出那密实的丛林。眼前一亮，喘了几口大气，新鲜空气嗖地窜入。

野藤爬满在废弃的火车厢上，一只野鸽子从车窗口飞出来。红漆斑驳剥落，赤锈黑锈在绿叶黄花间斑斓着。日光淋照在火车上，在朽蚀剥落之处，反射出白茫茫的亮。（回不去了……）他一时愣在那儿，不知所措。

这时他突然感觉到身边有人，一转头，果然，是一个矮小的老者，一双眼没有瞳仁，只有死鱼的白。老人叉手站在他身旁后侧，也不知道站了多久了。从老人惨白的双眼里，渗出丝丝寒意。

“我也只不过是个过客罢了。”他望着火车叹了口气。老人不语，唯双唇轻轻颤着。

“我·也·曾·经·是。”

也许太久没有说话了，他的声音是颗粒状的，一颗颗自喉间泻出。不规则形状的颗粒。

右边是一片水泽，蛙与鸟交响着。

铁轨上长满了浅绿色的草，一丛丛的直蔓延向远方，像大象的脚印。

“那·年·要·不·是·日·本·鬼·子·把·火·车·炸·了……”

“您是说——”

“噢。我·是·说·要·不·是·那·些·共·产·仔·把·火·车·炸·了……”

“哦。”他似有所悟。

（“爸爸……？”）

风瑟瑟地吹，背后的绿叶化作一片海潮之声。

太阳渐渐地疲软了，西倾，熬成苍凉，金黄色迎面烙来，火车上的锈色却更加深沉了。最后，日头嗖地落入原始森林无边的绿黑中，几只黑鸟掠起。

他嗅到咖啡味——来自黑夜的气味。

睁开眼，面前一张圆木凳，中央微微凹陷之处摆着一杯咖啡，犹余烟袅袅，杯子底下垫着数张着满字的白纸。有限的余光让屋里更形昏暗。残照穿过窗口时，连带把铁丝网的格子放大成略淡的笔触，投放在板墙上。他拿起眼前的杯子，里头半满的咖啡黑得深沉，淡淡的白烟软软瘫在液面逶迤成虚白的涟漪。他吐气一吹，白烟便轻巧地溜开，而一抹残照此刻准确地落在白瓷杯口，绕了一圈，向杯的内缘滑落。于是咖啡便像极了瞳仁了。

他看到一张疲惫衰萎的脸，一双满布细丝的眼，在瞳仁中，一群白色的羊在栅栏里吃草。一吸气，他啜了一口，又一口，又一口，一直喝到瞧见脂白柔滑的杯底为止。放下杯子，他才发现矮凳面的那叠白纸上，有一圈咖啡渍，一行孤立的字次第穿过：

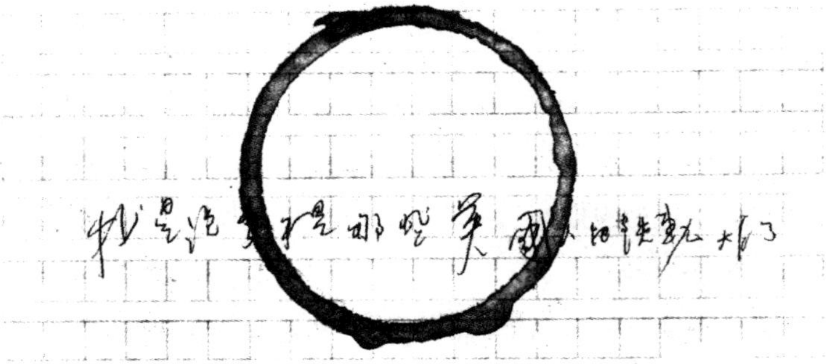

于是他便听到促促急急的火车声，然后身体随着火车的节拍晃动，就像坐在疾驰中的火车那样。那声音包裹着他，像极了大象的脚步声，一顿一顿的，仿佛从远方的鸿蒙走来。突然他心中浮起一句熟极了的话：

“我踏踏的马蹄，是美丽的……”

接着是一阵刺耳的刹车声，然后是一响激烈的碰撞，把最后两个字从原有的脉络中抖离了。一瞬间，他瞧见心底深处闪现一芒刺目的暴亮。

——一九九一年十二月重写于淡水

——一九九二年七月二十一日《星洲日报》

死在南方

每到一个地方，我都会遗落一些东西：指甲、毛发、体液——心灵和肉体。在不断的旅行中，不知不觉我已寸寸地老去。我终将因为损耗过度而衰疲地死去罢。

——郁达夫，《旅人》[1]

行囊里还有什么？一本诗韵，一壶劣酒。

——郁达夫，残稿[2]

小船在茫茫的夜里航向苍茫。逃难中的景致总是最美的（人情和酒亦然），真正的诗人总是面对着死神写诗。

1. 为免原稿遗落丧失，我先用一本八开的资料簿把它依序装起来，并且贴上页码，简称《残稿》，若有原题则在引文后注明，不然则径称“残稿”。页一二。

2. 页二。

终极的美总带着血的色泽，和死的荒颓。

——郁达夫，残稿[1]

炮声在耳际，火光在岛的对岸煌煌烧起。视野中的土地都落入了敌手。逃亡的船上尽皆沉默，怀着古中国的忧郁，我们飘向未名的前方。是谁在黑暗中饮泣？是谁在低声吟哼着哀歌？

——郁达夫，《没落》[2]

怡人的小镇，满河的浮尸。

——郁达夫，残稿[3]

余年已五十四，即今死去，亦享中寿。乱世存身，谈何容易。天有不测风云，念中每作遗言，以防万一。

小说久矣不作。偶有所得，辄草草记之，置诸箧内，终无有成篇者。存之惟恐招祸，弃之又觉可惜。故藏之荒山，待有缘人以发吾冢……

——郁达夫，《遗嘱》[4]

如果你是郁达夫的忠实读者或者郁达夫研究专家，见了上

1. 页六。
2. 页五。
3. 页十三。
4. 页一。

面这些引文你必然会感到惊诧错愕——那就对了，因为这些文字在成为我的引文之前，不曾以任何形式、在任何报章杂志上发表过。换言之，它原初的发表形式便是引文。不必奇怪，因为任何以“遗著”的面貌发表的作品都可能遭遇这种命运。

源于论述的需要和我对引文的特殊癖好，在后文中我还会大量引用那批手稿中的字句。在这里还必须稍稍说明的是，为什么不直接把手稿公诸于世呢——那样岂不是“窃占”吗?我当然有我的苦衷，那和我处境（所处的社会环境）、手稿的出现过程、对于“发表”的特殊观念等等都有密切的关联，后头再详细说明。

撰写本文的远因是：我对于郁达夫死于一九四五年九月十七日的旧说法[1]一直存疑，也十分不满意。近因则是受到（所谓）日本学者的刺激。

郁达夫死亡的消息最早披露于一九四五年十月五日，据胡愈之说，一九四五年八月二十九日晚上：

> 八点钟以后，有一个人在叩门，郁达夫走到门口，和那人讲了几句话，达夫回到客厅里，向大家说，有些事情，要出去一会就回来，他和那人出了门，从此达夫就不回来了。[2]

---

1. 指一般广被接受的说法，尤其是王润华编的《郁达夫卷》（洪范，一九八四）。
2. 同前引书，页四八。

第二天，郁达夫在当地的妻子为他生下遗腹女，距他的死亡时间也许不超过二十四小时。当时所有的目击者也都没料到他就此失踪，甚至连尸骨也找不到。因此，死亡（或失踪）的消息发布之后，他的远亲近友、论敌或读者或疑或信（竟是疑者居多），议论纷纷。今日我们胆敢说他“死”了，乃是因为我们推断他绝活不到今日。可是在当时，谁都还存着一丝盼望，因为从失踪到死亡到底还需要一些附加条件加以证成，时间自然是这许多条件之一。

胡愈之的文章发表之后，很长的一段时间里，大家都还在等待“奇迹”出现：郁达夫以劫后余生的姿态归来。可惜到了一九七〇年，日本大阪市立大学研究所一位叫作铃木正夫的（多事的）研究生搞了一份《郁达夫的流亡和失踪——原苏门答腊在住邦人的证言》[1]企图彻彻底底粉碎世人的想望。他透过当初和郁达夫过从甚密的一些日本人的匿名证言，织出一幅日本人眼中郁达夫的晚年形象，并且宣称已接触到参与“处决”郁达夫的老倭寇，可是为了保护他老人家而姑隐其名，稍匿其事。站在学术和人道的立场，想来也是可以谅解的吧。在广大读者心目中，铃木的《证言》无疑是象征层次上的“杀死”郁达夫，可是由于他在资料上留了一手，所以也还算是留下一点“转圜”的空间罢。

十多年后的今天，又有一位日本人（又是日本人！）——九州大学东亚史教授版本卅一郎在最近一期《九州学刊》（第

1. 同前引书。

九十一期）上发表了一篇《郁達夫の死後》，宣称他掌握了郁达夫失踪后还活着的证据——主要是两页手稿——和环绕着手稿的繁琐考证。这篇文章给我的打击颇大，如果我再不写，真的什么都会给人写光（尤其是小日本鬼子）。可是个人学术训练实在太差，恐怕会把论文写成小说（相反的事情我也干过），不过，是再也不能沉默了。

版本氏的“考证”受到学界的强烈置疑，尤其是铃木，更是杀气腾腾，因为版本氏的姿态对他而言是极大的羞辱。可是那两张手稿经过鉴定，却说是“真的”——不论就笔迹，还是纸张。问题在于内容。

一张只有几行字，颇无关痛痒。

> 翁则生掉头上了火车。就在他身体即将没入车厢的刹那，突然一声枪响，只见他四肢一张，背上一嗒红湿，人便往后折倒。空气中弥漫着火药味，我却闻到了一股淡淡的迟桂花香。[1]

据论者指出，这段引文演绎自郁达夫的名作《迟桂花》，那是完整的篇章，作者断没有妄加续貂之理，很可能是有心人故意伪造的。但话又说回来，残稿上下左右都没有标名题目，不一定得视为《迟》文的变衍，也可能是全新的构思。

另一张则很关键——

1. 同页 33 注 1，页十八。

燠热的夜晚，屋里的日光灯颇为昏暗，木门无力地张闭，靠墙的长凳子上各自坐着两位客人，穿着短裤，白汗衫，一脸愁苦，无言地抽着烟。门帘开处，年轻妇人下身围着纱笼，坐在地板上掩面啜泣，怀中还抱着个满脸皱纹的婴儿。

第七天了，男人还没有回来。

每个人都在回想那天晚上叩门的人隐没在黑暗中的那张脸。依稀是个印尼人，样貌寻常得令你无法追忆。事后他们几乎找遍了附近所有村落的每一户人家，而那一张过于寻常的脸竟也离奇地消失了。

武吉丁宜宪兵队警务班的宪兵也加入了搜寻的行列，找遍了整个巴爷公务。甚至后来，当他们做最坏的打算时，也特别留心附近所有可疑的新开掘的地，所有的新坟，所有最近的死者。一直到他们离去，仍一无所获。

可是，没有人知道，就在大家都沉浸在他的失踪以及终不免凶多吉少的哀伤气氛中时，他却悄悄地回来了。那一晚没有月光，狗也许还认得他，所以没吠。只有邻家的鹦鹉，许是有感而发念了一句他教过的德文——Zeitgeist——发音不是很准确，听来如“灾该”。

他也没纠正，只是像幽灵那样远远地窥视一盏盏屋宇下的灯光，甚至也没有叹息，只是十分专注地，企图牢记每一个过去不曾留意的细节。远远地，单凭简单的轮廓他就可以轻易地判断那人是谁，就像是阅读自己往昔书写的字句。

有一回，他差一点踩着了一个破洋铁罐，身子一晃，又险险踏入一汪积水。他稍微定一定神，抬头看一看无比灿烂的满天繁星，就像是看到了战争中苟存性命的百姓在获悉战争结束时那悲喜交集的带泪的眼。每家每户他都看到那样的泪光。

他在自己的家门外站了最久，在香蕉树的掩护下仔细地，以最最温柔的目光爱抚那哭肿了双眼的妻子怀中的初生婴儿，和他那虽不美丽也没受过多少教育但却年轻且堪称贤慧的第三任妻子，他的"Bodoh"。她的年轻是他的愧疚。他们的结合纯粹是因为战争，她的丈夫是他的另一个名字（虽则是同一具肉身），那名字也是因为战争的需要而权宜存在的。如今，战争既然已经结束，他也就没有留下的理由了；他必得悄悄地离去，可是却必须安排一个足以说服世人的结局（如任何一篇结构完整的小说，总是容不得太恼人的突兀），所以他最终还是狠下心肠，甚至来不及为自己的战争孤儿命名。

他就那样飘然走了，以夜的坚决。[1]

版本以他历史学的训练，坚持写实之必然，而文学评论家却认为文学容许各种可能的虚构——尤其是小说。即使证明了出自郁达夫的手笔都不能借以证明什么，更何况是没法证

1. 同页 33 注 1，页二五。

明。这样的争论意义不大[1]。

在多方夹攻之下，版本氏宣称他的资料得自田野，进一步的说明则含糊其词[2]。他只承认他到过印尼苏门答腊郁达夫晚年的家乡。其他的都是谜。是的，都是谜。

然而，所有的谜都应该会有合理的答案。

关于前面那段引文，其实早在一九四五年十月差劲的诗人郁达夫的好友郭鼎堂便在《宇宙风》上发表了一篇题为《诗人的死和小说家的死》，从创作的角度论述了徐志摩和郁达夫的死——作为浪漫诗人的徐志摩，雨夜坠机无疑充满诗意，且是他的美学观的壮烈实践；而对于小说家郁达夫，"失踪"却可能是最好的死亡方式——充满悬疑、未知、可能性——尤其在战争之中，毋宁更深化了以叙述为主体的小说美学。两种死亡，两种不同的美学实践。由是观之，是郭氏说中了，还是后人规模其意以伪造之？是谁在为郁达夫未了的结局"续书"？

对我来说，上述的"谜"却有生活经验的依据。因为我从小就住在巴爷公务（Pajakumbuh）。

郁达夫传闻死亡的异乡正是我的家乡。虽然我们并不情愿，故乡的名字因他的失踪而进入中国现代文学史，在所有郁达夫的研究中占有一锥之地。美丽的家乡被渲染成恐怖的荒城。

对我们而言，赵廉比郁达夫亲切。赵老板失踪之后大伙寻

---

1. 详参狗本见雄编《关于〈郁達夫の死後〉论争集》（岩波书店，一九九二）中的各篇文章。
2. 见版本接受媒体记者的访问稿，同前引书，《附录》1。

找的却是失踪的郁达夫。郁达夫是一个沉重的象征。进入文学之门之后，我才逐渐认识到这一点。他不是一个大师，以他的学养、才气和阅历，不见得没有条件成为大师；尤其在这艺文荒瘠的南方，和那群认识几个简体字就沾沾自喜、吠影吠声的文化文盲比起来，他俨然已是一个 Master 了。

自卑如我者，原不敢轻易成文，以免有辱先贤，却无法忍受小日本在凌辱践踏我的故乡——迫使郁达夫“消失”之余，还拿他来搞学术买卖。然而我所能奉献的，也只有记忆和原将埋土的引文罢了。(唉唉!)

郁达夫自新加坡逃亡之后，先抵斯拉班让(Slatpandjang)，后来被遣送往孟加丽岛(Bengalis Island)，又转赴巴东岛(Padang Island)再转往彭鹤龄，最后才抵达距北干峇鲁(Pekan Baru)一百五十公里遥的巴爷公务，米南加保的一个令人眷恋的小镇。对流亡文人而言，那却是个“异国沦陷的小镇”(金丁,《记郁达夫》，页二七)。

当年的同行者(汪)金丁在垂老之年不胜感慨地吁出一串“如果”“不曾”“也许”和“不幸”——他说：

> 如果从北干去巴爷公务(Pajakumbuh)的路上，不曾遇到那迎面驶来的军车，如果达夫搭乘的长途车里，有哪个印尼人会听讲几句简单的日本话，告诉那些拦车问路的占领军，去北干应当怎样走，那么达夫日后的生活里，也许根本不会出现什么传奇式的遭遇，甚至最后惨遭杀害吧？不幸，司机和乘客们都以为日本人是要拦路劫走

车辆，大家纷纷逃散，只剩下达夫在给问路者指点去向。（金丁，《记郁达夫》，页二四）

在逃亡途中一个难以预料的插曲——日本鬼子以日本话问路——却决定了郁达夫见于记载的最后流亡生涯。因为没有人听懂侵略者的话语，鬼子的集体前科让听者自然地把他们的语言译解为杀戮前的哨声，而纷纷走避，只留下曾经留学东瀛多年、长年沉沦于大和感伤美学、有能力书写典雅日文的郁文。只有他听出鬼子是在问路。

他为他们指点去向，却显露了自己的与众不同。甚至可以说，为鬼子“指路”的同时他也为自己指出了一条相反的路。一条永远回不了家的路。

此后多重化身的生涯里，他既是当地华人眼中的间谍，又是救星；是鬼子眼中的翻译、朋友，又是深不可测的博学之士；是酒厂老板，何丽有的丈夫……在不同的人眼中他有不同的身份，在他们差异的回忆中，交织出一篇繁复的现代小说。

我的补充性质的后现代叙事，由于饱受回忆的浸泡，无可避免地必须羼杂私人微不足道的生活叙述，以安插引文与传闻。

●

我家住在郊区，邻近森林。这样的地理位置其实也是一个贫穷的位置，尤其在战时。从家里往巴爷公务，要走上约莫两里的荒草掩蔽的山路。所以镇上发生的许多事，传到我们这儿，常已是经过众口增益的“传说”了。

在战争的初期，突然有一群长相和说话口音都和我们不同的华人陆续地涌入镇内，他们既像“新客”，又似乎不像。父执辈们径称之为“唐人”或中国人，他们可以轻易地从人群中被辨认出来，就如同在鸡群中辨识出鸭子。

“他们来自中国，”父亲说，“都是读过很多书的人。”

其时化名赵廉的郁达夫因为“问路事件”而备受瞩目。

甚至可以说，我们都只知有赵廉，不知有郁达夫。即使是在“真相”披露之后的许多年里，我们这些勉强和历史沾上边的人也都习惯称他为“赵老板”，那是我们回忆中可以验证的；反之，一提到“郁达夫”，事情尽管发生在周遭，也充满传奇色彩。五四浪漫文人郁达夫对我们而言永远是遥不可及的。

很多日本枪口下活过来的人，后来都成为“赵廉传奇”的当然散播者。他们在死亡的边缘看着那人在替日人做翻译。之后的往来互动中，他们一直担心自己的华语发音老是“不准”；更糟的是，赵老板的“啥咪碗糕”中国话竟是和日本话一样难懂，一样“听冇”。他们只是从他那长期烟熏过度、因耽酒而混浊的双瞳中读出一些讯息；从他焦黄的牙板和深陷的双颊中闻到一股读书人的亲善味。作为生还者和幸存者，在往后的一些年里，他们为捍卫他的形象付出了巨大的心力，他们把个人经历转换成家族和公众的记忆；他们甚至认为赵老板是代替了那些必死而未死的幸存者死去的。我的一位父执辈便是那样的幸存者，他是当时这一带一支秘密游击队的秘密成员。

于是我的童年记忆里便充满着“赵廉”的身影和气味，一如所有这附近的同龄孩子。

在他失踪之前，我一共只见过他两次，都是在镇上。远远地看上一眼——看他和日本人打哈哈，抽着很浓的烟，以致脸孔也看不太清楚。

都是在阳光很亮的中午，从杂货店办货回家途中。他的米色上衣格外地耀眼。

在他失踪的那个夜晚，有人看见他出现在往我家的那一条荒凉的路上——但也说不清，因为那是一个没有月亮的晚上，这条路又一贯的黑暗如鬼域，任谁也瞧不清楚他人的脸孔。然而，这样的传闻却把郁达夫的失踪向指定的荒凉延伸。许多人走访过那疑似的目击者，一遍又一遍地听他复述那早已被转译为多国语言的疑似证言。忠厚老实而又贫穷的印尼农民（从来没有人过问他的名字），在不断的复述中渐渐老去。生活虽未见改善，却似获得某种信仰而笑口常开，经常在我们面前讲述那晚的事，附带描摹所有登门拜访者的姿态，和他们来自的国度。铃木来过，版本也来过。

如果那叫阿桑的印尼农民的亚答屋是这事件的边界，那我们家便在边界之外。

在边界之外——林旭像寻访多年不见的友人那样踏入了荒凉的郊野，远方有几声狗吠，夜雾低垂。他再度来到那一丛香蕉树前，在高挺如乔木的香蕉树下长叹连连。

这里地势略高些，远方没有灯火。

他转身——就在他转身之际，一点蓝色荧光准确而徐缓地从他心脏部位穿过，毫无窒碍地，并且刹那间似乎获得燃料的补充而炸亮——他脸上没有痛苦的神色，只是纽扣突然纷纷坠落，掉了一地。

——郁达夫，《迟暮》[1]

余均在雨声潇潇中再度来到陈金凤的墓前，带着满怀的挫败和郁闷，垂着肩膀像一只斗败的公鸡。也没打伞，任雨点簌簌洒下。午后的光景，墓园是一个闲人也没有。他苍白而薄削的双唇微微地颤抖，像在喃喃地诉说些什么，哗哗的雨声却无情地掩盖了一切。

四周白茫茫一片，余均以同一个姿势也不知道站了多久。墓碑上嵌着的少女相片，她很年轻，看不出会短命的样子。余均蓦然伸出枯瘦的双手抖颤着抚摸像中人白晰的脸庞，眼泪混合着雨水潸然而下，哽咽道：

“他们都说我没用，我也不想在这里待下去了——这里一群凡夫俗子、庸脂俗粉，还充什么上等人！金凤，我决定去南洋，那里虽然是蛮荒，想必也还有用得着我的地方！我这一去说不定永远再也回不来了……”（涂改处率依原稿）

——郁达夫，《没落》[2]

1. 《残稿》，页五〇。

2. 《残稿》，页四五。

为了避免惊动村人，他们没有用枪。这样，砍头就是唯一的选择了。美学考量，他们在他嘴里塞了一粒鸡蛋大小的青色的番石榴，以免叫声破坏了夜的宁静，以及战争结束后专属于和平的祥和氛围。以战败者特有的文化涵养把这秘密处决搬演成一次高贵且壮烈的戏剧演出。余均突然笑了，但谁也看不出，因为嘴里的番石榴把他的嘴巴撑得超过了一般人发笑时嘴巴能张度的极限。就在他笑得很痛苦的刹那，一只冰冷的手把他的头往下一压，让他凝视自己跪着的双膝。接着脖子一轻，他感到自己的头急速下坠，在双眼即将碰着地面的瞬间，为免让沙子跑进眼眶，他毫不犹豫地闭上了双目。

——郁达夫，《没落》[1]

没落、衰败、恐惧、死亡等等是这些残片共同的母题。值得特别注意的是，郁达夫南下前的一些小说中的主人翁，被选择性地加以处决。以片段来处决作品的已完成，这又意味着什么呢?

这些断片都不注明年代。谁也不知道是写于他生前还是死后。如果是前者，那这些断片便是“预知死亡纪事”？如果是后者——不可能的可能——

他做梦也没想到，握笔的手竟也会有握刽子手的刀的一天，他不禁掌心发冷，身体一阵冷颤。他觉得那把武士

1. 《残稿》，页四六。

刀很重，并且太长。夜太黑，又太冷。

那印尼人毫无表情地跪着，双眼给蒙上白布，双手反绑。脖子伸长，似乎也早已酸疲了。两个日本宪兵站在一旁，扯一扯他的衣角，用日语道："动手吧！"他的两眼发直，缓缓地、高高地举起武士刀——仍在发抖——似乎握不住了——放下，掌心在衣襟上擦一擦，复高举武士刀——终于挥了下去，"磔"的一声，身首分离。

他愣愣地垂着肩站在一旁，全身都湿透了。好似大病一场。日本宪兵拿走他手上的武士刀，把尸体推进挖好的坑里，三两下埋好，拍拍他的肩膀说："别忘了先前的承诺。"双双回到汽车上去：开车走了。

他一个人留在那儿，失了魂似的，对着那一摊血迹发呆。车子远去，直到完全没了踪影，他还留在原地。

这是怎么一回事。

当那印尼人奉命把他叫出来时，他大概也没料到死的会是自己。他已在他们的内部共识里被判了死刑，并且予以秘密处决。执行者却是他的朋友。于是，交易便产生了：以他的消失为代价来换取死亡。而那印尼人，在保密的原则下，是非死不可的。于是他便成了附带条件中的刽子手，以取得共谋的身份。带着罪恶与承诺，他必须永远在人间消失。以一种死亡来换取另一种死亡。

——郁达夫，《最后》[1]

1. 《残稿》，页四七—五〇（原稿写于不同的椰壳内壁，故分页处理）。

残稿提供了一个可能的“死后”，尽管那是十分接近小说布局上的一种配置。如果那样，他便是虽死而未亡。也就因为他是小说家，我们才敢那样说。战争的结束也结束了他的伪装，“赵廉”理所当然“不在”了。

说到这里，我必须再做经验上的补充。

那年，在大家都接受他“已死亡”这样的信念，并且也放弃了任何徒劳无功的搜索之后——他的遗腹女已三岁——在一个偶然的机缘里，我却发现了一些不为人知的秘密。

除了几个印尼人之外，我们没有邻居。于是，我家后面那片神秘的荒原，便是我无聊时独自探险的区域。我常一个人把着一根竹子，在拨弄中隐入那荒草与灌木丛中，在高高低低的土丘之间任意行走。尤其在遭到家人的责罚之后，那里便是唯一的去处。

那一天，不知怎么地，忘了父母的告诫，我毫不知节制地直往深处走。一直到天渐渐黑了，我才感到害怕。我已摘满一袋野果和一袋野蕈，便想在天暗摸不着路之前赶紧回去。一转身，才发现左边草丛里趴伏着一条毛色全黑（堪称“上补”）的狗，把我吓得一跳，以为是头豹子，呆立了好一会。它一直没动，只睁着双眼骨碌碌地直瞅着我，直给瞧得心里毛飕飕的。“怎么会有狗？”那时我的直觉反应是目光往四方一扫。有狗必有主人。印尼人向不爱养狗。这只狗没有野狗那股凶悍之气，而且野狗不会自己待在山里，必然往人多的地方谋食去。仿佛有一盏灯火在十丈外，西向，随即机警地熄了。

我无心追究，绕过那只狗，趔趄着离去。到家时天已全黑，家人的脸色都很难看——父亲随后回来，迎面便是一巴掌，原来他找我去了，大概走岔了方向。为此我被禁足了好一些时日。但我决定再次寻访。

这次我出发得更早，当然也走得更深入。我找到一个陈旧的防空洞。当我正往内举步时，突然瞥见屁股后方有人影一闪，赶紧回头，却只见树叶一阵摇晃，沙沙的脚步声快速远去。我快步跟上。走了没几步，那只黑狗又鬼魅一样地突然出现，拦在前头，这回不像上次那样客气，露齿而狺狺有声。我只好打退堂鼓。来到防空洞口，往内跨了一步，却闻到一股恶臭——一摊屎，还在冒烟。捏鼻一看，是人粪没错，只是素了些，缀满玉蜀黍和番石榴籽颗粒。

我跨过那堆粪便，直往里头走。在光线止步之处我停下，只瞧见一些旧报纸、成堆的蜡烛头，和几件肮脏的破衣服，确实是有人，但会是谁呢？据说战败后有些日本兵躲入森林坚决不肯出来投降，莫非是他们？就是不知道为什么我脑中却浮现“赵老板”三个音响形象。一个直觉是：不管那是谁，老巢既已给人发现，他就不可能再留下——那堆粪便便是他的告别了，一个具体的句点。另一个直觉是：有人从某个不明的方向窥视我，所以我必须尽速离去。后面一个念头令我心生恐惧，而记起父母吓孩子时惯用的说辞——“被陌生人抓去”——而拔腿就跑。

我不知道摔倒了几次。是跑出去了，手臂、脸上却给野草芭藤割出不少创痕。也不知道为什么会持续地害怕到那个地步，而噩梦连连，梦里都是堆堆冒烟的人粪，没有脚而在草上飞快滑行的我的追捕者，脸孔模糊，一忽儿是印尼人，一忽儿是赵廉。发了两天高烧，父母一直弄不懂我为什么在昏迷中频频呼唤“赵老板”，而怀疑是犯了冲——

以后的岁月里生命辗转流徙，求学而后从商，由于和本文无关，毋须细表。间中一些政治事件的干扰（许多华人在动乱中被杀，数十万人被遣送回中国，更多的沦为国境之内没有国民身份的寄居者），使我离家竟达三十年之久。在那次事件中，赵老板的妻子也在被遣送之列——那是最动人的场面——送行的人挤满了码头，送金条的送金条、送礼品的送礼品，更多的人是为了送走一段历史负债——他们都受过“赵廉”的恩惠，而他的遗族之离去，就意味着回报的机会永远不会再有。在他们的离去中，有关赵廉/郁达夫（此时二者已无法分割）的群体记忆蓦然被唤回，被诸多的口以类似的口吻重述。遗族的终于离去，间接地也就宣判了赵廉的死亡：再也没有人期待他回来。奇怪的是，他的“幽灵”似乎也在那一时刻起获得解放——他竟然“回来”了。

他曾经化身捡破烂的老人。虽然已经很老且已不易辨识，并且数十年来一直出没于附近的几个乡镇。他矢口否认，但是人们还是轻易地认出了他，譬如从他身上那股熟悉的烟味。然而他获得的莫名尊宠很快就被取代；就烟味而言，人们发现那卖香烟的小贩其实比他更有资格。争议从此开始，可疑的对象愈来愈多，这才凸显了真正的问题：在他的遗族离去的刹那，他们才发现他们是多么地需要他。

对我来说，最真实的证言来自于一个卖冰淇淋的小贩。他常骑着脚踏车一个乡镇一个乡镇地巡回按车铃叫卖。在一个倒霉的雨天，他路过一个因华人被迫迁离而荒弃的村子，在微雨中他忽然瞧见前方路旁一间小屋门口有人向他招手，一时间他只觉得有点面熟，双脚稍稍用力踩踏，单车便在风中向前滑去。渐渐接近，那人穿着花格子睡衣长裤，双颊陷得很深，踩着木屐。那人点了一客巧克力甜筒，便邀他到屋里避雨去，给他递过烟。他想，这人大概是因为孤单吧……。那人用生涩的印尼话和他聊起来，闲闲地，接一句，断一句：

“从哪里来？”

“巴爷公务。”

“嗯。”

他眯着眼，看着帘下的雨。

“这里的华人都走了。”

“政府的规定，我们也……”

“都走了。”那人以低沉的语调重复。

据他的描述，那人长得确实很像“郁达夫”，只是不知怎的，坐在他身边老觉得冷冷的——也许因为下雨，及他们同样阴凉的心情罢。

后来又听人说——又是雨天——看到一个长得很像“端”（Tuan）的人在香蕉树下避雨，脸上没有笑容，好像有重重心事。

仿佛，在华人大批离去之后，他带着未明的心事悄悄地回来了——

白天下过雨，那凉意贯彻了小镇的夜。入夜以后小镇在声声蛙鸣中早早地睡去了。雾很浓，浓得像一场千秋大梦。家家户户都熄了灯，好似永远都不愿醒来了。在如斯宁静的夜里，连狗儿也失却了应有的警觉。他就在这时候悄悄地归来。

趿拉着木屐在窟窿着汪汪积水的路上缓缓移动，鞋根啪嗒啪嗒价响。他穿着条纹的睡衣裤，是以像是梦游者——或许更像是个游魂。他那迷茫的目光吃力地扫过那些空洞冷寂的房屋，抖动的唇仿佛在诉说些什么。

——郁达夫，残稿[1]

文朴轻轻推开小木屋大门，里头很暗，他摸索着点起一根蜡烛。蜡烛是烧剩的半截，沾满灰尘，火柴盒里头也只剩下三根火柴，试了一会才点上。

家具全被搬走了，只留下一个牛奶箱，上面放着的那块木板也没了，倒是原子笔还留下几根——可惜都是枯竭的。书本杂志胡乱地散了一地，积了厚厚的尘。他一举一动都十分小心，以免骚扰了那些高结着网的蜘蛛们，它们现在是这里的主人了。最后，他的目光落在窗台下一把横躺的油纸伞上。伸手把它捡起来。伞骨断了好几根。他拎着转身走了，费劲地把生涩的大门带上。

——郁达夫，《末了》[2]

---

1. 页七。
2. 页一〇。

他以不断的归来做最决绝的离去。所以，我也把一些俗务抛开，回到那个荒芜的地带。

那地方比我想象中还难找。这回我带了一把刀，依记忆指示的路径，迂回地找去。那地方一如往昔地未开发，一如往昔地荒凉。我以长刀劈开一条路径，在上坡下坡之间寻找那洞穴。

久久，我近乎迷失。

漫无目的地走，一直到看见一排瘦削的香蕉树在茅草中陈列，才算发现了转机。那些香蕉树密密地挨挤，像极了一扇原始的门。我劈断几茎拦路的香蕉树，记忆中的洞窖便在后头。我点了火把，弯腰进入。走了十来步，在一个转弯处发现一摊骨头，勉强可以分辨出是一个人和一条狗——但也不一定——或许是两只狗，或者两个人。是这里了。

骨头的排列似乎在暗示什么。在洞里找一个现成的坑，堆上一些石头，把两副遗骸草草埋葬。洞里除了一些酒瓶、铝罐、破布之外，就是住着数十只沉默的蝙蝠。我企图找到一些什么，但我什么都没找到。我发了一阵子呆。蓦然肚子一阵激痛，跑到外头胡乱撕扯下几片枯干的香蕉叶，就地蹲下办起“急事”来。在一阵精神松懈当中，突然记起那堆很素的人粪。据判断，那方位就在我正前方一英尺左右。我便一心二用，以刀尖掘地。挖了好一会，还真的碰见了一块硬实的事物——不是石头。拨开泥土石块，也看不出是什么。赶紧擦了屁股，全力打横挖开，好一会才捧出一团一二公斤重的东西，一尺长半尺宽厚。到阳光下呼吸新鲜空气，一面估量着。

刀子在那表面刮一刮，刮出一层层白色片状物，触火即熔，约莫是蜡。使劲敲也敲不破，只好抱回老家去。隐秘地，为它挖了几个小孔，装上大大小小数十根烛芯，在夜里点燃。虽然年深久远，也羼了些杂质，还是很耐烧，只是偶尔曾泛出幽幽的绿火。烛泪涟涟淌下，我拿了个铝盆盛着。

独自一人看守，一共烧了三个晚上，才露出它的内核。深褐色，看得出外头里的是桐油纸——油纸伞的伞面。换另一面又烧。三天，表层才大致去尽，剩下的用刮的。去除干净后，是一个不大的包裹，很轻。

打开看看，是一些写着字的纸张，每一张纸的大小都不一样，有的是报纸的一角，废纸皮、书的内页、撕下的信封、账簿内页、卫生纸、日本时代的钞票、糖果屑、香蕉叶、榴梿皮……笔迹或墨或炭或原子笔或粉笔或油污……。没有一张是有署名的，但那笔迹，却和我父亲手上保存的一纸赵/郁亲笔写的买酒批示十分近似，细细读下去，那人便在细雨的夜晚悄悄地回来了。

在有风的午夜，他落寞的身影顺着风向化身为孤独的萤，勉强映照出没身之地最后的荒凉。我搜罗了他生前死后出版的各种著作——他的，及关于他的——堆积在蜘蛛盘丝的屋角，深宵偶然醒来，荧荧磷火守护着残凉故纸。

疯狂地拟仿他的字迹，无意识地让自己成为亡灵最后的化身。深入他著作之中的生平和著作之外的生平，当风格熟悉至可以轻易地复制，我仿佛读出了许多篇章的未尽之意，逝者的未竟之志竟尔寄托在大自然的周始循环和记忆的浑浊沉淀之中。

一根蜡烛燃尽了，又一根。满桌的烛泪、烟蒂、蚊尸、纸片、揉成一团的稿纸、摊开的旧书……。我失神地放逐想象，梦游在亡灵巡游之地。

在一个无风的夜晚，面对着一颗逗号苦苦思索，在涔涔的汗水中，猛然寻回失落的自己。

次日，当我忧郁地再度回到那里，企图找到更多的残迹，却发现之前埋下的枯骨已杳无踪迹，记忆中的埋骨之地青草披覆，也不见有挖掘的迹象。在惶惑中四下搜寻，也找遍了附近的山洞。一无所获。原先的蜡制品也找不到原先的出处。这是怎么回事?

肚痛依然，且痛快地拉了坨野屎。衣袋里有几张纸，用以练习模仿郁的笔迹，刚好用于擦屁股。

继续寻找。

在一个转角处，我突然闻到一股熟悉的烟味，听到脚步声，我赶紧躲在香蕉丛后。

“八格野鹿！”

一声怪叫。一个小日本戴着顶鸭舌帽，约莫三十来岁，左脚高举，身后跟着两个印尼人。

“这里怎么会有人的大便? ”他问印尼人,“而且还在冒烟！”

鬼子表情古怪地深思着，支颐，抓腮，拍额，然后突然露出笑容——好像踩到了黄金。只见他俯身，拈起几团皱而泛黄的纸，顾不得印尼人捏着鼻子把头转开，随即展读——“是这个了！是这个了！”

鬼子大声欢呼。

我不敢确定那鬼子是不是版本氏。对我而言，只是颇为愧歉——没有更多的篇幅来容纳剩下的引文，也在构思着该把那些引文置入怎么样的上下文中，以还原它本体的存有。

——一九九二年二月于雅加达

——一九九四年十月《幼狮文艺》四九〇，八十卷四期

梦与猪与黎明

呜……空空空空呜……一阵猛烈的摇晃硬生生把伊给震醒了。呜……空空空空……，火车像是颇不安分地从铁轨上像蜈蚣爬下来狠狠地打伊床底下辗塞。渐渐远去，歇了。周遭又恢复虫声交织成的宁静。鸡犹未鸣。伊仰躺着，揩一揩眼角的泪，侧首瞄一瞄不太可靠的闹钟：三时三十五分。有没有慢……还是快了？而闹钟始终按着它自己的节拍运作，爱走就走，爱停就停，信不信由你，准不准由它。还早，鸡鸣与否是最好的旁证。柱上一盏油灯挂着，灯火如萤火般小，却在黑里中大放光明。似乎还可以再调小些，耗油……伊平视蚊帐顶端，双目微眯眼睑蛤肿刺疼，腰软瘫瘫无力。算了，再睡一会罢。这时伊蓦然嗅得鼻端有一股重浊浊的异味盘桓，挟着从板缝挤进的冷风，往鼻孔里胡扎猛戳，呛、痒、熟悉。伊揉一揉鼻翼——啊，是猪屎味。

那一阵呜……空空空空毫不留情地把伊的梦辗断，剩下一截壁虎断尾似的在伊醒着的意识里弹跳，恣意地。猪屎味是梦中带来的，证据确凿。滴滴答答。伊闭上眼。争取时间快快睡去否则一天的忙碌又要来了菩萨保佑。好浓的猪屎味好久没闻到了。不养猪也有几年了。那截梦……

梦中伊清楚地瞥见阿兴一脸忧戚地在猪栏边倚着桩柱眍着眼睥睨那些胖硕肥大的阉猪在不可一世的卡不卡不喀巴喀巴俯首消耗槽中低色调的潮湿食粮。一字形排开紧紧挨着银白的猪毛粗糙——阿姆，我想要去台湾读大学，我同学每个都去，他们成绩都比我烂。……唉！我哪有钱，三餐吃得饱就可以偷笑了。去问你爸，他点头我就答应。（你不是很多年前就毕业了吗？不是早就回来了吗？不是在沙巴赚你的钱吗？）骤然一变，那张脸登时换成阿财，也是副悲容惨戚。睇着伊——伊正使劲推着铲子把猪屎震进粪池中，通地一声又一声。猪犹大嚼不已。阿财你想读大学，我说过你成绩比阿发好我就让你去，家里没钱我再想想办法。（再想想办法）

——留在这里很难出头，我是应该考烂一点的，可是，不能让人说我笨啊。（我老了呀，不可能再养猪。）

这时单眼皮的阿兴猛然出现在猪栏中，一头吃饱的肥猪奉承地把脊脊迎上以受彼臀。他咧着嘴很开心的鸮笑胡胡胡胡胡晃荡着套着黑亮皮鞋的脚。

“大哥，猪都给你占了！你还有这么多弟弟妹妹，你怎么可以！”阿财虎叫。“怎么不可以？胡胡胡胡胡胡胡胡胡。”阿兴木偶戏似的扭折头颅，“谁叫你们那么迟出生？”

两张脸渐渐重叠，伊不禁淌下泪来。莫吵了自己兄弟有什么好吵的？朦胧的脸孔瞬间又变清晰，是女儿阿云，伊鼓着腮眼圆瞪：“阿姆你这款偏心重男轻女，我小学二年级没读完就叫我回家看顾弟弟妹妹饲奶把屎尿，他们就去读大学！”（我不得已呀！不得已呀！子女这么多，女的大了可以嫁人，男的没读书，一世人艰苦像你爸——）伊滚烫的泪便涟涟释放，其时火车空空空空空空空地辗来，直朝着伊，呜……不断胀大胀大呜……火车头像个大闹钟凑到伊眼前，伊赶紧跳下，火车呜地撞过。臂粗树干钉成的猪栏便给撞断，肥硕硕的猪惨啼惶嚎乱蹿，却像杀猪的拿猪笼子来捉猪那时情景。危厄间，一只只纵身弹起，在火车辗过的刹那跃起，扑入茅草丛中。我的猪——伊想叫，却发现那些猪都没有名字……

稍稍瞑了一阵，便听到公鸡在喔喔喔喔地啼。伊睁开眼：四时五十分。依稀是阿兴在伊接续的梦中陈词恳切，毕业回来后明显变成双眼皮显得特别有感情：“一定的，一定的，我赚到钱一定拿回家。给我五年时间——五年——我建两层楼的砖屋给你和阿爸住，到时你们就免做工啦？嗯？再苦五年？”——鸡啼了，醒了就起来吧。

伊披开大红毯子，撑起上半身，揉一揉腰，双脚平移到床缘，掀开蚊帐，脚板伸下去探趿拖鞋。趿着了，缓缓溜下床。板缝里渗进丝丝寒风透骨，伊身子一缩，赶紧从柱子上拎下那条深紫色的毛线衣，披上。——好浓的猪屎味，这梦……伊打了个深入肺腑的哈欠。揽镜一照，把着梳子使劲梳平蓬松松的发，梳着梳着，眼睛仿佛也明亮些了。猪屎味还是好浓好浓。闹钟滴滴答、答。

伊拉出抽屉，掇起一根红烛，擦了根火柴，点亮；一时却怔怔地盯着紧闭的木窗。多年以前也是这样的黎明这样的景致，阿兴那孩子那时还小，每天早上要割胶都得将他和着满脑子的梦抱起，背着，到胶园去。在废铁皮顶纸板墙的寮子里把蚊帐给张起，他就会乖乖地裹着毯子继续熟睡，醒了也不会叫嚷，乖乖地学写字，在油灯下。一条狗陪着他。他可一点都不怕黑哪，从不让人操心。舅舅阿姨姑姑婶婶都叫得挺流利背得挺熟。人人都赞乖，贪他嘴甜，新年都忍不住要多给他红包。……伊幽幽地叹口气，踅出睡房。

“喂，起来哦！”伊大声喊道，单手拍击墙板。侧耳听听——没反应——再敲敲，“起来啰，鸡啼啰，要割胶就起来啰！”顺口啐了句，“老睡猪！”侧耳听听——房里男人唔——哦——爱困——一串梦呓似的带着哈欠的懒洋洋怪声。“不起来就不用去割啦！愈老愈懒。我每日还不是要一大早起来煮给你父子吃？”“哦——起来啦。”男人恹恹回答。

伊缓步穿过黑色的通道，黑暗给伊掌窝的烛光步步推离，微光把伊巨幅的身影浮贴在夹道的三夹板墙上，踽踽独行。跨过门槛，是厨房。圆桌上一盏大肚煤油煤肚皮和灯罩上都斑斑地叠洒着烛泪渍。伊取下熏黑了上半截的灯罩，虫尸烤干了黑棘棘地挤挨在灯芯旁。伊欹一欹手上的烛，火便引了过去。周遭忽然清朗起来，杂物各就各位，分明是睡前景象。风毫不斟量地打板缝泄进。

到灶边，砖块砌成的腰高凹凸构造，三炉并列，一镬，次壶，三锅。底下偌大的空间整齐地塞满枯枝与劈柴。厨房的墙没连上檐，人高以上都空着好透油烟。猪屎味便从那儿漫进来。外头清楚的是黎明的暗林，林子尽头便是火车站，常常报时似的火车北上南下的一班班掠过。伊端了个碗公，掀开锅盖，悉数扚出剩饭，摆在一旁，便提着锅，到另一端并列着的几口瓮那儿量米去，沙沙泻响。一只手撑按着膝盖挺起身，脑中不觉一阵昏黑梦梦，歇了数秒，才一步步沉稳地走向后门，顺手把拦路的矮凳推进桌底下去。

门一开，寒风便迎面侵来，力道奇猛，几乎又把门给带上。伊深深吸了一口气（好浓的猪屎味）使劲把门推开，身体硬塞了出去。无星无月，窒息的浊暗，乌墨一样的。伊五指微屈守护着烛光。几条狗围拢上来，亲热地挨着伊，作势要扑上身。“咄！死狗！”伊作状要踢，稍顷，狗才散去。在黑暗中追逐跳跃。天滚滚黑，只怕雨又要来了。伊轻叹一声。——雨一来就没得割了，最近硬是多雨……

到水井旁，生锈的铁皮、木板、铁丝网三面围着，另一面垫了块废置的枕木供踏脚，还用洋灰糊了片小平台。放下锅子，从木头旁摸出一则纸卷筒，把半截烛套上，固定在水泥地上。拎起水桶，往黑幽幽的井中扔去，绳子下溜了好一截，手便察觉桶底贴触到水面了，遂略略上提，手一抖，桶沿乃结实地斜切入水面。提一提，一拉，平平稳稳地汲起一满桶水。便蹲在井边淘洗白米。

想起儿子要去念书的事，伊又愁起钱来。日也想梦也想。——不像当年哪，那时还年轻。伊眼眶湿润湿润，记忆和眼前的景象交叠混溶，梦悄悄地入侵了。

阿兴天还没亮就哭丧着脸靠着厨房那根柱子，哀哀地说："爸叫我去巴刹捧面——他说读那么多书有什么用？又不是要做官！"伊看到年轻的自己也是一脸无奈。"咱两个人割一个月胶也只是刚刚够吃——一个月只能吃两次肉，有啥办法！"房里响起孩子的哭声。"那么多张嘴要吃，我有啥办法？"洗完米的水倒入洗碗的盆子里，复倒入半桶清水。伊看到年轻的自己和阿兴各自换上新衣服，骑着脚踏车穿过一排排整齐的树。上了公车，公车疾驶在曲曲弯弯的柏油路上，两旁是参天的树。到一户人家门前，阿兴嘴甜地准确判断那是排行第几的姑或姨舅或婶。主人笑着奉上热咖啡或美禄，相互寒暄。下雨啊？哈哈？怎么有闲来看咱啊？哈哈——阿兴毕业了没？哦哦——阿呢款啊——备读大学？[1]好啊好啊，成绩那么好不读可惜——我仔拢唔读册，甘愿做芭，艰苦出头。[2]——哦？好好，咱虽没钱三几百总是拿得出，免客气免客气自己人不要紧，等他毕了业赚了钱再慢慢还——自己亲戚出了一个大学咱也光荣哈哈——阿兴，将来赚大钱别忘记你这些亲的——免客气免客气咱也没钱小小一个红包是送他顺风的……

（复汲水。）如是一家一家地奔波，攀藤摘瓜似的耗了好些日子。然后，单眼皮的阿兴欢欢喜喜地走了，伊只送到火车站。回头，一群不大不小的孩子等着伊。伊一一吩咐，在外面

1. 闽南语，即"这样啊——要读大学？"——编者注

2. 闽南语，即"我儿子都不读书，宁愿在种植园工作，很难出头。"——编者注

做工的每个月都得拿钱回来，没心念书的小学毕业就去找工作，女孩子不用念那么多书……（米洗罢，缓缓踅回厨房。）猪寮在平地上草草搭起，伊唤男人来帮忙，男人伊伊呜呜地睡午觉，给伊唤怒了，骂道："是你要给他去读又不是我！"伊挥着汗搭起猪栏，上柱，抹洋灰，一张脸血红血红……

伊抽出几根干柴，塞进炉中，剥了几条灰褐色的胶丝，便生起火来。柴枝叠上，锅缘的水零星滴下。无数个愤怒的自己在渐烧渐旺的火中忙碌；一个大清早到林中割胶，另一个同时在喂猪，一个在奶婴孩。一个自己午后在帮男人做胶片，同时另一个在喂猪。一个在林中某处采番薯藤砍香蕉茎，割野芋的茎和叶，大捆大捆地缚在脚踏车后座。稍后，一个自己在林中砍柴，捡拾枯枝，同时又在担水给猪冲凉，把芋藤等等剁碎，置入大锅中熬煮。在阳光下，在阴雨中，几个孩子忠实地跟着，当助手。暮色里，一个自己喂猪，一个在厨房炒菜，一个汲水冲凉。一个骑上脚踏车穿过林子，载着个黄色、一抱之围的漆桶，抵达柏油路上某段住宅区，穿进后巷，挨家挨户去收集馊水，在烈日下，在风里，雨里。穿插着换上年轻的身影在林间穿梭，穿着白色的校服，在将暮未暮之际在阳光下，风雨里。日渐苍老的男人也来了，在林中某处砍下香蕉茎，夜里在煮猪食的炉下频频把粗柴往内推。揭开盖子，在热气腾腾中殷勤搅拌，拨起一块疑似鸡颈鸭掌，抛给守候的狗吃。……伊看到自己一度又一度撑着大肚子焦急地骑着脚踏车穿进林子里，在曲曲弯弯多树根盘附的小径上横冲，上坡下坡，载着热水壶，到医院去。几天后，乘着计程车抱着婴儿回来，男人上车去，去把脚踏车给牵回来……

饭锅已在吐白泡，水壶里的水也快煮开了，咕咕有声。伊把目光抛向漆漆林中，心想鸡怎么不啼了，为什么那么久了还没有人起来，也得准备炒菜了。便踅到墙边，敲一敲:“起来啰！读册的！”没人应。“喂！”伊再敲，方有人含含糊糊地应了声。“困猪！去把你爸撬起来！睡到自己姓什么都不记得了！”伊踅近灶边。

伊坐在矮凳上削马铃薯。仿佛有人起来了，叫了声“阿姆”就一闪而过。又一个，叫了声“阿姆”，白影一闪，显是穿上了校服，又一闪。水滚了，伊起身，把炉中的柴火都撤去镬下。这时猪粪味猛然大浓，如薄雾，阵阵迫人。伊不禁专注些，目光投入林中，炉边的热气把伊烘焙得半边身子发热。外边虽然有物，白色的影子在动，蠢蠢然，好多，布满整片胶园。伊不拟置信地揉一揉双眼，一只只的，没有看错。狗呢?为什么狗没有吠?伊心里微觉不妥，感到有某种流质的事物透过双目自脑中汩汩流出，和黎明的黑串谋了，呜……空空空空……呜，一列火车开过，每一节车厢都发亮，像笑开的嘴，像蜈蚣。没错，是猪，这么多的猪，纷纷用鼻子拱土，乙乙乙乙叫。难怪，难怪猪屎味一直消不去。那些猪齐齐抬起头看伊，热，好热。滴滴答、答。动了，跳过来了，这么多，厝会给踩扁喂喂喂喂狗呢狗呢……每一头猪都铆足劲直朝伊冲来冲来冲来……

“阿姆。”娇嫩的女声唤伊。烛光挨得好近好近刺眼。

白衣白裙的女儿揭开蚊帐立在床边，唤伊时口中吐出一股薄荷牙膏味，登时把猪屎味冲淡了些。“阿姆……”火车远去。

惨啦！伊心中暗叫不妙，连忙揭开毯子翻身下床，一瞄闹钟：“六点！”伊怪叫一声。

“死啦！今日变成我做困猪！几时睡着的，不是明明……”一边嚷着一边飞快地爬梳爬梳满头乱发，“明明起来了啊……”心中郁满疑团。披上外衣。

“你爸呢？”趄向房门，女儿秉烛跟着。

“去割胶了。”

“今日这么乖？自己起来？”

“他说梦到你叫他起来——说让你多睡一阵。”

“日头要从西边出来啰！来不及煮给你们吃了……”

“我都煮好了。鸡叫我就起来了。”步入厨房。

（还是女儿乖。）

“我怎会没听到菜落镬的声音……”

“阿姆。”饭桌旁围着群白衣服的伊的子女，正鼓着腮咀嚼吞咽。伊略略扫过一张张脸孔，带着源于直觉的些许猜疑不安，向女儿要了烛光，说：你也赶紧去吃吧！便推开后门，向井边走去。——明明来过了呀……直走进那黑洞般的冲凉房，把蜡烛固定在烛泪累累交叠的横木上。铁皮墙与横木之间插着一排各色的牙刷，伊挑出自己的，从缸里，掏了水，挤了牙膏（好浓的薄荷味）便蹲在门口刷起牙来。雄鸡咳了数声。天上黑云翻涌。猪粪味不见了，空气中一股带雾的清新。黑况况林中一粒灯火橘红微晃——侧移——停着了——前移……朝朝林中都会看到这么一盏灯火，载在男人额上的，出现在伊煮菜、洗菜、刷牙、泡咖啡时偶然的遥望中。掬水洗一洗脸，眼眶兀自湿湿的。

更久以前的事了，因为庙里的神说伊命硬克母，便遥遥地送到数十里外给人当养女去。在异姓的兄嫂家里洗衣煮饭带别人的孩子多年，每天都得第一个起床。那一年，米量好了正待洗去，开门，手电筒往外一照，两粒火球在不远处发亮。伊忆起长辈提起的，便猛力把门关上，边跑边喊："老虎！"

全家都即刻从梦中弹起，敲锅击桶地跟着大喊，转瞬村子里远远近近家家户户都尽可能地发出响声。老虎趁乱遁走，几天后复来，叼走一头小猪……偶尔村人到河边冲凉会遇上老虎，肚肠给噬食一空……

伊起身，照例揉抚一番腰膝。转身，向厕所。走了几步，那种不对劲的感觉又像沼泽水中的气泡般浮起。一看，林中的灯火不见了。莫不是给树干挡着了？望了数秒，仍然没出现。果然不见了。他回来了么，还是？伊止不住忧虑。狗呢？怎么不见了？猪粪味又来了，浓浓冽冽冷冷，潮湿且呛鼻。突然觉得拖鞋底下软绵绵糊稀稀的，弓身一照，呀，黑郁郁的一团莫不正是猪屎？猪屎中的水分渗进伊拖鞋上脚趾下，把双脚渍染成黑青黑青。引烛遍照，左一摊右一摊的都是猪屎，而且地上给镂出一凹凹猪蹄印，土表也都给猪鼻拱得松开了。桶、瓮、花盆、砖块……都给弄翻了。伊浑身发冷，止抑不住牙齿格格互击。转身、迈开大步回到厨房。

推开门，一愣：怎么这么多人？咦?！一张张脸都是熟悉的，是自己的儿女没错。□□，□□，□□你们都不用做工吗？你们怎么都穿中学生的衣服？□□、□□、□□……伊觉得天旋地转脑中滴滴答、答……呜……空空空空……呜……一张开口深深地打了个哈欠，好困我还要再睡好冷好冷是不是下雪了是不是……

“阿姆。”伊悠悠睁开眼，毯子给踢在一旁。火车远去。

“阿兴！你回来了？几时回来的？怎么不早一点通知我？（你已经好多年没回来了每年都推说机票订不到。）伊一撑便起来，坐在床沿。五时三十分。“没到四点我就醒了，想再睡一下，却迟了。要赶紧去煮饭要把他们都叫起来。”伊补充道。下床，披衣，快速梳头。风冷飕飕从板缝挤进。

这时才注意到儿子背了个浅褐色的麻包袋，没啥重量似的。“你背什么回来？”“我小学时读过子路背米的故事。”（哦，我听你讲过。）

儿子一双大眼闪亮着柔情，把麻包袋轻放在跟前，边解着白色的系绳一边解释：“听讲厝里欠钱用……”绳子却一时解不开。他额上冒着晶晶的汗，眉头一皱，脸一臭，双手猛然用力乱扯，登时把活结弄成死结。他举脚一蹴，嘴里叽哩叽哩咕噜地咒骂几句。

（脾气还是那么牛。）

伊把麻袋接过，再将梁上挂着的油灯取下，调亮些，交儿子提着，把头凑近，冷静地看清楚了，以坚硬的指甲把死缠的绳结松开。也不流一滴汗，便顺顺当当把整条绳子抽下来（是球鞋的带子……），递给阿兴。掰开麻袋一瞥，都是花花绿绿的钞票。

"哇！"（你答应要供弟弟妹妹的。）

喜悦直从脚跟冒上来。"打抢银行啊？"朝阿兴调侃似的笑笑，阿兴咧嘴傻笑，却只觉得手中的事物突然变得湿糊糊的啊啊啊啊……猪屎……钞票上沾满了猪屎。再仔细端详，钞票上印的不是最高元首的肖像而是几根香蕉和一头猪。比草纸还不值钱啦，这是什么！伊愤愤地把钞票丢回麻包袋去。这时听到外头有东西在冲撞板壁……碰、碰、碰、碰，在不同的部位，板给撑得往内一陷一陷，随时有被撞开的可能。砰的一声窗子给撬开了，塞进一筒猪鼻，继之以整颗猪头，下巴枕在窗沿上，大耳一扇一扇。儿子仍然立着，嘻嘻傻笑。伊颇觉心中气苦，而全身发热、眼眶湿润。白影一闪，那头猪跃了进来，越过床与桌，落在儿子身旁，面向伊，浑身湿漉漉，（外头落雨了吗?）鼻音乙乙哦哦。那头猪八尺来长，抖一抖身子，水珠喷溅到伊脸上身下，伊挽臂一挡。儿子俯身慢腾腾地用那根鞋带一匝匝地结麻袋系上口，末了，使劲一扯，青筋暴露。额上有汗。罢，吁了口气，背上麻袋，跨上猪背，念着："子路背米……"（我听过！）猪身一纵，跃过床和桌，穿窗而出的刹那儿子回首，举起一掌在耳际，柔媚地说："拜拜……"便没入雨声中。伊狠狠地涟下泪来，胸口激烈起伏。眼前一片白色朦胧，热热。

"啊！"伊转醒。

"阿姆，莫起来。"白衣白裙的女儿在床边。

"几点了？我睡到现在？饭……"窗外都是白晃晃的阳光。

"不是啦……现在是下午，我们放学了。"（下午？我下午是从不午睡的除非……）

"你吐血啦，晕倒了。"（吐血？晕倒？）

阳光扎得眼睛生疼，便眯着。女儿身旁立着位胖墩墩的妇人容貌笑声酷似自己。

"大姐！"伊惊喜，（大姐！）"你几时来的？"

"听说你身体不大好，我就来了。"声音很沉，有隐约的回声。（还是大姐你关心我。）

"你千万不可以太操劳，刚开了刀，要多休息。"（开刀？那不是几年前的事吗？）

"没钱用我这里可以先借你。"（借又不是给，给我也不敢收。）"唉，你也是真歹命，生仔生那么多，把身体都弄坏了。生了又要养，养大了又要读书，拖一世人哦！两尪某[1]做牛没暝没日……"（大姐！）伊闭上双眼，全身无力，动弹不得。

多年以前伊初嫁不久，从小分别的大姐便四处查访伊的下落，从异姓兄嫂处探听到一条街的名字在数十里外和伊夫家的姓，便匆匆找来。先是找着了那个镇子，继而找到那条街，便挨户问去，问对了姓，寻找那位酷似她的新嫁娘，很快地便认

1. 夫妻，闽南语。——编者注

出彼此，一如看到了另一个自己。

“大姐！”伊再度睁开眼，床头没人。一盏灯孤伶伶地搁在桌上。冷，窗子敞开，叭喀叭喀地拍打着墙。雨水怒溅。枕头、蚊帐、发梢都湿了。伊把窗扣上，闪电坼裂暴亮，雷声轰在数码之外。地上水湿：脚印！

有人来过。一排潮湿的脚印在床前。是谁来过？穿的是球鞋。另外有两排高跟鞋似的足迹——难道真的是猪？伊内心惴惴。滴滴答、答：五时四十分。屋顶铁皮轰响，雨声贯耳。趿上拖鞋，披衣，梳头，厨房亮着，有人先起来了。有炒菜声乍响。

跨进厨房，一眼便看到白衣裙的女儿在炒菜。桌旁围坐着几个白衣人。

“阿财！”儿子笑笑，有几分消瘦在齿颊间。伊忘情地笑开，一张嘴说什么也合不拢来，就这样的一径把笑容展开。

（你不是去台湾怎么又回来了？）

（听说你申请到奖学金阿姆真欢喜。）

（我辛苦一世人最安慰的是栽培出几个大学生。）

（这条路读最多书的就算我们家了……亲戚中也是……还有谁敢看咱不起？）

“几时回来的？”

“昨暝……你睡了，没敢吵醒你。”

“放假了？”儿子笑笑，不语。

然后伊发现自己置身在胶园中央的一块空地上，树砍掉了一大片，圆圆的一块空地。树荫下都趴着肥胖的猪，白皮的，黑皮的，花皮的，瞪大了眼睛看伊，一副小孩挨了打不服气的眼神。胶园里光影斑驳，渐渐走来一大群穿着工作服的女人或胖或瘦，衣上点点黑色的胶渍、芋汁或香蕉渍。一张张焦黄的脸，有些是住在同一条路上，有些听人说过或者见过，仅识其名或仅熟其脸，在猪与猪间缓缓走来，满山遍野，把猪屎味也带了进来，彼此都没说话都静默着略略垂首。满山满树的小孩衣衫破烂赤脚，脸，手，脚，肚皮上都是污渍，像来到传说中的猴子山。

圆形空地上东西向相对着各搭起台子，像野台戏那样的高脚台，亚答顶木条木板草草钉就。转眼搭好了，各自上了匾，插上旗杆，一西装汉子挺立在旗杆旁抓着一块裙样的布。各方的女人走近了，一些穿黑西装的男子戴黑眼镜吹着哨子指引女人们排队，就像小学生上学那样。每个女人胸前都挂了块号码布：15，8，12，21，7，13……而且很多号码是重复的，令伊纳闷。

“你也来啦？”一女人喊伊。“是啊。”还没思索就已回答。（上次政府牵电线时你又不通知我？竟然还说“不知道你要不要”？等了几十年谁不要！）

“你来啦。”10号，干瘦枯瘪。（连馊水也要跟我抢）

伊心里纳闷，不知道有什么事情，怎么那么多人？便偷听旁人小声地寒暄。终于……

“……听说要颁奖哩！……”

“……什么奖呀？……”

“……生七个以上才有咧……”

“……□□也来啦？她不是……”

“……是呀是呀，连抱来养的算进去才七个，她生不出儿子呀……”

“……差一点就‘七仙女’嘻嘻……”

“嘘，来了。”

“立正！肃静！”黑西装男子高喊。

一南一北各空出一条路来，一辆辆黑色的轿车闪亮地开进来，开路的是八大辆白帽黑眼镜的壮汉驾着的巨型机车，轿车两旁也是一列机车护着，直升机哒哒哒哒也不知道多少架在天上盘旋，狂风劲起。两边的黑轿车都开了门，车上的黑西装黑眼镜汉子都下来，纷纷拥护着某人。南边是位白西装黑发油亮黑镜框厚唇的男子，北边是位光头白须白眉穿着唐山装拄着拐杖的老人。活像是念中学的儿子口中港片里的黑道大火并。然而，奇怪的是，两端的人都看不见彼此。老人和男子各以领袖的姿势上台，同时露出慈祥好看的笑容。一边用华语，另一边用马来语高喊:“肃立，唱国歌！”便各自播放音乐与吟诵异词升旗。

罢，两方的领袖各自发表演说。伊只听到一串声音而不甚解其意:“兹因海外华侨革命有功助我中华民国驱逐鞑虏……疏财捐命前仆后继家破人亡者不知凡几咨尔多士惠我良多……念兹革命之母含辛茹苦期发海外新枝助我光复故土特办此革命之母颁奖大会凡子女七人以上皆有功领赏嗟夫钦此”，罢:

“向国父遗照行三鞠躬礼！”

“一鞠躬。”

“再鞠躬。”

“三鞠躬。”

“礼成——颁奖——”

“马陈螺女士，12”

“李陈亚壤女士，15”

同时，另一边的领袖也在念念有词，竟然改用华语，而且是以同样的语调：“吾马预定公元二〇〇〇年步入发达国家必先全面工业化所需人口约七千万与其自国外引入不如自己生产……为奖励妇女生育特颁发此项响应‘七千万人口优良母亲奖’予七个儿女以上之母亲，每增加一个儿女增加一千元……”

然后便开始唱名。女人们一一上不同的台去。伊却为身上穿着睡衣而羞窘，很不自在。良久……

“王吴亚好女士……12”两边同时喊到伊的名字，伊惊惶失措，愣在当场。第二遍唱名。伊不动。第三遍唱名。“没有来吗？”这时伊才惊慌地冲上南边的戏台，同时瞥见另一个女人冲上北边的戏台。

扶着栏杆，伊一级级瞧得仔细踩得结实，全身发冷脚发软地走向“大粒人”。做梦也没想到有一天会和这么“大粒”的人握手。作揖，双手屈伸，接过一包东西。

“不用怕，看着我。”那人说着流利的华语。

“你的华语讲得比我好。”伊由衷佩服，“我没有读过书。”

“不容易……一打。”接着颁奖人蹙一蹙眉头，清一清喉。

“别再养猪了。你知道我们是不吃猪肉的，而且……也很怕猪屎味。”

“可是，”伊争辩，“不养猪我们不够吃，而且……也没有钱给孩子读书。不养猪养什么？”伊有点委屈。

“养羊、养牛、养兔子、养鱼都好。而且……”颁奖人诡谲地笑笑，“读了书也不一定找得到工作。”

伊一愣。

猪屎味呛鼻而来。

满园的猪动了起来，绕着圈子溜转。泪不觉滴下来。儿子的咒骂在耳际响起：“政府不是没钱，都拿去养猪了……”

猪屎味从每个毛孔戳进去，入心入肺，伊感到呼吸困难，眼前一片蒙眬。猪一只只跃起、跃起，化为不断晃动的影。呜……空空空空……滴滴滴、答……

咖啡乌的浓香。

灯影。

“阿姆，”白衣的女儿薄荷味的叫唤。“怎么啦？喝杯咖啡？”“头晕。”伊虚弱不堪的，嘴巴擅自回答。“我还没漱口。”“不要紧啦。”女儿搀扶着伊，一手拿杯热腾腾的咖啡。

“阿财回来啦，头先……”伊目光四下搜索。

“没有啊……他不是去了台湾？”女儿不解地回答。

（头好晕。）“你全身烧滚滚……”（不是了不是了这一定又是梦。不要不要我会累死。）伊闭上眼。

“阿姆！”（不要骗我，都是梦。）泪滚滚而下。

“阿姆！”（不要骗我！）

“阿姆！”（不要！）

“阿姆！”（不！）女儿使劲摇晃伊。泪滚滚而下。

伊猛一睁开眼，眉头一皱，满肚子闷气。女儿坐在床沿，柔声问：“阿姆，你发烧发冷，不舒服是不是？”伊不语，深深吸了几口气，调匀呼吸。

“饭你煮好了，水也滚了。菜我炒好了。是不是不舒服才又回来躺？”女儿自顾着说。

“我们吃饱了，要去读书了。天黑黑我看今天不用割了。阿爸还在睡。”

伊这时瞥见板缝外透进一点亮光。天虽黑到底还是亮了。鸡还在啼。头好疼好疼。

“雨衣带了吗？”“带了。”

“下午有没有回来？”“没有。”

“有钱买吃吗？”“有。”

“自己小心。骑脚踏车要看路。”“哦。”

伊却免不了有点迷惘，欲言又止地抚着头壳。女儿拍着伊的背：“那你多睡一阵。”

“阿姐，走啦。让妈继续睡吧。”小儿子在喊了。

“阿妹，”伊突然用力地抓着女儿的膀臂，坚毅地，费力地瞅着她。“你老实跟我说，我现在到底是在做梦还是真的醒来？”双手不自觉地更带劲，而微微发抖。雨整齐端肃地击落。

呜……空空空空……喔、喔、喔……滴滴答、答……

——一九九一年三月二十四日

——一九九三年三月二十九日

《銮中旅台同学会二十五周年纪念特刊》

撤退

一条乳白色的溪流在他眼前展开，白而不浊，隐约可以瞧见底部。两岸是深灰色的乱草，杂着枯枝灌木。水往黑压压的林子潺潺流去。水声恍似经过压抑的啜泣。乳白的溪里没有鱼，倒影中也没有自己——没有星空，也没有酷日，不知道是白天还是黑夜。四野漠漠是混沌的颜色。仿佛轻风是真实地拂过，他感到胸膛的衣襟是敞开的，有限的胸毛早已苍老成动人的银白。小腿上明显地沾了宛如泪珠的露水，草上果然飘着雾，柔柔地晕开，脚板赤着，长期的不穿鞋令它长出鞋垫的厚度，不料凉意还是透了进来。他打了个冷颤。水声间歇地响了一阵。一种感觉浮上心头：眼前的景致分明是熟悉的，却忍不住又觉得陌生。于是他蹲着，在水边，双膝并拢守护着胸前，双臂交叉守护着膝。

乳白色的溪曲曲弯弯地绕着，直觉告诉他这条溪刚刚增加了弯绕的个数。晶莹的露珠滴落水面，来不及圈起涟漪便被带走。望着望着他觉得眼中有点潮湿，泪便涌出往腮边流去，在瞬间被拭干。蒙眬中乳白的水面往上拱，先是不规则的形状，渐渐形塑成白色的狗，一只只弹上岸，随即伸着舌头往林中奔去。一只跟着一只，隐约地吠着，串成一条曲线穿入黑色的林中，消失了。他想叫——分明认得它们，每一只都是他心爱的狗，大部分还是亲自命的名——一时也不知道叫哪只好，便哽咽了。狗群消失后岸边只遗下它们撒落的水珠，白色的斑点在灰黑色的草丛中格外醒目。只一瞬，便干透。

浑身肌肉酸疼、头晕晕的疲惫，好像还有很长的路要走，又好像只要多走一步整个人就会垮掉。他瞪着水边，这回倒影映出他满是皱纹的苍老。那张脸，就像久晒脱水后的皮革，眼珠子好像是刻意装上去的。这时他发现自己头上竟然还戴着一顶工作用的牛仔帽子。他苦笑。溪水随着他的笑容变得澄澈些。沙质般的水底，水底有路。

多曲折的羊肠小径，白色的路。鸟瞰式的画面在水底若隐若现，浓缩的树林景象，路隐现在叶有无处。骑自行车的男子缓缓地绕过一个又一个的弯，推着上坡，快速下坡，来来回回地走了一趟又一趟。不变的衣装、姿势，只有容颜逐渐苍老。叶子落尽，水底短暂地呈现锈黄，路仍是白色的。色彩褪去，他瞧见路旁一间又一间的木屋。

透明的蝌蚪游过，五脏分明。不知从哪里钻出这许多蝌蚪，呆头呆脑地摇头摆尾。欲哭的感觉，宛如啜泣的水声，一溪的透明蝌蚪。他有一种把全身皮肉都脱掉的冲动，想下去溪中泡一泡——好像一脱便能脱掉全身的酸疼似的。一些黑色的小东西在路上蠢动，无数的——是蚂蚁。蚂蚁搬家。是雨季来临前的征兆。

蚂蚁搬家至直立的枯木上，选择的竟然是人走的路，而且占得满满的，人给逼得让道。雨季来临前它们便赶紧动身，撤离原有的居处，而且辛苦地扛着白色的卵。雨季快来了吗?空气中满盈湿意，他猛力地吸了吸气——雾依旧浓，做徐缓的上升运动。耳畔一时间便响起细碎的雨声（像女人的哭声……）由远而近，越过千万棵树呼啸着赶来。水底的蚂蚁在着急地赶路，一只只紧紧地挨着。细细的雨飘过——也不知道是不是颗粒较大的雾——在叶片集中了，自叶梢滚落他脸上，温温的像泪。蚂蚁的队伍在雨声中淡去，路也消褪了，水底恢复白色的沙样洁净。透明的蝌蚪群聚在水边叶影下，微微地蠕动。他蒙眬地意识到自己已经走到人生的尽头，没有气力再走下去了，也没有必要再走下去。又一次浮起要把全身的骨肉脱掉的念头。皮肉恍似无限眷恋地牢牢盘缠着他的骨头。

他想不起自己为什么会走到这一处陌生的所在，甚至找不到来时的路。也许这是梦，但是每一个白日不会比现在更真实。就像在每一个梦里都不会怀疑那是梦。有时呼吸紧张些，他便仿佛听到有人在喊他——从称呼可以清楚地判断那些人是谁。妻子、儿子、女儿、媳妇还有孙子。……而他们呢?他们都到哪里去了?他举目四顾，四周还是一样的黑白分明或不分明。一些类似说话的声音，带着哭泣的意思。他努力地在想，这究竟是怎么一回事，第几个儿子他记不清了。为了这幅画儿子还给他骂过——什么水墨画，我不懂，乌黑黑一团，放着给蜘蛛牵网？他跟儿子说：他只懂得锄头。

（锄头！锄头！要做牛就让你做牛！）

思索令他眼皮沉重。一闭上眼，却又同时看到四个自己。

第一个自己枯坐在屋前五脚基上竹摇椅里嘴巴松弛地张开双眼平视前方：一丛丛茅草对焦不准地连成一气。是早晨的雾气伴随着黄昏的色调沉默的喜鹊在打瞌睡。第一个自己轻飘飘地再度造访这园中的每一个角落，拂过茅草丛时水珠滴落打在蜗牛背上，他习惯地将它拈起，等待蜗牛把一身瘦肉抽出，两枚睛珠着急地四处探张，再使劲摔下，一大脚踩上，喀裂地扬长而去。猛然脚底一阵刺疼，低头一看茅草根鞘上还得意地沾着血。他脸部的肌肉急速地抽动，昂头，平视一棵棵整齐排列的榴梿树。

茅草在园中出现是向来不被允许的，即使是一株。这是他数十年来的坚持。界碑仍然稳稳地立着，邻园在园主搬走后早已变成一座小型的森林，茅草、野树、野兽一再地侵入。界碑快被掩盖了，为阻挡邻园杂草杂树而挖的界沟早已被沙土填平，茅草就这样走了过来。

野藤、寄生树与邻园原有的树一一变种，缠绕着冲天而起，寄生的巨型蕨类一团团咬着高高的树，像一窝窝鹰族的巢。林中有山鸡清脆的啼声，大蜥蜴嗦嗦地来回纵走。他蹲下，用食指抚弄腐叶下蚯蚓的粪便，柔柔腻腻冰冰凉凉，接着把食指伸到口中，轻轻地吸吮，有点苦、涩、甘。

依稀是父亲牵着他的手在一片高耸插云的莽林边缘，他持续仰着头直到脖子发麻。林边清水淙淙猪笼草展杯相邀，他俯身用力拔起一个。水声消失，轰耳的机械声中亮出一大片天空，树倚着树斜斜地横在枯枝败叶厚积的泥土上。树干一节节被锯下，拖走。整整齐齐一块长方形的天空完全属于他们。他小小的手抚着小猪潮湿的鼻子，猪乙乙叫着咧嘴仿佛朝他笑。他们坐在茅草屋外头瞧着一整块天空满满的星星，长方形的地上处处是烧红的火炭，在夜里杀气腾腾。父亲喃喃地说着：多少年了啊……从唐山到这里落脚，替人顾园子锄草施肥住茅屋吃番薯养猪，存了多少年才买到这一块地……黧黑的脸上白雪雪的笑容。白日他走过一片焦土，残留着可以当床的根盘在冒着清烟。父母在清除残木，堆叠生火。

一幅画面展开，黑色的影子高高举着锄头背后是熏红的天，毒辣的太阳涨成深赤，汗挥下，土地上清烟蒸起。新的茅屋、猪栏、鸡鸭舍迅速盖起。父亲在掘井，一桶桶的泥浆汲起，他和母亲扛着，蹒跚地走，倒出，围在井的外围。一口深井挖成之时，也多了一坟土。另一幅画面展开，瘦弱的橡胶苗整齐地成行成列，他跟着父母在行列之间填上香蕉、木瓜、番薯、木薯……。橡胶树快速抽长，盛放成茂密的阴凉林子。

在林中他看到自己背着一个麻袋改装的书包赤足沿着白色的小径远去，更多同样装扮的孩子在远处林中闪现，朝他逼近。瞬时十多双手往他身上伸来，他大喊，那些人退开时下半身一阵凉快。

“这么脆？浸过尿——浸太多了是不是？嘻嘻……”

“好玩好玩。”

“捉几条蚯蚓来绑住他的卵叫……嘿嘿……”

“捉他去喂鸡……嘻嘻……”

那群年龄比他稍长的又不怀好意地扭动手臂趋近，他双手护着要害啊地大叫一声往回头的路冲去，拦路的手一滑便让他溜走。

之后说什么他都不去。父亲劝得恼了，火怒，大喝一声：

“你要做牛就让你做牛！”

在父亲过世以后的那些年里，除了在年龄上追赶父亲以外，他说的话便和父亲一样大声、简洁、不太讲究道理。而父亲留下的格言尔后母亲传给媳妇的只有这么一句：

“要找土讨吃，别找人乞食。”

土还是脚下的土只是草未免多些。时代不同了……一切都不同了……他低着头喃喃地念着念着粗短的白发徐徐变长。

树胶开割以后，竟然每棵都不足半杯……起先以为肥料不足，便猛攻肥。没效。后来到处去请教，才瞧得是种到劣种。这注定了清贫的命运以及他和土地的“相依为命”……

画面愈趋灰暗、偏黄，活像泡过雨水，朦胧。……挺着牛一般健壮身子的汉子快步走过微雨的红石子路，几家店铺远远地开着门。一送葬行列迎面而来，擦身而过时他猛然觉得激烈头痛，便赶紧抚着头扶着墙。行列过完后，才逐渐复元，落得浑身挂满冷汗。

黄昏时抵达家门，倒了杯水喝了一半便斜身倒下，栽在竹椅中，被扶起时已奄奄一息。在床边，在油灯昏黄的光晕里，汉子摸着孙子的头对他和母亲、妻子说：

“我的孙……会……会读书……一定……一定……要……要给……给他去读……我们……没……没带……什么……从……从唐……唐……山来……钱……全是……这里……赚……的。没钱……园……园……卖掉。”汉子涨红着脸，猛力地吸了一口气，“不要……不要每……一代……都……都……做牛。”

橡胶树的皮换了一层又一层，两层之后便薄得难以下刀。零星的瘤绕着鼓起，那便是沧桑的意思了。一棵棵修长的树姿斜斜倾下，把所有的根都拔起，留下一个个坑洞。夜里依旧是处处火红，偶尔发出树胶燃烧的爆裂声。可可苗一袋袋地昂然入土，行列间穿插入榴梿、山竹、红毛丹等。尔后可可大跌价，便尽数砍去。

第一个自己疲惫地抬起头仰望身旁那棵数丈高的榴梿树，但见枝丫如手臂般展开螺旋式的上升渐高渐暗，他不禁一阵晕眩。树上点点正是一粒粒拳头大小的果实，一只蓬尾鼠轻巧地过枝，隐没入绿叶丛中。目光顺势溜过一片深绿，几棵山竹也结满白色的小果实，白得鬼丽妖俏。看起来今年会大丰收哪……唉……他把头垂下。风声快速卷过树梢。

在持续的水声如啜泣中独坐的他清楚地看见第一个自己在暮色与清晨中的雾气中缓缓萎缩、脱水……跪在界碑前榴梿树下茅草丛中颔贴着颈，双手软软下垂，在风中轻荡。此刻满头银发朝八方吐伸，身躯不断皱缩最终被白发掩盖。白发葱开如一丛陌生的野蕈，妖异地摇荡。画面远远退去，所有的颜色都化约成黑白。大片的黑，一星点白（白发的浓缩……）白色的点像变形虫式的不安，边缘生出这许多足突，且愈来愈长。

在这白色的中心他看到第二个自己。

四周响起炮声、枪声。树下乱草落叶上趴伏着一个个军装持枪的汉子，爬虫似的肘行。黄色的浓烟嗞地喷出。哒哒哒哒……几个男子以镇暴队的戒慎贴着板壁前进。狗溜进屋子，鸡鸭慌张奔走，羽毛纷飞。第二个自己对着那群像虫类的黑皮士兵大骂：“猜[1]——”

“猜——”

眉间挤成一粒瘤的他不断重复咒骂。屋子旁边的士兵怒目朝他瞪视。妇人见状把他拉开，向士兵道了个歉，便走向炮火轰隆中。声音断断续续传来，以异族的语言：

先生……远一点去啦……演习……吓到……鸡不生蛋……

弥漫的烟气中隐约看到一张脸，是他，“共产仔”。当日在上学途中拦截他的人中这人也有份。起先他以憎恶的心情来迎接，甚至期盼他给英国大兵捉走。常常在黄昏里从菇叶底下钻出，空着手来到屋子前面：要粮。番薯、木薯、米，父亲表情复杂的脸。没有人能从衣装辨识出他们，只有表情，狐一般狡狯的眼神。簌簌地拔开园边的菇叶丛，钻进原始森林里。没有人知道他们躲藏的确实地点，父亲不让他和“那些人”交往，而他始终不能忘记那人施加予他卵叫上的污辱。他隐约听到那人给予的警告：勿做双面人，否则就会像□□死掉了都找不到尸体……。也许家里的狗是知道他们藏在哪里的。有几回他瞧

1. 疯，闽南语。——编者注

见家里的小黑从那个叫阿毛的共产党经常出现的菇叶下钻出，不久之后，小黑就失踪了。

他晓得阿毛读过几年书，他几个哥哥都给英国大兵捉去送回中国。每隔三五天阿毛在暮色中来取食粮时都不忘谈上几句他不太听得懂的“解放马来亚”“中国人的土地”之类的话，同时背上总重重地承受母亲冷冰的眼神。

“不要和他讲话！唔惊掠捉去死?!”

阿毛还说要教他认字，以补偿以前害他读不了书，一天黄昏就拿了一小叠印满字的纸给他，一到家里就给母亲抢过去丢进炉火中，燃烧过后还用火钳捣得糜烂。之后抽出一根柴朝他当胸挥来，他一滚，夺门而出，躲在香蕉树下。此后，阿毛失踪了好一段日子。

一天清晨，英国大兵整齐如橡胶树地踏踏踏走过，笑嘻嘻地看着他。白色的皮肤，金色头发，高得不像人。此后英国大兵不定时地在胶园走过，留下一排排鞋印。

突然有那么一段日子，英国兵没再出现。

听说日本人要来了，英国兵要走了。日子顿时过得惶惶不安，夜里他瞧见母亲从一木盒里抽出几张印着女人头的钞票折叠又藏回去。……第二天黄昏，阿毛从茅草芭中钻出，年余不见，已是更加粗壮。他习惯地为阿毛装了木薯、米、罐头、盐、鸡蛋，阿毛临走前小声地问他：

“要不要跟我进芭？有枪可以拿，可以帮忙打日本鬼子……”

他瞧见阿毛双瞳中闪耀着橘色的红光，黧黑的脸上油光闪闪，杀气腾腾。他陪着走了一段，才呐呐地说：

“我……我，”回头一看，母亲恶狠狠地目送，“我是独子……”

“独子才会给人欺负，有了枪谁敢欺负你？英国人撤走了，说走就走，也难怪啦，这里本来就不是他们的……现在机会来了，只要打退日本鬼，这地方就是我们的了……”

他清楚地听到视线以外的母亲在呼喊自己，喊声中充满恐惧。他着急地说：

“我……我还是不跟你去。我父母只有我一个儿子，我还没结婚……而且，园里需要帮手……”说罢头也不回地走了。他听到背后一句愤怒的话：

“你还是那么没用！”

脸上的肌肉不由得牵动一下。

多年以后，每当他和人起争执时，都会忍不住想说：“如果我是共产党，就一枪把你毙了！”而在回家以后，犹叨叨絮絮地说着：

“早知道我那时去做共产。”

结果总招来妻子的喝骂：

“你唔惊掠捉去死?!”

谣言来得比日本鬼子还快。说是马来人带的路，一路杀了下来。他已健壮得可以扛起一头猪，赶紧囤粮，干粮。屋子拆了往原始森林边缘靠近，每一个人都打起精神戒备。画面又再度灰黯，那是捕获山猪的上午，四个长相陌生的汉子踩着脚踏车在一个走狗模样的华人带领下来到，看到方被制伏的野猪血犹汩汩地流，嘴张着哈气，便赶上前踹一脚，朝那走狗卡椅卡桌一番，那走狗对父亲说：

“算你们走运，大人喜欢这只野猪，以后打到什么都送到派出所来。——大人说，不会让你们吃亏——换米给你。”

后来才知道这条路上已经有七家的男人被打伤，大都是为家里的女人和猪。

另一个场景。

阴沉沉的夜里，一群狗吠声中阿毛又出现了，他的皮肤已经黑得和马来人没两样。阿毛把他家仅剩的一包白米背走，望着搁在墙角的几个装满香蕉钞的饼干桶吐了一口痰，道：

“我们去过的每一家都一样。猪给捉光了吧？哼，听说日本鬼打败了仗，要撤离了，最近这几天最好小心一点。”

谣言也已充满各处。

他们把靠床的板壁松开，夜里狗一吠或一瞧见火把就推开木板滚进树林中，一直躲藏至深夜才由男人潜回去取食物。白日没有人敢在家。估计黑皮的已经杀到附近，一户户、一村村地杀。日本人给他们枪、刀。就这样地过了大半个月。

估计风波已然过去的那一天清晨，他和父亲走过一条红色的溪流，惊起漫天黑压压嗡嗡作声的是绿头苍蝇，乌鸦啊啊地扑翅掠过，已经没有路，只有血和尸体。这一带十个村都是一个样，他们走到饿了渴了仍不停地走，胃里不断有流质上涌，房屋都成灰炭，剩一丝白烟。各种年龄不同性别的尸首堆在一块，他们无数次几乎滑倒或为血所陷，仍旧小心翼翼地捏着鼻子前行。树倒了，桥断了，一切都染红染黑了。尸首在烈日下呈深黑色的流质状，点点米粒一般的事物是钻进钻出的蛆虫。尸首宛如在自然溶化，发生的恶臭可以任意稀释犹浓冽。地上的野草一一给腌杀，而褐黄、或焦黑。水中鱼与人尸共浮，伴游着几条直僵的狗、鸡、鸭，最多的是猪。除了人之外，猪的死相最惨。被剁了鼻头挖眼斩头去蹄开裆，咯咯咯一只大母鸡带着群黄绒绒的小鸡在人脸上啄食蛆虫、眼珠。

他计算自己一共呕吐了九十八次，三周后才开始敢面对食物。英国大兵又笑嘻嘻地登登登横越园子。又一个早晨，雾未散。

那年他刚讨老婆，阿毛又鬼一样地从灰色的草丛中钻出，告诉他：

“没想到洋鬼子回来得那么快，这回轮到我们要‘撤退’了……”

阿毛衣服破破烂烂，脸上横布着无数疤痕。他拿了些自己的旧衣服及一些纸币塞在他手上，阿毛则给他一本红皮的小书作纪念。阿毛乘着夜色遁去。第二天早上他在炉火烬中发现残缺的一角红皮套子，兀自冒烟。

不久他们便被赶出林子，父子俩双双被捕，关了几个月。两年后又回到芭里。接着又听说英国大兵要撤走了。他赶去目送。如当年之目送日本兵。换上来的便是眼前这批黑皮。一阵阵的尸臭扑鼻而来，满地的落叶幻化成凝固紫黑的血，黄烟白烟中第二个自己抽出斧头朝匍匐着的黑皮挥去，机枪哒哒哒地全数朝他射来。他瞧见第二个自己在浓浊的白烟中神一般地挺立，全身的肌肉苍老枯竭如树皮而身子如橡胶一般汩汩流出白色的汁液，匍匐着的士兵尽数站起。然而每棵榴梿都伪装成橡胶树喷涌出白色的胶汁，画面迅速为白色的汁液凝固，他听妻子含蓄的啜泣声。白色掩盖了所有的黑色，这时他看到第三个自己。

第三个自己坐在藤椅上，一共九个男女坐在四周包围。墙上挂着那幅黑白的画，一团黑中儿子培华硬说那是黎明的橡胶树，上头一圈白的规定是月亮，黑中一个小人头上挂着一盏灯的硬指是他——“黎明割胶图”。门外有一些孩子在叫闹，玩泥沙。培华、培南、中华、宽柔、坤城、崇正……还有那些名字娇媚的媳妇。他清楚地知道这些家伙要说什么，二十年前他翻种可可时便已经听到多次类似的说辞。他把目光投向门前的草，已快到门边了。他曾经不止一次听到妻子向儿女夸耀说：

“有我在一根草都不准在屋子周围二十尺内出现。”他看到草一寸寸地进逼也不作声无疑是出于怜悯，他知道妻子如果现在再拿锄头最多不过是锄到自己的脚，其次是锄头柄敲到头。那一天他把着锄头在界碑旁边大呼小叫把妻子引来，指着一丛丛偷渡的茅草说：

“奇怪，昨天才锄的啊，怎么全长回来了？……”

那时他才醒悟他自己再也没有能力清理家园了。二十多年来儿子的请求他知道自己总有一天会答应的，那一天马上就到了。平视户外棵棵榴梿长满累累的果实。早上还听到某女婿说：“可惜。”却给儿子宽柔抢白：“有什么可惜？要那么多干么？吃又吃不了。要吃去买就好了，让两个老人住在这种地方才可怜……”

宽柔……因不识字而胡乱用中学的校名为儿女命名，五年前骂他骂得最凶的……

“我们不管书念多还是念少，生活都算过得不错。留你们两个老的在山芭，你想别人会怎么说？会说我们不孝，赚了钱不肯养父母，不把父母接过去——就算你们不为自己，也要为我们想想——”

嘿……咖啡热腾腾的香气满溢。他把目光移到日前晕厥的地方，黑皮兵早已撤走。妻子缓缓朝那土墩头走去，媳妇和女儿在两旁搀扶。穿过厨房里的窗，土墩头上已长满草，只是太远了看不出是否有茅草……

“搬吧，”近乎哀求地，“大家都到外地赚吃，留你们两个老人家在芭里实在不好，这里没水没电的，实在不方便。园子卖掉吧，钱你们要怎么用都可以，要去旅行也可以，我们都没意见。留你们俩在这种地方我们都不安心，工作忙，住得又远，也没有多少时间回来看你们。……”（二十年前的旧话）

崇正说完后瞧瞧大家。他目光仍旧不往儿子身上打。

“你们想要住谁那里都可以，也可以这边住一两个月，那边住一两个月，不一定只跟一个儿子住。”（旧话）

中华接着道。

妻子已接近土墩头了。

所有的目光都集中在他身上，包括孙子——妻子多半又没意见，他听过她对女儿说的话：都看他的——他要是不肯走，我总不可能留他一个人在这里——这地方都一块住上几十年了，什么都习惯了，一旦换了个环境，也不知道过不过得惯？……

他感觉得到诸儿女的目光忽冷忽热，像感冒那样。妻已蹲下来，在拔草。瞬即被阻止。瞧着几位衣着光鲜的妇人在为一坟起的土地拔草，觉得情形有点怪异，便咧嘴一笑。儿子并不在乎他把目光投向哪里，看来是以为他“差不多”了。

“这地方不宜久居，机会不平等，教育水准也不很高，政府又偏心。为了下一代，我们不能留在这里，赚吃愈来愈不容易了，不如趁早‘撤退’——”宽柔特别强调这字，“就像当年阿公阿嬷离开唐山到这里一样……”

听到“撤退”这两个字时，他转过头乜了一眼肥胖的儿子，嘴里喃喃念着：

“撤退、撤退……我也要……‘撤退’了……”

众人见状不禁大吃一惊，赶紧趋前抓住他的手。

“我没事。”

他口气坚定地说。又把目光投向土墩头，早晨的阳光柔柔的斜照。

众儿子重复地游说，搬去沙巴的崇正反驳宽柔把儿子送去受英文教育，“不甘心被马来人同化却甘心给洋人做香蕉”之余不忘夸赞沙巴和西马“好的地方一模一样好”；移民澳洲的宽柔接连三次提到袋鼠，在吉隆坡的坤城则呆坐无言，移居台湾的中华一再强调台湾和大陆距离的接近，肤色、语言、招牌等等都不成问题；移民新加坡的培华则抄袭一些李光耀在电视上的陈腔滥调……看到儿子们彼此之间挖掘对方的语病，不禁厌烦。他颤动喉头，轻轻地说：

“搬，就搬吧……”

声音陌生之极。众人静了数秒，再齐声欢呼。同时便有几个儿子出门唤土墩旁的老婆，高声说道：

“爸答应搬了。”

再问他选择哪里，他迟疑了半晌，道：

“沙巴吧……”

这时土墩头上草已经拔干净了，又裸露出黄土的原状。妻子直直地跪在那立着界碑的土墩前，他记得那个从他处移来拜神用的石碑上几十年来系满红色、黄色的“拿督公料”，早已在风雨中一一褪色、糜烂，给土墩中的白蚁咬去做窝，年年都吐出可口的鸡丝菇。碑前必定放着那大碗公，碗里跪着的熟鸡还冒着烟，嘴里死夹着它自己的心脏。妻双手持香平举过头朝树与树间的亮处遥拜，口里一定又喃喃地念着保佑□□、□□、□□……的话。背着光伊身体边缘泛着微芒而中心暗黑。第三个自己缓缓站起，在孩子目光的集焦中朝土墩头走去，在光照中轮廓与色彩均消失变成一片白色。大片白色在灰黑中不安地涌动。这时他看到第四个自己。

第四个自己跪在井边双手直压在吋[1]许厚的木板上，身旁摆着一红色脸盆及长柄渔网。井边的垫木将井固定成正方形，木旁长满蕨类植物。井身瘦瘦地向下延伸，距地表一尺左右全都是蕨类。水略显混浊。他抓起网柄，垂直地把网向井中伸去，直插入水中。他两手紧握尾端，使劲以弧形的方式捞去，

1. 英寸，约为 2.54 厘米。——编者注

网柄一阵激烈的颤动，他便赶紧上抽。两手互换位置，网子便在眼前出现，里头盛着一青色事物。网在握，他连鱼带网放进盆里，将木柄折断。一身汗颗颗下滴，像当头淋了盆水。鱼兀自在挣扎不已。鱼在盆中呈C字形，约莫三尺来长，一身深青。他快步朝一预定方向踏去，双手青筋暴露，瘦肉鼓胀。颈部肌肉也给扯得板根也似。鱼不断弹跳，他热汗暴滴。赤足，裸上半身。

好长的一段路啊……

阿毛竟然活到陈平投降那年，白发苍苍地来找他。自称身上各处埋藏了十几颗子弹，瘦得皮肤比骨头的位置还低。脱掉上衣便看到心脏几乎是半裸地在跳。他拿着报纸深深地叹着说：

“历史和我们开了一个大玩笑，”他猛烈地颤抖着，茶杯里的水泼了他一身，“我们已是最后的共产党。”说罢老泪纵横。

穿过两块园地，终于来到沼泽的边缘。他先把脸盆压入水中，让水流进去，松手。再颤抖着踩进冰凉的水中，荡着脸盆，把网拿开，丢进乱草堆中。水及大腿时他将脸盆一翻，鱼便滑进清水中。像龙似美妙地斜斜绕了个圈，摆着尾直往水深处没去。他俯身双手掬水洗脸，一阵凉快。再睁开眼时，第四个自己猛然瞧见水中有一条乳白色的河，河的四周浓淡如墨。河畔一个戴帽的自己蹲坐着：第五个自己。

第五个自己一睁开眼，第四个自己便伴着他身旁的景物消失。

溪猛然干涸成路，撤走的蚁群再度出现，看清楚些，蚁群都戴着盔甲，穿着军服，背着装备，刹那间都化成了军人——英国大兵、日本兵、共产党——以蚂蚁的姿势，用爬的。一如当年他站在镇子上唯一的一条重要街道旁，目睹着这些人肃穆地撤走，而欢呼——只有共产党例外，是悄悄地退去。对于儿女们的批评，他一直没有辩解，也不想强调："我亲眼看着这个半岛变成一个国家。"他想，他们到底不懂，不懂土地的意义。"不管你走到哪里，都离不开这块你生长的土地。"蚂蚁索索地匆匆赶路。

英国人来了，又走了。日本人来英国人就统统撤走了，私房钱一下子变得全不能用。英国人来日本又撤走了，一桶桶的香蕉票比厕纸还不值钱。然后共产党又来了，来要吃的，留下一些灾难，然后又走了。接着英国人又走了。来了，走了——令他目眩头晕，只有土地是实实在在地踏在脚下，在他的脚下。然而即使是他也不可能永远是这一块土地的主人。他模模糊糊地醒悟："土地是土地自己的主人……"

一条白色的狗在水底缓缓远去，垂头低尾。那是他最后的爱犬在自求了断……泪眼蒙胧中突然杂乱的记忆以无数破碎的画面在他脑海中展现，快速度地移走、更新，一些久已忘却的片段瞬间唤起他的回忆，还没来得及遗憾又给新的画面替上。数十年的时间，一生的岁月被割裂成碎片，不受控制地在眼前一一掠过，像大水灾中滚滚洪流所卷走的杂物，载浮载沉。他清楚地感觉到四肢的逐渐冰凉，遂起身，朝不知何时又恢复乳白的溪水望了一眼，对溪中显然浮现的一张脸孔（与他肖似的长相，却年轻了许多）道：

“他们把园卖了，也许再也没有人会再回来。你们的墓怎么办？”

溪中的脸孔静默良久，道：

“就像当年我们离开唐山一样。”

便消失。四周的雾无声地拢了过来，更深的寒意。他抬起腿，放进溪中，暖暖的十分舒适。

他全身浸泡在乳白之中，衣物去尽。水深竟然没顶。他发觉自己已没有在呼吸，却没有丝毫的难受。脚踩在沙质的溪底，轻飘飘的毫不受力。他慢慢地前行，所见是无数透明的蝌蚪围绕在他身上，吮着，聚着，……水流渐急，他逆水而上，身上一轻整副皮肉随流而去，骨架、肺脏等也跟着飘走。他只觉得舒泰，全身的——一抬头（抬头的感觉）便瞧见（瞧见的感觉）水面一群人围绕在一张床边，床上躺一个皮包骨的老人，所有的人都在淡淡啜泣……

他移动的速度在弹指间加快，直觉中像飞坠的物体，往无限的深度坠落，做无限的增速，而知觉在无限的速度之中渐趋于集中——那种无限舒泰的感觉，类似做爱的高潮——他最后的知觉——他闻到精液的气味，他感到身体无限缩小，直朝人类视觉以下逼近，他想到自己变成什么，一枚精子。

——一九九〇年二月二十六日四度重写

——一九九〇年七月二日增补

——一九九〇年《幼狮文艺》九月号

郑增寿

那一天凌晨，当小镇还笼罩在雾里浸泡在大多数人的梦中时，倒大便的烂脚罗突然发现一个陌生人伫立在桥上张望着什么，也许是倾听——看来他在那儿站很久了——大便倾倒入河中的声音。

由于雾的关系，他没能瞧清楚那人的样子，只依稀瞄见他头部眼镜片的闪光。根据这一笼统的印象，他归纳出了一个睿智的结论：此人十分精明——像一头经过严格训练的猎犬。显然地，他当时是在利用嗅觉进行测试。烂脚罗后来听到他打了几个凶猛的喷嚏，便是最佳的证据。

此后的数天里，那近视眼不断地出现在镇人的视野之内，鬼鬼祟祟地拿着一本簿子间歇地记录、画出这一带房屋、街道的草图。根据被他贿赂过五毛钱的李家小孩豆鬼牛的供述，那本簿子上不止记录了房屋的间数，还有电线杆的支数。他那令人不安的行为就像是一根误植在路中央的街灯那般碍眼，于是镇上火气暴躁的汉子们酝酿着要给他一顿丰盛的“猪脚火腿”（以脚尖和膝盖猛烈地按摩他的腹部），却受到深思熟虑的长者们的劝阻（其中包括烂脚罗），因为他们怀疑对方具有“官方身份”，并不好惹。

为了安抚汉子们的情绪、证实 / 否证长者们的怀疑、消除镇人的疑虑，镇上唯一的小说家便被秘密地公推（虽然他宣称是自愿的）出来，负责调查那位可疑的闯入者。后来那位小说家跟着离奇失踪那是大家都知道的事了，可是他留下的宝贵痕迹（trace）却一直没有公布，使得整件事情像谜一样地难以猜测。

事情过去了几个月，小说家的笔记突然在森林边缘一条小水沟旁的草丛中给去捉打架鱼的一班小豆鬼们发现。他们原本是决议将它支离了好折成飞机纸船的，后来其中一位豆鬼竟然还颇有学问辨识出笔记上的其中三个关键字：“郑增寿”——而决定予以保留，偷偷地转传给刚来上任的华文老师（接替原职的失踪小说家）——开价五十元，杀价至五块钱成交。后来，小鬼和老师相互串供说那是“送”的，一向看来诚实单纯的镇人也不疑有他。

这份重要的笔记，嗣后经过这位原为业余评论家的整理，企图还原为小说家意图中的样貌。本刊幸运地获得作者的同意予以刊载，唯本刊向来的立场是刊登“非虚构”作品，而这位作者又坚持不以该本笔记示人，所以编者在某些段落做了重要的取舍 / 还原。当然，那也是必要的。以下是该篇文章中属于“笔记体”的部分，预料比较接近失踪小说家的原文：

九月三日

我几乎相信他已经发现了我。这个人，机警得像猫。他挨家挨户地问去，从嘴型，我可以判断出他问的是同一件事，只是不晓得究竟是什么事。

是卖面的查某[1]田提醒我：这个四眼佬在追查郑增寿的下落。

郑增寿？这倒引起我的兴趣了。

没有人知道郑增寿为什么突然离家出走。他在镇子上，也只是一个微不足道的小知识分子，没有发生过什么影响力。似乎永远知足，也不爱说话。没有人知道他心里在想什么。可是这样的人竟然离家出走了。

更夸张的是，还有人到处打探他的下落。这说明了：表象的单纯并不能□□事实的复杂。

我必须□□事实的真相。

按：□□为字迹潦草无法还原处。

九月四日

一整天，他都把自己关在旅舍里。天气这么热，他待得下去？他在干什么？——嫖妓？（这可是大白天呐！）整理搜集来的零星资料？他究竟是什么身份？密探？私家

1. 女人，闽南语。——编者注

侦探？杂志记者？还是——小说家？

我甚至怀疑，他在窗帘后头冷冷地隔着玻璃盯着我。

走访了一趟郑增寿的家。

他太太告诉我说，在郑增寿离家的前一个夜晚，她听到他一整夜在板床上翻覆的声音。他从来都不那样，一定是有什么心事。她给他吵得睡不着觉。后来，她终于因疲累过度而睡着了。一醒来时，听到雄鸡在啼——她顿时觉得有点不安。赶紧到邻房一看：床上空荡荡的。她以为他去大解，因为后门虚掩。推开门，拿手电筒一照，茅厕里也没有人影。她不相信他就这样一走了之。

这番话，她几乎对每个镇人说过。带泪的叙述。我之所以把他记录下来，是因为四眼仔可能也记录了这一段话。

"我一直在等他回来。我不相信他这么没良心。我又没有对不起他。我们一起住了几十年，我也从来没骂过他。"

这话恐怕有点失实。镇上的人都常听到她在骂他"你这个没有用的"，虽然不知道她指的是什么，可大家的猜测都颇为一致。

"他也没有留下多少钱给我，叫我以后怎么过活？"

等她惯常性地发泄过去后，我才向她询问四眼仔的事。"有啊，"她说，"那人什么都问：阿寿长得啥样呀？多高呀？哪一年出生啊？做什么工啊？到哪里去了啊？还要了一张阿寿年轻时的照片，一张几年前拍的。还在门外拍了一张照片，大厅、阿寿的房间、厕所、鸡寮……临走前，还跟我说谢谢，给了我一个红包——五十块钱咧。”

“他——”我谨慎地问道：“有没有说他是做什么的？”

“这倒没有，不过……”她仰头思索了一会，“我看他有点像是便衣……”

九月五日

昨天从郑家出来，又去了趟旅舍，问了问柜台，说那个四眼仔出去了。“在半个小时前。”我抄下他登记住宿用的化名：曾满堂。

我几乎失去他白日下落。幸亏，镇人都认得我，都注意那人的去向，都愿意和我合作。循着群众的指示，我来到镇子的边缘——胶林的起点。

割胶工人都回去了，我几乎找不到人问。还好，胶林里站哨似的住着几户人家，疏疏落落地。他们与生俱来的警戒性以及豢养着排外性极强的狗，在在都提供了我应有的便利。根据他们的说法，那四眼仔确实来过。除了到处拍照和给狗追之外，还宣称是某杂志的记者，说以前这一带是有名的“黑区”，藏匿着不少著名的马共分子，现在马共放下武器了，所以他想做一番翔实详尽的报导，故亲临采访。

他还出示了记者证。

“现在他呢？”我问。

“到马来甘榜去了。”

我没有兴趣再跟下去了。在马来甘榜，我们一样地陌生。那很容易被他识破。

黄昏以后他才返回旅舍。

今天，他又一整天窝在旅舍。

九月六日

刚睡醒，有人敲门，门打开——是他，那个四眼仔。我从来没有正面看过他，况且，这么近。我第一个反应几乎是：武装自己。可是我把冲动按捺下来。强作镇定。我没想到他会找上门来。难道他发现我一直在跟踪他？

“我叫曾满堂，”他难得地露出笑容，伸出手来让我握，“我是□□杂志的记者，相信你对我们的刊物并不陌生。”说着掏一本八开的杂志出来，封面一半裸女郎妖里妖气地骚笑。

“听说您是本镇文化水平最高的。”他拿出相机，揭开封盖，对着我的书桌、书架、脸上一阵猛拍。“所以，我来向您求助。”

他说，根据某项内幕消息，郑增寿的失踪可能和马共的历史终结有关。“不可能那么巧合，”他说，“经过多天的采访、分析、归纳，我几乎已经找到他唯一可能走的路线。可是，我到底不是这里的人。所以……”

他邀我进入莽林。

我注视他的眼睛足足三分钟之久。那厚厚的镜片令他看起来十分诚恳。

我答允了。

九月七日

悄悄准备了饮水、干粮、地图，我们立即出发。我怀疑这是一项阴谋。我闻到浓郁的草药味。

●

笔记体到此为止。以下是连贯的叙述，疑系“代课老师”羼入了想象与虚构。

我并不晓得他是怎么判断说郑增寿是循着我们目前走的这一条路失踪。更离奇的是，他手上握有一纸繁复的路线图，不时拿出来审视一番，点点头或摇摇头。我瞥见图上由三种色线构成：红、绿、黑。

长草不仅过人头而且会割人，漫天的树筛滤着阳光和灰影，猴子和松鼠刻意制造响声。依稀有一条兽径，怎么看也看不出有人走过，四眼仔似乎是凭着嗅觉行进。

我们不时喝掉猪笼草杯中的积水。

为了弥补我的损失，四眼仔约略透露说郑增寿是一个中医师（这我早就知道），每隔几个月就会“失踪”一段时间，据说是到山上去采药。可是，由于该山区接近马泰边境，所以早就引起了有关单位的怀疑，而布线追踪。“可是，每回都给他甩脱，”四眼仔说，“他的敏感也是近乎专业的。他能够在最短的时间内掌握对方的形迹。有一回，一名长年生活在山里、熟谙野外生活的专员跟了他五天，详细地记录了他的每一处行脚、每一个可疑的动作，可是却在第六天早上，在一条河边大便时给老虎叼走了。”四眼仔的愤愤似乎说明了他的真实身份。“第十天，有人看到郑增寿在另一座山里出现。有关单位发现不对劲，赶紧派员入山搜索。结果，那人留下的记号止于河边，他们找到他的头发、碎散的骨头、指甲、子弹、内裤残片。而那份笔记，分明已经过涂改。令人纳闷的是，为什么老虎也向着他？”

“你似乎知道得很多。”我冷淡地说，“你不是记者那么简单吧？”

四眼仔阴险地咧一咧嘴。“知道太多原本就对你没有好处——”他猛然瞅着我，“你为什么一直跟着我——在镇上？”

我一愣，没想到他会这么直接。难道，他早已发现我，并且想除掉我，而邀我来就是为了遂行这目的？

难道郑增寿的“失踪”是因为落在他们手中？而他之伪装查访，是为了诱出“同路人”？

我们对峙着。

“别害怕，”四眼仔说，“我不会伤害你。不要太敏感。只是，我们需要更多的同志，以维护国家的安定……”

“你是——官方的？”

四眼仔笑而不答，继续前行。

黄昏时候，赫然出现一座村庄。

我做梦都没有想到，而四眼仔却是一副胸有成竹的样子。

一只狗迎着我们狂吠。

“阿寿！阿寿！”妇人的声音。

“阿寿？”连四眼仔也露出了诧异的神色。

村庄有点阴郁，坐落于低矮的盆地之中。房屋都是铁皮木制的，家家户户之间种了好些果树，隐约见到一条蛇曲的红泥路，一辆破车驶过，尘雾漫飞。

一只肥胖壮硕的狗迎面追来，发出鼻音很重的吠声。那约莫是最靠近的一户人家豢养的。瘦骨棱棱的中年妇人碎步紧紧跟在后头，厉喊：

“阿寿、阿寿——你这只夭寿狗，叫不听——”

胖狗目露凶光，龇牙露齿，止住了步。我们也停下了脚步，隔了五米左右，对峙着。

妇人走近，掏出链子锁在胖狗的项圈上。皮笑肉不笑地说：“怕势[1]怕势……”

“请问——你这只狗是叫——？”四眼仔谨慎地问。

“阿寿，全名是‘郑增寿’。”

“郑增寿？”我们不禁面面相觑。

1. 不好意思，闽南语。——编者注

肥狗在拼命朝她吐舌摇尾。我们发现它身上缺了某种东西。“母的？”

妇人摇摇头。“本来是公的，阉了。”淡淡地说。

四眼仔火速地替那只狗拍了正面、侧面的照片。也替妇人照了一张，宣称自己是某杂志的记者。

借口向妇人要水喝，我们尾随她回去。胖狗不时回过头，戒慎地瞧着我们，狺狺有声。

终于，到她家了。就像一般平民百姓的家。门柱上有撕、剥过的对联残迹。那残迹令我产生一股异样的感觉。

妇人身上有一股洗衣粉的洁癖味儿，也许，她是靠替人洗衣服为生的。她没有邀我们进去。

门边停着一辆破旧的脚踏车，看起来性能还不错，链子上了油，车头灯的玻璃擦得光亮，车垫上没有积尘。

她捧着两杯水出来了。水略烫，也是有一股肥皂味儿。四眼仔连忙探问为什么那只狗会取一个那么人模人样的名字，是不是……

“那是我丈夫的名字，”妇人冷冷地说，“他走的那一天它还是小狗，我把它亲手阉了，改了这名字，以配合它新的身份。它原本叫山米。”

四眼仔瞅了我一眼，眼中又是得意又是惊诧。眼前的事物，既荒谬又真实。

“那，”四眼仔饶有兴味追问，“你的丈夫现在住哪儿，能否烦劳指点一下……”

妇人不耐烦地朝东北方随意遥指，道：

“他向那边走去，没有再回来过。有人在 Porak 看到他和一个贱女人姘居……”摇摇头，不再言语，砰地关上门，留下那只被锁在柱子上、不知所措的胖狗。

我在她那离去的目光中看到一丝凄楚之色，也许是泪光吧。一个被抛弃的女人，或许仍然恋着那离去的男人。从那条胖狗身上，她获得男人付不出的忠诚和无法忍受的屈辱。然而这也只是微不足道的补偿而已。

入夜了，家家户户亮着灯火。

我们找了一家咖啡店歇脚，饱餐一顿。下雨了，微微霏霏，灰蒙蒙一片。四眼仔问明了 Porak 村的去向。“有一班巴士可以到。明天早上八点。只有一班。错过了只好再等一天，或者走路，”店老板拱着大肚腩说，“不过要小心，可能会有老虎、熊或毒蛇。”

路像肠子般曲曲弯弯地在丛林里绕。

抵达 Porak 村时已是正午。匆匆果了腹，四眼仔便四下问路去：“这里有没有一个叫郑增寿的人？哦——请问他家是住在——？”

“过了河便是。”村里的人说，“我们这里的房子都是沿河而搭起来的。”卖肉骨茶的人说：“他是个怪老头，懂得替人接骨，不大爱和人来往。自从姘头跟一个孟加里[1]跑掉之后，就一个人住在那儿。”

村子里都是红石子路，街巷都坑坑洞洞的，积着水。野狗

1. 指戴头巾的印度人。——编者注

很多，到处拉屎、撒尿。四眼仔的双眼突然变得深沉起来，上下眼睑肿胀充血，像豆荚、蜥蜴的眼睑。

我们沿路问人，很快便闻到河的气味。

河像一条死去多年的蟒蛇。

起雾了。

过河稍远处是一片香蕉林和忽隐忽现的高脚屋、电线杆、柏油路。那才是 Porak 村吗？我突然兴起重重的疑问。

我们步过吱吱喳喳的木桥，几棵茂绿的香蕉树荫护着一间小木屋，屋外正热闹着，响着狗吠声，一大群狗在争着什么，枯瘦的老人从屋里冲出来，挥动木棒。一瞬间，群犬退开，只有两只犹背对背，身体之间有什么东西连着扯不开。见了老人的木棒，它们紧张得相互拉扯着，像拔河。

"亚宽，你这只……猬狗母！"老人挥棒欲击，却瞧见了我们。他愣一愣，手便僵在空中。

我闻到一股草药味。

"你就是郑增寿？"四眼仔揭下相机盖子问道。

"是又怎样？"老人两眼一白，鼻孔一翘。

四眼仔向我打了个眼色，我摇摇头。不是他。他不是我家乡那一个。老人在那只雄狗身上用力踹了一脚，狗惨叫一声。老人转身欲进屋去。

"慢着。"四眼仔喊道。老人转过身，他随即按下快门。也就在这同时，老人飞身向他扑来，一抬腿，蹴中他腹部。四眼仔手一松，相机猛然受到重击，直往上飞起。

四眼仔双手抚着腹部跪下来，挤得整张脸皱巴巴的，唷唷啊啊地猛吐口涎。

老人恶狠狠地瞪了我一眼。踹一脚绑着的母狗。相机哒地落下。老人砰地关上门。

我替四眼仔抚着背。良久，他才艰辛地抬起头，满脸泪痕，含糊地呻吟道："夭寿！"

我挽扶着他，捡起那被踢扁、摔散的相机，缓步走向河边，坐在石头上。四眼仔淌着鼻涕、发着抖，掏出一张皱糜的纸来，摊开。是那张地图。四眼仔指着其中一个黑点，该点位于数条红线的中央，旁书蓝色的小字：

"情报正确，"四眼仔满头大汗地说，"他就是我们要找的人。"他咬牙切齿，浑身湿透。

雾迷迷蒙蒙地飘来。

"可是，他不是那个离家出走的。"

"谁说不是？"四眼仔按着肚皮说。

"那人我认得，也颇熟。样子、声音、脾气……都不像，除了那股草药味……"

"那就是了。"四眼仔冷汗滚滚地说，"这回他跑不掉了。我走遍了地图上各个黑色的点，发现每个地方都有一个叫郑增寿的人，都和中药味有关，都失踪了，这是最后一站。他没有别的地方可去了。"

"可是……"我迟疑地说，"我们都不是他的对手。"

"我不想捉他，只是想让他曝光！这就是我的任务！所以，我带你来……"四眼仔冷冷地说，"扶我起来吧，看他还敢对我怎样。"

“你还要去？”

“哼！”四眼仔咬紧牙根，危颤颤地站起来。

我们再次步向郑增寿家。那只母狗又和一条雄狗火热地干起来。其余的公狗在一旁狺狺催促。

门没锁。四眼仔展臂一推，却给屋里的景象吓了一跳。扑鼻的草药味。

屋里坐着几个身材相近、容貌各异、年龄相仿的老头。那位修理过四眼仔的老人也在。我家乡失踪的那位也在。

“我们等你等了很久了，”其中一人冲着四眼仔说，“你一定很辛苦了。”屋里光线有限。“我们聚在这里，是因为我们拥有一个共同的名字，那是一种奇怪的情谊。也是一种可能引发联想的巧合，可以用来测量空气中的政治敏感度。对不对，调查员先生？”

四眼仔的双眼瞪得老大，身子软瘫瘫的，口角吐出许多泡沫……

“你太敏感了……”其中一位老人不放松地说，“当心点，那是很容易感冒的。”

余话：（疑改编自《四眼仔的笔记》）

要不是马共头子在一九九〇年尾梢终于放弃缠绵数十年的残余兵力走出森森莽林登上光洁坚实的谈判桌，让那些业已列为失踪人口或者归入死亡账册的垂老游击队员重新暴露在日光下，那么郑增寿在镇人的印象里也许便只是一个平凡无能的小知识分子——读过几年书，是中国到马来西亚的末批移民，在荒凉偏僻的乡镇里默默无言地随着岁月衰老、增寿、等死——等待被遗忘——被所有曾经记得他的人，这个时代，和永无定稿的历史。

陈平的猝然出现，就像是影子从黑暗中挪移出来，顿时唤醒了同一辈华人的记忆，酸涩、灰黑、浓滞。许多久已尘封的名字突然又鲜活地映现，在报章杂志上，脑海中。可是“郑增寿”这三个字却并没有列在其中，这何其平凡的名字似乎不太可能和马共历史的终结扯得上关系。然而，就在陈平走上谈判桌的消息在电台播出当晚，就再也没有人看见过他。

起先谁也没想到他是“失踪”，因为他是一个小有名气的中医师，每年不定时地会上山采药或者到交通不便的穷乡僻壤去行医、积阴德。每回一去就是大半个月。可绝不会超过一个半月。然而在两个月后，他三十年来的同居人英嫂便向警方求救，也因而让“郑增寿”这三个字上了报纸的“寻人启事”栏。稍后虽然有几位自称见到“郑增寿”的人联络她，可是略略查证，便发现那只是同名的陌生人而已。

在郑增寿失踪的那些日子里，镇子上的人都把他当成了茶余饭后的谈论对象，谈他的一些轶事——诸如他的舍弃中国的糟糠而与吴寡妇姘居，以及治好过某某的宿疾等等。可是，愈谈却愈觉得模糊，也愈抽象——究竟，“郑增寿”在他们言谈的拼凑中，总也拼不出一个完整的形象。只是一些断片，接榫之处总还留下太多的空白。

然而，有关单位却也同时相中了“郑增寿”这三个字，凭着职业性的敏感和专业的直觉，配合符号学的知识，把它当成一含意丰富且不明确的符号（symbol）而派出了资深的调查员微服查究。调查员的代号是“泡沫”。

泡沫是在一微雨中的黄昏抵达小镇。小镇忧郁、落后、华巫杂居。一下车，他便受到各方凌厉目光的严重灼伤。

（中略）

循着好心人的指示，泡沫来到郑增寿的家。那屋子坐落在聚落之外，显示了主人孤僻的性格。是间水泥砖屋，灰瓦，寒伧，潮湿，令人忧伤，象征了女主人目前的心情。蓦然，泡沫眼睛一亮，门柱上两道褪色的对联像电一样击中他，没错了，这一定是——“密码”——他赶紧抄下来。那一联正是：

天增岁月人增寿

春满乾坤福满堂

（下略）

——一九九二年一、二月号《蕉风》

第二届客联小说奖第一名

少女病

黄昏以后，小心地踩着水湿石径或泥途，朝小雪的住处去。曲曲弯弯的巷子迷宫似的，与外界隔绝的古旧剥落和苍凉，矮矮的石屋、泥墙，坐在门槛上的老人和巷子里嬉戏小孩，总令他产生某种错觉，像走进了多年以前的黑白旧照。他走过，身上沾濡着陌生的目光，冷冷地走过。

诚然，这黄昏以后的散步已内化成他身体的一部分，就像他的洁癖和爱分析自己的习惯那样。每次一踏出门，他都会有例行的警惕：自己是否变成了习惯的奴隶？而自然地立在门前做数十秒的沉思，注视着自己那双皮鞋光亮的脚。一转念，他又告诉自己，见小雪一面是每个黄昏以后他生命中最庄严最迫切最神圣的一件事。仿佛错过了，便会一辈子遗憾，而每一次见面就像是此生最后一次，因而步出小雪的家门时都会带着永诀的离绪。他也讶异于自己感情上的脆弱，法令纹如此深刻，意志力如眼镜般深厚的国学研究生竟也会如此不由自主。

于是，他把原因归给那双脚……根据他的分析，脚也有意志，往哪儿去不全然是由心灵决定的，因为脚才是实际的行动者，于焉减低了他的心理负担。

榕树把章鱼爪一般的根整匹地披在墙头，整堵墙顿时超现实了，而扭曲，如受难者的惨笑。重复的转角，陌生的脸孔不同年龄地在门外纳凉，空隙的门里妇人女孩或婴儿隐约的脸。

小雪的形象已然雕镂在他多皱褶的脑上了。他常不由自主地回想起童年，美的憧憬的形成也许总和女性有关。仿佛，幼年时代若尝过女性的温柔便会在男人的心里种下一颗善的种籽，而终生受用，同时也化为永恒乡愁的一部分。即使他后来变成了大坏蛋，也会有善念浮起的刹那。尽管他如此自我说明，也无法完满地解释一个非追求者而屡屡往人家少女的居处跑这一事实。他也不知道自己究竟要什么，甚至不是拥有小雪，而也许只是耽溺那种若即若离的感觉。他常联想到死亡。或许他也暗暗地期盼小雪会采取一些积极的姿态，凭着女性的直觉，和给予爱和残忍的本能，以解决他如此机械的造访带来的少许不安。可是小雪和他一样冷静，一样地不着痕迹。

终于，来到一段夹着古拙老黑松的石径，一块块几乎永远潮湿的石板长着绿苔，让他双脚积淀了深刻的记忆。松沿墙挺拔，墙上绿茸茸濡润的苔藓让他闻到一股沁脾的清新气息，一如童年在羊齿植物丛中嬉戏。他确信，那也是小雪身上的气息。

每一次他都想剥一些苔藓回去培植，而他那儿却太干燥了。

走完石径，便是矮矮的竹片编就的栅门，推开，铜铃叮叮轻响，康先生就坐在走廊的榻榻米上，一动也不动。经过披着草皮的前庭，几株苏铁迎着他。黑奇石堆成的假山上泄下流水淙淙，底下池子里，养着几尾肥大迟钝的锦鲤。踩着黑色片岩排成的石道，走到康先生面前。

“啊，谷雨君，请坐请坐。”

康先生迅速地把投向远方的目光收回，摊掌示意。向内堂喊：“小雪，沏茶来。”“哦。”

轻柔的少女应了一声。

几盆四季兰初初绽放，淡淡幽香。

康先生的居处是唐代的古迹，人也是。他很少说话，擅于以默传心，因而三个人经常像幅画那样地凝着，默默体会静的妙处。谷雨甚至怀疑，康先生具有某种神秘的能力能把刹那凝成照片。

身子异常瘦小的康先生，却老爱套着宽大的和服。像是童年骤然中止了发育而一径地缩水苍老，和服掩盖不了棱棱瘦骨，五指尖锐如钯。坐姿也是唐式的跪坐，恒抱着只咖啡色的暹罗猫，慢动作柔抚。古稀的脸上胡子荒疏，双眼时而深邃充满智慧，时而死寂如睡。康先生爱听远方的山的声音。

他们对望了一眼，各自微笑着把头转开。

常常在四目交对之下，谷雨会感到一股强烈的透明的不安。康先生似乎能直接穿透那深厚的镜片，直接掌握他脚底的意志。小雪把茶具捧出来了。他们移到内厅去。

一身水红绸布和服上绣着一只只白鹤，盈儿曲膝弯腰，室内漫出檀香的气息，红泥小火炉上搁了支藏青色水壶。水还没煮开。夜色转瞬进到院子来，小雪赤脚踩在半尺高的木椅上，把灯笼逐一点亮。

谷雨感到今天的气氛和往常颇不一样，显得异常凝重。时间也化成了一道凝滞的液流，一分一秒都十分吃力地辗压过，像慢动作电影里的画面。

“今天是什么时候了？”

康先生突然问起，声音干涩涩的。

“二十七吧？”小雪心不在焉地回答。

“花开也不对时了……”康先生若有所思地自语。

水滚了。

一边喝着茶，康先生反常地问及他的一些私事，他十分谨慎地回答。小雪微低着头没有插嘴。问及他的家人、童年、友侪、论文撰写的进度等等。末了总结以悠远的感慨：“对我来说，时间是愈来愈重了，像背着颗大石头一分一秒地挪移。某些东西已在体内片片剥落。有些事我思考了一辈子，迄今还不能透彻地了解。”他盯着小雪，沉默了数秒，“待会我会出去走走，你们两个尽可以慢慢聊。”

小雪头垂得更低了，小声地应了声：“是。”

果然，没多久，康先生便起身告退。抱着暹罗猫，趿上木屐，稳健地走下阶梯朝庭院的黑暗走去。

“爸爸！”小雪悲凄地唤了一声，满脸泪痕。康先生没有回头，坚毅地一挥手，推开竹门，咿哑一声，消失在黑暗中。

小雪不能自抑地跪坐下来，泫泣。谷雨不知所措地站在一旁，良久，才晓得把小雪搀扶起来。

“怎么了？康先生他……”

小雪不语，摇摇头，领着他走进康先生的书房。书房里摆着两张檀木矮几，各占了一角。他从未到过这里，他的造访向来止于厅堂。四壁都是书，泰半都是精装的，中、日、英、法，各国文字的书占据了不同的角落。书房内也是铺着榻榻米，还供着松梅盆栽。小雪收起哭声，睫毛依旧潮湿，请他坐下。伊转身在书堆里低头找什么似的，他心跳加速，自从进到书房来就不受控制地加速。稍顷：

“有样东西给你看。”她递给他一个牛皮袋子，里头厚厚地装了些东西。他一接过，小雪便跟着告退，说：“你慢慢看吧，我出去收拾一下。”

他把手伸进袋子里，抽出里头的资料一看，大怔，竟是小满的遗物。十余封信和一叠稿纸和剪报，标题是扭扭捏捏的八个字:《三个男人和一个梦》。这是小雪和小满私人的回忆呀，怎么……他仿佛听到分针秒针后头齿轮嘎嘎转动的声音，整个刹那给回忆撞击得静止了，化为一停格画面。

是多年以前的事了。

和许多人一样，在谷雨的早年生涯里，也曾有过“三剑客”式的友情集团，那就是他、小满和小暑。地处偏远而远离尘嚣，在流水中和香蕉叶影下禀受自然之气，阳光是烫的，那些日子是绿色而带着泥土味的。仿佛，也没有什么忧虑。

过了几年，生活重心渐渐从家里迁出，交往的圈子从家人转向同侪，母亲永远地失去了倾听者的地位。家只剩下一檐避雨的壳子，只有在夜里，或者病了，才会用得着它。也许那是因为身体逐渐发育成熟的缘故吧，无端生来诸多幻想与及适宜挥霍的多余精力，偶然发现自己的身体成了一项秘密……产生了许多陌生的变化……在想象和原有的知识之外，成为待解的谜。表现在脸上的只是羞赧罢，甚至对于衣物的遮蔽也敏感起来，尤其是身躯某部分的鼓起……常常要刻意处理得在外观上不露嫌疑。他们初度发现了自己的身体，也因为身体的变化而发现了自己，是活生生的“我”，不是别人。成人相对的是不可理解的，因为他们都经过这样的阶段，必然对少年的身体了如指掌。他们敏感地发现处于劣势，为了自己，为了成长，而对成年人产生了一种防御性的敌意。他们在暗地里摸索，经由一些来历不明的书、画，一些经过拼凑诠释的道听途说，可是却难以排遣心中那股莫名的不安与匮乏，某种朦胧的欠缺。他们各自以不同的方式去安排心中那只焦躁的兽。

小满耽于阅读情诗，从李商隐到郑愁予，还剪下书本扉页上的徐志摩，也爱好收集日本进口的女明星相片和海报——那些高明的遮掩和甜甜的笑，清纯的脸。小暑对《花花公子》之类情有独钟，兼治黄色小说。谷雨却向励志的书求救，勤练克己之道，虽坚持慎独，身体和思想上的洁癖，却犹不能免于梦遗。他企图把心中未成形的兽升华为一只光辉的神。

那时，小满兴致勃勃地写下他唯一的代表作，《三个男人和一个梦》，说的是这样的故事：三位同年好友，从小在山风海雨中沐浴成长，由于身体逐渐发育成熟而产生了某种焦虑，各自寻求不同的解决之道。无可置疑地，他们都同时感受到女孩和女体的诱惑……。

于是他们三人每晚都各自梦到一个女孩，黑衣黑褶裙（像某专科学校的女生），声音容貌与气味都令人暗恋，一见辄心跳口燥，浑身酥软，觉得人生无限美好。一次小暑忍不住露出口风，小满才发现原来两人梦到的是同一个女孩，询之谷雨，竟然他也梦到了。一经比较，她竟然不是他们生活里出现过的任何女孩，而毋宁是那些少女的综合体，很白，像童话中的公主。

每晚在他们疲惫已极而沉沉入睡时，她都会盈盈造访，像仙子一样，一走过，满地的野草都忍不住开花，蝴蝶拥簇。她的长发有着流水的声音。

每个白天，在课余饭后，他们各自叙说梦里的情节，老实的小满只是和她讨论情诗的意象和节奏；爱吹牛的小暑三番两次想把她弄上床；而沉默寡言的谷雨总是伴着她聆听“静”。在小满的强烈抗议下，小暑只好答应不能对她“越轨”。“不能对不起大家，要保持感情纯净。”小满文中的小满说。小暑又戏称:“这是母系社会的残存……一妻多夫嘛！”却又遭小满的驳斥，关键在于，她是女孩不是女人。

文中根据某种道学而非学术的区分，煞有介事地分辨了女孩和女人的不同，差别在于性生活的有无。甚至于他们（小暑除外）能接受的裸体画，也只能是经过良好遮掩的，或者是类似西洋的古典裸体油画那般“干干净净的”。

许多年后，谷雨尝试用女性主义来批评小满这篇少作，在理智上承认他们是犯了错误（忽视了女孩的情欲……如三岛由纪夫所言，处女的淫荡是最诱人的），可是在情感上却始终无法接受。“为了美”，他自我辩护。

故事有着悲惨的结局，小满笔下的小满在一次台风夜里触电身亡。他在那篇初稿中写道：

> 小满死了，留给他们的是立即的怆痛与不知所措。风雨中一具焦黑的尸身潮湿，双手仿佛紧紧握着什么。很长一段时间里他们相对无言，也弄不清楚究竟是为死者哀，还是为生者悲。在雨的残声里，他们突然有一个强烈的渴望，希望焦黑的小满张开口，和他们说话……哪怕只是一句……否则无以证明他曾经活过。往后的日子是惨白黯淡的。在梦里，小满以生者的姿态活跃着，而少女的身影却从此在黑暗中隐退，最后的出现以一脸悲凄，无言。小满带走了他们三个人共同的一个梦，透过死亡。

以下是他自认为最精彩一段：

> 下葬以后不久便是清明，两人各自携带一大束白菊，穿上那为了参加丧礼而临时购买的西装，来到小满的坟前。微微有雨，碑上的遗照笑脸迎人，新坟还闻得到水泥的气味。蓦然眼前黑影一闪，像剪接不当的电影画面，在小满坟前正立着一黑衫黑裙的少女。伊缓缓俯身，把一束深红的玫瑰放下，膝微屈，裙摆荡荡。徐徐起身，挺立，

合什，雨丝斜飞。伊略略垂首，转过身，澄澈的眸子瞅着张开大嘴做不得声的他俩。晰白的脸，五官细致，眼中仿佛有情。是她，他们三个人共同的梦里的那个少女。

谷雨入定般地坐在小满的遗物前。康先生不可思议的离去的背影在脑中呈现，渐渐隐入黑暗中，那决断的姿势。小雪出去了好一阵子，而外头似乎没有人声……隐隐约约的……水声。她是在沐浴吗?

檀香小鼎不知何时移到了书房里，他抽出其中一封信，信封上整齐地贴着编号〇〇一。

雪子：

容许我如此称呼你吧？这封冒昧的信，像是读者写给作家的……因为仰慕故事女主角的缘故。(譬如川端康成氏的《母亲的恋人》和谷崎润一郎的《细雪》中就都有着一位“雪子”姑娘。)

不瞒你说，我是偷偷跟着你回家，才抄到地址的。你怎么这么没有戒心呢？如果我是坏人，那你岂不是危险？

也许你脑中完全没有我的印象，那也不打紧。反正文字之交是毋需会面的。别怀疑我有什么企图，我只是想找一位倾听者……像听告解的神父……孤独会把人给憋死。你可以不用回信。

有趣的是，你长得和我以前写的一篇小说里的女主角完全一样，是我梦中的公主。也许该寄给你看看……不过，那实在写得太简单了，我想重写一遍再寄给你。好吧，等我下一封信。

小满

第二封信：

雪子：

距上封信又隔了好些日子，最近功课颇忙，而且，有些事又不方便对你这样清纯的少女讲，讲了就杀风景了。人的沟通恐怕也是有限的吧？

想和你谈谈我那位朋友，又怕谈了之后我要重写的那篇小说就不新鲜了。怎么办呢？可能我的信你也没收到吧？

小满

谷雨仿佛又看到小满那张不安、苍白、神经质的脸。在共有的一张桌上，透过小满的玻璃水族箱，徐缓游动的金波罗和纤柔的水草就隔在两张脸中间，各忙各的事儿。他看到小满脸上明显滋长的青春痘，异色的红艳。那张苍白的脸时常凝注着水族箱，随着金波罗巡游。那段日子，常会有不同的女人来找小暑，都是三十岁左右、臀肥、五官斑斓、头发像挨过土制炸弹、窄裙鼓鼓包装着下体、浑身性荷尔蒙气味，娇嗲地来找她们的“帅哥”。“我也是在做善事。”小暑说，“各取所需嘛，天生我材必有用。我若无这方面的长处，年轻的女孩子怎么会欣赏？”

几个星期之后，大概是自觉对朋友构成了颇大的干扰罢，小暑自动搬了出去，此后彼此间的来往就稀疏了。据传他在林森北路一带小有名气，收入颇丰云云。

就在那时候，小满身上产生了细微的变化……或者说，他们之间的沟通出了点问题。小满似乎是忙碌的。厚厚的外文书围墙似的两边砌起，桌灯照着他海岸线曲折的半边脸，细框眼镜后面一双深思的眸子，双眼的焦距时常像是固定在眼镜片上。常看他低头书写至深夜，是信、是稿，还是日记都分不清楚。偶尔四目交对，若不是尴尬一笑，便是匆匆移开，彼此间的交谈就更少了。早上起来，咫尺若天涯地擦身而过，招呼也省却了。

第四封信：

雪子：

最近我又被那种罪恶感深深地困扰着，虽然生理卫生的书上说那是无害的，但我老觉得自己有“罪”呀！也许是基于一种情感上的洁癖罢？虽然觉得厌恶，可是却忍不住一犯再犯，我是多么的讨厌自己呀……意志薄弱如郁达夫。从这一点，我深深地发觉了，男性和女性是截然不同的，吾之患在吾有身。

唉唉。我是多么向往纯粹的美啊！

小满

第五封信：

雪子：

我还是不能忘怀田园，也想即使是像腐叶一样烂死在丝茧里也是美的。

我唯一的室友他快要变成神了……他拥有完整的洁癖（相对于我的破碎），基于百分之百的意志力。我们最近都很少说话，同住一起却好似坟场的墓邻似的。人与人之间的相处终究是不宜太熟悉的，再经典的文学作品也有读腻的时候。你说是吗？

我们倒还曾到附近去散步，或跑步。这一带住着些农家，有令人缅怀的鸡啼狗吠，甚至猪粪那臊臊的气味。我们还是很少说话，因为还没开口就知道对方会回答什么。

我那篇旧稿快改好了，也许不久可以捎上。

小满

第六封信：

雪子：

寄上我的“小作”，请指教。你的养父（最近从一篇报导中得知）原来是康先生，鼎鼎有名的大作家。他不会把我写进他的小说里吧？我忍不住会担心哩。这样稚嫩的作品，千万别让康先生看见才好。

小满

第七封信：

雪子：

请把拙稿寄回给我好不好？我最近老想要修改，满脑子都是新奇的构想，搅得我睡不着，上课也没心思，既兴奋又充满罪恶感，可是又舍不得放弃。我渐渐控制不了自己了，我发觉我身体里面还有一个“我”，他比我聪明、强悍，要做什么就做什么，长得很黑，喜欢做一些让我觉得有罪恶感的事。

快快寄还我吧，我改完马上还你。好不好？如果有冒犯到你的地方，无论如何请你原谅。谢谢。

小满

第八封信：

最近发生了些事。我听到两个自己在哭泣，各哭各的。我最近不能很集中地想一些事。上帝保佑你。

第九封信：

我好想哭，你看看这些剪报。

（少女被奸杀焚尸之类的报导）

第十封信：

（一张设计粗陋的宣传单：爱惜你们的身体）

第十一至十三封信：

（未拆封，里头空无一物）

谷雨翻开多补钉的《三个男人和一个梦》，一页页翻过。依稀是熟悉的叙述：三个男孩，从小在野外长大，对气象和节令都有本能的敏感……一直到十多页后，才转而陌生：

中秋节过后的一天，小满和谷雨无言地并肩慢跑在窄狭的山径上，各想各的事。时值清晨，雾迎面送来一阵阵凉快与潮湿，可以润眼与解渴。远处白茫茫一片，迎了却化作无数轻微的水点，着衣着人都湿。小满顿时开朗了，抛却了那困扰多时的罪恶感。稻田、芋田、荔枝园之后，还乘兴穿过几座竹林，不觉得把路走远了，愈远愈是荒疏，没有人迹，却倒是愈近自然了。良久，在一片甘蔗园旁，他们停下步子喘气。高速公路从另一端切过。

正想回头，蓦然一阵风吹过：一阵腐腥刺鼻。

两个人同时感到强烈的不安，望看披着枝叶层层褐黄浅绿的丛丛的甘蔗。绿头苍蝇嘤嘤地从耳际飞过，射入园中。他们对望了一眼：里头一定有尸体。也许是狗，也许是牛，总之体积不会太小。

“要不要进去看看？”

小满以目光询问谷雨，在谷雨犹豫的眼神中，小满看见了对方惯性的体贴……惟恐小满会受不了丑恶的现实……那会刺激他那脆弱的、美学的耽溺。哪怕只是一只癞蛤蟆干瘪发臭的尸骸，在过去也会令他难受大半天……从可爱的小蝌蚪联想起（蛤蟆快乐的童年），一直追溯它逐蚊蝇而食的优游半生。腐臭味愈来愈浓。谷雨举步欲走，小满却拉了他一把：“进去看看吧？”央求道。

说罢小满捡起枯枝，拨开草，跨了进去。谷雨赶紧跟上，抢在他前头，大步沿着腐臭，使劲击颓拦截的甘蔗叶，草上叶梢叶缘的露水很快便湿了衣裤。隐约有一条兽径，乱草上有拖拽过的痕迹，两旁的甘蔗或被拦腰砍断，或刻着深深的刀痕，而断折，或斜倾让出路来。腐臭味愈来愈浓，空气宛如也变成了流质，凝重、混浊。一径披开阻隔前行，转了个弯，大呛鼻，肌肤给一阵强烈的咸腐刮过，急掩口鼻，一团绿头苍蝇嘤地如黑雾散开，振起，复聚拢在草间长形的事物上。几只脱队飞来，欲停在他们脸上或手上，他们匆匆挥开。不敢再移动步伐，深恐惊动了这伙觅食者。静观，忍着强烈的呕吐冲动，和每一毛孔难堪的腌浸。那草中确然躺着一具哺乳类的尸首。

“啊！”小满突然惊叫，一脸煞白，掩鼻的手腾出一指，指着某个方向，一睨，白色的布条挂在草上，仔细一瞧，赫然是乳罩。“是个死人，而且还是女的！”

小满掩着脸，止抑不住浑身颤抖。良久，才稍稍移开双掌，愣愣地伫立着看。

确然，那是具女尸，仰躺在长草中，赤裸，肉身白中带绿，微肿，一只只绿头苍蝇吸附如疮如痣，忙于产卵。走近些，苍蝇嘤地惊起，又盯上。一双眼鼓瞪如死鱼，内裤卷成一团挂在左脚脚踝，双臂有块状的青紫，胀裂的刀痕。颈部也是一圈瘀青，两腿微张，叉处一丛暴怒的黑，像获得了某种神秘的滋润。

小满忍不住呕吐起来，快步跑了出去，到一处空气清新的地方，才止了步，扶着一管壮竹，一脸失血的煞白，冷汗如淋，牛喘。谷雨拍拍他的肩膀，说，走吧，去报警，他不动，死劲捉着那管竹，把头也靠上，仍在呕吐，谷雨说，那你等我一下，我去找住家借电话。小满闭上眼，头抵着竹，良久，才听到一阵吵杂的声音。

"在哪里？在哪里？"

"那个人在干什么？"

"我朋友啦，我们一起发现的，他看了受不了啦。"小满在啜泣。

"死的是女朋友？""不是啦。"

"他妹妹？""也不是。不认识的啦。"

"那他哭什么哭？""……"

一阵子过后，小满感到有人拍他的肩膀，谷雨说：快走吧。

更多好事者跑来，新来者与旧来者交换意见：

“好看吗？……”

“真臭，死人有咁好看？”

“早几天发现就好。生得不坏，细皮白肉的，可惜……”

以下数页字迹凌乱无以辨识。谷雨一页页翻过，以回忆填补其中的空白。

之后，小满常常精神恍惚，自言自语或者激动地对谷雨说：“多年轻啊！一个生命，就这样凄惨地被结束了……好端端的一副柔软温暖的身体转眼变成了一块长蛆发臭的肉，好端端的……”更常说梦话，在梦里惊醒。劝他回乡下休养，他不理不睬，硬说自己没事。

我常常连做梦都想到，那是一种怎么样的无助，怎么样的绝望……她没有能力反抗那种突发的暴力，而她已经尽力全力去保护自己的身体……虽然她始终保不住。她迫切地需要帮助，可是没有人施以援手，神也没有。那一刻，她发觉自己是全然的孤独，人际中的一切像衣服那样地完全被剥除。唯一的感觉是恐惧。

个把月过去，小满渐渐地恢复了，却还是忍不住逐日细读社会新闻版，而把他有兴趣的报导剪下，不免于忧戚。“就这么简单……一个简单的电话，她就出去了，没有丝毫戒心的，笑吟吟的脸变成一幅不甘心的遗容。这些女孩怎么对危险那么没有警觉心，女孩天生的直觉都丧失了吗？……”他频频叙述一些案件，一长串陌生，早已被报纸读者遗忘的名字。譬如：某某实习护士在宿舍里遭奸杀，邻房友人听到挣扎的异声，却反而把自己的房门锁紧。……

谷雨给他干扰到有点受不了，终于有一回忍不住打断他：“你究竟想怎样？”小满一愣，没回答。谷雨冷冷地再问：“你又能怎样？每天那么多不该死的人死了……譬如车祸……你又能怎样？”谷雨从眼眶边缘透出来冰冷的视线。“在这种环境里，人道主义都是虚伪的，只有虚无是真实的……‘信主的得永生’你有没有听过这种买卖？”一边把小满镇静住了，一边写下他某篇论文中自认为得意的段落：

> 贾宝玉之所以是一个“异性的同性恋者”是因为他具备了两个条件：（1）他是男性——在生理上，（2）在心理上他认同女性。由于他是男性，他才拥有专制父权社会下男性对女性拥有的绝对权力——使役权或使用权。如此他对众芳的体贴才透显得出价值和意义，他表现得和一般男人不同，没有站在男性的立场任意榨取女性，这是因为他在心理上认同女性。由于在心理上认同女性，他才能够像女性一样地敏感，了解女性、体谅女性，因而他对女性的爱是心理上的同性恋，可又带着男性的身体。由于带着男性的身体，在获得警幻的开蒙和袭人给予的实践之后，获得了性满足同时也更深刻地了解了女性的身体，这让他对女性的同性恋带上了异性恋的色彩，而获得了双重满足。按理，这两者之间应该会存在着某种紧张关系……

接下来的数页字迹可辨：

霜降以前，小满亲自草拟了一份“少女需知”，设计成海报和传单到校园里去张贴发派。在校门口，就像补习班的工读生那样，捕捉每一位走过的少女，哈腰递上，同时叮嘱“小心暴力”。换来的尽是狐疑不解的眼神，或者匆匆走避，或者鄙夷唾笑。“无聊！”“神经病！”后来有一位短发背心很雄赳赳的女生挺胸站在他面前，拿起传单一字字大声念出，然后双手一揉，使劲丢在他脸上，沙哑地说：“别装模作样了，你每天都打炮吧？嗯？这么虚弱？”

小满立时委顿了，双手软软下垂，大叠传单随之泻下？风一卷，一刮，四处飞扬。一矮胖的校警紧张地跳了过来。……

接着是段长达五百个字的暮色描写，极尽渲染之能事。他看到一群他的同学，可是竟然没有人看到他，他们把他看成是透明的。

故事急转直下，字迹不变，小满开始写信给某小说中的女主角，他梦中的少女，整个叙述重心于是转移到“康先生”和“雪子”身上。而小满留下的空白，谷雨在阅读的同时，以回忆替他做补充。

小说家六十岁时收养了五岁的雪子，由于自己终生未娶也没有子嗣，所以对她宠爱异常。他教她读书识字、讲故事给她听，把她写进作品里。从小便让她留着乌溜溜的长发，以各种名贵的保养品呵护着，对于她娇嫩的皮肤亦然。他喜欢抱着她坐在他大腿上，一边爱抚她的黑发，一边对她叙说构思中的故事。一直到她十三岁那年，才有能力独自完成一篇简单的故事，她把他写了进去。往后的那些年里，他俩成了最好的合作伙伴，一道构思作品，每一个角色、段落、对话……

冬至前后的某一天，谷雨在图书馆里泡了很夜才回去。门反锁着，敲了敲，不应，掏出钥匙一开，大惊。昏暗的桌灯打在赤裸的小满身上，一团白面巾塞着嘴，一手紧握勃起的男根，一手持美工刀，床上点点殷红的血滴。小满浑身抖颤……

话说有这么一个推理小说家，由于他厌倦了自己的叙述模式，而且再也不能忍受文学评论家及较有文学修养的读者的轻视，他决定向“纯文学”入侵，凭着他推理小说家过人的想象力与推理的能力。他看中的模特儿是一位专业小说家和他那刚发育成熟的养女。从阅读老人所有早晚年的作品中，他发现了老作家的一个秘密：对年轻少女的肉体的莫名憧憬，渴求。老人早年的作品就描绘了一个少男和少女之间若有若无的情愫。两人都刚发育，在性方面十分羞赧。有一天，少年在洗温泉，少女突然天真地娇笑着赤裸了身子在他眼前跑过，青涩的肉体毫不保留地在他眼前呈现，以动态的姿势，展开一幅永恒的美景。[1] 此后的作品，随着年龄的渐增，他渐渐压抑不住自己的情欲，而让自己觉得在艺术上有所缺憾。转眼步入老年，他对少女肉体的渴望也愈来愈强烈，可是却愈得不到。于是在作品里他便构筑了这样一个世界：一间专供老人——失去性能力的老人光顾的旅店，里头提供自愿被催眠了年轻少女，赤裸裸地陪伴老人睡眠，怜惜，爱抚。萍水相逢，一直更换的配对。……[2]

送他去医院途中，他犹哽咽着说：

“我控制不了自己……手淫……一再地幻想，一再地勃起，那我和小暑有什么两样？和那些强暴犯又有什么两样？谁知道……我……我也许只是不敢去做，但我是想的——看那些报导骂那些人也……只是满足自己龌龊的愿望。因为我究竟是男人，我有性征，有生殖器……”

手术过后，医生和护士对他们报以暧昧地笑。“想当女人，去变性嘛，自己割多危险哪……”有人远远地说。次日，某报当作小小的趣闻报导了百余字，没有泄漏他们的姓名。

……也由于老人的性无能，所以才能让少女们保持洁净。这位推理小说家发现，老人在另外一些极短篇里，却

1. 川端康成，《伊豆的舞娘》。
2. 川端康成，《睡美人》。

通过对黑发少女的遐思，不止有情妇，而且还不止一位：这些情妇主动地找他，却给他拒绝了。不单如此，其中一个情妇还把自己和别人生的——他非得如此强调不可——十八岁女儿硬硬奉献给他，让他替她做“性的启蒙”，在让她去当艺妓之前。[1]推理小说家于是猜想，这老人只怕还潜藏着相当强的性渴望，即使他已经在生理上无能为力。

由于现实里的老人和他刚发育的养女住在一起，而二者之间又符合他的推理：(1) 彼此间没有血缘关系，(2) 老人很可能已经丧失性能力。于是他就用他惯常的推理来撰写，从作品中呈现的景象来推论现实里的情况，而大胆地描绘出以下的景象：少女随着生理的发育而渐渐地懂得了一些男女的事情，郑重地发现了自己的身体；老人也注意到了少女肉体正如他期望地成熟。养女的名义和年龄的老迈提供了他最佳的掩护，他那苍老脱水的肌肤渴望接触少女饱满、光泽与弹性的娇躯。少女信任他，敬爱他，一种年轻女孩对父亲的、与年长父执辈的爱。没有血缘关系因而剔除她可能具有的心理障碍，没有性能力的父亲更解除了她本能的恐惧。于是他们之间形成了一种奇特的两性关系，没有佛洛伊德式的冲突，只有欢爱。从洗澡开始，老人充分地享受接触少女躯体的满足，而少女也放任地体会爱抚、温柔的唇的贴触。……

1. 川端康成，《发》。

由于伤口颇深，小满在医院躺了几天。一出院，回到居处，便发现他的金波罗死了。“死了……死了……我的金波罗……”小满哀吟不已。

金波罗肚皮朝上，两只在它嘴下幸存的小鱼在它鳍上猛啄。“你看！”小满痴呆地指着它，“那眼睛，记得吗？那具女尸……原来猝死者的眼神都是一样的……”整夜都听到呢呢喃喃，不知道究竟是在谷雨的梦中，还是在小满的梦里……

……推理小说家肆意地在脑中铺演他们一场又一场香艳刺激的幽会，推测他俩各自的反应，以及他如何满足她等等。之后，压抑着心中的狂喜而伪装成一冷静的国学研究生频频造访，目的是参与观察以收集田野资料来证明自己的揣测。诚然他是善于伪装的，可是老人凭着数十年的训练，观察力之强甚至还在算命先生之上。老人没有拒绝他的来访，甚至想借着这一突发事件来冲击自己，以反省他和女儿之间的关系。

自从推理小说家来访之后，老人在生理和心理上都产生了很大的变化。当面对少女的裸体时，他不再感到心理上的兴奋，而是发抖、战栗，甚至脸色苍白而嘤嘤啜泣。他一直以父亲而不是情人的口吻说：

“雪子，爸爸对不起你，爸爸……太自私了，爸爸都那么老了，随时会踏进棺材里去，可是你的人生才刚开始哪，要你以后怎么去面对这世界？你还得嫁人哪……”

少女自从经过老人的启蒙之后，其实在生理上心理上早已不是少女而是少妇，对于性产生了本能的强烈的需求。她渴望获得老人一如往常的抚慰。而每当她主动把乳房挺向老人时，他不像以往那样贪婪的如婴儿般吮吸而是退却，全身控制不住地激战，残剩的牙互击不已。少女失望了，而穿上衣服，那一天之后，他们就像是冷漠的父女，不止分了床，各自洗澡，也没交谈。面对少女怨怼的眼神，老人内疚了，哄她道：

"雪子，别这样，我们是父女呀……我不能老把你当情人。"

"爸爸，"少女低着头说，"你已经没有权力选择了。开始的时候是可以的，要当我爸爸你就不能像情人那样碰我。既然当了情人，就只能永远是情人，情人是不能做爸爸的。……"

夹在文章里的一封信，没有编号。

雪子：

我突然受到金波罗的启发，而决定去死。其实，在我不断翻修的作品里，我已死了无数次了。

我很久没动它了，大概还不是定稿。看了就烧了罢。其实这样的作品是不该去冒犯你的，但我终究是个意志薄弱的人。再会罢。

小满

“雪子……”

于是老人在短短数天内使宛如老了几十年。原先由于少女的滋润而容光焕发的脸，也憔悴了。他觉得死期已近，父女俩再也没法合作，心灵的沟通也中止了。这一天，伪装成国学研究生的推理小说家又来了……

老人心中杀机顿起，却是不动声色，拿出珍藏的补酒和对方对饮。几杯下肚之后，推理小说家不胜酒力而告辞。

老人这才含泪告诉少女，那是瓶毒酒。他原是放着以备自己半身不遂或神志不清之前，痛痛快快地喝下，以免受折磨及拖累她。毒酒在发作之前有一个副作用，那就是会有很强烈的性需求，即使是性无能多年的老人也会像十九岁少年一样的刚猛。他说他不想那三流的推理小说家把他们那么美好的关系写得俗滥，并且暴露在九流的读者面前，让他俩蒙羞。他向她央求在他死前让他借着酒力和她来一度真正的男女结合，虽然他的精囊早已干瘪……她含泪答应了，替他更衣，洗澡，温柔地抹身，看着他勃起——她好奇地第一次看男人勃起……

小满失踪了，几天后，有人在东部某座防风林的外边发现一具苍白而破碎的尸体。

数日后，正如小满当年那篇小说描写的情节，他们各自穿着黑西装把着一束菊花，来到他的坟前，水泥气味犹新的坟前。一黑衣黑裙的女孩正弯腰俯身，在小满的遗照下放上一束鲜艳的红玫瑰。合十，转身，一位从来没见过的女孩。三分悲戚，十七八岁模样。她的轮廓十分精致，似乎经过高明的化妆，却又似乎天成。她盈盈地鞠了个躬，他们不自在地回了礼。

> 帮他备好寿衣，她把自己彻底洗干净，毫不羞涩地让他再扮演一次启蒙者。当欢爱到高潮时，他像一只脱缰的野马，猛冲至悬崖，一刹那间一口气喘不过来，死了。失重的身躯披覆在她身上，她不禁大哭。把他的身体放好，用湿布和干布各抹一遍，穿好寿衣，这才发现——正如她预料的——他在微笑中死去。

她便是小雪了。

这时纸门倏忽拉开，小雪罩着一袭宽松的睡袍出现，长发瀑悬，因潮湿而愈发黑亮。她轻轻解开带子，睡袍顺溜滑下，雪白的胴体便毫不保留地呈现在他眼前。新浴的清新气息令他颤抖。小雪一脸清纯，毫不带色欲地，像日本进口海报上的女明星。纯真带笑皮肤细致的大眼女孩，天真无邪地凝视着纸外的注视者，毫不设防地，宛如锁在自己的闺房面对妆镜，一袭长衫笼着，隐约丰满的胸脯和曲线婉约的大腿，魔鬼的身材。从那张脸蛋绝不曾联想到那样的下半身，可是看多了以后，类似的脸蛋不管穿得如何隆重严密都轻易地令人联想到那诱人的颈部以下。当那肉体生生在眼前呈现时，他却显得不知所措。时间又胶着了，浓郁得流不开。

他想起大学时代那一次唯一的约会——和一位活泼外向的学妹。开始一切都还好，时值花季，有夜，无月，微凉的气温适宜拥抱。败就败在她不慎放了一粒屁，又恰好给他准确地闻到了。从此不了了之。他的洁癖令他忆起一则笔记小说式的传闻：某系上女生之所以不交异性朋友是因为不能接受对方也会拉屎这一事实。“每一想到，就令我觉得恶心。”而今，眼前的少女如此完美，令他百感交集，似乎她小腹以下的希特勒胡子也化成了美的征象，那是他曾经最不能谅解的上帝的失误。他突然情不自禁地想哭。

他感到自己分裂成三部分，第一个自己抽出刀子，扑上去插入小雪的躯中，好看的血溅喷而出。第二个自己勃起了，前扑，把小雪按倒，狠狠地驾驭。第三个自己化成婴儿，躺着，微笑。昏乱中一句话冲口而出：“我究竟不是一个好读者……”

——一九九一年八月号《幼狮文艺》

台大文学奖小说次奖

伤逝

空气中充满着贝多芬《给爱丽丝》动人、硕大的音符，像大群蝌蚪任意地飘浮。一根红烛孤独地燃烧，滚烫的烛泪连下，仿佛在嘲弄着那些喜好把蜡烛“隐喻”成阳具的所谓批评家。他默默地捏着行将冷却的烛泪，把指纹、角质层、皮屑都捏上去。店里没有其他客人。一只只黑色的椅背裸露着死亡的色调。面对面坐着，各持一杯果汁，高瘦的杯子在掌心把玩、转动。他垂首，我看到他的思绪扰动如杯中橙色的漩涡。黑发覆额，有点潮湿（黏答答的），双眉浓浊，眼镜片上一圈又一圈知识的年轮。竹节般的手背握着透明。空气中爬满贝多芬的蝌蚪。有隐约的腐臭，和着窗外微弱的雨声。

“下雨了。”他低沉的声音像来自某个遥远的山谷。水珠在玻璃上刻意摔成流线，四方纵走。“我最近刚开写一个短篇。”他目光仍旧没上抬，只是停止了旋转杯子的动作，仿佛在对橙汁说话，烛泪快速滑落，他以乌青的手指承接。

“也许是最后一篇了……”他抬起头，声音更沉。我发现他嘴角、眼圈发黑，像瘀血。我了解他的状况（我是清醒的）。我感觉得到他那细致的不安。如果不是有重要的事要对我说，他是不会约我来这地方的。我们相知如此之深，以至于我几乎能穿透他的思绪。然而我重视他说话时的语调、一些想象、比喻和他当下的微妙直觉杂揉成的一种叙述氛围，这些都是无可替代的。我听到他思绪转动时的绞动，像液体在植物韧皮部里的流动（如此浮肿的脸）。

“女人在雨天也许偶然会有生殖的冲动吧……湿漉漉的生。子君也是那样的，她一直希望我们会有一个孩子，她不知道悄悄地向我提过多少次而我始终没答应。那一段生活都成问题的日子，我怎么敢要那么一个负担呢？而她终于怀着无穷的悔恨死了。她死了，这世上再也不可能有我们俩的孩子——即使我有孩子，也不是我和子君的。这便是永远的遗憾了。有很长的一段时间我在想，如果她生一个我的孩子，不知道会像谁多些……而今，我再也不可能留下后代。子君死后，我让自己的生殖功能自然退化，这也许是对她的最后补偿了。”说罢他流下泪来，墨绿色的豆大的泪，从他泛青的脸上滑下。蜡烛已燃到根部了，我换上一根。接着是他压抑的啜泣。

他又提起那薄命的女子了。（他们俩同居前后的种种，你们应该会比我还熟悉吧？）

在子君搬出去和他同居的那段日子，亲族里提到都轻蔑地说：她跟男人跑了。跟男人跑了，一句话，就这么简单。子君后来让大伯给接回家，年长的女人们都说，她给甩了，活该，再也嫁不出去啦，谁叫她那么不害臊、不要脸下贱，没结婚就跟男人住在一块。那一阵子类似的话语不时响起在她四周，即使偶尔出门也要领教邻人的白眼、嗤笑甚至吐口水。我不知道她那段日子是怎么度过的，只明显看她瘦下去了，眼中也没了神采，吃饭时都只看到她淡淡啜半碗粥，总也不夹菜，那单调的声音像是吞在肚子里的哭泣。伯母若是问她："再喝一碗？"她准说："不饿。"那声音细得像两根丝线。

岂止瘦，她愈发变得苍白。常常她穿着离家时的那条绿裙，倚在窗边望着门前那棵衰老的梧桐树，及树下曲曲弯弯的小路。她还在等着那个混蛋吗？那阵子我们可深深地恨着涓生，在我们眼中，子君不论做了什么，她都是对的。因为她是我们这群孩子童年中最温柔的一个姐姐，她像蝴蝶一般为我们带来一阵又一阵的欢呼，即使是带我们玩"老鹰捉小鸡"那样的游戏，欢乐也在回忆里生了根。我们听她清唱民谣、儿歌，吃她剥的菱角、胡桃，一直到涓生出现——他一出现，我们的童年便仿佛提前结束。经常，在黄昏，我们隔着窗看她飘着绿色的裙子，像一只快乐的小鸟一般投向梧桐树下那永远看不清楚脸孔的男人。涓生从来不曾走进我们的屋子，即使当子君在凄楚中过世，他也没出现（我们恨透了这样的男人）。

而子君，有一阵子我们瞧见她在缝制婴儿的衣服——小瓜皮帽子、背心、长裤、鞋子……一针又一针地织着红的花绿的叶，脸上不时露出微笑——一种属于她自己的，神秘的微笑。伯父母看守她看得紧时，她就央我们帮她买酸梅、枣子之类的零嘴，偶尔还会抚着胸做呕吐状，倒把我们给吓着了。后来伯母知道了，半拖半拉地据说是要她去看医生。是夜，我们听到嘤嘤的哭泣与伯父的咆哮：

“如果真是有了孩子家风岂不是给你败尽！”

所有的婴儿衣服在伯父的利剪下化作碎片。

从此，子君再也没有说过一句话，再也没露出一个微笑，也中止了把目光投向梧桐树下的惯性动作。有一天，就听说她死了。说是偷偷地吃下几枝夹竹桃，连花带叶的。

那一天早上，在学堂旁边一棵槐树下我捡着了一个鸟巢，里头有三只小鸟毛初长满，睁着眼叫得凄切。我想子君一定会喜欢的，多年以前一个多风的早上我们也曾捡到类似的巢，家里的男孩子想出了种种恶毒的游戏（诸如拔毛），是子君她坚持要保护、喂养那些小鸟让它们好好长大。而子君竟死了，死得如此苍白、枯瘦。

“她失去了爱情，就宛如失去了全身的血液。”依稀是她的一位女同学在瞻仰遗容时说的话。在几年后，当我初度碰上涓生，这句话便风铃一般响起在耳际。而的确，她是如此地苍白以至于毫无血色，大伯父的哭声像狼嚎，在空洞的大厅里不断撞壁，回声震耳，谁也没想到倒是他最会哭。他不断地重复：

“要不是送她去接受什么新式教育她也不会这么可怜，唉唉唉唉唉！”

不知道是谁出的主意，也许仍旧是她那位女同学，而竟然获得伯父母的同意：让她穿着白色的婚纱，挽的、垫着的，尽是白色的花。我们到处去找来任何种类的白花——她们说，她没当过新娘、穿过婚纱，就这第一遭也是最后一遭吧。让这凄楚的丧礼多一点欢乐的气息——她们说。打扮完毕，她脸上浅浅地扑了红粉涂了胭脂，嘴角仿佛有一点笑意。那天黄昏，穿过窗子飞来了两只粉蝶，在棺中花朵间盘桓良久，也曾在她鼻端、眼眉间停驻。

当我碰上涓生时，我才醒悟，当初大家在为子君打扮时，想的其实是同一件事：新娘在这里，而新郎呢？没有新郎的新娘岂不更显得可怜？

新娘下葬的两个月后，我们家附近突然多了一个鬼瘦鬼瘦破破烂烂的流浪汉，背后跟了一条同样破烂的狗。见他在四周徘徊不走，亲族里的人一探，才知道原来是涓生和阿随。他们把他当一条狗那样赶走，去了，又来，有时在梧桐树下一蹲就是大半天，嘴里喃喃地不知道在说些什么。在寒风里，他蓬着头，一脸乱胡，还挂着鼻涕和泪，浑身腥臭。亲族里的人原先觉得他可恶的如今都转而觉得他有点可怜了。伯母尝亲自问他：

"子君都死了，你还来干么？"

"我……我要知道她葬在哪里，……我……"

"你害死了她还不够？还想干什么！"她忍不住厉声喝问。他顿时瘫了，没出息地号啕大哭起来。

此后他便常常出现在子君下葬的坟场附近。由于好奇，或者是对他的恨、对子君的爱，我由幕后登场，逐步向他接近。没想到因此而提供他一个补偿的机会。

一股焦臭味扑鼻而来，把我从回忆中唤醒。

“啊！”我忍不住惊叫。蜡烛已烧去了半截，他的左食指就放在烛火上烧，粉绿色的指头顿时泛起黑浊浊的烟，滋滋作响，油黄澄澄地下滴，答答有声。而他恍若未觉。经我一叫，才从某种遥远的思绪中回来，赶紧把手抽回。

“燃烧自己，照亮别人。”他苦笑着打趣，“一点都不痛。”说着吹熄指头上残余的星火。

雨哗哗地在下。空气中依旧浮游着贝多芬的蝌蚪，只不过换了曲目。焦臭味仍未散去，随蝌蚪盘旋。

“刚才我说了些什么，呃……”由于对小说结构的过分重视，他也想让自己的谈话符合某种创作原则。

“潮湿，”他想起来了，“我们谈到了潮湿。”接着他努力地把刚刚生起的一点喜悦扑灭，以免气氛和说话的内容不相对。

“雨天我经常想到要自杀，”他感伤地说，“就像黑夜对我的诱惑。……常常，走在山道上，在雨中，我把衣服全脱掉，任意地让暴雨扑打。”这一段话我在不同的场合听过多次了，然而作为一个衷心的倾听者，我是不会太在意的。“我感到自己融了，”这他倒没说过，“像一块冰那样，彻底且毫不恋栈地融了。这是我倾慕的死亡方式。干净、舒爽、低污染……”他脸上又露出僵硬的苦笑，像在做鬼脸。

“雨中泥地上有许多大条的蚯蚓，我喜欢看它们活动，甚至一度想捉一条放在嘴里，去感受它在喉咙里的蠕动。可是我不敢……”接着又是一阵压抑地抽搐。

我知道他又想起了什么。

子君过世后的三年里他一直是这样的怪里怪气，我后来才了解那是他始终不肯接受子君死了这一个事实。他说，子君不会死的，即使死了也会复活，即使不会复活也会变成某种小动物回来找他，听他诉说无穷的悔恨并且给予宽恕。从潮湿他联想到蚯蚓，后来加上蜗牛——蚯蚓是不易养的，所以他专注地养了一大群蜗牛，对它们说话、忏悔。终于我忍不住对他撒谎：

“子君死前提起了你。”我坚毅地说。他的表情先是惊讶，后是不信。

“以前怎么没听你提起？”

“因为我恨你，恨你害死她。”他委顿了。低头，细声细气地说：

“她怎么说？”

“她说她不怪你。”

“真的？”他猛抬头，目中爆出喜悦狐疑的光芒。

“她说她谁也不怨了，她想通了。”

“那又何必吃那么多夹竹桃？”

“苦啊。她说，苦苦涩涩的闲着没事便一叶叶一瓣瓣地拿来吃——就只为了贪图那苦味儿。”

“那她还说了些什么？”

“她说，希望你好好地做人，不要像一条狗一样，在她死后还丢她的脸。”

“呃？”他将信将疑地望着我。沉思。

其实我是气不过他那副窝囊样子，以及把子君当蜗牛、蚯蚓那些恶心的动物看待的变态作风。我不是向他说了吗？那对白蝴蝶，族里的年长女人后来都说，雌的是子君的灵魂，她找到伴了。

几年里断断续续地去找他，仿佛就为了那一番谎话。没想到效果竟是空前地好。

数月后，他开始有点精神了。在坟场附近的乡下租了间农屋，准备做长期的隐居、写作，脸上经常露出涩涩的微笑，我知道子君的形象又在左右他笔下女主角、配角的塑造了。他那一篇又一篇格调沉郁的作品不断在文艺杂志、报纸副刊上刊出，几年里，倒也得过不少佳评，得过一些奖，俨然是文坛的中坚了。常往他那儿跑动的结果，我也悄悄地跟上了——我开始涂鸦、画鬼——总是交由他改去。长期的隐居令他脸无血色，狐疑的他神经质地不断逃避媒体的追踪。

“噗”地轻响，顿时暗了下去。蜡烛烧完了。我赶紧摸出火柴，再点燃一根。

“算了，别点了。”他突然出声阻止我，状甚沮丧，“反正我现在这个样子你看了也不会喜欢……”

的确，在我把烛光吹熄的刹那，我看到他脸上散布着明显的尸斑——像霉一样的，五角钱大小。我一直在等他开口，说出他这一次约我出来真正想对我说的话，可是他除了长久的沉默就是一再重述他过去说过千万遍的话。我似乎是在面对他刻意（或随意）剪辑的人生断片。我需要耐心，而幸好我有。

空气中弥漫着蜡烛的气味，混揉着明显的腥臭。一时间谁也没开口。我只清楚地听自己的心跳与呼吸。雨停了，水珠半颗半颗扁扁地贴在玻璃上，露出了一弯月牙儿和满天难辨的骚动的云。蟋蟀叫得很响，伴着其他不知名的虫声、蛙鸣与鸡啼。让月光隐约勾勒出轮廓的一张张黑色椅子上仿佛静静地坐着幽灵。我仔细地读着他流动的思绪，像阅读流动的字幕与画面。

……我对你说了我刚写完的这个短篇也许是，最后的了。我发觉我愈来愈不能控制自己。那短篇，在我写完后还一直不断地在生长、繁衍、增殖，我对它完全无能为力，它像是活的而且已经不属于我。好恐怖，好像某种异形寄生在我身上，它有自己的生命、意志、个性……这便是所谓的灵感吗？它会毁了我啊……我找不到一个最终的形式、结构来装载它、限制它——它会快速填满我为它画好的任何格子，然后濡渗出去，以不规则的形状向八方扩展，我不断地修改，却总也跟不上它的增殖。我想我也许在结构上犯了致命的错误……

那一次的谈话就在无声中结束。之后我们总共还见了两次面，他的情况一次比一次糟。

两次都在他的住处。他拒绝任何的照明（灯光），月却独自圆了，而且圆得比往常大。他身上那股来自坟墓的气味愈发明显，刺鼻、凝滞。即使在夜间，仍然有大群绿头苍蝇光顾，盘附在他身上。在月光下绿色的复眼幽幽地发亮，十分诡异。他的身体起了极大的变化——脸上、手背上都鼓胀起偌大的泡泡，整个人充气般地肿胀着。那些大泡泡中的气体似乎在不安地窜动。他已经全然没法走动了。看清楚些——原来是他在用牙签小心地刺戳，企图把那些气体放掉。他的努力是积极的，气泡在“波”的一声爆裂后，剩下大半透明的皮软软地瘫附在肉上，没来由地多出几平方公尺皮似的。之后我看到了他无法抑制的溃烂——身上不断有黏稠发亮的液体流下——他逐渐地液化了。剥落的皮肉无情地挂着。（涓生，你已经死了）看他那副样子似乎还有很多话要对我说——

上面记叙他那一段思绪似乎这一次见面他又重说了一遍，还是我误把读到的当作他口头的叙述，这谁也没法说清。我最怕听到他那自怜自伤又夹带埋怨的口吻：

“你……你大概不喜欢我这个样子吧？”

我只好哄他：

“怎么会呢？涓生，我们是‘朋友’啊！”

他仍旧不安：

“谁也不会喜欢我现在这个样子的……甚至子君……”（又提起子君！此刻的他倒令我情不自禁地联想到蜗牛、蚯蚓。）

“你不是很想来看我是不是？我……我已经没有别的朋友了……”说罢低低地啜泣。（怎么了？又窝囊起来了。）

当月光朗朗地穿过窗子扑照在他背上时，我发现他的衣服已经破破烂烂了（就像第一次见到他那样），似乎遭到野狗、野猫或者老鼠、蟑螂的袭击。桌上散落着一颗颗饭粒似事物，白得抢眼。他身子持续有相同的白色颗粒弹跳到桌上，桌上原有的亦不断地在蠕动、弹跳。有两杯长满了霉的咖啡，似乎是许多天前我来探访他时喝剩的。

“这些日子我特别地想念子君。”他又自言自语，“你知道，我这一辈子从来没杀过蝴蝶，连毛虫都没有。”他一说话，更多的“颗粒”跳出，有的还尝试攀登我搁在桌上的手。我悄悄移动椅子，屁股后挪，把手抽回，搁在膝上。

“你到底还是怕的。”他竟然敏感地发现了，“友情到底还是脆弱的，嘿嘿。”他冷笑时牙龈上也有“颗粒”弹出。接着又是长长的沉默。我颇觉黯然，为自己的失态惭愧不已。

他的脸容依稀是流质的，五官稍稍统一了，剩眼珠子闪亮地反射着月光。在地心吸力的作用下，他的脸颊泛着亮光往脖子缓缓下流，白色的蛆虫从容钻出、蠕动，爬满他沧桑的脸。对于他的这种情况，我实在是无能为力，只有沉默。他此番找我来就是为了考验我们的友情吗？

当年他破破烂烂（只比现在好一点——那表情）地对我说，男人的爱情是有波度的，有时是波峰、有时是波谷，是在变动状态之中的。他和子君的感情，正是由波峰到波谷的转变；当子君走后，又缓缓从波谷回升，子君一死，却猛然冲到极致，比当初热恋她时还要高些——那是由于掺杂了绝望、悔恨、怜惜……。最后他以喑哑了的嗓子下结论：

“子君只给了我一次机会，不珍惜就没了。死亡是最坚决的抗议，一死，什么机会都没了。这是我万万没想到的事。……我究竟是不了解她啊……也许她是为此而寻死的也说不定。”

而友情呢？（“神是不能试探的。”）

“呃……”

长长的沉默之后他透气似的闭口。

“我……没多少时间了。”听他如此说，我松了一口气，却有点内疚。

“我不知道这最后，”他说得有点吃力，“一篇写不写得完。回顾过去，的作品，觉得很，陌生。觉得它们已经死了。而只有在构思的时候，才是活生生的。也许对作者来说，写定，给予形式、结构是错误的……。那我，该怎么办？”

风扑扑地拍打衰朽的板壁，冷空气不断地卷走室里的混浊的尸腥。我听到狗在屋外徘徊的步声，老鼠在屋角窥伺。我把手搁在桌上，一任蛆虫爬满。那种麻痒的感觉很令人心酸。

“这最近几年，我，差不多再也没，法阅读别人，的作品。我可以轻易，地猜到它的下一步，结局、隐喻……唉，熟悉是我们最大，的敌人。”

“我一直在预防，他人作品，对我小说的入侵。那是，‘中毒’……可是却，仍然没法，完全避免。……”

蛆虫沿着手臂上爬，从肩膊往我颈部迫近。地上大片颗颗的白在蠕动，真想不通他身上怎容纳得下这许多异类。他又陷入沉默了，显是非常苦恼。他把目光投向窗外那颗照耀了整个坟场的月亮。突然，惊叫：

“看，月亮在滴水！”

我跟随他的目光。

“是呀，真的奇怪呐……”

月亮像一块冰，在缓缓融化，水珠下滴。

他又运用美感的想象力，并且断断续续地说了一个昨夜的梦。

漆黑。枝叶溶入黑暗。

身旁一位女人对同伴说:“你看，快月蚀了。”她以食指指月，他抬起头。

乌云团团涌动，如墨晕开，丝丝渗进苍白的月轮。时间短暂停顿。蓦然，月亮立体鼓胀，由苍白而趋橘黄，沿着一根清晰的轴缓缓自转。透明了，像灯笼，可以看到月亮赤裸的内部，赤红的瓣纹。没有人出声，月径自旋转，转轴血丝般红，红得鲜活。月持续膨胀，似乎内里有一股经长久压抑的张力往外蹿、撑。泡过油似的月表像腊肉的皮，布满血丝状的细线，绽放着末日般的颓丽。

“好美。”

黑暗中许多这样的赞叹。

接着，在诸多目光的仰望中,“波”的一声月亮裂开，顺着血色的裂痕，一瓣瓣相互离析，像落花纷纷——碎片以慢动作互析、远离、再分裂、变形……无数晶莹的珍珠泛着金黄色的光晕坠下，像扯断了的大捆项链。落在海面上，溅起、坠落，溅起……响起钢琴声。……

这便是那次见面的全部情形了。

最后见到他时他已不能说话，嘴唇烂掉了，眼珠子也给老鼠衔走一粒，空空洞洞的。从他裸露的白雪雪的牙齿的抖动，我猜想我的光临相当令他感动。他的手臂剩下一只，另一只大概给野狗叼走了。他已经溶得差不多，看来连骨头剩下不到十公斤的体重。我破例在黄昏去找他，并且企图找回他的断臂，却一直没找着。

在他白骨手指的提示下，我找到了他口中的遗稿。早就写完了嘛，日期写着二周前。就在我阅读那篇稿子时，你们（这些警察）便门也不敲地闯进来，给我强迫上了手铐，还说了一句最恶毒的话：

"咿呀——在这里——神经病！凶手！变态——"

你们不断地在找寻他的死因，用狠话、强光、疲乏来轰炸我，迫我承认，并且编造好完整的行凶步骤，要我演熟，以便示范。想我是何许人也，任你们摆布？（为了破案？草草地破案？）

"如果不是野狗拖走了一条手臂给村民发现了去报案，那地方如此隐秘还真不易被人发现。哼！"

某资深笨蛋如此发言。我说，你们的思想都僵化了，推论推来推去走的都是旧路。动机呢？因为那根蜡烛吗？（"阳具的象征"？）哈哈。

你们该不会忘记吧，把我拖走的同时有一双黑蝴蝶（后来被你们粗鲁地赶走）穿过窗子飞到他头上，那可是重要的象征……嘿嘿。

我再度重申：他的死与我无关。我去见他是因为我知道他想见我。我尽可能详细地告诉你们一切——甚至还包括一部分你们希望我说而我不知道的。因此我希望你们也能做到你们答应我的——尊重我说的形式、结构和详略的分布。

最后要说的是，在你们闯入的刹那，我终于悟出了他的死因，那是因为他最后的一篇作品在结构上犯了"致命"的差错的缘故。至于是哪里出了差错而造成他如此巨大的伤害，我还是不便猜测（我才不会笨到去负这个责任），我把他那篇作品附在这里，你们自己去推敲吧，嘿。

附录:《伤逝》

（按：所附之《伤逝》与鲁迅的同名作品一模一样，疑为抄袭，兹不录。又，鲁迅的《伤逝》和日本作家铃木三重吉的《金鱼》颇有雷同之处，有兴趣的读者无妨参照比对。）

——一九九〇年九月十四日于台北

——一九九一年七月二十日《星洲日报》副刊

新柳

（如果哪天早上醒来，发现自己竟是别人……）

紫绿·妖红·熏黑·槁白·粉蓝·……一道道浓稠的色彩横刷在弧形的画面上，一块块孤立的色体悬浮在空中。有干茸和腐叶的气息，兽类的体味，和流水隐约的声音——像发自动物的血管，草树的微腔。在流动的色域里，扭曲出一张血红的床，光滑炫丽。一裸身男子蜷缩着病态，白晰的肢体，像是远古祭坛上等待放血飨神的羔羊。黑的发富有光泽，宛如潮湿。深闭的眸子睫毛过长，唇薄而红，脸孔微微变形，似梦寝不安的幼儿。遥远的呼声嘿嘿嘿嘿嗬嗬嗬嘿嘿嘿嘿……地持续在他耳腔深处共鸣。那是某种集体的声音，发自众人之口——仿佛是发自历史上所有人类的嘴，悠渺的，沉沉的：紫红·妖绿·惨黑·蓝灰……

而水竟然是温暖的。

赤足踩在雾湿的茸上，凉意在脚胫间打转。鞠药如一一褪下身上的附着物，在星空下独自面对一条潺潺的隐溪，风微微刺骨，冬日余威犹在。他蹲下，伸展一探溪水的虚实。水在月光下呈淡墨色，波光奇诡幽渺。他对溪水的温度感到满意。在他眼前是溪的一处缺口，仅容身入，其他的部分都覆盖在一片繁密夹缠交织着的葛藤灌木之下。溯源或顺流都是一样的景致，混溶在平凡的风景之中，只有水声含蓄地宣称溪的存在。

水在缺口处翻涌如沸，仿佛因得以见天而喜悦，也仿佛是因为久待之后他终于出现而让它喜悦。缺口处枝藤倒卷，像断臂人瘤状的肉。水面有少许泡沫、断枝、残叶。他顺手捞起一看，叶子不属于藤、溪上的灌木，倒像是柳叶。他掬水往身上泼泼，拍一拍胸，抚一抚肩，拭一拭脸。回首，虫声唧唧，家灯如豆。在微弱的星光下他企图辨识自己的掌纹，入眼只是一幅错乱的地图，一些任意的线条在视网膜上显影、错蹿。一颗特大的泪滑下，滚烫地落入掌中。

“切记，切莫误了时辰。机会只有一次。”

低沉、沙哑、苍老、感伤的一把声音自心灵深处响起，饱含着生命的沧桑与无奈。

把泪握着，一合十，纵身，插入水中，溪水如遇故人似的把他全身柔抱。在水中一个翻身，脸朝上，四肢平展如蛙，徐徐拨水踢水，口鼻出水面，水在耳际泼泼有声。闭目、逆泳。葛藤灌木蔽天，水面仅仅容得下一张脸。

“你必须找到那条溪，在关键的时刻。根据古书中隐晦的暗示，那是一条莫须有的流水，它流逝的声音只是响起在某些有缘人的梦中。恒常，以声音的形式存在，沉淀在人类记忆的底层。”老者鼻音浓重的叙述仿佛是耳畔水声的直译。“活着的人中只有我隐约知道。在某个特定的时刻，它会为某些人开放……但机会只有一次。”语调里蕴含着层层的悲凉，对生命的神秘之处似乎有一点朦胧的头绪，却又似一点把握都没有。“我已经太老了，一生中阅历过无数的掌纹，以为已略略掌握到天人之际的若干消息。因而我感觉到有一幅关键性的掌纹我始终还没遇到，凭着多年积累的经验和直觉，我知道它一定存在，在茫茫世界的某个角落。我只担心它不存在于我有生之年。为了一个也许是渺茫的答案以解决我毕生的疑惑，我必须追寻。”

当鞠药如坐下来倾听老人的叙述时对方早已瞎了，一双眼如死鱼，脸如龟甲石那般坎坷。冷冷的手激烈抖颤，在他摊开的掌上来回柔抚，指甲沿着破败的掌纹细细勾勒，浑身抖嗦不已。“找找找找到到到……了了了……”热泪滚滚而下。

那时瞎子已经百多岁了，因长久的风霜而身瘦如竹。十年前因为天谴而失明。“终于找到了。”瞎子因兴奋而牢牢扣着他双腕，口中念念有词。瞎子身上由于长期的缺乏沐浴及衣服换洗，而漾出一股呛鼻的腥臊气。和着沙哑干涩的笑声，令他觉得怖惧。

他也不清楚自己当初为什么会那么轻率地听信二位陌生的相士，也许是出于怜悯和好奇。只有行动能证明瞎子的话。——证明它是谎言，或者真话。于是他接受了那使者的身份，在群星依着他的掌纹排列的此夜，来到这秘密的缺口。这条隐秘的溪流之存在，部分证明了瞎子的话——他是“选民”。

鞠药如飘浮着，他已不需刻意泼水。水是就下的，却一径自然把他往上送。水的流线柔化了他的体肤，在和水的摩擦过程中他感到自己变滑了，娇嫩的感觉其实是水族带给他的：好奇的鱼围聚在他身旁，吮吻他的背、臀；淡水虾爬上他头，以螯轻叉他的发，小螃蟹从鼠蹊登陆，群聚在他休眠的生殖器上；料是大白鱼在利用他的指甲磨牙，无数的清道夫用吸盘替他清除污垢，令他感到麻痒、想笑。

浆浆的水声在他脑中激出一幅画面：瞎子在习习的风中翻阅师父传给他的、梅菜干似的秘笈，向他解说一页页代代以来的眉批笺注、评点里的神秘奥义。其中最后一页是瞎子失明前手绘的星图，一对，赫然是他的掌纹。赤色如血脉的掌纹。

“这就是了。”瞎子说，“五十岁以后，年年月月日日我拄杖走过一个又一个陌生的城镇，有时眼前的景象会让我觉得熟悉，但却不惊讶。对于一个以预知或推测命运为职业的人，那毋宁是自然不过的。前生与来世对我而言，只不过都是记忆罢了。

有时走到一座小镇，我会自然地走进某条胡同，夹带的桂花绿树都无比亲切。到某户贴着褪色对联的门前，不由自主地问候一些活着的人——仿佛我认得他们，虽然此生素未谋面。甚至可以准确地叫出一些名字，精确描述琐碎的生活细节，某人的癖性，不是很切要的隐私等等。我是有回到家的感觉，仿佛走进了第几度轮回。之后便是依依的道别，而我是以飘泊为家的。这一逢、一别，或许是今生唯一的了。

有时却不受欢迎，通缉犯似的被迫逃亡。有时让人在陌生的城镇里认出我，款待我以丰盛的酒肉，向我恶补我‘过去’的种种，那个异名的我的前半生。甚或不免如墓志铭般的阿腴，或如行状的草草溢美。有时因为某种气味、声音或他人的动作，而勾起了疑无有的记忆，竟然也微微地感伤起来，以怀旧的心情带着浓浓的乡愁向陌生的风景和身影告别。我始终拒绝那些偶发的身份认同。仿佛走过无数的前生来世，那个当世的我总是合作地留下空白，成全我过客般的造访，背着沉重的记忆离去。

有时我会想，这是否命运本身对我的愚弄？为何我总是无法看透自己的一生？难道这无数的偶然都业已经过某种安排，让我不由自主地走入一段段设计好的人生？如果是，那设计的人究竟是谁？难道果真有一双超世之眼在高处监视我的行踪，安排了一切？如此一想就令我感到无底的悲凄，临河则欲投，临树欲缢。面对巍然的青山一想，如果就此放弃说不定就符合了那‘设计者’的心意，也许‘祂’发现我窥探了太多造化的秘密，想利用我的智慧来愚弄我，把我铲除。毕竟像我这样深通命理以达天理的人是少见的，也许我已渐渐具备作为‘祂’的对手的条件，令‘祂’感到了某种威胁。因此我不想死了，即使这‘追索’本身也是‘祂’设计的，是‘祂’游戏的一部分，我也不在意。我只是要知道这究竟是怎么一回事，‘祂’究竟是什么——如果可能的话，我想见‘祂’，然而，单凭我的力量是不够的，我必须找到掌纹的主人，那开启这秘密的钥匙，也就是你。”

这个“你”字如闷雷在他耳边炸开，鞠药如险些忘了“毋睁眼”的禁忌，幸亏有两片残叶浮贴在他的眼睑。这时溪流已转过第十个大弯。

“于是我更急着要找到你，因为我担心自己随时会死掉。我不甘心就此含恨以终。一处处陌生的地方，凭着直觉我走进一户户人家，却总是遇上初发的丧事。在家属的悲恸中询问，答案不外是：‘好端端的，突然就这样死了……’翻开死者的手掌一看，掌纹已然漶漫不清……。一次又一次，害得我像瘟神死神那样地令人惧怕。这令我愤怒，果然，我的行动‘祂’了如指掌，‘祂’也似乎在跟我玩游戏，拿我的奔波劳碌当消遣，故意让我找到一具具尸身。同时，我感到精力一点一滴地在流失。曾经有一段时间，我几乎想放弃了——何苦多累无辜？也许生命是没有答案的，我不过是在庸人自扰，无事忙——漫无目的走过一个又一个镇子，竹杖沉重的铎铎铎铎，我感到自己是在画句号。我仿佛听到轮回的盘子在急速地转动，那是你生命流转的声音。我不禁在心中对你呼唤，希望你能和我配合，以寻找那终极的答案。可是你却一直在逃避……”

螃蟹在他的胸腹之间嬉戏。鞠药如猛然闻到一阵花香，心口一阵抽痛，一张姣好的女子脸容，深情地在脑中闪过。他确实深深感受到某种神秘的呼唤，仿佛来自记忆的底层，心灵中一座重锁的密室。许多既熟悉又陌生的声音总是响起在梦和错觉、偶然的失神之中。

有时是瑰丽的梦。

浓稠的色块像儿童画般塞满整个空间，相互挨挤、吞噬，末了同化成一片妖惨惨的白和狰狞的黑。他听到笑声，充满智慧，洞察一切的那种笑。似乎是发自一个活过百岁、让时间泯灭了男女之分的那种没有性别的笑声。之间夹杂着少女吃吃的顽皮笑声，甚至浮起一张张脸。接着是极其轻微的“笃、笃、笃、笃”竹杖坚实地点在陈旧的石板上。一黑衣瘦影如影子般渐渐拉长、远去。一张苍老的脸爆出裂纹，呼唤：醒来醒来醒来……声音阴冷潮湿似经长途跋涉自一无尽的孔窍中泄出，令他咬牙、冷颤。

坟场。一墩墩土馒头骨白骨白。一只黑猫弹起，炸开，血花辐射、裂解，一阵蔽天的血雾。拄杖的黑衣人衣袂幡幡。蓦然一座座坟茔质变为一口口棺匣，锈色腕口粗的铁链圈圈匝绕，拳头大的锁上镌刻有远古的咒语，黄色符纸交错杂贴。黑衣人以竹杖挑拨链子，铮铮有声。杖尖一挑开封符，每挑开一张他都会有一阵撕裂的痛楚。黑衣人蹲下，以牙齿噬咬链子，发出老鼠磨牙的声音，棺木上刻有陌生的名字，唤起他部分来历不明的记忆。流动的色域。不断变奏的梦。

终于，年前这瞎子突然在镇子出现。

那时鞠药如正败北在一场凶恶的高烧中，脑中纷飞的尽是迷离的色彩和乱蹿的线条，而后者似乎与发有关。就在所有的大夫都宣告乏术时，瞎子及时出现。

水渐浊，似乎转入一密闭的腔内。守护的水族一时都消失了。腔壁在收缩，牵扯着他继续溯游。邻近依稀有鼓声沉沉，节奏如心跳。就在这时候，水流突然变急，鞠药如快速被抽吸向某处，猛烈的鼓声咚咚，一阵昏迷。“有人！”一女子柔细地惊叹。之后什么都听不到了·冷·极冷。

●

大雪。

一片白茫茫中，一男子踽踽独行。

垂首、缩颈，迟钝地把腿从积雪中拔出，又往前插入银白雪地中，没膝。男子徐徐移动身躯，如熊。双掌藏在大衣袋里紧紧抓着棉袄。手肘牢牢贴着肋骨，身子仍簌簌苦抖，齿牙战战。雪花如掌片飞，寒风似刀当面怒劈，河与岸难以分辨。柳树都着了一身雪，长长的行列，勉强标识出河的形式。头发愈来愈重，湿意沿发梢戮入身躯，寒意钻骨。额头无端烫起来了。双腿好似骨肉离散了，不听使唤。持续走了几步，便欲跪下。他想不起自己的名字，一时忘了自己的来历，也不知道要往哪儿去。心想走到哪里算哪里罢，走不动了躺下去让片片雪花覆盖了也是干净。眼看确是走不动了，正想放纵身子一软，却突然看到一对怒目圆睁的石狮子。咬一咬牙，把脖子撑直，不意竟看到两根白色的巨柱和紧掩的红门如血，一对门神画像双睛鼓凸，髭胡根根如戟。再上处一匾额挂在灰色的檐影下，作苦褐色，中有黑字深陷。他使劲目力辨识，约莫是六分半书：审雨堂。

（有人在吗？）

他心里拙拙地问了句，盯着门上的那双狮环铜扣。意识逐渐模糊，却仍在寻思：刚刚怎么一直没看见有这么一间大宅？它怎么会突然在眼前出现？是错觉吗？还是什么地方出了差错？他默默地念着“审雨堂”却终究不得其解。这是什么地方？心中竟有几个畏惧。一时盼有人在，一时却盼它是荒宅。于是咬着牙更往前走了几步。还差三步才碰得到门，门却径自呀地开了个缝，半边白晰的脸、深邃的眸子。霍然门大开，一张完整、熟悉的脸孔迸然出现，伴着一声惊呼：

“你，你回来了。”声音中夹杂着惊讶、喜悦、悲苦等多种情绪，而微微抖颤。

绿衣的少女，他记得那张脸却想不起名字。（湘裙！）身体某个角落却有声音在呼喊。“原来还有人知道我是谁。”他不禁感伤，感激。女子这时已趋前搀拥他危颤颤的身体，眼眶径自红了。他闻到一丝幽香如花，一个踉跄，一软，踢到了门槛，几乎瘫了下去。少女费劲地支撑着他，险险给扯得摔作一堆。她调整了一下姿势，弓着身子拥着他，柔声带着鼻音问：“你怎么啦？”搀进门，喊了声：“来人呀，少爷回来了。”一壁伸出冰凉的小手摸一摸他额头，却像沾了火似弹开，惊叫：“烧得好厉害！”泪再也止不住滚了下来。迷迷糊糊中他只见到一片漆黑和点点红幽幽的火，女子脸贴近他，滚热的鼻息不歇地喷在他脸上。杂乱的脚步声踏踏而出。

“少爷回来了？”“真的回来了？”“怎么弄成这样子？”“去倒点热汤来。还有，打一盆热水送到少爷房里。热毛巾，快。”“好烫。受风寒了？”“他自己走回来的？”“快去西桥请大夫来，快！”“下雪？下雪更要去！”

身子一轻，给抱在坚厚的膀臂里，焦躁的气味也是不陌生的。（爹爹？）他心口一热，眼皮碍难撑开，身子却轻飘飘地荡着荡着，十分惬意。

一沉，落到软垫上。鲁莽地剥开他外衣。

“又脏又湿又臭！热水怎么还没来？”

“你先别激动，让细柳来。我们先出去。”

“交给你了。”脚步声远去。

“热水来了。”“放下罢。”“热汤来了……”“你们都出去吧。大夫来了再通知我。”“是。”扶起他的头，灌着喝了少许。

持续有胭脂的香气。一块热湿粗糙的布抹上他的脸，在眼角鼻翼唇间徘徊一过，落到脖子上，颔下，稍稍受竖长的胡髭阻碍，转到耳根后，略略深入发际，离开。抹过的地方登时一轻，微凉。然后是淘洗的水声，水珠连连坠落。湿热的布又沾上他的肩，上衣给褪尽，手给抬起顺着肩膊、胳肢窝，向手臂手肘手指头溜溜地转了一周，才将他手臂贴身放下。换另一只手。滚烫的水珠滴滴答答地击在他胸上，更细的水花溅到他脸上，却已经冷了。掏洗声，扭拧抹布水坠落……抹完胸，厚厚腻滑的绸毯子披上，有几分凉意。（湘裙……）裤子给褪下，靴，袜……细细地抹一遍，又迅速替他套上带有清淡香气的衣裳。滚荡的水珠打在他颊上眼睑上唇缝上，入口微咸，柔滑的脸贴着他脸颊，双臂牢牢地抱着他沉重的头，压抑的抽泣和着热泪滚滚来自鼻端的炙人热气，喷着。

在女子持续温婉的啜泣声里他眼角沁出浓浊的泪，异常热炽地流下。刚开始时仿佛是窒塞的，随后涟涟如泉。稍顷，女子哭声稍敛，一轻，离开他身上，长发拂过他的脸。约略是以手背替他揩一揩泪，之后明显地在调匀伊激动的呼吸，清着喉咙、鼻腔。大概也在梳理她那好看的黑发，发梢几度扬起，淡淡的香风。房里突然静下来了，屋里某处依稀还有一些关于他的消息在交换着：

“回来了就好了，别急着生他的气。”

“哼！整天失魂落魄，书也不念，进士也不去考，孤魂野鬼似的，娶了房媳妇也空摆着！”

“嘘！嗓门别那么大。”

“少爷也真是的。还以为他不回来了。”

“回来就好了……”

他全身软绵绵的像是泡了水涨开的棉花，沉甸甸的，觉得说不出的累赘。在意识边缘有一些微芒闪烁，他知道她正盯着他看，专注地，愤怒与怜爱、喜悦与愁苦交替出现，细细地把他看个结实。她的目光像沾了墨的毛笔在绢上勾勒他的轮廓，潮湿地在他脸上吻过，慎慎地几乎仅仅是蚂蚁跨过一根根半透明的汗毛，有点麻痒。他有点想笑，心里却十分清楚她其实是很想在他脸上狠狠地拧一把的。嘴角一紧，他露出了笑容。也就在这时刻，他听到了更多的笑声，尤其是少女和老人的，但已无暇分辨。同时他“看”到一幅色彩鲜艳的人物画，每个局部的颜色次第消失，接着只剩下黑细的线条；继而线条也断裂，段段消失。他的脑中就只剩白色。空白。无穷的白。所有的声音和色彩都不在。

醒来时几上摆着点燃的油灯，女子在支颐握卷。灯光照着她半边脸，书卷蜡黄。他微睁眼，端详那张脸和娇慵的姿势，她的眼睛渐渐眯起来，像猫……点一点头，握卷的手肘几欲从大腿上溜开。一怔，坐正，他恰笑出声来。

“痴郎，你傻笑什么？”

她微带嗔笑，靠近床边。

“你足足躺了三天。”女子抚摸着他的脸，“我一直守在床边。看你脸上的表情——像庙口耍特技的，可真丰富。笑的表情最多，笑声也最多，一定是梦到哪里去风流快活了，哼！”在他脸上轻拧一下。

“嗯……”他张开干涩的唇。“我……”不知道要讲什么。“你……”女子在一旁已忍不住扑哧一声笑出来，顽皮地接下去：“他……”

“娘子！”他冲口而出。女子一愣无声。

“你……你从来不叫我娘子的。”她狐疑地贴近他，“难道是……病傻了，还是失踪的那段日子在外头有了‘娘子’……”

“抱歉。”他颓丧地，“我连自己是谁都记不得了。我只记得你的样子，名字实在记不起来……”女子闻言抱着他的头痛哭。“真的病傻了……”

稍顷，收涕，叙述：“我叫阿绣，你这傻蛋姓刘，名子固。十五岁时你从海州到盖镇去看舅舅，看到镇上杂货店里有一位很好看的小女孩，那就是我了。”微笑。“你偷偷跑进铺子里来，说要买扇，看到你色眯眯盯着人家看，我就把爸爸叫出来，说有客人……你看到我爸爸，脸都白了，假装翻看扇子，没两下子就跑了。你像贼那样在街上逛来逛去，一看到我爸爸出去，又溜进来了，还是说要买扇子。你一来，我又想去找爸爸……你说不用去找了，'告诉我价钱，不会让你吃亏。'我把价钱提高到两倍，你傻愣愣地付了钱，走了，第二天又来，又买了一把贵扇。等你走了；我追上去，叫你回来，说是跟你开玩笑的，把多给的钱还你。此后你天天来天天来，像个陀螺溜溜转……"

"后来呢？"他紧紧搀握住她的手。

"有一天，你说要走了，又到店里来买东西。我用纸替你好好地包裹，之后以舌头舔了封好。后来才知道你拿回去之后一直不敢动它，怕乱了我的舌痕……"女子嫣然一笑。他用力握了握她柔滑的手，道：

"这么一说，我倒渐渐记起来了。后来，我再度回到盖镇，行李在舅舅家一放好，就到你家去，谁知道门窗都紧紧地关着。我以为你们暂时离家，于是每天早上都到附近徘徊，每一次都失望而归。回家后饭吃不下，书也念不下，母亲为我订的亲事都给我闹砸了……"

"看来你真的记起来了。"阿绣温湿的唇在他脸上亲一下。"还记得吗？那包你始终没敢动的东西，后来我们成了亲，你才在我面前拆开，里头都是黄土……当年看你任我包裹，连看也不看清楚，便决定和你开开玩笑。"说罢复笑。

"可是，"继而语音哽咽，泪一痕，一滴滴，"后来，后来你不知道怎么了，常常做噩梦，喊一些男女的名字，又叫什么人不要追赶你，脾气也愈来愈坏，都不理我……”说罢伏在他身上抽抽搐搐地哭起来。

“唉。”他叹了口气，轻轻拍着阿绣起伏不已的背，另一手拥着她，哄她，“乖，别哭，我不是好了吗？”阿绣却哭得更厉害了。他只好耐心地让她哭完（一局），平复了，犹带泪说，“谁知道你还会不会发作？”睫上泪珠莹然，“问你你不肯说，还骂我，那一天，雪下着，你竟然说也不说一声就径自走了，我们到处去找你，都找不到。他们都说，也许你早就冻死在雪中，雪覆盖了找不到。可是春天一来，雪融了，仍然没有你的消息——连尸体都找不到。”

“唉。”他深深一叹。

“一等就等了三年。每年冬天，你离去的日子，我都会望着窗外，企盼你会突然出现，雪停时，又到雪地上四处去找。他们都说说不定我也跟你一样，疯了。担心我会跟你一样失踪，他们都会派人陪着我……一直到那一天，透过窗子，我看到雪花乱飞中有一个弓背的身影，心疑是你回来了——果然，我相信你一定会回来的。”说罢，狠狠地咬了咬他冰冷的耳朵，他忍着痛不叫。“看你以后还敢不敢丢下我。”

“可真难为你了。”他移唇把阿绣颊上的泪吮去，“我也不知道发生了什么事。突然就那样——也许是梦出了问题。”阿绣坐在床边，凝注聆听。

“那一年的某一天，我正在读一部谈狐说鬼的书——我想那是变化的开始——突然听到水声，一滴滴重重地击在芭蕉上，而窗外没有种芭蕉。记得吗？那时你在为我编织，我问你:‘是谁多事种芭蕉？’你愣了愣，以为我在考你，就笑着回答说——”

“是君心绪太无聊。”她笑吟吟地接下，他也报以一笑，“我没想到那时自己竟然会生气。”他满脸歉意。

“此后那水声无时无刻不紧紧地跟随我，我找不到它的来处，后来才知道它一直是响在我的心中，像心跳那样，一滴滴一声声，以滴水穿石的姿势企图把我滴穿。我开始做一些奇怪的梦。做每一个梦时我都忘了自己是刘子固，都有另外的名字如‘彭玉桂’‘宫梦弼’‘陈弼教’‘韩光禄’‘马子才’，甚至变成了女人。每一个梦都是一个完整的人生：从出生到我发现自己都有完整的记忆——像是由某人安排好的，在那个世界里经历着的变化的人世，有另外的身份、父母、妻子、儿女，从来不怀疑什么，默默承受人世里的悲欢离合。一直到那要命的水声响起，像水珠滴落湖面，漾起的一圈圈涟漪，把我那张水中的脸击得支离破碎，朦胧了，我的心也乱了，接着脑子里一片空白。有时醒来时发现被吵醒的你在身边，以关爱的眼神看着我，则我历历记得梦里的事；有时醒来时就不记得我是刘子固，或者梦里的那个身份（如彭玉桂），记忆告诉我好端端的是宫梦弼，熟悉的妻子在身旁，完整的过去，也从来不怀疑什么，好好地做一个宫梦弼……一直到那要命的水声，把我一片片打散、打散……”说着抱着阿绣痛哭。阿绣拥着他，轻轻拍着他的背。

“你们两口子是干什么？一会哭，一会笑？”刘母的声音。“醒了还不快去给老爷叩头请安？”

“他身体还虚着呢。再让他歇一歇吧。”阿绣把声音提高。

“那就别让他说那么多话。怕以后没机会说吗？”

“是，娘。”阿绣虚应。

“我们小声点，”刘子固说，“你把脸靠近我。”

“我像是个演员，在不同的梦里扮演不同的人。可又不是演员，因为那无可选择的角色就是我。其实我并不想那样，对于天，我并不想知道得太多。我只想陪着我的阿绣，平凡地过完这一辈子。”阿绣又滚下了一滴泪，他伸掌承接。“我也是。”她说。

“也许，那是轮回吧？”阿绣接口，“过去的，或未来的生生世世以梦的形式出现……对了，是不是都有我？”

他。愣着了，努力追忆，四目相对，都露出笑容。

“现我想想，有时有——多半都有这样的如花美眷——我想那就是你了。但有时也没有。有时过得很悲惨，被杀了。死去的时候因水声而醒来……”

“好了。你也该歇息了。别乱做梦——等你康复等春天雪融了，我们一块到西郊柳神祠还愿去。”

初春。

雪融，溪水暴涨，淹过拱桥。阿绣搀着他，缓步在溪畔的石板上。春草抽出嫩茎。沿溪柳树枝软无力，随风招摇，纷纷吐新芽。走着走着，过了一座拱桥，一老者坐在桥头。靠近了，刘子固和他四目交对，一愣，停下步子。（好亲切的眼神）阿绣扯一扯他的衣服，他恍若未觉。老人开口了：

“年轻人，你在寻找什么？”

经他一问，刘子固不由自主地回答："我……我也不十分清楚。在嚣嚣的市声，来去的脸孔里，我只求一心之所静……"

话未完，察觉有异，猛然回头，只见阿绣满脸泪痕，满目哀怨，化成淡淡的虚影持续后退。他急着伸手一够，却啥也够不着。（失言了失言了……）心下大恸，喊道：

"阿绣！"

内耳深处却响起滴滴水声。老人在笑，他张开嘴：

●

"阿绣！"

猛然醒来，泪珠犹滚滚而下。

是一个陌生的地方，琴声，水声，竹林风声。

"嗯，你终于还是醒过来了。"一尖细的声音悠哉悠哉。

犹忆自己名叫"鞠药如"。迅速抹去泪水，匆匆穿起披在身上的袍子。理一理呼吸，这才瞧见竹篁里一老人正抚琴，身着长袍，肌肤灰褐涩皱，指甲回卷如鬼介。四目交对，那人眸子圆大，碧绿如猫。白发银须，长而委地，活了数百岁的样子。身旁随侍着妙龄的白衣少女，发披肩，一磨墨，一收拾卷轴。老人席地趺坐，琴搁在矮几上。鞠药如系好腰带，起身。背后是一口小井。

"欢迎驾临寒舍。"老人阴阳怪气地开口，"请上座。"

鞠药如一面张望一面扶着栏杆跨上竹梯。地板也都是黄色柔滑的竹管铺成。干栏式建筑。坐落在水中，地板之下有青龙鱼巡游。竹筒为墙，四面都挂着帘子。书架也都是竹制的，摆满了线装书。其中一堵内墙由膀臂粗的竹管叠成，里头都填塞着卷轴，密密如蜂窦。

他觉得心烦意乱。难道和阿绣的重逢竟也只是一场梦吗？长跪在地板上，一时不知道怎么办才好。

"我……"他试图开口，"这究竟是怎么一回事？"

老人把琴交给侍女，挽袖展轴，接过毛笔，笔管节节紧凑，似是百年竹根。"既来之，则安之。"老人不经意地说。

他怀疑这是梦，然而眼前的现象是如此真实，所有的感觉也是无比真实的。可是适才和阿绣的一切，不也是同样的真实吗？难道感官和意识的真实竟都是不可靠的？心中乱成一团，觉得整个人变得虚浮浮的。

外头三面为竹林所抱，每一根竹都高高撑起：绿、棕、黄、蓝、黑……有节或无节，有的如铜币层叠，有的肿如葫芦。有的如手臂，有的如腿。或细如线，或粗如瓮。飒飒之声不息，竹与竹相摩擦而嘎嘎作响。

"也许你会想知道我是谁。……我会慢慢地告诉你这是怎么一回事。"老人打破沉寂，"敝姓蒲……字留仙，号柳泉。请看——"

老人指着那口井，尺许见方，井沿都长着厚厚的苔藓，泉水澄净滚涌，分为二路，一引来屋子下方，一流成瘦溪——夹岸绿柳垂荫。

"据说我生下来时，这口井也开始诞生，喷泉为溪。柳沿溪栽，转瞬已三百多年了。”以苍凉的语调诉说，接着以更悲凉的声音沉沉吟诵：

“披萝带荔，三闾氏感而为骚。牛鬼蛇神，长爪郎吟而成癖。自鸣为天籁，不择好音，有由然矣。落落秋萤之火，魑魅争光；逐逐野马之尘，魍魉见笑。才非干宝，雅爱搜神；情类黄州，喜人谈鬼。闻则命笔，遂以成编。久之，四方同人，又以邮筒相寄；因而物以好聚，所积益夥。甚者：人非化外，事或奇于断发之乡；睫在眼前，怪有过于飞头之国。遄飞逸兴，狂固难辞；永托旷怀？然五父衢头，或涉滥听；而三生石上，颇悟前因。放纵之言：有未可概以人废者。”一顿，语调一转，

“少羸多病，长命不犹，门庭之凄寂，则冷淡如僧；笔墨之耕耘，则萧条似钵。每搔头自念；勿亦面壁人，果是吾前生耶？盖有漏根因，未结人天之果；而随风荡堕，竟成藩溷之花。茫茫六道，何可谓无其理哉！

独是子夜荧荧，灯昏欲蕊；萧斋瑟瑟，案冷疑冰。集腋为裘，妄续幽冥之录；浮白载笔，仅成孤愤之书。寄托如此，亦足悲矣！嗟乎！惊霜寒雀，抱树无温；吊月秋虫，偎阑自热。知我者，其在青林黑塞间乎！”[1]

吟罢老泪纵横，久久无声。

“毕竟……”良久，老人才哽咽地说，“我也是一个寂寞的人。”目光投向远方。

“我不知道自己此生究竟在追寻什么。一度又一度的科场

1. 蒲松龄，《聊斋自志》。文内人名均出自《聊斋志异》。

失意，年复一年的人间潦倒。在穷乡僻壤，白日里教补习糊口，夜里磨墨书写，在想象的世界里与鬼狐为友。一盏黯淡的灯，数不尽人间的辛酸，我要把所有卑微的人间配角化为我笔下的主角，只有聪慧貌美的狐女，能为我抚平人间的不公……”蒲老愈说愈亢奋，到后来，甚至咬牙切齿。

“那瞎子，他未免多事，他只不过是一个读者，他凭什么来唤醒我的角色？他以为他是我笔下的人物，他是应该好好地做他的读者的……”

鞠药如听得满头雾水。蒲老不歇地自言自语：

“可以这么说，每一个角色都是我的化身——或者准确一点说，每一个角色中都有我。不论是男、女、老、幼。可是每一篇作品中都会有一个主角，他带着更多的‘我’。在不同的故事里，这一点却是共同的。把这不同故事里的‘我’串联起来，便是瞎子洞察天机而亟亟寻找的‘你’了……是瞎子他让你不安分，也害我修改自己的作品。”

蒲老说着从竹筒中抽出一卷轴给鞠药如。“拆开来看看，”他命令说，“在我的故事里，你原来只占这几行字。”拆开，一展，苍劲的几行字：

“卷十三·鞠药如

鞠药如青州人，妻死，弃家而去。后数年，道服荷蒲团至，经宿欲去，戚族强留其衣杖。鞠托闲步，至村外，室中服具，皆冉冉飞出，随之而去。”

“那……”鞠药如仍不死心，“阿绣呢？我们明明……”

“唉……”蒲老深叹，递另一卷轴给他。一展：

“卷九·阿绣海州刘子固，十五岁时，至盖省其舅，见杂货肆中一女子，姣丽无双……”

一路读下去，好一阵子，才说：“和我刚才经历的不一样啊？……”

蒲老微笑，示意少女取另一卷与他。一展，俨然墨迹初干：“大雪。一片白茫茫中，一男子踽踽独行……”

鞠药如疲弱不堪地跪着，双手抚脸，念着：“阿绣……”向蒲老哀求道：“求求你让我……”

“可是，”蒲老打断他，“就像人的命运一样，角色又有多少选择的自由？除非……”

老人把笔管塞进他手中，嘱道：

“以你独特的笔迹，填满剩下的所有空白。”

那空白部分之前的最后一行正是“以你独特的笔迹，填满剩下的所有空白”。他危颤颤地接过笔，感叹命运之作弄人，一如作家之玩耍文字、摆布角色。而手中的笔，仿佛便是仅有的真实了。于是他死命地握着笔，且因用力过猛而激烈颤抖，墨汁因而滴落：

（你如何确定此刻不是身在梦中？）

一声音发自体内隐微之处。

于是，空白的部分持续往后退却，无穷的展布，隐没入一片水色花影之中。一声叹息。

——一九九二年二月《幼狮文艺》

M 的失踪

竹竿搭就的一条桥道如史前恐龙骸骨般展开，无数个 V 如数列之串联，那是手臂粗的竹子。中间的“脊椎骨”是大腿粗的竹筒连接着朝内延伸，V 字形的竹子靠一组组和“脊椎骨”平行的竹竿来固定。竹与竹间都是粗大的麻绳捆绑，起始处是两棵冲天的橡胶树，尽头一间浮水屋。

男子杨某直立在那两棵树旁，伸手抚摸重重捆绑的麻绳，感受那种结实。他一壁仔细端详这眼前的一切，一壁挥动手上糜烂的报纸驱赶黑蚊，汗珠爬满他身上露出来的部分，衬衫湿透，背着偌大的袋子在喘气。稍顷，他抽出两张报纸铺在落叶上，一屁股坐下。摊开另一张，上头标明“南马新闻版”。他目光停留在左下角进口保险套广告左边那画着红线的方寸新闻，标题写着“年轻男子芭窑离奇失踪，下落不明”，内文云“（ × × 十九日讯）此间离市中心三里处，不久前突然跑来一不明身份男子搭建高脚屋居留凡三月余，据附近割胶工人云两个礼拜前突然失踪。警方研判是自行离去。有人怀疑那男子是瘾君子，不过似乎没有证据。乡人在屋子内又发现几张稿纸，可能是一个三流作家……”

看到这则新闻时，杨刚从狮城拜访方修回来，满脑子文学史料，却没有给他多少想要的线索。这则新闻令他突然如蒙电击，全身充满灵感与活力，几个月来的疲惫一扫而空。他连忙把已经搜集到的资料分类归档，塞满三尺长的柜子。搭了一个多小时的公车之后，就得徒步走上瘦白的山径，一路问人，隐隐约约便摸到这里来。

“这桥……”

那条桥给他很深的感触，因那是他生平仅见的……充满幻觉似的半悬在沼泽上。离开了都市，车声人声一下全不见了，只有草丛中的鸟兽鸣叫喘息，树林里猴子过树。他以“郊游”的心情注视着，搀着扶手踏上桥道。

双眼盯着脚，一步步摇摇晃晃地走着。只见竹桥下乱草杂生，一丛丛地露出水面；草与草间是清而不见底的水，有小鱼冲游，蜻蜓产卵。乱草带着他往目的地逼近。良久，眼前景色一变，瞧见亚答木屋的倒影，他纵身一跃，便踩在地板上，引起阵阵摇晃。他挥一挥汗。回头看看来时路，更觉像史前恐龙的骸骨，色似化石。

明知道房子是空的，他还是趋前敲一敲门。门虚掩，一敲便“哑”地自行荡开，近黄昏的日光使得屋里相当昏暗。他依稀瞧见地板上有一盒火柴及一盏油灯，迅即取下灯罩点燃，顿觉一室光明。卸下行李，脱掉鞋袜、上衣，又赶紧摸出蚊香点上，围攻的蚊群这才渐渐散去。他把两扇窗子打开，把报纸卷成棒状，将屋中各个角落的蜘蛛网都给清掉，扫一扫地才有些许安全感。书本随意散落在地上，有的还是摊开的，他一看封面，赫然有李永平的《吉陵春秋》《拉子妇》、张贵兴的《柯珊的儿女》、潘雨桐的《昨夜星辰》及李维斯陀的《野性的思维》等，此外还有少数英文、日文、巫文的小说（包括野史《SEJARAH MELAYU》），堆在墙角和卫生纸在一起的有方北方的《树大根生》、方修的《马华新文学史稿》、马仑的《星马华文作家群像》及一本残破的《道德经》。有一张矮儿，儿上除了墨水、钢笔、打字机外，还用木头镇着数张染尘的笔记，第一张歪歪斜斜地写着：

你犹不屑理睬
我遗落的每一朵忧郁

他满腹疑惑地一页页翻过，其他纸张上有一些奇怪的数学式子如 $M=M_1+M_2+M_3+\cdots\cdots+M_n$ 及莫名其妙的数字如 22/505, NEW, 23 22+1 等等，他拿出笔记一一记录。最末是一张购物单，上头写着（括弧内是他的备注）：五月二十五日、茶（中国茗茶）一包、蚊香一盒（金鱼标）、肥皂五块（LUX）、爽身粉（PUREEN）、牙膏（黑人）、腊肠半斤、鸡蛋十个、米五公斤、油一瓶、盐一包、洗衣粉（快白）、洗发精（FOLLOW ME）、洗脸霜、火水。

从地板缝中找到一张“马来西亚银行”的提款收据，数目是 M$500，及报寄包裹存单。屋子内没有房间，其中一角摆放着简单的餐具。

他将就着把锅子洗干净，淘水草草洗一洗米，利用余剩的干柴生火。腊肠还剩两条，蛋一个……从窗口他看到一条竹竿向水中树丛延伸去，他猜想厕所在那里。拾级而下便可以淘水冲凉，他有一种重新发现“高脚屋”的感觉。

入夜，收拾干净，准备为数月来的追查做一番可能的总结。明日一早再去附近做最后的追踪采访，如果再没有成果，便只好宣布失败，放弃。黑郁郁的林中依稀可以见到一盏昏黄的灯火，猜想也许那便是那户报案的人家。他们瞧见这里重新燃起灯火会怎么想？一切似乎冥冥中有所安排，在岔路口凭直觉选择了到此的那一条路，找到与那地方新闻版上记载的报导吻合的这处所在。摊开汗渍斑斑的记事本，闭目凝思。

整个事件开始于一次采访。

七月八日，吉隆坡希尔顿酒店二楼紧急召开“国家文学座谈会”，与会者共三百多人，清一色是马来作家。灯光是明亮且柔和的，富有情调和诗意，只是每一位穿峇迪[1]的都神情凝重。作家 A 以主席身份抢先发言，他报告的正是在座每一位都从谣言中得知的消息：有一位仁兄以 M 的笔名用英文撰写了一部长篇小说（《KRISTMAS》）在美国引起评论界、《纽约

1. 以蜡染布料制成的男装上衣。——编者注

时报》的注意，除了给予极高的推崇外，更有大学教授想推荐他竞选诺贝尔文学奖。《纽约时报》因此派人去查作者的身份，一查之下却发现 M 终究“不知何许人也”。从马来西亚西部某地寄出，而稿费却捐献给华研。从这里他们获得的第一个线索是：M 是马来西亚人。

《纽约时报》于是即刻长途电话联络马来人作家协会与华人作家协会，告诉他们老美要知道 M 是谁，如果有他详细的生平资料与所有发表过的作品更好。他们得到的是一个建国以来文学史上期待已久的好消息：出现“大作家”了。

接着主席莫哈末把问题归结于两点：

（1）作者到底是谁？属于哪一个种族？

（2）用英文发表的到底算不算“国家文学”？

每个与会者桌上都摆了一部砖头般厚的书，封面是一把烫金的吉利斯[1]——背后是一条血红色的龙。

起先大家以为作者也许是在座的其中一位，于是每一个人都转过头去看看其他与会者，尤其是那几位以小说著名的（如 ANWAK RIDHWAN），那些屡次获得国家文学奖的……而诗人们心里头都有一丝不快，因为他们“没有可能性”，却也希望有人出面招了，好把这问题解决掉（以否定作者可能是华人的说法），同时又希望 M 不在现场众人中，那大家才一般“平等”。整个会场沉默了半晌，互望的诸人间才彼此发出会心、尴尬的微笑，都忍不住叹了一口气，冒起一个疑问：“难道真

1. 即马来短剑。——编者注

的是华人？”

往后的讨论便有点一面倒，大都从国家文化的立场认为国家文学必须以马来文书写。换言之，即使某人以“英文版”获得国际文坛青睐都不能算是国家文学，因为以马来文书写是国家文学的必要条件。

“这是原则！”K 大声疾呼。他也是写小说的。

奥士曼·阿旺眼见情形不对赶快发言制止，并且把焦点转到“如何提升马来文学在国际文坛的地位”之类的问题上去。他以记者的身份胡乱地捕捉一些口水，便瞧见埋头速写着的《南洋商报》的记者向他，及其他同伴挥了个离去的手势。他到门口拦了辆计程车，即往雪兰莪中华大会堂奔去。

古老沧桑的中华大会堂灯火通明，里头早已挤满了人。入门处一红布条上白字写着“大马华人作家协会·马华文学座谈会”，他挤到最前头，给原上草、雨川、洪泉、方修、方北方等人照了一张群像。一扫描之下，发现重要的作家几乎都来齐了，包括东马的“拉让江畔诗人”吴岸。

温任平正戴着厚黑边眼镜发言，瘦瘦地问道：

“为什么我们不知道有这么一位同仁？”

在座的除了温任平是峇迪衣外，温瑞安着西装，傅承得着长袍，其他的都穿衬衫长裤。温瑞安谨以一个写武侠小说的作家发言，根据他获得的资料（含小道消息），M 很可能是在座中的任何一个人，也可能不是。

“根据作品”，他接着从公事包中拿出《KRISTMAS》一书，“我们约略可以猜到作者的身世……不外乎三种可能。”接着他一一分析那三种可能:“第一，他是一个穷人家的孩子，从小没有受什么教育，完全凭自修苦学而成。一笔在手，数十年不辍。符合这一个条件的作者是丁云和雨川。”丁、雨二人闻声感动不已，眼眶泛红。“不过，以丁、雨二先生迄今发表的作品来看，尚未臻此水准。”二人脸颊红中带紫。“第二，他可能是南大毕业生，今年四十……五十岁，早年有点左。各种文体的创作都有，代表人物是方北方、孟沙。”方、孟二人脸露喜色。“不过，这类作家太强调写实，报导有余，艺术不足。”人群中传出切齿咬牙声。“第三，旅台毕业生，在台求学时吸收了白话文学在台湾的发展成果及欧美文学的营养。尤其是外文系出身的更有可能，代表人物是李永平、张贵兴、我本人、潘雨桐、商晚筠……”这时温任平已悄悄从麦克风前回到座位上，满脸铜锈色。温瑞安眉飞色舞地继道:

“我本人嘛，英文不是很好，暂不考虑。潘雨桐有可能……”

“不是我！”一高大汉子起立打断、坐下。

“对不起，潘先生。我说你有可能而已又不是说就是你。”温又把头朝向群众,“不过潘的作品包容性尚嫌不足，商小姐这方面局限则更明显。剩下的英文能力好而创作上大有表现的要数张贵兴和李永平。这两人我都联络过，他们对中文的感情令他们不屑用英文写作，李氏更刻意要让他的作品没有外文版，据说他目前计划用形音义接合的小篆写作……”他听到更多的咬牙切齿的声音。“至于我嘛，”嘘声大作,“这个，”再也听不清楚他说话的声音，虽然他一直没有放弃。“咿……咿……啊……啊……”他的声音逐渐被掩盖。

抢到麦克风的是写实派的孟沙，他说那本东西即使是再怎么好都不能算是“马华文学”，因为那不是用华文写的。“我翻了一下，里面不止有英文，还有马来文，不止有现代的马来文，还有一大堆马来古文、爪夷文、阿拉伯文、巴利文、德文、法文还有甲骨文！什么东西！”

当年是现代派的大将陈瑞献因路过来凑热闹而抢到林氏空出的麦克风，他手上拿着一张字条念着：

“根据美国评论界的意见，这部作品首度跨出马来西亚种族的藩篱，他糅杂了世界几个重要的语系而形成一特异的文体，由于它是如此的多元，因此是‘不可翻译’的，严格地说它也不是用英文书写的。在文体上它有点‘马来纪年’的色彩，奇诡又如尤里西斯。它同时吸收了几个文化传统，如印度、中国、希腊……的长处而自成一格……”陈念完后便在嘘声中消失在会场里。

现代派和写实派一时间又针锋相对起来，几乎把整部马华新文学史都吵翻了，最后方修以“史家”的身份登高一呼：

“都给我安静……统统都给我安静……吵又有什么用？现在紧要的是，把 M 找出来，如果可能的话，找出他的‘中文版’……如果你们认为他必定先以中文书写的话。”才终止了马华文学史上又一场无聊的争吵。

摊开在油灯前的笔记以勉强算是“小说”的形式一页页连载。他把笔记阖上，揉了揉酸疼的双眼，交臂为枕，仰躺在地板上。那两场“座谈会”过去后，迄今已经几个月，媒体也渐渐地冷静下来了。他好不容易才获得老编的批准请了三个月假，到处搜寻 M 的下落，几乎每一个马华作家他都联系、拜访、晤谈过。他把银行里多年的存款提了出来，十月里随着几位老妇女以“侨胞”的身份到台湾去，在阳明山会见了李永平，接着行访宜兰，见到了张贵兴。二氏都十分温和地接待他，李陪他逛了一圈阳明山附近的国民政府高阶将领的坟场，介绍他吸了不少台湾最有名的空气。李的个子与长相颇令他惊讶，如果在街上撞见，只怕会怀疑他是杀猪的或者卖鱼的，而料不到这么魁梧的一条汉子竟是文人。李表示说他早就听说了，我（噢，不是我），他坦白地告诉李，在语文能力上马华没有几位作家是有那般能耐能写出《KRISTMAS》，除了英文造诣外，马来文及外文（如拉丁文、梵文）底子也要不错，况且其中还有两页是用甲骨文写的！李露出暧昧的微笑，他淡淡地说：

“别再浪费你的时间做无谓的寻找。也许是某个外国汉学家玩的把戏。那种东西没什么意义。”

李说得很明白了，他宁愿自己的作品是用“不能翻译的中文”写的，他才不屑去讨好那些幼稚的美国学者、莫名其妙的诺贝尔文学奖。在李永平傲气的余波中，他来到多雨潮湿的宜兰，湿气令他觉得全身长满北台湾的苔藓。

张戴着副厚厚的眼镜，很沉默，不高不瘦，轮廓和肤色都颇深，有几许东马土著的热带风味。他们撑着伞在田垄间漫步。张露出和李异曲同工的微笑，沉沉地说：

“是谁又有什么关系呢？值得你费那么大的心力？”

低着头沉思了好一会，杨才缓缓地道：

“我也不知道。……我只觉得这件事情对我很重要。也许你不知道，我虽然是个记者，对创作却很有兴趣。我也偷偷地写过一些小说和诗……我不知道，我只是觉得如果我想立志写下去或肯定华文创作在马来的前途我就必须找到一个答案。”

杨把和李、张的谈话写成访问稿，寄回《南洋商报》发表。剩下的几天，他逛了逛台湾一些有代表性的景点：台北龙山寺、左营孔庙、台大校园、中正庙……在台南一些古老的庙宇里他冥想、沉思，而后略有所悟。当然，他也怀疑过台湾作家恶作剧的可能——然而以台湾作家的本土化、美国化或中国化偏执来看，又绝无可能。

临走前他走访了任教于师大英语系的陈鹏翔教授，在陈怪异的 HOHOHO 笑声里，他知道自己该回去了。

在蚊香的气息中，他很快地泯除了现实与梦幻的界限，他感觉整个人轻飘飘地像躺在云雾上，以俯视的姿势掠过他走访过的每一个地方，北马、南马、东马甚至新加坡。渐渐地他仿佛是仰躺在船上，船在水上轻轻地飘荡。月光自窗口纱样地披拂在身上。船划过高原，直往水中央泛去。月亮一直随着他，他突然爬起来，发觉船靠岸了……细沙白色的岸边，枯叶交叠深褐带状延伸，他赤脚踩上，细腻地感觉到那种潮湿、柔软。高树围成一座深黑的林子。他边走边细察，猛然发觉枯叶上散着白色水母状物，他俯身捡起一片，摊开，却像是一张脸……披在脸上，在水边跪下一照，水中出现的是另外一个人，仔细一看……商晚筠，他大骇，再试……甄供，再试……再试……水中出现的赫然是一个少年模样，短发浓眉，是他自己，一惊醒来，发觉一边脚掌湿了，窗外尽是雾，屋内仿佛连灯火都沾了露珠。朦胧中那粒灯火还在，心中不由浮起一丝温暖。

想起什么似的他起身，在屋里到处搜索着，除了《星马华文作家群像》之外，还有一大叠照片……各个星马作家的。他望着那死于日本鬼子狂暴的“南进”大屠杀的、才气过人却不幸早夭的中国南来作家铁戈的肖像，深深地感叹了一会。搜出少年温瑞安，忆起《龙哭千里》中蕴含的可能性，而失神良久。仰卧着思绪胡乱地飘，身体转瞬又飘了起来。M 到底是谁？他朝着暗黑问。文学史上记载的所有作家都一一分析过了，仿佛都没有可能，或有可能也都出面否认。难道那真的不是华人？是马来人？印度人？黑暗中隐隐出现一张脸孔，从模糊而清楚，黑白而彩色……一个男子，是郁达夫。

杨走到一处僻静的乡下，亚答屋[1]林立，无墙的茶寮里郁达夫活生生地和友伴在喝酒。他上前问道：

“不是听说你给日本人杀了吗？”

郁不屑地乜了他一眼，慢条斯理地道：

“谁说我死了？谁看到我的尸体？我不可以躲起来吗？你没看过武侠小说？”郁较他的“遗容”胖多了，肚腩足以阻止他看到自己的脚板。从资料中他晓得郁氏知晓多种外语，德、日、英、巫、荷……也许多年来也还学会了爪哇文、阿拉伯文、梵文……。他愈想愈有可能，便从怀中掏出那本

1. 分布在文莱、印尼、马来西亚和新加坡的传统住宅。——编者注

《KRISTMAS》递给郁，郁接过手在扉页签了名，抛回给他，随即哈哈大笑……

“依照武侠小说的逻辑……”他忖道。此刻附近激响起水声，宛如有大鱼在做体操。

在竹道的摇晃中他醒来，水边有蛙鸣。

“喂，”一小孩推开门，伸进头颅，“你是谁？来这里做什么？”

他爱理不理地起身，一瞥之下却发现桥的尽头有一着绿裙扎着两条辫子的年轻女孩，桥一晃一晃，裙及膝飘飘。一瞬间他瞧呆了，张大了口说不出话来。

“喂，你发什么呆？我问你还没回答！那是我姐姐，你怎么那么猪哥？”

女孩和他对望了一眼，便慢步离去。他喂的一声想说什么，手却在半空中止住了。小孩约莫六七岁，双眼溜溜的在屋中打量一会。并不畏人。他抠掉眼屎，伸了个懒腰，小孩又问“你是谁”，他没啥精神地答：

“我是记者。”

“记者是干什么的？”

“写报纸新闻的。”

小孩告诉他已经半个月没看到灯光了，昨夜突然又亮起来，他父亲以为“那个猬的又回来了”，只因为入夜，谁都不许靠近，担心是坏人在吸白粉。知道小孩接下去要说什么，他急忙准备好纸和笔。

“那个叔叔啊，好瘦好瘦哦，妈妈叫他竹竿，姐姐叫他螳螂，爸爸叫他四眼猴或‘猶人’。他喜欢跟我玩，我的华语都是跟他学的，都是我去找他，爸爸说他‘猶’不准他太接近又怕他对我姐姐怎样。他教过我吹笛子，（我吹给你听？）我带他去捉打架鱼、钓鱼和捉豹虎，他好像外星人似的什么都没玩过，很喜欢的样子。有时看瓶里的打架鱼‘博胆’的时候会看到这个样子（他把颈项伸长，下巴前送，两眼鱼凝），他把打架鱼给我的时候我没想到他要走了。这里没有邻居，很少人陪我玩。”

小孩絮絮叨叨地说了一大串，突然问：

“饿不饿？”

杨点点头。小孩便掏出一包东西（以报纸紧裹）。一掀开，是条烤熟的番薯，泛出甜香。他即向树根道了声谢。

“我以为他回来了，就带了来……像以前那样。”

杨仔细地观察眼前这孩子，从不断说话的眼眉间竟然看到一丝寂寞的神色。他问他名字。

“叫我‘树根’。”小孩爽朗地答。

“你知不知道你那个叔叔叫什么名字？”

“我不知道，我叫他叔叔，不需要名字。也许姐姐知道，姐姐也跟他很熟。”

他抖一抖擞精神，打算详细地访问这一家人。

“他常常在写什么，有时好像很痛苦，写了又撕，撕了又写。有时候又很高兴，会大喊大叫地跳进水里，说他是一尾鱼。有一回晚上我捉萤火虫给他，蓝的橙的飞满一屋子，他和我一起跳、叫。后来他说他写了一首长诗拿了钱还请我吃巧克力。你知道我没有朋友，有时他像木头一样在看书，一直到父母喊我了，才捧着烛送我回去。”

话匣子一开就没完没了。树根一一述说每一件他记得的事，包括给姐姐递纸条等等。

番薯吃完后他提着小型的录音机，拿着笔记本往那一户人家走去。树根跳跃在前方，走了百来尺，便听到狗凶猛的吠，瞬间便来到眼前，张嘴露出白森森的牙齿。树根嚷着嚷着才把群犬叱开。穿过一排排的橡胶树，他来到锌板木屋前，一中年妇人微笑着欢迎。他介绍说自己是记者，看到新闻想来采访。妇人大声地说：

“报警了也没用啦！随便派几个憨呆来，看没几分钟就走啦，根本不想到里面去找。听说报纸也是随便写，写还不到一块豆腐大。……对了，你怎么称呼？”

“我姓杨，”他说，“叫我‘老杨’就可以了。”

少女给他一杯热腾腾的咖啡，便又矜持地钻回房去，正眼也没瞧他一眼。妇人边啜着边叹气，皱纹露出慈祥的光辉。

“我们只有这么一个女儿，乡下的小孩就是这样的啦，不懂礼貌……”

“起先谁也不知道他是什么人，突然拿了个皮箱、叫一批人来便把屋子搭起来，他们的手脚也真快，天刚亮来，太阳还没下山就好了。我们从来没看过人把屋子搭在水里的，便问他，他说他喜欢水。那时我的男人就说他有点‘猸’。”

“他很秀气啦，瘦得像筷子，起先我们还以为他是白粉仔。后来发现他很斯文，而且很有精神，每次看到我都会阿婶阿婶的叫很有礼貌。一定是一个读书人，有教养，只是不知道他为什么会跑到这个地方来。可能阿云会知道，你等一下可以问问她。”

“看不出他确实的年龄，三十来岁吧，也可能四十几岁，大概比五十小些……也说不定大过五十……总之不像我们做粗工的老得快。我问过他从哪里来，他只笑笑说很远很远的地方……看他常常靠着橡胶树，烟一根一根地抽。可能是赶蚊子吧，又像在想什么，也不怕沾到毛虫，有时真像傻子一样的……第一次看到他在胶园出现还真吓了一跳，远远的也看不清楚是谁，以为是坏人。你知道的我们女人割胶看到陌生人都会十分注意。那阵子坏人多啊……那时他穿着一身条纹灰衫、黑长裤，靠在树干呆呆地看什么，原来是虎头蜂窝……我一直注意愈割愈近也愈害怕，看看他有没有些奇怪的动作……那时常有猖男人到这里来脱裤吓女人……他一直没动，像是假人……”

伊不断递给他一些饼干之类的。他依稀听到房里阿云与树根在轻轻谈话，好像在商量什么……

“谁叫你那么多嘴？”

“……”

接着听到有人在扫地……有点不专注、随意的声息。

“常常就那个样子，有时蹲在落叶上，倒着头在听什么，很专心的样子。后来我大着胆子问他究竟在听什么，他指指树上，头更侧些，叫我‘听’，我停下来看看树上，原来是橡胶籽裂开，在叩叩叩叩地跳过树枝再掉落地。他手指跟着声音在摇动，我看了有点害怕觉得他恐怕还是有点‘猾’……”妇人顿了顿，又说：

“又有一次他蹲在寮子内看着柱子旁边，看那一涡涡的沙，原来在捉蚂蚁喂土猪，大概是树根教他的，总之是这么一个奇怪的男人。”

录音机啪地弹起，他迅速地换边。顺着妇人的眼神而沉默。

“在他失踪前的某一天，刚刚收完胶就下起大雨来，我和女儿就赶着收胶，他也冒着雨赶来帮忙，笑嘻嘻地淋着雨，他说‘痛快，痛快’（妇人模仿他的声音），又说原来胶汁那么白，那么香，好像很好喝的样子真想一口干了之类的话，一下子又说可惜可惜，傻傻的手脚也没比我快……那一晚我男人拿着手电筒去捡榴梿，他说突然看到土墩头上站着一个人，把他吓得心差点掉到地上，一照原来是他。口里含着烟在看月亮。喉头咕咕噜噜地念着什么，又好像听到他在唱‘太阳出来了’……”

妇人说到这里突然有点忧愁的样子，迟疑了一会才以一种沉重的语调说：

“我看得出他对阿云有意思……他每次看到阿云的那种眼神，我一看就知道了。可是他年龄太大了，又不知道他是干什么的，阿云又太小哪……唉。”

湿意逐渐散去，雾褪后阳光正式占领大地。他辞谢妇人，在户外一棵波罗蜜下沉思。他有一种强烈的感觉自己找对了地方，也许……他笔记本上记下妇人说话的大意。也许答案就在方圆半里之内。那猜测中的中文版是否真实地存在着？而 M（如果他是）又为什么要离开？他去了哪里？是否犹在人间？……一连串的问号袭向他，他闻到顶上波罗蜜成熟的浓香，像三月里蜜蜂置身于花香中，在思索中他突然觉得有人在身后，猛回头正是那绿裙的女子。伊向他招一招手，示意他跟她去。他一跃而起。

“我等你已经等了好些日子了。”女人露出神秘的狡黠，眉宇之间竟似有三分婉约忧伤。数秒的四目交锋，他估量这女子至多不过十八九，却令他有一种气势不胜的心理负担。

岁末的橡实间歇地爆裂，枯枝弹跳，清脆且富有生命力。女子徐徐说道：

“照例我必须来一段必要的开场叙述。

“他是一个怪里怪气的男子。戴着五四时期的圆镜片眼镜，头发剪得像中学生那般短，瘦得像一只雄螳螂似的，看人的目光却嫌锐利……有点冷酷。爸妈一直不准我接近他。原因泰半属于直觉。他天生是一个用情不专的浪子。我很少去帮妈妈，除了学校放假。我知道他常常借着和弟弟接触的机会偷偷地看我，我遇见过太多相似的眼神，那种干燥的贪婪潮湿的欲望我能轻易地察觉。那天，也就是他帮我妈收胶的那一天，他偷偷地塞给我一张纸条：

你犹不屑理睬

我遗落的每一朵忧郁……

“他借我看过很多书，都叫我弟弟……那多事的树根送来，大都是文学作品，诗、散文、小说都有，多是台湾作家的作品，有时他会在书中夹些纸片想象自己是在恋爱中，遇到这种情形我就叫弟弟马上退回给他，叫他以后别再叫我弟拿书来……他就慌啦，就让他去道歉好了……这林子很大，常看到他躲在灌木丛中偷看，他忘了他的眼镜会反光，我也懒得睬他……妈一直怀疑他的失踪和我有关，谁知道呢？我只是被动的……”

少女吐气轻柔缓慢，好像十分重视标点符号，伊领着他来到一口井边，在木头上坐下。

“请问你知不知道他叫什么名字？”他问道。

“名字很重要吗？”伊笑问，“我一直不知道他的名字……曾听他说他一直不断地更换笔名投稿，他总是借别人的名字领稿费……据说马华作家每一个名字都被他‘盗用’过……”伊把怀中的一包东西递给他。“这是他失踪后我藏起来的一些资料。”

杨一面取资料一面叙述M的失踪……及他的追寻。他分析说M可能匿藏在国内的某处，在一个偏僻的小镇隐居以避免媒体的追踪……也许是在某个乡下小学里教书，久久发表一篇作品。然而长久的搜索却毫无收获。

在一个偶然的机会，杨发现了这样一则新闻……男子神秘失踪……。女子静静地听着，时而露出神秘的微笑。他读着一页页的资料读到：

> 久冷的心又有些许冲动，唉唉。我仍是改不了老毛病。没想到在这种地方还会遇到那么清纯的女子，像一朵夜间的沾露昙花，然而我太老了。忘了忘了，免得误人误事。“生怕情多累美人”。

根据这一纸残片或许该推断他是郁达夫，因为郁达夫凡看到漂亮的女子都会动心，更何况里头还引了郁的一句名言。把郁和 M 串联起来或许还是有道理的吧，因为郁曾经写过“只要出现一个大作家，马华文学的命运就会改观。”可惜郁达夫早在一九四五年就失踪了。他想起那晚的梦。

又一纸：

> 白衣，相忘是不可能的
> 让三月远去。让
> 絮落花飞，白衣
> 让你在我的长篇里
> 不断地连载……

依这些纸片来看，这人又该是温瑞安。白衣是神州诗社共同象征符号，然而温瑞安早已无可救药地腐败了……

又一纸……

杨发觉几乎每一纸残片都有一个不同的可能，而每一个可能都互相矛盾，这使得他陷入深深的沉思。阿云走后，在乱蚊纷飞中以枯枝在地上随潜意识画出一些虫蚁走过的痕迹。她走前抛下一句话：

“最迟明天，也许你就会知道一切——你所谓的‘答案’。”

在直觉里谜底是愈来愈近了，而却仿佛愈来愈远。入夜，他在一盏灯旁趺坐沉思。雾凉凉的袭来，耳畔响着轻轻的水声。他有点焦躁，摊开那道 $M=M_1+M_2+M_3+\cdots\cdots+M_n$，$n\in N$。脑中不断出现女子的容颜，灵慧谜样的眼神，仿佛带着“可能性”……这是落叶时节，每一棵橡胶都如枯木般摆着姿势，枯叶厚厚地叠着，一种肃杀气氛弥漫。只一天却好像过了好久好久似的，他开始怀疑那男子一个人怎么可能在这地方待上数个月，怎能不疯狂？难掩的是寂寞，无底洞似的。他有点期待那孩子来陪他聊聊，却一直没有声息。灯火是清楚地亮着，只是全然看不见灯火旁边活动着的人……甚至影子。森林中猫头鹰在咕咕叫，带着刻意。偶尔响起猴啼，梦也似的。一丝寒风自沼泽深处阴阴的林中来袭，刻骨的寒，他猜想此刻这片大地必然忙碌着掠食扑杀。月亮猛然自云后跳出，一瞬间照亮了数十尺之内的林间视野。没有热度的亮，冷冷的月晖。

陆续的水声，如潮起潮落。

他突然发现水真的退了，一时不相信自己的眼睛，推开门、拾级而下。但见高脚屋下只剩浅洼无几，各盛着一轮月。有小鱼在其中蹿动。一抬头，有条独木舟正朝他飘来。泥沼中隐隐约约有木桩在焉。船是湿的，他毫不犹豫地跨了上去。以桨一荡，便在软泥上朝水中滑去。前方水黑黝，绕过一丘丘杂草高树盘据的土垄，水色渐凉而微风愈寒。他听到远远近近持续发出轻微的类似枯木迸裂的声音，船在动，而四方的土垄似乎也在动，朝两边褪走。一回头，来处的那盏灯光却像是在二三里外的朦胧。他觉得有些许不妙，心中泛起面对不可知的无边恐惧，还是硬撑下去。这回他瞧个真确，树缓缓退向两旁，那轻微的迸裂声依稀是地壳……地表分开时发出的罢？他把船桨平摆，小舟顺着一特定的方向飘去。虫声兽嚎渐趋沉寂，水面飘漾着薄雾，像一场预设的死亡。

良久，小舟在一处边际难以估量的大湖中央，水色深黑。四周还是无声无息。等得有点不耐烦，他仰躺在船上，耳后有湿意，月亮悬得很低，乍看之下比平时涨大肥腴，乳白色。

目光下移，突见金光闪闪，连忙坐正仰颈，整个水面一时间都闪起金光。难道有金矿？他睁大眼欲看出个究竟。金光在游动，他把目光移向船边，一道道金色的脊背掠过。哪来这么多的金龙？怎都没听人提起？这究竟是什么地方？

正错愕间，水面突然浅了。金色灿然。

他瞧见巨大的金色块状图纹链一般的移动。每一块都有一码见方左右，潜水艇似的金色事物从他船下经过，好长的一段时间还没过完。原来是一条巨大的鱼，鳞片色泽斑斓如千年的出土文物，在时空中饱受损蚀，沧桑的金色。或许是看得太仔细了，他竟然瞧见一些似乎是编码的线条诸如：

之类的，一时间也记不了那么多，总之不外乎这一些变化。在鱼背上，这令他联想起一些事物诸如八卦，鱼身的移动令他目眩神迷，刻纹是深金色的，密密麻麻布满。

还有一些图画类似文字诸如：

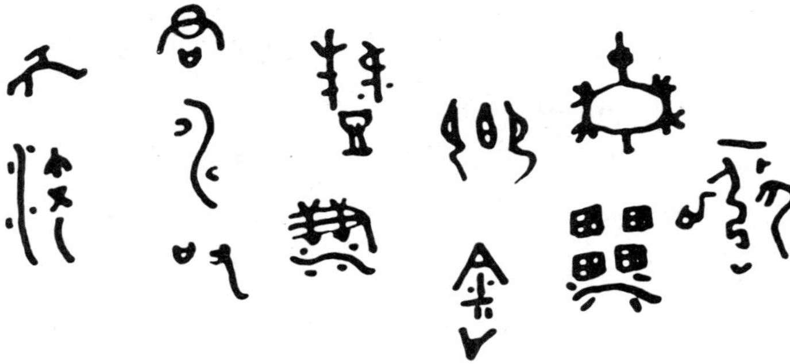

之类的。唤起了他的思古幽情。就像是一幅长长的先民的手稿在他眼前展开。他不禁大叹自己才学浅薄，无法即刻辨识，串解成文。

隆的一声巨响黑影腾空而起，他只觉身体一轻便被抛在半空中，一条金色的大鱼庞然离开水面，身姿如龙，张开大口正欲把月亮一口吞下。恍兮惚兮，他有一种近乎“悟”的感动。

轻飘飘地也不知道过了多久他才着陆，醒来时发现是在小屋里，一切如旧。高脚屋底下都是水，只是他浑身湿透了。太阳已经升得老高。他匆匆赶到阿云家。伊握着一卷报纸问他啥事，他呐呐地简略回忆昨夜的事。

“据说很久以前，有一条龙掉在附近的大泽里。”阿云以说故事的口吻，“我小时候倒是常吃你说的那种鱼。味道不错，很甜，也很好看。这几年来这附近都没有了——给商人捉光了。你相不相信有龙？”

他点头也不是，摇头也不是地傻笑咧嘴。

“怎么样，找到‘答案’了没有？”

他摇摇头。阿云把手上的报纸递给他时，她说：

“你拿回去看吧。不要再逗留了，收拾一下快点离开罢。”树根捧了芳香四溢的尖必辣给他，说可以马上开来吃。

他一摊开报纸，就看到副刊上的“乡青小说奖特辑”字样。其中赫然有一篇作品题为《M的失踪》，署名M……报导说作者是一位陌生人。

剖开的尖必辣香气弥漫室内，他徒手挖着吃，吃得啧啧作响。

将那篇作品与自己未完的手稿一比较，赫然发现雷同之处十之八九，剩下的一成不同似乎是润饰与不润饰的差别。他顿觉双腿发软，颓然坐下。

我（嘿，不是我）……他谈那篇文章时强烈地觉得那是自己写的，而又显然是对他的莫大嘲讽，怎会有一个这样的作者穿透他所有的心事且预写他的未来，硬生生把他从“作者”的位置上挤掉。这似乎不可能的举止直接对他的“存在”构成了挑战，暗示“我”是可以被完全取代的。而，那会是谁？究竟是谁以M的代号取代了他关于M的失踪的叙述？“一定是她。”他想，“一定是她在搅鬼！”

阿云甜甜的带着富有深意且调皮的微笑在他脑中浮现，那一度占据了他休闲中记忆不正是一种深层含意的暗示？换句话说，她一度成为他记忆中的主角，那么M的失踪就是一种必然了？而《KRISTMAS》则是一部“集体创作”？像水浒西游？……

怎会没想到M不必然是一个男人，甚至女人也可以是任何一个女孩子，她才是主角，也是作者。于是失踪者（M_X？）遗下的笔记无怪乎弥漫郁达夫式的忧郁。他终于体悟M是一个复合函数，而他只是当中微不足道的一个。他在一张纸上写下：

“也许不久后会有人发现我的‘失踪’（那是结构上的必然……）。”

他仰躺着读着《M的失踪》最后一段文字：

根据工委会某委员透露，该场评审的热闹是空前地有趣，因为很不巧的，在那一篇作品里评审们都不可或缺地成为某一段情节里的配角，并且无中生有地在纸上预演评审过程。所有的拟测当然会有某种程度的误差，所幸它只是以初稿的姿态呈现。主席陈志成满脸尴尬地挺着掩盖不住的肚腩呐了三十二秒，才翘着胡子说：

“各位，非常抱歉，那篇……我和傅承得商量过，为了避免让各位尴尬，我们原打算把那篇东西‘内部作业’掉，但是，后来又想，那样子会有损本小说奖的形象，而且对作者不公平。怎样写是他的事，我们无权干涉。要尊重评审，否则也用不着请各位啦是不是？抱歉，傅承得只是负责淘汰格式不合的作品而已，我们没注明清楚……”

陈西装笔挺，傅长袍在身（虽然天气很热），正顾着录音机。穿着西装的司马中原以一贯长者“温柔敦厚”（？）的（讲鬼故事的）舒缓语调说：

“这一定是年轻人的作品，年轻人佻皮、爱玩，喜欢开玩笑，和我们这一代很不一样。有时候我简直看不懂他们的东西，就像张大春这几年的作品。”他朝向东侧穿沓迪衣，神情甜酸苦辣的张大春，“而像我这一辈还有很多人在做‘守门员’，不知道会不会有什么误差。起先我觉得这篇东西不够写实，也没有反映什么现实。后来发现里头有许多‘外缘’的东西我不懂，待会请陈教授详细地补充一下。”

接着林焕彰发言：“（林按，省略）”

郑明娳挽了个髻，穿了一套十分中国味的旗袍，一一指出本文的缺失，接着追踪道：

“这是一篇‘后设小说’（？），在大马本土一定会觉得有点新鲜。也许我们该顺着文意脉络做一番追踪，根据作者的分类和提供的讯息，我猜想作者可能是旅台系的。”她推测作者在学历上至少大学毕业，可能还是张贵兴写来开玩笑的，不过这篇的技巧圆熟又不如张……。（郑按：余删）

郑氏说完后张大春望了身旁的陈慧桦一眼，后者比了个“请”的手势。张以青蛙一般的眼神朝在座的溜了一圈，惯性地扶了扶金边眼镜，以严肃的口吻说：

“这种写法我本人相当熟悉。基本上是以虚构的情节来讨论一个主题，作者在手法（张按：删），讨论的是一个非常严肃的课题：（张按：删）……（张按：删）”

接着轮到也是峇迪衣的陈鹏翔发言，他先做番必要的补充，一一析解文中关于大马的典故。由于他是诗人出身，着眼点也在于诗意与否，因此在取舍之间有所不同。（陈按：为免本文过冗，删六〇〇字发言为此三行，请读者自行参阅会审纪录。）

依照惯例，在一阵交锋讨论之后，各篇作品都有了安顿，他们试着猜猜看作者是谁，陈鹏翔也有嫌疑（因他对马华文坛熟悉），傅承得也有可能……他们一席把目光投向他，他连连摇头摆手说：

“不是我，我不可能参加，而且，风格不同。”作者是谁呢？陈志成抽出一张卡片，上面写着：MN, K ＞ NLOO

最后主席特许诸位评审埋首修改文中关于他们的发言部分，让虚构更贴近现实，也让现实更接近虚构。张大春边改边露出《大说谎家》式的诡异笑容，而使嘴旁的两条鲤鱼须纹波动不已……

于是一种荒谬的情境出现了：作品里一群台湾作家评论家在评审一部同名作品——作品中有他们的名字，那些“他们”又在评审一部同名作品。于是张大春不禁叹息说：

“你不知道，现实其实是多么地虚构。”

根据推论，作者大概对张大春比较有印象，也许与会者他都认识，才敢把他们的名字都列进去。推论根据在于该文最后两句话：

本故事纯属巧合，如有雷同，实属虚构。

及

鸣谢各位学者作家落力参与演出。

——一九九○年五月二十八日

——一九九○年六月十七日修改

——一九九○年十一月号《幼狮文艺》

——一九九○年十二月八日—十一日《星洲日报》副刊

第三届乡青小说奖特优奖

大卷宗

走上这栋楼，耳闻自己的脚步声轻轻擦响。一种介乎感伤和落寞之间的心绪油然生起。隐隐然在这世间未明的角落有一丝微弱的声音在我踏上第一步时就央求我停止。我曾止步，盯着自己的双脚，尝试理一理思绪，却是徒然。再举步往前时就不免有些许“悲壮”的感觉，而步伐加快，仿佛是更自然的事了。

甫踏入这屋子（大门没闩，却给贴着长的丛草堵得死死的）就讶异于它的整齐干净。地上、墙上，中式摆设的四方椅和大理石桌上，更无一点尘埃。而窗牖紧闭，猛推开时带叶的树枝鞭了进来。墙角没有八卦形状的蛛丝，榕树的根从板缝穿进。整栋房子外头爬满寄生植物。还没进门便已看到野生甘蔗在屋顶上开花，牵牛花到处挂着初白的朝颜。大门以外的三壁紧贴书架，线装书精装书满满。随便抽出一本《易经》，页页红圈密密，眉批处处。老式的壁钟犹滴滴答答，钟摆在固定的弧内摇荡。这一切，令我有走回记忆，走回往昔的错觉。上午的阳光从板缝透进。一时我噙满泪水，一时微笑：

“我终于找到了……。”

过度洁净的房里使我一直怀疑有人居住，而悄悄地打开一扇又一扇咿哑的房门，却见整齐的铺盖折叠，也许住着精灵或者鬼魂罢。

童年的记忆，许多脚步声自楼阁低处响起。长长的梯级木制，轻轻的脚步愈踩愈近。窗外风吹枝叶，拍击屋瓦，大方桌上一盏煤油灯。许多脚步声响起，有人激烈拍门，大门以干涩的吟声咿哑而开。是母亲的惊呼声。父亲在含糊地说着什么。是母亲的轻泣声。许多脚步声粗鲁地踏上楼梯。我双眼紧紧盯着灯火。肩上的掌蓦然撤离，我回头，他正穿过窗口悄然落在树干上。我起身，把窗子锁上：回身，以背贴墙，头枕着窗。一丝凉风吹背，脸色苍白，被两条黑汉牢牢捉住的是父亲，嘴抿得紧实。母亲掩面啜泣，哀哀地向那群大汉说着我不懂的语言。

母亲走来我跟前，蹲下，煞白的年轻脸容上眼睛乌黑油亮地盯着我，把我抱起，回到父亲身边。父亲向身旁的汉子低声说了什么，他们松开他的手，他一手拦腰抱，一手抚着我的头，说：

“永远不要忘记今天发生的事。也永远不要提起。多读书，要听妈妈的话。做个堂堂正正的人。爸……”

他身旁的汉子不耐烦地朝他粗暴地怪叫一声。除这二人外，其余的都散到祖父、父母的房间，或者书房里去。抽屉拉出、掉到地上的声音、柜子拉开、床往上翻……一条汉子匆匆从书房出来，凶狠地问父亲什么，然后一个掌掴。父亲哼了一声。母亲搂着我的手更紧了些。一汉子骤然拿出一叠书堆在父亲面前，此刻我才看清楚这一个是黄皮肤的。他用我听不懂的话喝问父亲，且从口袋里掏出一本红色的小书（有我拇指长），在父亲面前晃着，父亲反常地露出微笑。橘色老猫从楼梯口走过来，挨在母亲身旁，"咕……咕"发出声音。这时我才注意到走出来的每个汉子屁股右侧一致的隆起，他们双手抱着大叠的书、纸张……。一直到许多年后，当我在伦敦邱园（Kew Garden）的英国档案馆（Public Record Office）做研究时，才晓得"祖父"收藏的最重要一部分资料也许并没有被搜走。

而后父亲被夹带下楼，许多脚步声远去，母亲紧紧抱着我靠着门扇望着黎明时父亲的背影。在走过第七棵红毛丹树时，父亲突然停下脚步，回过头来，神情是一种前所未有的凄绝的祥和。那最后的柔情，许是支持往后二十余年里母亲奔波劳累的最大动力吧。

祖父自穿窗而出之后就失踪了。在给脚步声惊起之前，熟睡的我们是很幸福的一家三口躺在老式的床笼罩在蚊帐里……甚至到现在，我还难以接受那种惊起之前之后的刹那转折。母亲的泪在往后的日子里不断以同一姿势出现，却渐渐转向暗处，转向我的背后，有时甚至隐形。身为独子，为了担负母亲的悲哀，我持续沉默，且成为一种伤痕式的个人风格。后来赵屡屡批评我这种习惯，我也只有歉然，默然。

那时母亲很年轻；发短不及肩的她，次日一早屋里匆匆收拾一遍之后，即锁上大门，牵着我的手，往火车站奔去。她后来一再提起，这是父亲被带走前的嘱咐（在我记忆中从缺）。

“别再搞了。换个地方把孩子带大，我出来再去找你。”火车走了很久，我一路把头探出车窗外呼呼的风里，一直到疲倦了为止。那是一段长远的路程。我们到了外婆家——那枯瘦的中年女人——母亲后来常常难过地提起这一段往事。她说那时舅舅的脸色很难看，且嚷着：

“不要把我们也拉进去。叫你不要嫁给□□□你偏要，现在有了麻烦还不是跑回家里！”

外婆添油道：

“你看你，这么年轻便‘守寡’，看别人怎么说！”

舅舅还把报导父亲被捉的那份报纸丢给母亲，她一直留着，到临终前才拿了给我。不过舅舅后来对我不坏，我念大学时他独力供了两年。

我坐在楼下大厅的椅子上，手肘搁在桌面上，待了好一段时间，不断地想起一些从未对人谈起的往事。想起最多的还是母亲。记忆中这大厅在我年稚时常常宾客云集，我从楼上窥望众多的黑头移动，父亲母亲穿插其间，忙碌地来回走动。他们有时是绕圆形围坐，时而寂静，时而有人起立激昂地说话，有人拍掌……。有时他们一起大声地念一种奇怪的书。（在中学时我偶然在垃圾堆里看到一本，捡回去，舅舅瞧见了，脸色大变，问我：“哪里捡来的？”在我回答后冷冷地说：“还不拿去烧掉！你知道你父亲怎么被捉的？”）这种事祖父从来不参与，总在他堆满书籍的房中无声地写东西，有时把我叫去帮他磨墨。

（也许我认错了，这并不是记忆中的那栋楼……）

上楼后，我先推开紧闭的窗，一股香气扑面而来。把头探出去，窗子四周长满野胡姬，正盛放着一朵朵纯白的花。另一边的窗简直没法打开，蚕食的榕树根已把窗子缠死。在一边墙角下，我发现一个长方形的洞口，如猫进出的门，这一发现使我大骇。洞中伸进一朵淡蓝色的牵牛花。我从敞开的窗看去，洞口外有一处残败的平台，连着一条长满绿叶的阶梯。这证实了我的猜测。

持续重演的一个梦：

母亲牵着我小小的手，在夜里，我们从家里一盏昏黄灯火的照耀中走出，走向漆黑多风的旷野。我们没有提灯，只母亲左手拎着一个中等长度的保温瓶，临行前我在桌边看着她把饭、菜盛进里头。那是条仿佛无尽的，长远的路。许多树拦阻，我右手拿着一枝棒子，拨开“过人头”的高草前行。母亲总是很少说话，途中也不休息，我有时举头望一望她年轻的脸庞，却是副沉思的表情。在出发之前我问伊我们要到哪里去，她总是不答，称我乖，摸我的头，要我别问。我不能忘记那途中天上满是星星，镶在黑蓝的天上的情景，或是一轮苍黄的月一路紧跟。而每一回重演那梦，竟有些许景致的不同、心情的不同。每每梦尽醒来，发觉躺在身旁的母亲，体侧贴着我的左臂，因体温袭来而发烫。而终点还是一样。钻过矮树，突然出现的一栋楼，墙缝中隐隐透过橘色的灯光。我们举足踏上直接通往二楼的阶梯，脚步声轻轻响。走到尽端时已是双腿疲软，踏上平台，母亲屈身半跪，我蹲着，把那长方形洞口里搁着的空的保温瓶拿起来，换上新带来的。常常就在那时候一双枯瘦的大手攫来，有时还看得见他拖地的白胡子，沉默抿紧的双唇……。有时逢刮风大雨，我们各自披上雨衣，打开油纸伞，在桐油气味中无声前行……这梦，比记忆还真实似的。即使是小赵，我也不曾对她提起。对我来说，梦和记忆有时是一而二，二而一的，都是我的亲身经历。于是在我搜寻那传说中的历史文卷时，就像是在寻找童年住的那栋楼，梦中远道而赴的那栋楼。……

阶梯的尽处没入一片衰草矮树之中。我突然觉得头一阵眩晕，几至无法站立，而颓然坐下。母亲刚过世的那几天，不也是这种情形？

而我一直受一些稀奇古怪的梦困扰，老梦见自己在读书、写书、孜孜不倦地找资料，这一点有可能是童年时对祖父的那段记忆的变形。可是有许多书，当我在念研究所时，明明是没念过的，一看封面就知道里头说什么，有些还是前几天才出版的。同学小赵就一直认为不可思议，尤其在知晓我不学而会读、写梵文、阿拉伯文时。这也许是她后来对我产生兴趣的原因之一。我这种在某些方面“不学而能”的情形，使我非常不安，后来她为我找了一位唐人街的老相命师，他以卜者一贯的语调说：

“天机不可泄漏——那可能是前生的事。是福，也是祸啊！”

最令我震撼的，还是和赵一块到英国伦敦丘园档案馆，查阅殖民地时代马来亚华人的资料时，在殖民部档案里，提到遗失的资料中有用红笔以中文字增添的“大卷宗”字样。那字体在我的记忆里有所根据，可是却模模糊糊地记不得是谁写的，却相当肯定地觉得那和我有很密切的关系。

“你那副失神的样子，”赵后来对我说，“就像是做什么亏心事给逮着一样。”可是那却令我念念不忘，在回国做田野考察、实地访问的两年里（赵的专题和我类似，从民间的立场去勘测被埋没的历史点滴，希望能更进一步地写出一部公正且权威的历史）就不断地留意“大卷宗”的下落，在走访华社资料中心，马来西亚大学图书馆，南洋、星洲、大众、中国、新生活诸报的资料档案室之后，仍一无所获；只好在搜寻族谱、会馆志、碑（纪念碑、墓碑），参考前辈学者收集的资料、冷门藏书之余，还从南到北地访问华人社会的旧耆老，企图从他们的记忆去挖掘一些残余。我那古怪的感知能力告诉我结局是找不到（虽然已找到足以完成博士论文的资料），而直觉提醒我：“除非找到祖父。”是的。我颇讶异于他们连听都没听过，包括赵的祖父在内，那位著作等身、硕果仅存的东南亚研究界老前辈。为了寻找祖父的下落，我多逗留了两个多月。一度怀疑祖父房里那众多的卷宗就是所谓的“大卷宗”。母亲陪我回到故居却发觉早成烬余，只一些葛藤张大着毛茸茸的叶子攀爬其上。

父亲在被捕后就神秘地失踪。相信他还活着的信念使母亲坚持不再嫁，尽管外祖母一再地撺掇。她不断地想说服我

（也许是借以克服心中的怀疑）说："总有一天，你父亲会回来的。"一直到我长大到父亲失踪时的那个年龄——二十九岁，也就是母亲去世的前一年，我毕业后第二年——的一个晚上，她突然走到在写文章的我的跟前，怔怔地望着我，然后泪水潸然而下。好一会，她才哽咽着说：

"看来你父亲早就被杀害了——我等了这许多年，却连他的尸骨都没见到——我一直相信他会回来……看你们父子俩长得简直一模一样，也许他就因为这样不回来了……"

此刻想起母亲使我有一种似幻似真的感觉。在母亲过世的第三年，我终于单独地找到这地方。而我体力是明显地愈来愈不行了，坚持爬上二楼，就几乎支持不下去。其实我很早就发现自己这种早衰的征兆，最先它显现在对方向的辨别上。常常在不是家乡的地方，把左右颠倒；两次同样去一个地方，一次认出那是在左边，另一次却变成右边。常常我站在街头发呆，尝试思索出个所以然，却不得要领。我尝称这种情形为"方向感的迷失"。

然后是时时出现的一种"半昏睡状态"，脑中微晕（微醺），老是想睡，什么事情都不想做，甚至进而对自身的存在质疑。有时对镜端详，觉得镜中人实在不像"自己"，也颇纳闷，为什么老觉得自己活在虚幻之中。有时怀疑，是否自己现在过着的生活是别人的梦境，一朝身死，才发觉自己原来不是自己？

曾经到医院去做全身检查，医生说没什么大毛病：

"你的身体状况有点问题，是天生的。青春期之后麻烦才愈来愈多，你很可能会没有‘后代’。”

我撑直身体，起身，吸进一口窗外微凉的风，缓步走着。几步过去，就是宽敞的大厅。两壁是书，一壁有扇门，勉强推开，只见外头是条长长的悬空廊子，长着茅草和刺藤。另一堵墙靠着长方形的书桌，桌上叠满文件的书，还搁着一叠稿纸，第一张写了一半；摆着一排从大到小的毛笔，悬吊架上。书桌上方的墙上挂了一面镜子，有一个成人那般大小。我拉开椅子，坐了上去，望向镜中的自己，一时间明白了在梦里著述的自己正是如此，只不过背景总在黑夜，黑漆漆地省略了背景。一时兴起，我拿起搁着的一支毛笔，熟练地磨墨（砚台里还有水），然后身不由已地往接续的空白格子填去。也不须怎么思索，即飞快地写着，字体和另外的那部分竟是一样的所有的精力、注意力的焦点，都在笔端。一共写了十张左右之后我方停下笔，将笔横置在砚盘上，陷入一种恍惚之中。这时从书堆中呆呆走出一只蚂蚁，有饭粒般大小，头上长了些不规则的尖刺，色红，身色深黑，在稿子上伸出触角探爬，然后停在一个标点符号上吸吮墨水。在它爬行时，发出一种类似轮盘转动的“的、的”声，又好似火热枯枝般的“哔、卟”。在外婆家住时在屋外的香蕉树下也曾见过这种蚂蚁，“火蚁！”外婆总是迫不及待地拿旧报纸来烧。她说：“给咬到就惨了。”据说这种蚂蚁是肉食性的。我把椅子拉开些，看看三只蚂蚁在缓缓爬行。

（我为什么会来到这里？这地方……）

是循着记忆而来的罢……在最近的一个梦里我独自徒步在灌木林里提着一盏死气风灯，依着众星的指示来到那栋幽暗的楼房前，流萤在面前掠过。然后是脚步声响起，一种上楼的步履声轻轻，仿佛有一位白发老人在里头伏案写字。这是母亲过世后停了一年再现的梦……我原以为它会随着母亲而逝。而这段时间恰是我和赵一年一度的休假时期（我们是此地唯一一间东南亚研究中心的研究员），有两个月长。我又兴起寻找那东西的念头，虽然还是一无头绪。

后来翻检母亲的遗物，在把婚纱之外的衣物都烧毁之余，母亲留下的，除了她的结婚戒指之外，竟然还有一本笔记。翻开一看，是伊的笔迹。伊是小学教员，她会写东西我并不觉得奇怪，而是讶异于伊过世前没有交代。从内容上看，是伊在我留学时写下了的。母亲从来不跟我谈祖父的事，问起时也支吾过去，我一直觉得很奇怪。这书内头的一部分都是祖父的事，一部分是关于父亲的，另一部分则提到他们的恋爱。这最后一部分她曾经向我提过——父亲一直是本地一所中学的华文老师，到中国受过训练，母亲曾经是他的学生——文中不时流露出一种恋慕与哀伤的情调，她仍旧欣赏父亲对民族的热诚，一如她的少女时代。她始终认为他没有走错路，虽然当时城镇里的马共已几乎被肃清。她以怀念的笔调简洁地叙述父亲的童年、少年以及被带走前的奋斗。令我最陌生的则是祖父的一切。而母亲的描述是片段的，大概对他也所知有限。在她笔下的祖父是沉默而祥和的，曾经不止一次劝父亲退出，在说不动父亲的情况下就恳求母亲劝他——据父亲说祖父也曾是共产党元老，在一次事变之后退出，远避他乡。在父亲有记忆的开始，祖父便是一个终日耽于著述的人，营生的事仿佛全赖祖母。

母亲且在文章中猜测祖父的去向。她猜想他一定匿藏在那栋楼附近不远处，因为他有太多的书籍和文件资料，均不易搬远。另外据说他在那儿还有一位忠诚的朋友，虽然在许多年后她去询问时，那老人不置可否，母亲却仍深信自己的判断。

父亲的遭遇仿佛早已在祖父的预料之中。在伊搬回娘家的第四天就收到他一封简短的信，要她好好照顾孩子，照顾自己，别再参与那一班人的事。同时要求她别费神找他，也别替他担心，他要在仅剩的年岁里完成计画中的著作。母亲一直有一种奇怪的预感，他相信我和祖父的重逢必然会招致一方的不幸，而不惜借隐瞒来把这件也许是必然的事情延后。我颇能体谅她那种心情，在我初度去国时便已察觉到她的特殊处境，她把希望全放在我身上。她在笔记的末尾请求我原谅，她也知道祖父未刊的著述和半生的收藏可能对我很有用……。

我一口气把文稿上的蚂蚁给吹走，将墨迹已干的逐张叠起来，再和另外那数百页摆在一起。

掀开布帘，右脚刚踏进去，又赶紧拉出来，地上都是蚂蚁。整个房里响着轻微的爆裂声，使我听了毛孔紧缩，心里发毛。我退出去，下楼，从神台上拿起一把香，以火柴整束点燃，再燃起一根红烛。这方法原是在偷采蜂蜜前用来驱赶蜜蜂的，果然有效。在烛光浓烟中蚁群溃散，我也给熏得猛掉泪。在白纱似的蚊帐中，隐约躺着什么。我把烛光靠近，不觉骇叫出声。四肢屈抱的骷髅，眼眶鼻孔中还有蚂蚁爬进爬出，赤裸的身躯上裹着枯干绷紧收缩的皮，皮上一颗颗圆形的孔，红头钻进、钻出，响起焚烧枯枝败叶的声音。尸身已毫无臭味，看来死者躺在这里已有好一段日子。我把战栗的目光拔离，再往前走，这时才发觉墙上也爬满蚂蚁。靠墙处有八个大缸，腌皮蛋的那种深褐色唐山大肚缸。烛光移前，我以细细的步伐前进、再前进。掀开木盖，缸子里竟是黑压压蠕动的红点，有节奏地形成慑人的爆裂声。我把手上的香分成几束，将缸盖拉开一半，把香放在上面再匆匆下楼、上楼，取来房里更多的香。在蚂蚁陆续迁出之后，才渐渐瞧清里头藏的原来都是文件、名册和捆成卷的稿子，当中洒着飞虫的翼和残余的外壳，我以持续加速的心跳，微微颤抖发冷的手，把蜡烛固定在缸沿上。（再奔下楼，拿来更多备用的蜡烛。）当双手庄严地伸进缸里头时，因疲累使得视力受影响，视线微显模糊，再度浮起恍惚的感觉。拿起数捆之后，才发觉更里面的数层是桐油纸扎成的。（这些蚂蚁连桐油都不怕？）白色如饭粒般的蚁卵纷洒在上头，没想到这缸子竟是蚁窝。

我翻开那一卷外头用红笔写着“总卷”字样的（也就是拿起来的第一卷），解开麻绳，心里头浮起的却是一种重晤故人的心情，久久不能自已。作者详述他的专题及其意义、写作动机、范围、方法（结合资料分析和生活经历）、目的、收集资料和写作的过程。语调竟然也是带着淡淡的感伤气息。

接着我松开一卷他的回忆录，看到自署的大名才确信他是我的祖父，黄□□。祖籍福建省永春县，十八岁随其他同志南下，创党，在英殖民地秘密展开活动。他在自述里十分沉痛地提到英殖民主义下华人贫民生活的悲惨，冷静地叙述在马二十年的艰苦奋斗，终于成为最重要的干部之一。可是，日本人来了，在一九四二年他曾和其他干部一起被逮捕。接着他以懊恼的语气写道，因为另一位干部禁不起苦刑而答应和日本人合作，导致林江石、林亚当等老友的尽数被残杀。那“另一位干部”就是赖特。为了转移焦点，日本人竟然放了他，让他背负间谍罪名，借以掩护赖特。

“他是我生平遇到过的最可怕的人物，”他续写道，“我随时有被灭口的可能，所以只好逃走，改名换姓。”在他失踪之后，后世的史家几乎一致地以为他早已被杀害。赖特一路派人狙击追杀，他易容混入码头工人群中，然后辗转逃亡到此地。没想到生下的儿子又“遗传”了他早年的志业。

“历史的整理工作也许更迫切，”他在逃命的那些年悟出这道理，“因为有太多的华人在这块土地定居下来。而人们是擅于遗忘的。”

然后他幸运地娶到一位父亲有钱的新寡（那时候死的人多），得以展开资料的收集工作和回忆录的撰写，一直到孩子二十五岁那年妻子过世为止，已有八本著作的稿量，却不敢出版，怕冤家找上门。（虽然赖特早被逼走。）

我以快速浏览的方式阅过一页页弧弯的稿纸，到最后一页，他才提到蚂蚁：

“这些蚂蚁是我豢养的。每天当朋友的太太给我送饭来时，我都会留一点喂它们。它们是我的心血的守护神，也将是我身故后臭皮囊的清除者，我这些年来朝夕相处的良师益友。”

我只抽看了两卷，就急着想把这一切都搬回去，再慢慢整理。这时阳光也有些西倾了，我连续打了三个哈欠，伸了个大动作的懒腰，香烟缕缕熏来使我恍如置身神庙当中。祖父在文中提到这蚂蚁的习性，它们一般白天都躲起来，晚上再活动，性烈却喜阴，他是在附近几间荒废的印度神庙里发现的。他发现其中的一间异常洁净，可是却没人住，在惊讶中发现后院的一口枯井中有些奇怪的事物，当日正当中时光线才让他看到那群蚂蚁。他认为这种蚂蚁和神庙的关系很密切，所以称之“神蚁”。（可能也由于它们有多少的灵性。他在文末补充这一点：“它们不曾咬我一口。”）

在这连路都没有的地方要怎么搬呢？我搜寻进来时至少走了三里的无路荒野。先是依母亲的遗著去找祖父的那位朋友，发觉他已在几年前亡故。问他当家的儿子关于祖父（我并没表明彼此的关系，只提到母亲）的事，他以一种干涩的语调说：

“十年前就停止送饭去。我们相信他也已经‘去了’。可是阿爸却不准我们去那里，说先生就算老去也会回来写东西——阿爸在‘去了’前还这么吩咐我们……”如果在停止送饭时祖父还活着？……他们又为什么会停止送饭呢？那人的老祖母补充道：

“一连五天，饭送去都好好地放着，没有上楼的脚步声，没有灯光，只有奇怪的叩叩叩叩声……”

我突然想起了什么，走出房门外，躲过蚂蚁迁徙队地，瞥了那枯尸一眼，望着桌上那一篇文稿，找出我续写的部分。（也许有些疑点的答案就在里头。）

那是他临终前的语气，说整部篇幅雄辩的历史已经写完，—— 愈写愈像小说 —— 虽然付出了最大的代价，总是完成了毕生的心愿。他文中提到父亲，因为大部分资料是他找来的，或者是他们经历的；甚至还提到我，说他觉得非常地对不起，这令我纳闷。他在七十五岁时自知著作完成有望，可是因为牵涉到太多在世的人，有的甚至还在当权，不宜发表，就跑了一趟伦敦丘园，在 RO573 的其中一卷档案里留下线索，在数百年后当这一族群在这块土地上消失时，让后世的研究者像寻找秘笈一样地寻找。他把自己留下的所有资料、著作甚至那具蜕蛹一般的尸身、蚂蚁统称为“大卷宗”也是颇令我不解的事。

（她怎么还没来呢？我沿路在矮灌木上留下绳结，作为记号。）

也许我该回去一趟，召集一批人，想办法把这房里的东西弄回去。在我正想起身一望镜子，镜中却没有我的影像。

（这是怎么一回事？隐形，还是镜子有问题？）

我闭上眼睛养一养神，睁开再看，还是没有。我走到一处阳光投落的地方，温吞吞的日光从我百汇穴直透进散发到四肢，椭圆形的光斑穿过我落到楼板上。我举起右掌，生命线如许黯淡。

“是一种宿命的召唤我来到这里，”我再度翻读祖父那叠未竟稿时忖道，“对某些人而言，生命只不过是一种错觉。”

依祖父的说法，我看到的东西是属于未来的（无怪乎他一再地引用十年、二十年甚至四十年后的著作），这一段时空是独立的一块，在大时代中飘浮。当我一踏入时即走入未来——他已经挪用了他的唯一孙子三十岁以后注定拥有的年岁、精力，来助他完成那也许算得上“伟大”的著作。所以床上那具革状物应该是我而不是他。（那些梦……）原来梦中所见的一切其实是无比真实的，那个忙于著述的我是我那被消耗的未来。

这种颇像玩笑的论点在他严肃的语气中甚为格格不入。也许他后期之致力做一些预言性的论调，使得时空因而扭曲、错乱——“历史”是否也因而体现为“神话”？换一个说法，我今生的三十五年光阴不过是祖父生命中无关紧要的延续，就像他著作中的最后一个句点。

此刻过去、现在、未来同时呈现，在思索东南亚华人的命运的同时，很嘲讽地我将在时空中不着痕迹地消失，消失在历史叙述的边缘。（这时我直觉她已经在附近）我曾经猜度死亡究竟是怎么一回事，而愿意选择所谓的“消失”，可以想见我现在处境的尴尬。

（祖父究竟是怎么搞的。物大成精，人活得太老是否也会带一点妖气？）

我想起我的博士论文，竟然也被列入参考书目，还有赵在晚年写的一部关于华族领袖的书。或许我必须承认，常常在生活中浮起的，对生命的不确定感，多少预示了我现在的处境。然而我开始愤怒，祖父的那些著作我未必没有能力完成。他凭什么预支我的生命？

（也许伊已经瞧见这一栋样貌古怪的楼。）

我在一张纸片上匆匆写下最后的字句，走到窗前，望着树影中依稀走近的赵，一松手，纸片便像羽毛那般左一荡、右一荡，轻轻地往伊飘去。当伊走进来时看见的必定会是异样的衰败和残破，那才是这栋楼“现在”的真实样貌。我在纸片上写道:“废墟中的寓言。”

我倚窗望着伊时，不自觉地微笑起来。也许伊根本看不见我。我是笑得那么地自然。也许就如当日父亲送别我们时，那临去的回眸吧？是一种决绝的、最后的柔情。

赵抬起头向我这里望来，伊不可能看得见我。可是伊那种狐疑的表情却仿佛察觉到我的存在。我们就这样虚无地对望着。

一阵轻风吹过，我自觉一种震动，然后是飘浮——我已失去重量，像置身母体的子宫中——接着是一种感觉，不断地稀释，终至化为无。

——一九八九年二月十九日

——一九八九年七月《大马青年》

第六届大马旅台文学奖小说主奖

说故事者

仿佛有什么事情即将发生。会发生。将要发生——已经发生?

●

百余尺高的榴梿树，巨臂伸向十八个方向，累累地结满头颅大小的榴梿，淡淡的香味随臂的伸展而上升、下降。树下围着一群着拖鞋、短裤、短上衣的年轻人及几位坐在藤椅上、着白背心的老头和着唐衫后脑盘髻的老阿嬷。他面对着树身，靠着树一张宽大深褐的藤椅，窝坐着一位干巴皱缩的女人，嘴里嘤嘤嗡嗡地说着话。

没风的午后。一只脱毛、褪色的老黑狗趴在她脚旁。

嘤嘤嗡嗡，像苍蝇又像蜜蜂。

在群众的脚旁胡乱散置着尖锐多刺的榴梿壳和椭圆的榴梿仔，绿头苍蝇上下其间；黄腰蜂细细地啮噬残余。

说故事者眯着双目，满脸皱纹任意横曳。时而闭目，陷入长长的沉默，仿佛入了睡乡。时不时挥动右手，赶走左手上停留的苍蝇。隐约有一小撮最死忠的，总是选择停留在她身上。一个拿着纸、笔的少年，草草地记录着。

趴着的老狗身上着满苍蝇。它双耳每一个扇动，都会激起一声嘤嗡。

●

每个早晨，当棉娘随着棵棵挺立的胶树来到这下坡的倾斜之地，总会不由自主地心跳加速，一股莫名的不安浮上心头。

紧握胶刀。剥开胶树上昨日的胶迹凝成的胶丝，缠在指头；锐利的胶刀在旧的刻痕下端割开一道口子，沿着它次第往前推，均匀地削去薄薄的一层树皮。每当胶刀削过，创口即渗出颗颗细微的白色胶汁，瞬即胀大、联结而沿着刻迹下涌，流经凹槽状的小铁片，泉注于陶制的胶杯中。她必须专注于每一个细微的过程。要不，一个不留神，某个瞬间用力过重或手势偏了，毁了胶路或伤及树身，轻则胶汁无法流集于杯，重则遭到园主或母亲的责骂。

每当她来到这里，某种难以言喻的感觉总令她无法全神贯注于胶树。每回看到这斜坡上的胶树的创痕，她都不自禁地怀疑那不是她割的——皮被割去后的胶树的裸身上，显明地散布着半个尾指大小的伤痕——当树皮长出来后，那些伤口却必将长成瘤。而那是生手才可能干的事。刀艺颇受称誉的棉娘，在纳闷、懊恼之余，却也更加逼迫自己不再犯错，然而双手似乎并不太听使唤。或许是因为这一片土地上的胶树，几乎每棵都长着许多异乎寻常的巨瘤。表皮上高高的凸起而中央皱缩、凹陷，仿佛受过什么重创。没有一个地方的胶树是这样的，充满着鬼气。听说那里头包着的，是大战时的子弹。胶树几乎每一棵都崎岖地长着歪斜的肿痕，仿佛把树根长在表皮上。

手很僵，轻轻地发抖。

棉娘感觉自己（的背部）被注视，老是觉得有某种事物在暗处窥视她——这令她急于结束手上的动作，以便回头看看到底是什么在暗中凝视。确实，她不止一次神经质地猛然回头，目光横扫过一丛丛比人还高的灌木野草，却什么也没见着。几步外，亦步亦趋地跟着她的雄犬“希淡”（Hitam）回过头和她四目相望。直立、竖耳、挺尾，也好似在注意着什么，然而它没吠，也没往哪个方向扑去，可见它也只是感觉到，而并没有发现什么。

这一带，她思忖着，两年前附近三十英里的原始森林都开发了之后，老虎和大象就很少出没了。山猫、野猪、蛇、刺猬……倒颇常见，有一只健壮的狗陪着，至少可保互不侵犯。难以解释的奇怪直觉令她深信，那只怕不是野兽的目光，而是人。

是的，因为那种感觉太过于熟悉。

心里千头万绪，手上的动作却不敢稍慢。这是母亲的遗传还是得力于母亲的训练，她也说不清。母亲可以一面骂人一面工作，嘴是嘴，手脚是手脚。蓦然树根绊了脚，一个踉跄，竟然应声摔倒。胸部先着地，接着头也重重地击向某个硬物，一阵天昏地暗，握胶刀的手松开。一股触体的寒凉，顺着斜坡她滚下，枯枝断折，落叶沙沙，她感觉被某股力量拽向某处——止于坡底低湿浓密的羊齿丛中，浑身酸软难以动弹，光影在眼皮的缝隙流荡。

狗吠了数声，快步跑着，在她身旁呜呜地叫着，不知如何是好。

被羊齿叶层层遮蔽的棉娘，身体平静之后耳际依然回荡着许多声音。心跳，像野台戏上的鼓……由急而缓，由近而远，却仿佛愈来愈多，犹如军队的脚步声……远至极处，又折了回来……

●

第几回了，第十一支队队长熊丸不禁嘀咕：“怎么又是这样？”望远镜中的村子人影全无，鸡、鸭、猪、鹅成群成群地恣意觅食于户外，狗被链在屋角后树下。宛如太平盛世，却因为少了人影，在白日之下也觉得颇有鬼意。当队伍渐次逼近，隐约就听到动物们警觉的反应：狗躁吠，公鸡啼叫，鹅及火鸡的回声……。由于始终不见人影，熊丸职业性的警觉令他更加不敢轻举妄动，而延缓了队伍的推进。为免队伍遭埋伏以致全军尽没，而化整为零，匍匐挨近。

据教战手册及经验判断，敌人必然早已得到消息。愈是没见到人，愈是危机四伏。对方久居斯地，地势之熟不在话下，何处可藏，何处可逃，了如指掌。也许已有完全的准备。

哨兵回报，确实没见到人——不论村庄内外——二十几间铁皮或亚答屋，里里外外，连井里、茅厕、水缸、果树上都搜过了。他们还发现一些共同的现象：许多厨房里，饭还在灶上热着；有的严重烧焦了，有的也许来不及烧着柴火，锅内泡着洗好的米。镬内炒了一半的菜。炖着的肉。烧着的开水，壶口滋滋地冒着烟。泡好的咖啡。井边洗衣板上搁着的、脸盆里泡着的、竹竿上晾着的衣服。门前留下的不配对的鞋。有的饭桌上碗筷都已摆好，饭也盛好。

显然是走得极为匆忙——和前一个村庄的情形一样。"为何把狗都拴着呢？"熊丸想，"因为狗会跟着主人，又爱吠，铁定会暴露他们的行踪。"从猪、鸡、鸭、鹅、犬这些承平时期村民视若命根的家畜都野放的情况来看，那些人也许准备躲上一段不短的时日。为免家畜饿毙而出此不得已之下策。推断如此，即下达命令，刺杀所有绑着的狗，在民家内用餐，可用的物资分批绑在一块，有的挑着，有的一路驱赶着往前走，大部分还是留着，通知部队派卡车来。

兵不血刃，熊丸却总觉得有那么一股不对劲。到底哪里不对劲，却又难以确实说出。就因为一个人也没见着？这莫名的不安令熊丸心情烦躁。兼之气候酷暑，无风无雨，很多士兵都给晒得浑身疲软，昏昏欲睡。

之前的许多村庄都有黑皮带路，部队的蓦然登临，一贯地令村民惊慌失措。英军已快速撤走，来不及撤走的也已投降。部队很快地就获得部分肯合作的当地人，以利于指证村中的反日分子——曾参加过抵制日货运动、曾捐款协助支那抗日、曾在口头上批评过日本、共产党员、抗日分子……。在大街上排队被指认，用卡车载到郊外，再集体用圆锹与锄头挖坑，刺杀或射杀于坑旁，埋于坑中。女人，不论老少，部队都一样需要，这早已获得司令部的默许。每当心情烦躁，熊丸就怀念起多女人的村庄，然而这里，连个人影都没有。

根据地图，下一个华人村镇是在五英里外。

顶着烈日走了许久，隐约听到水声。进入了一片热带雨林，窄细的路把队伍拉长了；熊丸下令提高警戒。气温下降，拴在一块的猪突然奔向灌木丛，乙乙叫着，驱赶也不肯走。熊丸谕令部队停下。二等兵吉野回报，群猪以鼻子围拱着的，是一具婴尸。

熊丸下令部队散开，搜索。

随行的年轻军医稻井接过白色的襁褓放在地上，一面驱赶走绿头苍蝇，揭开裹布，婴尸已泛黑，颈部有明显的掐痕。

“死亡的时间还不到二十四个小时。”

稻井判断。是被一双强有力的手勒死的。婴儿生下三个月左右。爱哭闹、不受控制、会暴露群体行踪的年龄。

“是婴儿的父亲下的手吧？”

稻井默默地在一棵矮树下挖了个坑，把尸首埋了。

搜索的部队一无所获。野草、灌木过于浓密。熊丸的眉头更加深锁了。

“一具婴尸，为什么？什么意思？”

一条咆哮着黑水的河。士兵一个不留心，群猪冲入河中，饮水，浸泡。一身臭汗的士兵也到水边洗涤，一串串绑在竹竿上的鸡、鸭、鹅也扛到水中短暂浸泡，以除去热气。欢乐的猪与鸭和仍带着敌意的鹅发出许多声音。

穿过森林之后，是午后最热的时刻。一进入胶林，嗅觉敏锐的猪群在不同的角落又发现四具孩尸。三具捂死，一具勒毙。四个幼小的死者都三岁左右，一男三女。又是父亲的手？为什么不顺手挖个坑埋了？

敏感的稻井这回只把四具孩尸并排，撒上树叶，压上石头，悄悄地行了个天主教的礼，在胸前划了个十字。

没有人预料到，一场登陆以来最为猛烈的伏击即将展开，那是被称作“晌午之战”的一场战役。

稻井晚年回忆说，在一棵百多尺的榴梿树上，他似乎瞥见一位身着白袍的印度人蹲在树梢，在进入那一片倾斜多谷的胶林之前，像一只午睡中的白猫头鹰。

●

当棉娘被莫名的目光击倒而滚落斜坡，起先她挣扎着要起来，马上就放弃了。想起许多往事。脚踝疼痛，蚂蚁从裤管袖口爬进去。她心想，也许它们有兴趣把她给扛回穴里去。她隐约听说过，这一带的胶林不干净，土丘软泥里不知道曾埋下多少尸骨。父亲……

突然她听到一声声狗吠。清楚的，踩断枯枝，踏着沙沙的落叶，沉重的脚步声趋近。一步一停，谨慎地，拨开草，拨开她脸上的羊齿叶。她双眼勉强睁开一道微细的缝。阴影……光影，粗重的呼吸声。身体，被凝视的目光摊开。

●

脚步声由远而近，焦急的声音叫唤着她的名字，陌生的目光却蓦然消失。棉娘挣扎着想爬起来，奈何浑身酥软燥热，就是眼睛也睁不开。是在胶园另一端割胶的母亲。

母亲扶起她的上半身，使劲地掐她的眉心、人中、太阳穴，拍打她的脸颊。接着背起她，快步登上斜坡。棉娘又听到许多脚步声，在某个暗处凝视的目光中，她瞧见母亲背负自己的身影。

棉娘的左脸颊贴着母亲的背衣，她的汗和母亲的汗穿越劣质的尼龙质料，她的热气和母亲的热气，她听到母亲焦躁的心跳；一脚高一脚低的震荡着的感觉，令她再度回到并不十分遥远的童年时代。

一条路好像永远也走不完。

上坡的路，背上凉飕飕的。

在她刚懂事时，母亲就常带她来胶园帮一些小忙，剥剥胶杯。一直到那年，附近园子的一位叔叔说溜了嘴告诉她说，她那素未谋面、母亲忌讳提起的父亲，和几位朋友亲族，在她出生的前一年，被日本鬼子刺杀在这一片胶林的某处。老人伸展着枯干的手，指向一处急峻的倾斜：就是那里呀，刺刀刺得全身是洞，血都流干了，土地像牛喝水那样吸着血。

那人常在休息时间过来看她母亲，陪着聊天，说故事给她听。鬼子的故事、番埠的故事……那天偷偷告诉她的父亲的故事在她身上造成了明显的效果，以致当母亲察觉她眼里的恐惧，而与他大吵了一架。她记得很清楚：

“呢款代志讲给囡仔听冲啥？”[1]

“早晚会知的嘛……”

“你没讲伊会知？”

间中夹杂着一些奇怪的对话。而后一转：

“我改不改嫁干你啥事？”

“没必要嘛……阿呢[2]少年……”

那人从此被母亲赶走，不准他到园子来。然而他那一番关于父亲死亡，令母亲情绪激动却未曾否认的话，却深深令她对这一片吸吮过父亲鲜血的土地感到畏惧。另外，在那男人被母亲驱离之后，棉娘在成长中发现他的目光始终不曾离开她，以及母亲的身体。

无风草动，枯枝断裂，喘息声……无形的窥视者。年岁稍长，听到了更多的传闻，知道了更多事情之后，她渐渐地意识到，也许，真正令她恐惧的，是那含恨而死的父亲。她几乎

1. 意即“那种事讲给孩子听干嘛”，闽南语。——编者注

2. 这么，闽南语。——编者注

真实地感受到父亲对她的恨意。因为被土地吸干的父亲的血，其实与她没有亲缘关系。

父亲被杀之后不久，母亲在这块土地上被日本士兵强暴。之所以没有被杀害，在于领头的鬼子看中她的姿色，以家族和孩子为挟，逼她就范，纳为禁脔。冲动的乡下人曾经参与了一场草率的埋伏，来不及联络枪弹严重短缺且来不及成立的抗日军。

所以她不是父亲的孩子，而只是母亲的孩子。

●

丰沛的黑河之水畔，散立着许多枯树，仿佛自洪荒以来就立在那里，且一直是那个样子；树皮早已被风雨磨蚀殆尽，裸露着健美多纹理的树肌，尖锐的枝丫尽朝天。

当部队来到河边，他们翻查地图：确实是同一条河。从地图上可以清楚看出，这条扭曲的河状若大肠，疯狂地切割这一片大地。咆哮着的黑色流水，深不可测，散发出一股凉飕飕的寒意。河畔的枯树像一个原始的部队，树的姿态让他们产生职业性的警觉。

河风清凉，蓦然转而为扑鼻的腥臭。

熊丸下令找出来源。

突然响起鸦噪，自上游，某个看不见的转角。依声音判断，应该有上百只乌鸦向这里逼近。为什么是乌鸦？为什么突然冒出这么多乌鸦？

●

母亲把棉娘背到草寮。再度为她按摩，轻唤她的名字。棉娘回到幼年，耳畔响着的是祖父母叔伯婶等等年长的亲族对她咬牙切齿或纯粹的叫唤：

“杂种！”

“野种！”

“鬼仔！”

甚至她的兄长也参与了唾弃母亲和她的行列。当她们被迫离开那个家，她唯一的哥哥因血缘的关系而坚持被留下。母亲背着她，最终获得一对老夫妇的收容，在他们胶园铁皮屋毗邻处，搭一个简单的家。老人的子女死于战事，不在意，甚至很高兴棉娘唤他们“阿公”“阿嬷”。

“不是你的错，孩子更没有错。怪只怪战争……”

她们的家里挂着父亲年轻的相片，许多年后她才知道，那也是不被容许的。

她感觉母亲再度背着她，摇摇晃晃地走着。

●

空气中腐臭的密度愈来愈大，甚至皮肤都可以感觉那种异样的黏稠。鸦鸦之声更为喧嚣、更近——蓦然从上游处扬起满天昏鸦，拍打着黑色的翅膀，几乎遮蔽了整个视野。腐臭的密度已达极限，许多士兵都已忍不住呕吐之声大作，肤表的黏稠感具体化为薄薄的黄褐色液状物，细微的颗粒附在鼻毛、头发、胡子、睫毛、眉毛、汗毛上。

部队一度以为鸦群是冲他们而来的。生平仅见的庞大鸦群，必然是受到大量食物的诱引，熊丸冷静地判断。果不其然，兵士们都注意到了：自上游飘来一具具的浮尸。每一具浮尸上都蹲踞着黑压压的鸦群，一壁啄食，一壁攻击伙伴，飞起、降落，落到另一具尸首上。当尸首渐渐靠近，可以辨识出男、女、老、少都有——还有不少的狗。尸首都已严重浮肿、高度腐烂，且都有明显的伤痕，一道道外掀的伤口，看得出是被锋利的武士刀劈开，或是被刺刀刺穿；裸身开膛破肚的女尸、无头的男尸……。

从尸体腐烂的情况判断，至少也该是三天前的杀戮……。然而问题是，三天前的尸首为什么此刻突然飘来，而之前渡过这条大肠状的河的某一段时，竟然毫无征状可言？至少也该看到一两具吧？……或难道，是这些尸首警示了这许多村落的村民，让他们提早逃亡？蓦然飘来数量这么庞大的尸首，究竟是为什么？

敏感的部队在尸首空洞的眼眶及乌鸦欢快的目光中，感到了一股交织着死亡的亢奋的杀气。乌鸦叼起肠子，扯着，在空中抢夺着……。

有人注意到河水暴涨了尺许，而且明显地混浊了许多。在黑色的流水中，腾涌着土色的浑黄，那是坡上的流水。换言之，热带的瞬间暴雨突然侵袭了某个区域，注落几朵积云，也带动了尸之漂流。

然而，为什么在这样的时刻？

倏然响起几声闷雷。由远而近，紧密的一长串追逐着翻滚而过。不知道什么时候天空已满布层云，电光叱裂，炸为巨响。昏暗下来了，乌鸦的神态愈为狰狞。一阵寒意袭来，空气湿度瞬间暴增，肤表的黏滞感愈难消受。熊丸下令部队迅速过桥，以寻觅暂时的避雨之地。

●

棉娘在雷声中醒转，闻到一股浓郁的药草味、线香味。甫睁开酸疲的眼皮，即冲口而出："下雨了？树胶……"

母亲轻按着亟欲起身的她。微微苦笑着，摇摇头说："算了。让它去。"

想着一个早上的辛劳就这样报销了，她觉得不甘心，也觉得懊恼。然而大雨已轰然倾泻而下，要抢救也已来不及了。要不是自己突然摔跤，那现在一定是和母亲正在林中冒雨抢收胶汁，淋一身雨水不说，桶内的胶汁，半数以上是雨水。雨愈大，胶杯满得愈快。雨水冲溃胶路，持续涌出的胶汁就在潮湿的树皮上冰裂纹般渗开，狰狰狞狞一座林子。

"脚踏车呢？"

"雨停再去牵吧。"

母亲淡淡地说。她目光投向雨帘后的林中。

"差点不记得了。今天是你爸爸的忌日呢。"

隔壁的老夫妻过来看棉娘，盛了两碗水煮蛋面线。母亲推拒许久才收下来。“没事了吧，大概是犯冲……”

他们回去后，母亲复神情慽然地望着雨喃喃地说：

“那一天，也是这种天气。得到亲友的通报，我们知道许多村庄都已出事，就分散为几家一组，逃到森林中去躲藏。……我们通常是白天躲到林中，晚上偷偷回去拿吃的和换洗衣服。听说隔壁村子有一群人匿在芭内，因为一个婴仔哭个不停而被日本鬼仔发现，全部当场给他们杀光。当鬼子的脚步声渐渐靠近我们的村庄……”

●

快步踏过木桥进入另一片胶林，东方的天空已黑得挤得出墨汁来，瞬间又转成灰色，一股迫人的声势迅速靠近。好像突然入了夜，走没几步，豆大的雨就答答地落下。有人瞧见山坡上有一间木屋，部队就急速地往那儿奔去。其中一只脚用力地踹开木门，嗡嗡一阵乱响，大群绿头苍蝇飞蹿而出，黑暗中依然一股尸臭。部队、猪、鸡都挨挤到五脚基上，几位士兵到屋内各个死角搜索。

有人大吵。刺鼻的尸臭自某个房间内飘出。他们发现了一位年轻的母亲。

她坐在床沿，乱发，神情涣散，见到突然出现的大兵就立即把手上抱着的事物拥入怀中，紧紧地用身躯护着，口中喃喃自语：“不给你们、不给你们，婴仔是我生的！”一面说一面放声大哭。

他们点了蜡烛。在微弱的烛光下可以看出，她胸中的婴儿已气绝多时。恶臭令士兵们产生怯意，而退出房外，把房门关上；退到五脚基上，把大门关上。腐臭仍从门缝一丝丝地渗出。

视域被大雨严重地局限了。三棵树远之外的事物就瞧不清楚了。

突然听到女人的哭叫声，在屋旁、雨中。原来，还是有几位士兵忍不住了，撬开窗口，强行把妇人拖到雨中，抢走她手中的婴尸远远地投掷开去，剥去她的衣服让她的身躯在大雨中漂洗，然后，迫不及待地……

婴尸掷中胶树，襁褓散开，滚出一只蛙状的灰色事物。

●

“……我死拉活拉地不让他去。孩子还那么小，万一被鬼子杀了，留下我们母子怎么活下去？他就是不听，和他那群朋友，拿着枪、镰刀、竹竿、巴冷刀……”

●

一管长枪蓦然从雨中射出，穿过一位士兵的背，钉在胶树上。当其他士兵听到慌乱的叫声赶来时，只见几个兵士已猝不及防被砍倒在地上，十数条身影在雨中飞奔而去。部队下令追赶，狙击者向斜坡下方摇曳着移动，很快地没入一片高草和矮树。许多枪声响起，狂乱地射向他们消失的方向。仿佛有零星的惨叫声，有身影仆倒。许多子弹射中胶树，白色胶汁即刻从创口中涌出，在树皮上渗开，于是一棵棵胶树迅即濡染着淋漓的白。

猪、鸭、鸡、鹅恐慌惊叫，猪只甚至集体从捆绑的绳子中窜脱，往大雨的林中冲去。子弹射中裸身披发狂叫着寻找婴尸的母亲。冷静的指挥官竖起管口犹冒着烟的长枪，谕令其他士兵提高警戒。

此刻雷声大作，刮肉敲肌的雨柱密集得近乎没有缝隙，令士兵们有置身水底的窒息之感，视野被局限在数尺之内，且需不断地拨去眼上的水渍。混战就此展开：斥喝、惨叫之声、雷声、电光、落叶、风声及晃动的人影，被刺中、砍着的身影如木头一般坚固且牢牢地把刀刃吸着，仿佛整座林子都参与了这场惨烈的战事。

●

“咱一群查某人，匿至半暝才敢去找伊人（的尸体），明知他们去一定是送死，等到天晚都没回来，知道一定没了。半暝雨歇，偷偷去找。十多个人，一人死一处。全身几百个伤口，一沟一沟，斩得整个人烂糊糊，脚断，手做好几节，颈脖剩一层皮还粘着，肠肚拖个满地，脸也不容易认。血流得差不多干了，好在没有野兽来拖去吃……人死了，没法度[1]。透暝[2]

1. 没办法，闽南语。——编者注
2. 彻夜，闽南语。——编者注

找较高的地方，锄坑，埋了。胶树也砍得全身都是伤，汁流到整个地上，和血掺在一起，浸入土内。”

“后来才知道，总共砍死六个日本鬼。这在当时是一条大新闻大代志[1]。鬼仔在附近乱扫，找到就死定。”

“匿了半个多月，芭内实在辛苦，团仔[2]又容易生病，吃的东西又不容易找。听说日本鬼人已杀了差不多，肯让人民照本来的方式生活，才偷偷返回村庄。没想到那个日本鬼头唔知那里得到消息，天没光就踢开咱厝大门，把我……叫我跟他去，要不，全家杀光……有几个反抗的，当场打得半死，拖去鬼仔巢……”

就在这时候，雨中突然出现一年轻身影。鲜红色……从眉间到贴身的上衣，都是血。

●

一九八〇年十二月，《昭南島の日月》的作者、年逾六旬的前日本皇军余孽化名为大西觉悟的，和几位昔日的袍泽，在战后摇身一变为企业家、东南亚投资者之后若干年，因着退休的赋闲而兴起怀旧之旅，计画从他们当初在马来半岛的登陆点哥打丁宜（Kota Tinggi）骑着脚踏车，重走一次年轻时的征旅。同时也是为了替他的回忆录《赤道の運命》进行最后的田野校正及补充当事人的后续发展。为了避免引发受访者的情绪

1. 事情，闽南语。——编者注
2. 孩子，闽南语。——编者注

反应及惯性仇日敌意，他们伪称是有良心的记者、历史学者、作家“为了见证一段被日本政府刻意淡化的历史而远道征访”云云。

私下场合中称之为“远足南进”的此趟田野怀旧，收获毋宁是丰硕的。

有的地方已不复旧观，毕竟间隔了几十年，村庄发展为市镇，市镇繁荣为都会。一些重要的地点竖立着少人注意的抗日纪念碑。

明察暗访，大西觉悟知悉那女人为他生下的女儿犹健在，只是和那女人一样，不知迁往何处。女人唯一的儿子十几岁就跟人跑进森林搞革命，在一次军警埋伏中被射杀于家门前。

女人令他偷偷地怀念了许多年，令他格外地怀念那段战时的岁月 —— 可以那么自由地拥有女人。

那一天，他们途经那条大肠般多折曲的黑水之河，突然在一个岔道上迷了路。沿着某条山径走到尽头，有一户人家，一条黑狗，一道门前的长凳上坐着年轻妇人，怀抱着什么，右手使劲地挥赶成群的苍蝇，嘴里喃喃温柔地对怀中的事物轻说，“饿吗？饿吗？”

当他闻到一股扑鼻的恶臭，蓦然脚板一阵激痛，一颗榴梿牢牢钉在脚背上。猛然觉醒自己置身于榴梿树下，耳朵里嘤嘤之声不绝。

—— 一九九五年十一月四—五日《联合报》副刊

本文获第十七届联合报文学奖小说佳作

色魇

激烈的摇晃，树、草、天空蓦然都倾斜了，一股强大推力令伊顿然失去重心。伊张开嘴想叫，嘴巴却不知什么时候被猛力捂住。被扳倒的刹那，双眼一时疏于防备而遭升起的白日灼伤，后脑勺一阵激烈碰撞，来不及分辨那究竟是树根还是石块，伊短暂地失去了知觉。伊仍然感觉到有人匆促地在伊身上做些什么——粗野而忙碌地——扯开伊的上衣、褪下裤子。极度的惊恐令伊挣扎着醒来，迷迷糊糊中只见到一张深黑如炭、肌肉偾张的脸，仿佛被一只黑狗压着，它的嘴里发出喘息的咻咻之声。在错乱的摇晃中，树梢的绿叶漩涡一般地漾转，周遭的羊齿叶不断地拍打伊的脸颊，而突然一切陷于静止，所有的动作都停了下来。伊微微睁开眼，油然而生的泪水令伊视野蒙眬——只见着异常高大的黑影立在伊张开的腿胯前，遮蔽了初升的日，所以它的表情并不分明——凝视着瘫倒在羊齿丛中的伊有数秒之久。而后转身，双手如桨般地拨开草叶，大踏步地没入绿野丛中。伊脑中一片空白，漾动着的只是绿叶和光影，一时无法接受，也不知如何面对，而无力地躺在梦的边缘。伊苦于白日的刺目而闭上了眼。这时伊隐隐约约地听到一阵激昂的狗吠声往某个方向追去……

也不知道过了多久，伊悠悠地醒来，仿佛什么东西在舔着伊的下体，麻痒麻痒的……。睁开眼，湿答答的狗舌正刷过伊的脸。伊撑持着起身，泪水不禁夺眶而出，紧搂着眼前的大黑狗，放声哭了出来：“阿乌，你怎么现在才来……”黑狗喉头呜呜呜响，一径地舔着伊被新泪染湿的脸。良久，伊才禁不住浑身酸疼麻痒，野地的蚂蚁纷纷上了衣襟、头发和肉身，蚊子也在黑狗头上盘旋……

他不知道向好奇的询问者愤怒地转述过多少次了。

“我怎么知道……会发生这种事！”

他割完自己的那一部分胶树之后，穿过十分钟的茅草小径——一如往常地，打算去帮她割完剩下的部分。来到她平日摆放脚踏车的地方，黑狗对他吠了一声然后谄媚地摇尾。他一看到妻子坐在脚踏车旁的样子，就知道事情不妙。

“傻傻地坐在那里，看到人也不会打招呼。背上都是泥，衫裤被扯破。……胶树一大片都没割。”

“问她什么也不会说，只会哭。”

伊随着丈夫六神无主地回家后，不到半天，事情就已传遍了小镇，也引起了好奇的警方的关切。暴怒的先生带伊去警局报案，录口供的年轻马来警员和围观的其他资深警察，一面询问一面不断地打量伊。冗长的询问，暧昧的目光。伊知道，明天消息就会上各大小报，愈小的报纸会写得愈详细，必然包括那千篇一律的模式化过程。成年以来，伊也不知道偷瞄过多少父兄购置的那种小报和杂志，伊新婚的丈夫也有不少那样的收藏。

一整个下午、晚上伊都把自己关在房里，外头却耳语不断，亲戚、邻人陆续登门造访，意见纷纭，议论纷纷。

“福婶，听讲你媳妇……”

“唉，别说了。”

“夭寿喔，是啥人做的，有报麻答（警察）吗？”

“阿呢少年，又水（标致），你哪会放心给伊一个人在那么暗的芭割……”

“我哪知道，有阿乌跟着伊，伊尪[1]在隔壁园割，有什么代志狗一吠赶过来还来得及啊！”

“听讲狗没吠？”

“人跑了才吠！”使劲踹狗，狗惨叫一声，夹着尾巴跑开。“死狗足没用！”

“你媳妇足水呢，足白。刚结婚没多久嘛……”

“是啰，个多月就发生这款代志……”

“听讲返外家去了……”

“没啦，整天在房里，工也不作，饭也不吃。失神魂

1. 丈夫，闽南语。——编者注

阿呢……"

"没通[1]怪啦，发生这款代志……"

"听讲是乌皮的做的？"

"听讲乌得像那只狗，"指一指阿乌，"应该是吉灵仔（印度人）……"

"伊没看清楚？认得吗？"

"问她什么都不说，整个人像傻掉。只跟伊尪讲'是一个乌皮，乌得像咱厝的狗……'"

"阿福呢？"

"和一群朋友到处去找，讲要找那个夭寿的乌皮出来斩给他断脚断手……"

询问者不论男女，在口头关切和惋惜、遗憾之外，总带着一股难以言诠的情绪——身为受害者的伊，自从嫁入小镇之后就一直默默承受着此地女人的妒忌，一如伊的平凡的丈夫也同样地背负着小镇男人的忌妒和羡慕。伊也知道，这里的男人是怎么看伊的——若有若无的，也被吃了不少豆腐。于是在男人们的惋惜中，倒是有点羡慕那远比他们大胆的行动者了。

事情发生之后，伊被事故惊怵而加速的心跳始终没有回复往日的节拍。用冷水狠狠地冲洗过身子，那种怪异的感觉仍然挥之不去。

所有看见伊的人，目光都改变了。

首先是丈夫，仿佛他才是真正的受害者，事发后听见他说

1. 不要，表示劝说，闽南语。——编者注

的最多的一句话是:“真衰！真衰！这款衰事安怎偏偏发生在我身上！”

“衰！衰！衰！”

而没有半句安慰的话。

一向对伊颇为客气的家翁，见着了伊，头也摇得快掉了，连连叹气。

原本称赞伊乖巧、懂事、屁股大（能生）的家婆，态度也转为暧昧。怪责儿子太冲动把事情闹得让大家都知道:“报什么麻答！”

“给人知去，讲一世人讲不完！”而怨叹说以后怎么办，大家每天都要见面，都会想起伊“给乌皮‘强’去了”。

劝伊不要想不开:

“这拢是命。要认命呵！”

隔着板壁，听到两老窃窃私语:

“听×婶讲，当年伊老姆也是阿呢！日本手时代，日本仔做的呢！最惨的是，当时伊老姆还没‘高云’（kawin，结婚）呢……”

“伊尫知么？”

“哪会不知？有了身才‘青青菜菜’（随随便便）嫁出去。要不，一个割胶人娶得到杂货店头家的水查某？”

“照你阿呢讲，伊——是日本人下的种？”

“嘘——！咔小声地。”

声音稍稍压低了些只隔着一层木板，还是听得十分清楚。

不知道什么时候加入一个姑表姨之类的三姑六婆公鸭式的

声音：

“难怪生得阿呢白！做工人每日晒日头，哪有可能白！原来是日本仔……”

“嘘……”

伊听得一阵一阵晕眩。受重创而酸软的四肢，关节处又抽痛起来。被草叶割伤、树根碰瘀之处，刺痛中更带着些许麻痒。

确实，母亲和伊的娘家很少来往，只有逢年过节相互送送礼。外祖父母、舅舅们看到伊时，眼中都会露出一种奇特的情绪，伊只朦胧察觉，那是一种探索的目光。在成长的过程中，伊无法理解，而体会为一种生疏。

母亲也惯于十分费力地看着伊。成年之前，每当伊犯错，或忘记了交代的工作，在一阵狂暴不明所以的鞭打之后，往往伴随着嚎啕大哭，之后丢掉藤鞭，死劲地抱着伊，状若心碎地抚摸伊的伤口，吐许多口水在掌心，抹伊满身。

伊很早就学会不争辩，不大哭，也不与弟弟妹妹争抢。

母亲从不敢责打弟弟妹妹，即使极为明显地犯了错，偷了别人的东西，整坏他人的事物——伊也仅仅是细声细气地向父亲抱怨：“你看你团——你查某团仔——”

反过来，父亲也从没打过伊，但也不亲，很少主动表示关怀。只有在伊出嫁时，说话时有点哽咽。

父亲天生微驼，暴牙，黑皮，没有产业。反之，母亲五官标致，像月历上的女人。虽没伊白，也比镇上大部分的女人白些。

和许多不快乐的孩子一样，伊也怀疑过自己不是父母亲生的。在“日本手”那样的乱世，很多人孩子生下后怕养不活都送了人，尤其是送给有交情的马来人。伊曾为此多照镜，然而无可否认的，不管怎么看伊都和母亲有几分肖似。伊往往据此否决了自己的怀疑，却不免浑身发热。

有一回似乎看见母亲抽屉里有一张绣着红花的绒布，上面有父亲和母亲年轻时的照片，上头有一个日期，晚于伊的出生日期。伊不识字——除了数目字。回想起来，那也许是他们的结婚证书——伊的结婚证书也是那种月历似的款式。

这么说来……？伊不敢想下去。

隔墙：

“难怪安呢远十几里地把伊嫁掉。当时我就想，足水足白又足乖的查某囝仔，做老母的哪会甘心把伊嫁到足远——看又看不到。”

“我仔阿福又不英俊，又矮，又没读册，人又黑，伊安怎看得起——相亲那时我就想，哪有安呢好空[1]的代志，除非——”

“你是怀疑——”

“有可能早就不是——”

“早就给人——”

“所以嫁近嫁不出——”

“嘘！唔通乱乱讲，黑白猜。”

1. 好机会，闽南语。——编者注

“无风不起浪。要不谁不强奸偏偏强奸伊？糖不甜哪会惹苍蝇？”

“叫你仔回来问问——”

伊几乎没晕过去，狠狠地咬了咬牙，下体抽痛。新婚之夜，他们的儿子像头野牛似的狂犁伊生涩的谷地，一夜数回，睡醒了又爬起来，提着煤油灯狞笑着展示伊落红的证据，喉头含着数声满意的狂笑：

“真好，想不到我阿福有吃福，竟然捡到原装的——明早可以收到不少赌债——真是好某！”

为了向朋友收钱，他必须出示证据——。如今却……

事发后当晚，伊在睡梦中惊觉有人在拉扯伊的裤子，而本能地反抗。

“干！别人备[1]干你你就脱裤，你尪备干你你敢唔肯？”

狠狠甩过一个巴掌。

察觉是丈夫，伊松手，任由摆布，对方一张口，酒味醺然。

“害我给朋友笑，干，什么‘戴乌青帽’——死乌皮莫要给我捉到，给他这世人做太监！”

三两下将伊剥个清光。泪不由自主地涟涟涌出。

而丈夫许久许久都没有动静。

哭累了，睁开眼，疑惑地打量油灯旁垂头丧气盯着他胯下的丈夫，他在喃喃自语：

1. 要，闽南语。——编者注

“哪会安呢？软到像只死虫……”

一夜无事。

第二天，伊收拾了几件衣服，低头，轻声细语地向公婆说要回娘家休息几天。他们大方地应允了。礼貌地嘱伊路上小心。

先生只送伊到火车站。

伊也不知道自己会不会再回来这地方。

●

那是一个容易发生意外的地方，是天然的、事故发生的现场。过人头的灌木和密密挨着长的野草和羊齿植物，让人影易于隐没，目光难以穿透。割胶工人们也只是尽力地在每一棵胶树周围将灌木高草清除，以免妨碍工作。树与树间也都清出四通八达的走道，即使遇上突如其来的暴雨，也可以快速地收取胶汁。

新上任的警察阿末随着受害者的丈夫来到事故发生的现场，那样的场景他非常熟悉——那是过于普通也过于一般的橡胶园，确是不怎么适合年轻的妇人单独工作的地方。他语带责备地问：

“你怎么放心让她一个人在这里？”

心事重重的丈夫一愣，有点急促而结巴地回答：

“我就在隔壁……而且，我想，有狗陪她……”

阿末不语，略带严肃的检视事故的现场——一些折断的矮灌木、扯烂的枝叶、许许多多错乱的脚印。周遭的一棵胶树胶汁斜泼在树身，凝固为半透明的膜牢牢地吸附着。树根旁搁着摔破的胶杯。仔细看一看，人的足迹上还混杂了许许多多的狗蹄印。他略有所思地估量许久。清晨的斜照令大地更为静穆，蚊子也大举来袭，阿末世袭的棕色肌肤无可避免地饱受侵袭。

他拎着枯枝轻轻地刺探着疑犯匆促逃离时留下的深深的足迹。然而，就在他正要起身时，蓦然一阵强烈的不安令他不由自主地凝视着左前方的一处灌木丛，里头似乎有什么东西在恶狠狠地瞪着他。是野兽？他不由自主地退了两步，微微发抖。

“阿乌！出来！”

阿末听到身旁的男人以他们的语言怒喊。随后一只毛色如黑豹般的狗垂着头缓缓从树丛中钻了出来，做贼心虚似的偷偷瞄了一下他的主人；偷眼望他时，却是目露凶光，齿牙龇张，结果给他主人当头踹了一脚，叱道：

“去死！足没用还敢假恶？杀来卤肉！”

黑狗垂头丧气地夹着尾巴走开。

阿末沿着逃跑者深浅不一的足迹往胶林深处走。足迹不易辨识，因为大部分被踩过的草都已凭着原始的弹性恢复原状，于是脚印就处于杂草的自然遮蔽中。

当阿末犹疑时，阿乌在主人的驱使下，适切地发挥它的作用。穿过草丛，进入邻园——印度人工作的园子。黑狗在那里，在印度人放脚踏车的地方，环绕着胶树嗅吸了许久。

●

伊又一度从梦中惊醒，好似刚从航行的船上下来，昏昏的头仿佛饱受震荡。回娘家数日，流言也早已蔓延开来。伊回到少女时期的睡房，让自己处于彻底的缄默之中，母亲在事发之后业已访遍了伊认识的神，也跑遍了邻近的庙，花钱为伊改运、召唤失散的神魂。而伊，几乎做着重复的梦，绿色的叶影环绕着伊，激烈地摇晃着……高大黑色的身影从容地拨开绿草……。

刚见到伊回来，一家上下都十分错愕，母亲第一个反应是：

"尪某不和？"

"公婆对你不好？"

伊一径摇头。

"小姑？小叔？……"

见伊沉默不语，脸色苍白，母亲敏感地猜到必然发生了什么严重的事。

把伊拉到房内，细声在伊耳边问："是唔是——"

磨了许久，伊才稍稍松口。

母亲登时睁大了眼，委顿在地。

喉头发出一种困兽的咿哦之声。

伊见状慌了，顾不得自己：

"阿母，阿母，怎样了？"

父亲闻声冲了进来，揽着目光呆滞的母亲，命令伊"去倒一杯烧茶"，灌下，揉伊眉心、人中、心口、太阳穴……。搞了半天，夫妻俩抱头痛哭。母亲疯了也似的甩头哭叫：

“歹命呀！歹命呀！我命歹就算了，安怎我查某团仔也安呢歹命？”

直到午后才渐渐回复神智，目光熠熠地瞅着伊看。

之后数天，遍访神佛，以求疗治伊夜里深渊一般的梦魇。

以创伤治疗创伤。母亲简单而冷静地诉说自己的遭遇。

（传闻果然是真的……。）

日本人来了，家人原先打算匆匆忙忙把伊嫁给一年逾三十的粗野男子，伊拒绝了。

日本人来了，来不及躲藏。

伊被许多强有力的掌胡乱地按倒于父母亲的床上，几位日本兵轮番上阵。完事后，有人建议灭口。有的觉得意犹未尽，就将伊带走。被不眠不休地折磨了三天，一位说福建话、穿日本人衣服的女人偷偷把伊放走。

和其他女人一样，被家人匆匆忙忙地送入深林。

一如所有人担心或恶意的期待，伊果然怀孕了。然而却莫名其妙地坚持要生下“自己的孩子”，为此而和家人几乎翻了脸。

坚持不送人，自己养。

（“团仔是我自己的！”伊咬牙强调。）

遇到了同情伊的驼背男人。他愿意当爸爸。

伊出事后表现出的倔强令伊娘家的人纷纷疏远去。

“想不到，想不到……”

伊思绪错乱已极。许多朦胧的往事突然变得清晰。伊之所以长年承受敌意的目光的理由，突然获得了证实。

初经以后有颇长一段时间，父亲看伊时的目光十分异样——在伊背后或在料想伊瞧不见他的地方，他的目光在伊身上停留得非常久，且带着炽热的力道。彼此的目光相对，却又极为刻意地迅速移开。甚至有好几回在睡梦中，若有若无地感觉有人潜入房内，站在床头，屹立许久。

那呼吸声极为熟悉。

至于何时恢复正常，伊也记不清了。

被男人多欲的目光浸泡已成为伊发育后的日常。某位舅舅的预言：

“成个祸水样，早晚会出事！”

回忆过往，确实，早就可能“出事”了——婚后才“出事”已属奇迹。

而“出事”的地点，可能就在夜夜卧睡的自己的床上。

当然也可能在外头。

天还未亮，或斜阳下在河边洗衣服时，睁着黑而大的眼珠凝望伊的印度人。

蹲在椰树下的马来少年。

井边挑水，路过驻足良久的英国大兵。

上街时，吹口哨的小流氓。……

随后伊也耳闻嫌犯已逮到，符合小镇舆论期望的是一个在附近胶园割胶的工人，据说从伊新婚之后踏入那片胶林没多久，伊就常在暗中像一个预谋的盗猎者那样地窥视着。在投入监狱之前，他业已遭受封闭小镇健壮男子对于罪犯的带着暧昧心情的道德惩戒，据闻已残废骨折；甚至在警方录口供时发现他已经不太晓得自己是谁，目光严重涣散，一径笑嘻嘻地淌着口水以走调的福建话吐出一些单字，“嘿嘿嘿……白，水，爽……嘿嘿嘿”，而难以证明或否证他的罪行。愤怒而悲伤的中年人到警局探视他时，向警方宣称他的儿子是无辜的，他说：

“那天我们在一起割胶，我可以证明他根本没有离开过。”

当警察拒绝让他领回，他不禁拍桌子破口大骂。伊的丈夫的死党们忍不住传出来，说那吉灵仔被修理时，刚开始十分惊恐，一脸无辜。在一阵毒打之后，他嘴角淌着血却是一副十分欢快满足的神情，对暴怒的丈夫以马来语说：“你的老婆真白，真漂亮，Manis（甜），啧啧啧……”以致他的印度生殖器险险遭致阉割。津津乐道的散播者在转播时，嘴里极为生动地啧啧作响。

当那神情忧郁的年轻警察赶到时，他们早已完成了私下的判决和行刑。心血来潮的警察要求她的丈夫把她从娘家领回，并且到警局指证。隔着玻璃，伊望着那一长列的惯犯或者得罪警察的黑皮，心不在焉地举起苍白无力的手，指向其中一位壮魁的中年印度人。那比较切近伊噩梦里恶魔的雄伟形象。

不久，伊听到一阵激烈的怒吼，在申辩、叫骂。后来伊才知道那是那精神错乱者精神亢奋的父亲。只听懂一句：“不是我干的，也不是我儿子，我那天只是多喝了几瓶椰花酒……”而那精神错乱者似乎太过于瘦弱了些，还不满二十岁。

当他们有机会照面时，那张盛怒而肌肉纠结的脸令伊生起一股莫名的感伤，而心不在焉地报以哀怨的宁静的一瞥。死不认罪的汉子登时好像起了化学变化，脸上的横肉棱角蓦然抚平，愣愣地以平静肃穆的表情目送受害者离去，而当夜就俯首默默承认了所有的罪行。年轻警察阿末生平第一次以工整的阿拉伯书法，录完了矛盾重重的口供，当他写完最后一个名词，脑中不由自主地想起那总是显得过于白晰丰润的女人提着轻巧的脚跟离去时，诱人的鼓胀的臀部毫不经意地微微颤动——那韵律熟悉得令人眩惑。紧跟着的是一个怅怅的念头：伊只怕已经怀孕了。

●

事情解决之后，男人雄风复振。有好几个月色清明的夜晚，伊的丈夫在临睡前都刻意粗暴地捂住伊的嘴，强行将伊的衫裤一件件剥去，让伊赤条条地卧着，在月光下白晰的肌肤仿佛泛起一层淡淡的白毛。他蹲在角落神情古怪地眈着，也不许伊盖被子，像猫头鹰那样躲在黑暗里双眼熠熠地发光。一直到伊一连打了许多喷嚏，隔房家人再三翻身表示睡眠被干扰之后，他才把被子往伊身上一丢，也不许伊穿衣服，挨着睡下。往往到了半夜，伊在睡梦中被激烈的动作惊醒，来不及尖叫嘴巴又被捂住，不必睁开眼就知道他又变成大野狼了。在激烈的晃动中伊仿佛又见着那高大黑色的身影，狂乱地拨开野草大踏步离去……。良久，伊疲惫气苦地睡去，梦中的垫子是一片由嫩绿的羊齿植物铺就的绿地。

待伊精神恢复之后，又回到胶园去，只是此次是与丈夫同在一片园地，由他严密地保护着。

半个月后，在某种征兆出现之后，伊被迫前往医院做检查，却证实已经怀孕。

此事也很快地传遍了小镇，也卷入了舆论里。

伊那因长期做粗活而晒得黧黑的丈夫在那次意外之后脾气就变得阴晴不定，蜜月期间的柔情蜜意一转而为报复式的暴虐。而他的暴虐，也仿佛是为了冲走什么——企图驱散伊心底深处的黑色记忆。新婚时对于孩子的期待，一转而为恐惧——他有时十分自信（坚信自己“种”的强悍）有时却又十分自卑（生怕生下个比他还黑的孽种）。而那一次的偶然，相对于无数次的必然……

那天，伊到医院检查完之后，回家途中，虚弱地靠坐在计程车后座，在唯一的十字路口的红灯前停下，无意中瞧见了那位被伊随意指认的印度人也在等红灯。隔着车窗玻璃，他没瞧见伊，那直立、专注的样子，看起来却像是已在那里呆呆地站立了一百年。在正午的日光下，他的皱纹和斑白的发都异乎寻常地清晰、残酷。伊感到前所未有的虚弱。

证实怀孕之后。丈夫、丈夫的家人、小镇的舆论甚至伊的母亲、父亲都十分一致地要伊把孩子拿掉。令伊讶异的是，母亲表现得比任何人都还积极。

“拿掉它，两尼某重新开始……”

唯独伊固执地坚持着。狂乱地摇头。然而却敌不过整个镇子的意思，伊被许多双手强按在冰冷的手术台上，分开双腿。

事情了结后，在手术室外伊瞧见马来警员阿末和围观的镇人、伊的家属激烈地争辩着，麻药初褪，意识迷离的伊只听到双方两句一再重复的话：

“根据真主阿拉的旨意……”

“这是我们华人自己的事，和你们的阿拉无关！”

和往常许多个夜晚一样，那一晚伊陷入了无边的绿色的梦里。满园微小的锯齿状的羊齿植物的叶在清风中微微颤动，清晨的露珠闪闪发亮，初升的软蛋黄般的日在陵谷间经受雾的沐洗。四肢无力的伊瘫躺在羊齿丛中，一个高大的黑影大踏步地跨过伊的脸。那跨越的动作如此缓慢，以致黑暗持续了如斯之久。仿佛当伊挣扎着坐起来，那赤裸的黑影才极为使劲地拨开高草，摇摆着没入树树间的浓雾中。

良久，在那日光初照的绿意之中，端坐着一位裸身的赤红婴儿，右手握着一柄月牙小刀，挥舞着，上、下、左……动作突然休止——凝视着他的左手——一道血痕，血滴下。成形的肉身迅间涣散，血自肤表溢出。他丢掉刀子，在快速的解体中他仍想转过身来，伊感觉有目光朝伊投来，却发觉来不及见着他的脸他就已全然颓顿成一摊浊血，缓慢地漾开，覆盖着日光下的绿。伊蓦然听到自己歇斯底里的哭声，从一张不知道在哪里的嘴中发出。

之后伊更拒绝与丈夫同房。拒绝丈夫的需索。以仇恨的目光面对周遭的敌意。终于……

半个月后的某一天，伊在当初发生事故的胶园里割胶时失去踪影，同时宣告失踪的还有那只黑狗。事前毫无征兆，伊甚至连结婚时母亲送的金链、丈夫送的结婚戒指都没带走，衣服也没短少。一度以为是绑架或被拐走，或被老虎叼走。镇民组织了搜查队，却一无所获，也没找到老虎吃剩的部分。伊就那样无声息地消失了。

年轻警察阿末在事发几天后调职离去。许多年后，有人宣称在某个遥远的马来村庄见着蓄了八字胡的阿末。在阿末身旁牵着两个幼童的，是肤色极白的女子，像极了多年前离奇失踪的伊，有说有笑，笑靥如花，状甚幸福，身着马来人多花艳丽的衣装。

两个小孩，一黑一白。

伊失踪后不久，有人在胶林中遭受一只黑兽的袭击，据描述其声闷闷，状如黑豹，听起来却更像是失踪的阿乌，警方组织捕猎队去搜寻，终究一无所获。

嫩绿的羊齿植物的幼叶，尖梢向着初起的日迎着微风轻轻颤动。夜雾残留的水渍濡湿，不同种类的蚂蚁忙碌地往来。水珠晶亮晶亮地吸吮着日光。在绿叶深处的某片绿叶上，有一颗饱满的血滴，重量使叶片下坠，危危晃动。在那一片广袤的羊齿植物粗硬的黑色梗的底部，半埋于黑土里，一副泛青的白骨。在那周遭，有着犬类繁乱的足迹。

——一九九五年一月十五日《中华日报》副刊

——一九九六年五月二十六日修改

胶林深处

离开林家的时候，黄昏已经陷得很深很深了。灯火和残照是其明证。

就在车子缓缓的驶离中，不自禁地回头看看那门口的送别。大光灯怒亮，把门口高矮的人化约为剪影，数十道光芒从墙上板隙间向四方迸射而出。残照在瞬间被吸纳、分解，因而我和车子便渐渐滑入苍茫夜色里。仿佛是被驱赶入夜的——那白晃晃的残像却一直留驻在视网膜上。当逐渐深入林中时，那残余的白光便像是一盏幽远飘渺的灯，微微照亮，视网膜上夜林的投影，流萤似的。一时间，夜林也仿佛不那么黑了。

当渐行渐远，回头，那“家”在视野中只是一盏灯。孤伶伶的，那是别人的家。转弯时更发现在那森林中如豆的灯火里，竟然有蚁小的人影在路口移动，像极了甲骨片上那些近乎原初的字。一些意义不明确的笔画。

转弯之后是适宜加速的路，车子便顺势擎着两柱白光，使劲地插进夜黑之中。在速度不断地稀释中，那残光终至过于稀淡而被黑夜吸收，而进入完全的黑夜。只有流萤是林中真实的灯火。

车行平缓，而我疲惫已极。接连打了几个长长的哈欠，极度的疲倦让意识有点迷离恍惚，在梦的边缘滑行……

故意把车窗打开，让速度中的夜风可以直扑脸上，也借机吸收这难得的新鲜空气，闻一闻林野的气息。奇怪的是——也许是极度渴望的缘故吧——却闻到一缕清淡的冻顶乌龙茶香。像极了经常光顾的“紫藤庐”茶艺馆中散发的招牌气味。

那是一九九二年的秋天。我以新闻特派员的身份被派往东南亚，在马尼拉的事办完后，转赴新加坡；剩下的几天打算到吉隆坡去搜集一些关于当地回教党的资讯，华人对于丹州施行回教法的看法等等。顺便到吉隆坡去看几位老朋友，到“紫藤庐”泡泡中国茶。

吉隆坡我来过几次，所以相当熟。那里气氛好，到处都是华人。我那些朋友都是在台湾念完大学毕业回来的，分散在各个民间机构：文化冲突的焦点 / 代表单位——中华大会堂、董教总——及华资、华文报馆（星洲、南洋）等，常常可以为我提供第一手的内幕消息。他们本身其实便是最好的观察对象。在那城市一角，某栋老建筑的二楼，品茗大陆进口的铁观音乌龙茶。在靠墙的座位上，默默地聆听他们那业已台湾化（变得柔软），却又再度逐渐马来西亚化（多去声，多“咩”）的“华语”——蛮有趣的。

就在一九九二年十月七日晚上，某华文报纸副刊的资深编辑王君从我的新著《南洋人》聊到一位本地华人作家的特殊行径，并且为此颇为困扰。他晓得我对文化颇感兴趣，写过不少这方面的报导（如收在《南洋人》中的《华文教育在大马》等），只是我从来没有涉及文学现象。不涉及的原因一方面是不太熟悉，另一方面是：写了恐怕没地方发表。台湾读者对他们的兴趣并不大。

不管怎样，我不会拒绝倾听。

在茶艺馆昏暗的灯光中，在茶香里，我靠墙坐在木制地板上，听他细述一个叫作“林材”的作家的故事。我知道这个名字，偶尔在报纸副刊上看到他的文章，只是从未读完。印象中他的文章缺乏某种吸引人的质素。换言之，或许存在某种根植于“风格”的缺陷。印象中他是一位平凡的作家。然而我的印象也许只是台湾人对海外华文文学的刻板印象。

王君以略微沙哑的声音勾勒着。

那位作家隐居在西马北部某个橡林深处，写作是他的业余爱好，却也是生命的重心。他白天全部的时间耗在养家糊口，所以只有夜里有时间写作。他每晚都写，每天规定一千字。不论是发生什么事——婚丧喜庆或生病——都不得间断。宁愿得罪人也不愿意有一天“空白”。这让他在亲朋戚友中赢得“毁誉”——带着嘲讽意味的称赞——“那个写字的”。他们当然没法子了解，这和他特殊的时间感受有关——“逝去的时间是永远没法弥补的”——他认为：

在某段时间中应该发生的某件事，要是没发生，便永远都不可能再发生，也就是永远不存在。在另一段时间中发生的事不能被视为那段原本应该发生而没发生该件事情的时间中应该发生的那件事。（林材，《逝水》，《文艺春秋》，一九九一年九月十二日）

王君在复述/补充这段话时，是以类似爬上那种年久失修的楼梯那样一顿一顿地拾级而上，末了竟补上嘘嘘的微喘——那般的逼真。依我看来，那句话中还是有些地方可以争辩。既然事情没发生，在时间之后的他怎么可以说“应该”呢？这“应该”只能算是一种“猜测”。诸如此类的。

所以那位作家的产量非常之多，平均一年生产了二十五篇左右的短篇小说（每篇平均五千字，加起来就是一本书的量），在国内可说十分罕见。作品一多，发表率就非常高，如此一来，从没退过他稿的这位资深编辑王君，渐渐地便成为他所信赖的素未谋面的朋友。因为没有人以他的小说为评论的对象，他便常常在新稿之中夹一张字条给他：“编辑先生：作为编辑必然有能力从事批评，希望您拨冗给我写一点意见……”之类的，表现出他的某种渴望，渴望受到注意，渴望有人和他就作品进行对话等等。他真正的渴望也许是心灵上的沟通。这让王君感到为难，成了他额外的负担。不得已还是得抽样回复几句评语如：“珍嫂的遭遇令人联想到鲁迅笔下的祥林嫂。她是一个卑微的、被迫害的小人物，……作者特殊的关照道出了底层人民生活的艰苦与心酸。”

多年以后的最近，他才渐渐警觉到，那种持续的要求其实是一种变相的求救讯号。更尤其是他这两年来作品骤然减少——几近于停笔。

一九九二年十月五日，王君又收到他最新的短篇，里头仍然夹了一纸短笺，写道：

> 最近思绪紊乱，几乎难以把字组合成篇。那些字愈来愈难以操控，一直想从我笔下逃离。我快捉不住每一个想写的字。……题材上也出了大问题，我的生平已被自己消耗殆尽，所有听来的，看来的，能写的都已经写光。我快枯竭了。就像我眼前的炉灶，柴已经烧完了，剩下的只是灰。
>
> 如今在我眼前的只是一大片白色的、冰冷的死灰。

而这只是王君的“翻译”，后来我看到原件，那字体分明已经严重病变——扭曲、痉挛——甚至分崩离析。除非熟悉他的字体，一般人恐怕难以辨识。我仔细描了几个字以作为存证：

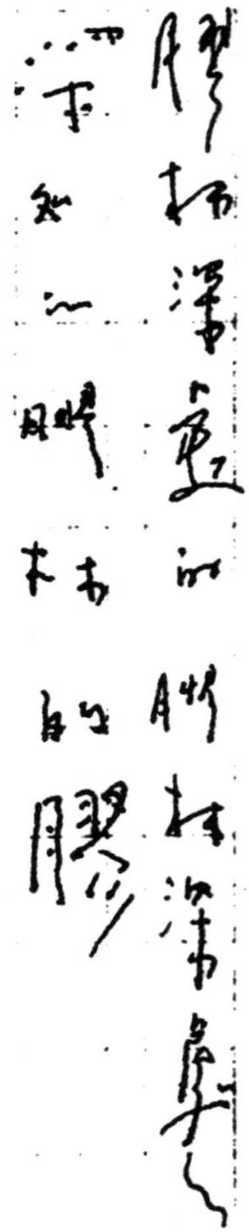

那一簇像极了裂纹的字隐然暴露了他几近坍方的内在。

王君又提到九月六日他又收到对方另一短笺，那小纸片在空阔的信封里尤其显得无助：

日日我觀察白蟻……挖了許多白蟻窩，思考化腐朽为神奇，或化神奇为腐朽的道理……

寥寥几个字，却看得出他努力让笔画朝向一个中心聚合的决心。然而诡异的是，在那短笺中竟然“附加”几只被打扁的蚊尸和污黑的血渍，一颗已晒干硬实的饭粒，还有十四只活生生的小红蚂蚁。对于这些“附加成分”，短笺上并没有附加说明。

说到这里，他突然沉默了。头垂得很低，因而那张国字脸便显得愈发阴郁了。一阵子，他喉间才发出一连串的沙沙之声。

“……哦……说真的，他提醒我很多事。做了那么多年副刊编辑，有时我会怀疑自己是不是麻木了。”

王君一向不多话，更别说是感性的发言。因此他突然如此，倒是令我颇为吃惊。更何况我们是喝茶而不是喝酒。我们应该都很清醒。他持续地发出沙沙之声。

“……说真的，我喜欢看作家以他们独特的笔迹写的文章，那比排版的字有趣多了。也许是职业病吧。

“对其他人来说也许是印刷的字体比较整齐，比较好看。可是身为编辑的我，此生的工作就是和文字（尤其是手稿）打交道。一经排版，文章便似乎失去了什么（味道）。那种感觉和翻译一样糟。也许失掉是作者的个性吧？

“原稿毕竟是作家一笔一画一点一捺一格一格地捏着笔杆‘制作’出来的，是一种高贵的手工。愈是实验性的作品愈是如此。……”

我仔细地看着他那张略带忧郁的长脸。认识那么多年，此刻我觉得他竟是前所未有的陌生。十多年前他从台大外文系毕业回来，便进入现在这个行业。学生时代，他还曾经是个颇负盛名的诗人呢。他之突然停笔，一般都认为是工作忙碌的缘故。说不定还有其他的原因？

他的眼镜片很厚，在光线不足的情况下更只见两窗白。那种无法穿透，而且反映出你对他的注视的白。他的双眼就藏在镜片后面，你耳闻他幽深低沉的谈话，看到的却只是镜片中的自己。

“……所以，每次我阅读作家的原稿我都会感到莫名的悸动。愈是精彩，愈是诡异的作品愈是如此。不是那文章感动了我，而是手稿中某个角落的几个字，他们的再现（representation）方式令我深深地感动。我发觉自己似乎能透过笔迹而直接进入作者的内心……”

唇略掀开，露出白雪雪的牙齿，双掌成抱，拇指和食指撑开，次第地。我猛然记起他就是那个从来不收影印稿——只收手写原稿——的怪癖的资深编辑。

“……所以我觉得我能了解他的问题，我能够体会，就是无法解决。这是我最近觉得痛苦的原因。”

他的痛苦就表现在动作之中，当他低头，黑发呈锯裂状下坠，把一张脸半隐在黑暗中时。那动作令人想起夜黑的森林。

就像此刻的你，就在无边的黑林中驰骋。在灯照下，路一节一节展开，又倏忽被抛掷入黑暗。两旁的树冷漠而陌生，千篇一律的前景，白日阳光下的差异被黑夜抹平了。路是无边的路——路也仿佛因为黑夜而增长了。

意识森森。

我决定动手。我给自己的理由是，借这样一个本土作家来“透视大马华人的文化处境”，把他的处境视为“大马华人文化隐忧的象征”。这颇为合理（至少对我而言），因为作家基本上就是让语言文字进行交配的那种人。在这个华文 / 华语被视为外来文化的国度，他们的压力必然更大，他们的“挣扎”实足以作为“寓言”来解读……。

首先是文字资料的搜集、阅读。王君帮了大忙——他似乎把这视为是他工作的一部分。包括了作品、访谈、作者简介、（别人对他作品的）评论等。

作品 / 短篇小说：分别发表在《星洲日报·文艺春秋》《南洋商报·南洋文艺》《蕉风》等。共五一二篇，都二百五十余万言。都是影印的剪报，难得王君如此有心，帮他搜集得如此齐全。

——/ 散文：七篇，发表园地同上。共一万两千字。

——/ 诗一首：《蕉风》第六五〇期，《萤火·雾》。

访谈：一篇，《永远的橡胶树——林材专访》，《星洲日报·文艺春秋》，一九八九年七月六日。

评论三篇：

1. 辣梅（大马），《林材〈山芭人的现实意义〉》，《南洋商报·南洋文艺》，一九七九年二月二十日

2. 赖伯瑞（中国），《读林材的〈阿山哥和他的杂货店

及其他〉》,《蕉风》第七〇〇期。

3. 刘降桥(美国),《从单音到多音,从单调到复调——〈那西勒骂〉和林材的蜕变》,《星洲日报·文艺春秋》,一九九二年九月三十日。

第一二篇立场接近,大旨不外乎“反映现实”,无甚高论;第三篇注意到林材的“蜕变”(略有现代文学常识的人都看得出来),却乱扯一通,沿袭俄国文学理论家巴赫汀(Bakhtin)的理论,杀鸡用牛刀,颇有“水土不服”之憾。写了一辈子才遇到三个不太懂音乐的知音,足以证明他和本地其他作家没什么交情(这或许又和他的不写评论有关),不然的话,应酬恭维之声总不至于没有。

那篇唯一且超乎寻常的简略(一千两百字)的访谈所问的基本资料(生平、何时步上写作之路、创作观等等),有一段“回答”颇为重要:

> ……写作是我一生的执着。虽然我先天后天的条件都不如人。论才气,也许我不如ΔΔΔ。论知识环境,我只念到小学毕业,当然远不如那些大学研究所毕业的。可是我的长处在于我的努力和坚持。很多比我有才气的都放下笔了,可是我一直不停地在写。我念书不多,然而我有的是生活。生活和努力是我此生写作最大的资源。……

作品分别被选入《当代马华文学选·小说卷》《马华现实

主义小说选（战后）》，这些选集中都有一篇关于他的《作者简介》，如：

林材，本名林阿财，祖籍福建永春，一九三九年生于霹雳州。因家境清寒，小学毕业后即投入社会。曾当过脚踏车店学徒，杂货店店员，矿场工人等，因热爱文艺，工余自修不辍，一九五八年开始投稿报章杂志。曾获作协小说奖（一九八四）等，作品入选《当代马华文学选》。未有作品结集。现隐居胶林，业余写作。

作品风格平淡，触角遍及各行各业：邮差、妓女、锡矿工人、杂货店老板、戏子、割胶工人、油漆匠、陶匠、打铁匠、冰淇淋小贩、警察、国会议员、教师、校长……以现实主义的精神，反映社会各阶层人民的生活，是本国重要的华裔小说家之一。（一九八四）

根据最新资料，林材最近有一本短篇小说集《胶林深处》出版（大马华人文化协会，一九九二年二月），收入短篇小说十篇，五〇、六〇、七〇年代各一篇；八〇年代七篇，九〇年代的没有收入。这是他生平第一本小说结集，书中附了一篇简短的自序，有一段颇为真挚的心声：

……我是土生土长的第一代。由于年少失学，令我更懂得珍惜书本、更懂得把握学习机会。那是个狂飙而又阴晦的年代，热血青年们在挥霍他们年少的生命。我始终

> 不是他们的“同志”，却也沾了他们的光，读了不少五四和三〇年代的中国小说，给予我文学上的启蒙。那是我年少时唯一的读书机会，所以我一直心存感激。
>
> 回顾此生，我始终笔耕不辍，倒也问心无愧。论成就，也许乏善可陈。充其量我也只不过是个拓荒者罢了，一个微不足道的拓荒者。这或许也是我此生最大的悲哀吧。（页一一二）

类似的心声我仿佛也在其他地方见过。

从短篇小说来看，其中的五一〇篇除了题材不同之外，文字/技巧各方面的差异都不大。那些不同职业的角色，面貌、个性其实都差不多，细节没有超出报纸新闻提供的。

文字/技巧变化最大的是这两年——也就是那两篇，《逝水》《流云》，都是苦闷的自白书。

稀奇的是，五一〇篇中没有一篇是第一人称叙述，都是客观的第三人称叙述——叙述者“我”只有在最近两篇中才出现。意即，那五一〇篇都是所谓的“现实主义”的，题材和政治现实有惊人的对应。从马共到最近的大逮捕事件，几乎可以列表互参。这令人怀疑他曾经颇为依赖报纸上的新闻报导。另一个值得注意的是，几乎每一篇都和胶林/森林有关，在它之中，或者它的边缘。由此看来，树林（尤其是胶林）是他作品中核心的隐喻、场景。比较他几个十年的作品，发现胶林的比重愈来愈大，尤其是八〇年代，作品中更是绿叶苍苍，也不管他故事里的男男女女适不适应。从这里我提出一个假设：他可能愈来愈迁往胶林的深处。理由很简单，他小说中的第三人称叙述者愈来愈孤独，语调也愈来愈凄凉。仿佛他已渐渐找不到那可以帮助他展开故事的“角色”。八〇年代最后几年尤其严重，那百数篇小说中的人物都是先前作品中人物的改头换面，情节、对话也互相渗透。也许，过于规律过于大量的书写让他负荷不了，而产生病变。

做了充分的准备，带着一些猜想、假设和档案，以作为访谈的参考。剩下的问题是如何联络他。

王君为我找来林材的“通讯地址”，那只是个邮箱号码，进一步查证显示那是在半岛西北部一座大园址之中。有一支电话，拨通了却响着中年马来女人非常公务员非常不友善的声音:“你打错了，这里没有这个人。”克勒一声挂了。摊开区域地图，依着邮递区号及邮政总局给予的提示，搜寻范围逐渐缩小，突然我眼睛一亮:Porak，原来就在 Porak 镇附近的胶林中。那地方我去过。

一九八九年冬末，我刚好过境槟榔屿，给那儿发生的一件“社会新闻”吸引了。一位名叫郑增寿的资深华文老师离奇失踪，险些酿成政治事件……

就在出发前，王君突然面有难色，欲言又止。看他的样子似乎是吃坏了肚子以致一整夜没睡好，表情苍白而坚决。想想，也就算了。于焉便注定了一趟孤独之旅。

租了一部车，吃过他满怀歉意的早餐（印度薄饼 + 印度奶茶），一九九二年十月七日凌晨我从吉隆坡出发，其时月明星稀，风凉似水。

凌晨时抵达那园丘的入口处。一路上遇到许多骑着摩哆出门割胶的工人，华人，马来人，印度人都有，有的载人，有的载着比成人身宽的白色方形胶桶，看来是白铁制的。据判断，林材大概是诸多割胶户之一。顺着唯一的一条大路，往内延伸，往往有许多小路分岔向不同的地方。

抵达林中工人的聚居处，老弱妇孺为我的冒失闯入（尤其是那么早）而心存戒备。“找那个写字的？”那男人说着“台语”，指了一个方向。我赶到下一个聚落，他们又指了指路，如是者再三，渐渐深入胶林的内在。接近路的尽头，独自一间小木板屋。当我到达，已近午时，瘦小的作家夫妇正在挨树收集胶汁，林材和王君提供的照片里的样子差不多。

狗吠。

我停好车，走到他身边，表明身份及来意。我的造访令他极为欢欣诧异：“台湾来的？稀罕！稀罕！”

“台湾也知道我这号人物？”他笑得皱纹波涛汹涌当场夹死几只蚊子。即带我从后门走到小屋厨房。他给我倒了杯凉水，拿了凳子请我坐下。

我交代一下因缘，从车上搬下背包，掏出几本自己的著作签名送他，《台湾人》《南洋人》《日本人》。

“哦，原来如此。不好意思，请随便先坐坐，我先收完胶汁，做好胶，再来陪你。”把我送的书随手插进书架的某个空隙。靠墙很难得地有几柜书。

见他们忙，我建议让我在车上小睡，待他们忙完再说。一闭上眼，就在胶林的幽静中睡着了。不知道睡了多久，有人敲我车窗。

从梦里回神。熄火，下车。

有炊烟味。他太太杀了一只鸡，白斩了，还炒了两盘菜。

“住得太深，两个孩子都读高中，让他们借住亲戚家。假期再把他们载回来。”

这才看清楚了，屋里摆设简单，毫无点缀、装饰之物，每样物件（碗、盘、大光灯、盛蛋的篮子……）都实实在在地实用。吃饭时聊王君，及我的工作、家庭，琐琐碎碎的。

饭后，泡了壶唐茶。在屋外，波罗蜜树下，从他的“生平”开始。

“从小我家就很穷，又身为长子，虽然很爱念书，成绩也相当好，却不得不在小学毕业后放弃升学。你知道，穷苦人家父母一般不会想那么多，孩子长大了就是好帮手——帮忙割胶、锄草、砍柴、挑水、照顾弟弟妹妹……”

他嘴里吐出浓浓白烟。

“我一度心里愤愤不平：为什么那么多人可以继续念下去——即使念得很烂——而我却不能？我觉得不甘心，可是却也不能怨谁。这是命。身为长子，我必须帮父母承担……

“后来我咬紧牙根，我不相信有做不到的事情。一有机会，我就找‘字’来读。”他咬咬牙，长长舒了一口带着轻烟的气。“我说的是‘字’——不管是包猪肉的报纸、装货物的废纸皮箱、罐头上的废商标纸、没有‘皮’的书、过期的杂志——只要看到‘字’，我就会拿来读。遇到不懂的字，就拿簿子抄下来，一直到认得为止。

“那些簿子我还留着呢，足足有一大箱。

“十四岁那年华人过年，拿了红包，加上平时五分一角零星的聚蓄，我买了一本中文辞典，叫作《中华大辞典》，其实也没多大，一斤重左右，香港出版的，要两块钱。那是大年初三的早上，当店员把辞典放到我手上时，我激动得手脚发抖，就像做贼被抓到那样。只差没当场流下泪来。”

字典就搁在书桌上。无数透明胶纸划过封面。轻轻翻开，无数的“补钉”，裂成碎片的内页被重复补上。无一页不焦黄，一股旧木的淡淡朽香。如果没有实物做证，会觉得他说话有够夸张。

“我父母、亲戚都说我傻，有钱不会去买吃的。买字典有什么用？又不能当饭吃。其他孩子都把压岁钱拿去买炮、看电影、吃喝。但我不后悔。”

烟复悠悠地从他唇间吐出。余烟在轻风中从他嘴角散去。他的嘴唇不厚，只是颜色很深，黑褐，像年深日久的胶片。牙齿也焦黄，参差不齐。嘴旁胡渣疏疏时许长，或黑或白。发稍稍覆额，眼睛不大不小，上下眼睑均多皱纹，白眼球微浊，些许红丝盘伏。瞳仁却颇亮，像一口落叶层沉的老井。

他犹穿着工作服，上衣扣子没扣上，露出橡胶树一样颜色的胸，肋骨历历可数，有点像老橡胶树上的陈年刻痕。腕上一口落漆的旧表，表链隙缝间黑垢画出粗画的线条。衣上墨黑色胶迹斑斑，长裤更几乎染成了胶皮裤子。

“后来我在一家脚踏车站当学徒，认识几个常来修脚车的中学生，闲聊中谈到我的自学，他们都很关心，就邀我去会馆参加他们的读书会。”

“你们都读些什么书？”

他笑一笑，沉吟一会。

“我很少参加他们的讨论。我不喜欢一堆人挤在一起读书。我认为读书应该是件很个人的事。我想你大概可以猜到他们读的是些什么书，列宁、毛泽东……会馆里有不少那个年代的小说，鲁迅、巴金、老舍、茅盾、丁玲、巴尔扎克等等，让我大开眼界。每晚到那里，找一个有灯光的角落，一个字、一个字慢慢地读。遇到不懂的字、做梦也想不出的段落就抄下来，慢慢咀嚼消化……”

“这样的日子维持多久？”

“一年半吧。唉，读书会中的几个核心成员突然被抓，谁敢再去？脚踏车店的老板怕麻烦，马上就叫我滚蛋了。”

他眼角一眯，吐了一口痰。

“我只好再找过工作，一时间什么都找不到——也许他们都知道我参加过读书会——我只好回胶林跟我爸割胶。没想到胶刀一握，几乎就是一辈子。”

他展示他的右掌，虎口都是老茧。

“那时我就下定决心，每天都要挪出一段时间来读书写字。刚开始没书读就专挑字典中的难字，读报。几年下来，那本字典差不多给我翻烂了。后来存了点私房钱，就开始到镇上唯一的一间书局兼文具店买书。文学作品在这种穷乡僻壤，即使是学校的华文老师，也很少看。买了几次，载着胶片或胶果去卖而一身臭味的我，大概给书店老板留下深刻的印象吧。此后有新书来，他还会叫人通知我呢。”

跟着他到屋里，看他的收藏。他叫唤太太冲了杯热咖啡。

难怪他家还真有一些书，几口木箱叠着，几个书柜靠墙。柜子里，好多书都泛黄翻卷了。随便翻开一本，都有虫蛀的痕迹。

“树林里，书不好照顾。”他叹气，“有好几次一不小心，一整箱都成了白蚁窝。老鼠更常作怪，把书页咬成一片片，蟑螂在里面大便，壁虎生蛋。只要一两个月没整理，麻烦就来了——各种大小不同的蚂蚁也喜欢在里面做窝。有一次书箱里竟然躲进一条眼镜蛇，好不容易才把它赶跑。”

板墙下的透气口有砖头那么宽。很肥的蛇都进得来。

他在清理烟斗，添加烟丝，重新点着，吐了两口浓烟。

“刚刚讲到哪里了？”

“嗯，你什么时候开始写作？”（我们这行标准的愚蠢问题）

“好多年前的事了。”他又眯着眼，“常常看到报纸副刊上的文章，看多了难免手痒，就试着写。刚开始也不敢见人，总觉得写作是件很困难很神秘的事，所以格外谨慎。一个字，一个字，一笔一画，整整齐齐地写。就怕漏写了哪一笔，或写错了字——好不容易写完一篇——也不过是几百个字——而且那时也不知道什么是‘稿纸’。把文章写在旧日历纸的背面上！哈哈！”

他突然大笑，笑到火鸡呼噜呼噜从鸡寮那里回应。

“还兴奋了好几天呢。兴奋过后又觉得没自信，也没有信赖的人可以请教，只好当作秘密藏起来。就这样，一有冲动就写，写了十来篇吧，都是过去生活的经历。愈写愈不安心，就咬紧牙根，向一些报纸副刊投出去，希望找个专业的帮忙看看。接下来几天失魂落魄的，胶树也不知道割坏了多少棵。等了两个多礼拜，终于登出来了，在报纸的某个无关紧要的角落。我非常兴奋，一时之间竟然以为是做梦。从第一个字看到最后一个字，再从最后一个字看到第一个字。看看标题，作者署名……一笔一画整整齐齐，顿时我觉得人生充满意义。多么奇妙、神秘的一件事，而我竟然做到了。我着实'伟大'了几天。"

他咧嘴笑笑，带着几分自嘲。

"几天后收到编辑一封短笺，几句鼓励的话，一句叮咛：'以后不要用小学作文簿写，去文具店买本稿纸。'

"稿纸格子小，刚开始很不适应，笔画一直跑到格子外。

"起初写的都是散文，杂感。过了几年——稿费是很好的奖励——我又渐渐不满足起来，想在文艺副刊发表——摸索了几年，竟然渐渐有点看不起某些每期都见报的所谓作家，觉得那样的东西说不定我也可以写，就想试试，很自然地，我从说故事开始。听来的故事，写了，寄出去——记得是个割胶女工被老板强暴的故事——竟然又被登出来。哈，那时我就知道，也许这辈子我可以一直写下去。没想到在这里当作家那么容易。"

说到最后一句时，脸上的表情不是自得，也没有丝毫欢欣，反而有一种莫名的惨恻。

他的表情一下子“降温”——变得非常严肃。声音也变得沙哑低沉。

“也许是来得太容易了。这些年也许发表得太顺利了，我曾狂妄地想，要让自己的名字被写进文学史去，尤其读了方修的《战后马华文学史》之后——”他的目光又虚无飘渺起来，“我想，虽然我没什么学历，却要让以后的大学生、博士、大学教授要读我的作品——如果他们要研究马华文学。这种欲望一直很强烈。那是驱使我不断写下去的动力之一吧。”

鸡叫。狗吠，两只狗往园子某处奔去。

“方修他们的论文给了我很大的启发：作品必须扣紧时代的脉搏。我深深信仰现实主义，就像那些常在报上发表作品的同道们。市面上的现实主义让我更加的自信。我好像找到一条进入文学史的捷径。”

他的妻，那个瘦瘦弯弯的妇人此刻又悄声走过来，为我们各添一大杯凉开水，切一大盘水果：凤梨、杨桃、波罗蜜。他朝妻子点点头，嘴角僵硬地笑一笑。

“我订了两份报纸，每天下午骑摩托车到杂货店去拿。买了本厚厚的剪贴册簿，每天重要的政治社会新闻都会剪下来。如果是追踪报导，我还会处理成专题剪贴，按日期作成《大事记》，如：

1985 / 合作社事件

1987 / 全国大逮捕行动

1990 / 台商大举入侵

然后每个下午都拨出一段时间到镇上的咖啡店去喝杯咖啡

乌，偷偷默记下层人民的反应。晚上就参考社会新闻那些杀人放火的新闻，为笔下的人物命名，给予生平、选择场景、虚构情节，以便毫无遗漏地反映当下的现实。”

“实”字咬得特别用力也特别费力，他把“实”字念成了去声——和当地的所有华人一样，他的华语里有过量的去声字，似乎榨得出屑来。他仿佛有点失神。那些抽象的“字”仿佛自发地从他齿缝间逸出，弹射向空气中。

“长期地写，我给一种奇怪的自豪笼罩。想想，那些中学、大学毕业的有几个在写？哪一个写得比我多？要不就写得脱离现实……我以为，只有我在为人民、为文学史而写。内容最重要，文字只是平平实实的，不必什么新潮的技巧。只要让每一个人都看懂。没有人看懂的东西又何必浪费精神去写？

“每晚在油灯旁拿起笔，胶林深处的宁静让我心平气和，文字自然地从笔尖流出，源源不绝地，一直达到当天的工作量……

“我从来就没有怀疑过自己的信念。”

可是他的表情却阴晴不定，仿佛是经过彻底怀疑之后，在重新建立信心之前。突然他闭上眼睛，不再说话，就那样背贴着墙，呼吸声均匀。

非常别致的冷场。

书桌上靠墙是一排书，桌面残稿交叠，不同的原子笔交错如枯枝。我枯坐一会，听到母鸡下蛋后咯咯的通报声。不敢乱动。渐渐的，睡意涌了上来……

“要不是他老人家……”

头一顿，猛然从打盹中醒来，紧急刹车。车子险险坠入路旁的阴沟中。惊出一额汗。长长呼了一口气，觉得黑乎乎的空气冷极了，赶忙把车窗旋上。尿急。下车，对着路边的草一阵解放。一簇冷颤。好累好疲倦，颈脖肩臂均酸疼。看看手表——竟然停止了。似乎已经走了很久。

不知今夕何夕。

月偏西。也许睡了很久，但那似乎又不可能。这么久还没走出这片树林更不可能。也许走错了路。四野浓雾，想起林材的叮嘱，赶忙上车。

“林中常有野兽出没——野猪、蟒蛇、狗熊、老虎、大象——以前还有马共……”

一会，经过一座坟场。满山遍野的水泥馒头，透出一股怪味，好像有的尸体埋得太浅。几朵幽蓝色光点缓缓飘移。是鬼火，还是流萤？转头看看，无尽的黑夜胶林无尽的黑。车子走过，车灯照过，可是一点痕迹都没有留下。

在嗡嗡郁郁的声音中我挣扎着睁开双眼。录音机适时的“嗒”的一声响，我连忙伸手更换带子，以掩饰短暂的失态。我竟然睡着了！而他似乎没有发现——是他持续说话的声音让我及时醒来。可是在听觉记忆中，已经缺了一段。

“一位退休多年的老报人，请书店的人留话给我……还以为是什么事，原来是有一些书要送我。我到他家去，一见面他就说，子女都经商，他平生收藏的书，将来一定会被清去垃圾堆，不如早日赠予爱书人……”

“……我一看，就呆了。那些书，其实都已经很旧了。纸当然是变黄变褐了，有的都已经碎裂，再不然就给白蚁吃掉了大半本，他还在修修补补。几乎没有一本是完整的，可是他还是很宝贝，用透明胶纸把碎片补回去。白蚁吃的挖掉，没了皮的重新装上牛皮纸封面。每一本书都没有名字，他说，算了，反正都是残篇断简。我在里头捡到半本《唐诗三百首》《千家诗》，一本完好的《古文观止》《三国演义》和好些读不懂的古书。

“要不是遇到他老人家，我大概会一辈子就那样写下去，真可怕。”

（说说你们见面的情形吧。）

“他知道我在写作。他早就知道了，而且他可能是我最忠实的读者之一，我的作品他差不多都读过。他一看到我就笑嘻嘻的，我那时不知道他已不久于人世。他说，年轻人，很好，写作很好——我已经二十多年没有给人叫‘年轻人’——‘来，坐，’他说，‘我们谈谈。’他很亲切。‘你很勤，’他搭一搭我的肩膀，‘只是欠缺根基，’‘根基很重要，没有根基怎么可能长成大树呢？’他向我解释中国文字的奥秘——就在那一笔一画中。他翻开其中一本书给我看那些神秘的篆字，告诉我字形与物象之间的关系。那令我震撼。那是我第二次受到字典的冲击。那书对我来说像是天书。他说字形是个关键，所以中国才会有书法。字音更复杂，可以先不谈。字义是另一大关键，必须通读古书才可能充分掌握更丰富的字义，让文字本身可以品味，而不只是粗浅的载道。

“他对我展示他此生的著作——以毛笔字写的诗词、杂感、本地掌故，有好几捆。他拿着，叹了口气。又收起来。

“我问他为什么不发表，他连连说过时了过时了，当初写的时候也没想过要给人看，一有感触就动笔，不同的时间、不同的处境、不同的心情，笔迹也会不同。不同的笔迹呈现的是另一种真实，那是不可复制的。他不信任排版、发表，更不信任简体字——他嫌印刷的字千篇一律，呆板、没有个性，也看不出作者的心情，人品……所以宁愿没有读者。

“我以对等的严肃回应他的严肃。

“他给我上了一课，告诉我：每一个字都是活的，有生命的、涵义丰富的，而不是死的。就我以前的作品来看，那些字即使不是中了毒麻痹了，也是睡着了。”

他苦笑。

日影渐斜，他又衔起烟斗，…………地吸起烟。

“老先生不久就过世了，死前亲自烧掉所有手稿，一页都不留下。

“我们那年代的人都相信白话文。相信胡适、鲁迅，相信文言文是已经死掉的文字，可以不用念，可是，”他随手拿起其中一本架上的书，“那些东西我们其实读不懂也写不出来。我在想，我们写的东西是不是太容易了些，是不是不够‘难’？太容易的东西大家都可以写，又何必我来写？我一篇篇翻阅这一辈子所写的东西，愈读愈感背脊发冷。我问自己：这是我写的吗？为什么是我？难道不是别人吗？——我甚至没有勇气确定——”

他拿着烟斗，手却不自禁地发抖。

“我仿佛一下子就被掏空了，不知道怎么办才好。从头开始吗？好像又嫌太老了。另外，如果字是活的，又该怎么去驾驭它——怎么把它们串联起来？我知道我碰到大麻烦了。那么多年来我第一次放下笔，每写一个字就觉得它在嘲笑我——叫我回去读书。曾经，我想什么都不管，回到从前，却发现很难，甚至已是不可能。我常常无法自抑地写错别字……，对着一个个孤立的字发呆。字像是一只只瞪着我的癞蛤蟆，我们互相瞪着。我多年养成的写作习惯，一下子彻底被破坏了。别说一天一千字，常常一行都做不到。

“有一次我放任自己写了满纸错别字，写完后觉得很痛快——又很不安。寄了出去，照说那是无法排版的，没想到登出来每一个字都很正常，编辑帮我改过来了。我既沮丧又松了口气。我开始用繁体字来写，一笔一画地，写得很辛苦。我的笔像钝掉的胶刀，割不动树皮。我难以接受原稿和发表的作品之间的差距。最近的一篇，我寄出去了，要求编辑不能排版，就用原稿直接刊出。为此，我特地用了黑色原子笔来写，没想到竟然……”

“不是你自己要——”

“他当然那样说了！”他打断我，愤愤地。

提到与那位赠书老人的相遇之后，他的情绪明显变得复杂，有一点惶恐，有一点不知所措，一点焦躁。我注意到他持烟斗的手有时抖得十分厉害。说起话来也不那么有条理，有点结巴——有时嘴张了好久，却没能发出什么声音，或仅是咿咿呀呀，像婴儿牙牙学语。锐利的目光也转而变得混浊。

“我是不是突然失去了写作的能力，还是我原来就不曾拥有它？”

他睁大眼睛望着我，仿佛在求证什么。

他的妻子在我们聊天期间一直没闲下，在屋里屋外弄出许多声音。忽然拎着斧头出来。经过林材身体后方时，突然做了个顽皮的表情，手指着他的左边太阳穴，小声地说：“他就是想太多。”

“你们台湾的作家，不会有这种问题吧？到底是唐人的所在……”

我不知道怎么回答她，随便聊聊近年台湾文坛的状况，尤其是“台语”文字化。

他默默听着，脸上的皱纹好似更深了，蚊子不敢轻易靠近。

女人听得无聊，表示她还有工作要忙。随即走到户外，一斧一斧利落地劈着木头。斧落，木头应声裂开。像大师剖析问题，准确，简洁，没有一句废话。

“土地……生活在这块土地上……土地究竟可以给作家什么保障？”

他突然提出问题，不知道哪里看来的。我耸耸肩，尴尬地笑笑。鼓起勇气和他谈谈八〇年代台湾的乡土文学论战，及论战中浮现出来的一些议题，包括像“没有土地，哪有文学”之类的主张。

他十分费劲地听，眼眯成一条缝，脸上皱纹微微颤动，时而摇摇头。

女人劈完柴，次第地叠起。斧头拿进屋里，拎着锄头到园中去，锄草。

他沉默的时间愈来愈长，我几度动念想走，可是看他那样子，又开不了口。比寂寞更深的寂寞，他需要一群懂文学的朋友。可是他看来经济拮据，两个小孩要抚养，需要这份胶林深处的工作，不太可能搬到镇上去。没有学历，似乎也没有什么专业技能，找不到像样的工作；年纪又大，也不容易适应新的生活。写作对他来说似乎过于高贵也过于奢侈。况且，他真的想太多了。那老头留给他的到底是礼物还是诅咒？那牛角尖，他钻进去好像就出不来了。

为了打破僵局，也为了让他放松，我开始再度谈自己——从台湾本土的采访，汉城的抗争，炮火中的菲律宾，南非的总统选举，中东的战争……话匣子一打开就没完没了，许多不能写在报导内的枝枝节节、微妙的人事、感触……都让他脸上一直带着笑意。但我不是很确定他有认真在听。他的表情有点“人不在场”的感觉。

一晃竟已是黄昏。我告辞，他脸露惊诧，回过神来。

“不留下来吃晚餐？……也许晚上可以一起喝点椰花酒……”

我起身，却发现不知什么时候他妻子又杀好一只鸡（中午那只不是还没吃完吗？），笑嘻嘻地提着拔光毛的裸鸡，说：

"难得来，甘榜鸡很难得的，吃饱再上路吧？还是你要带着路上吃？"

匆匆吃完，天已经黑了，林材点起大光灯，屋里突然大放光明。

吃饭时他一语不发，神情黯然。但我迫不及待要走，逃离似的。

他想留我过夜。我突然觉得害怕。那神情让我想起某一任喜欢太宰治小说的前女友。那回一时心软留宿差点被她毒死。

我诳称已订好机票，明天一早要赶回台北，还有事要忙。

"路不熟，胶林太深，晚了怕出不去。"

有点愧疚，他的困难我实在帮不上忙。

不曾有后方来车，迎面而来的也没有。路旁隐隐有座石碑。一晃便闪了过去，上头仿佛有字。胶林愈来愈密，已看不见一颗星子。黑夜夹带着雾，视野一片迷蒙。耳畔不断响起他苦涩苍老的声音：

"每一颗字都像铁锤那样重啊。"

他忧郁的残稿：

> 我不应该只写出一座透明的胶林。
>
> ……只有象征的森林，才能无限深邃。
>
> 死亡。
>
> 梦。
>
> 发呆。把稿纸揉掉，焚烧原稿，是我目前最重要的写

作方式。

火光，血，汗水，精液。

一座象征的森林，边界不断在你前方退却。

“每一颗字都是一棵橡胶树。我终极的志愿……”

看到远方有黯淡的火光，车驶进小路，朝火光迎去，以验证你夜中的迷途。

狗吠。

一座虚幻的森林。

放慢速度，路旁的胶树正流淌着白色汁液。新添的刻痕是深化的旧迹。我知道自己也许走进了昏睡臆想中的他的文体的迷局，一条无限延伸的林中泥径，坑坑洞洞。

耳畔响起陌生的，苍老的声音。

“那时你会发现，眼前都是熟悉的事物。”

那灯光不断地远去，每一棵树都流下最初的泪。前方的路上满布纷纭错乱的足迹，都是同样的鞋印。那人已然远去。在树上留下层层叠叠，错乱的刀痕笔迹。

一个大转弯，终于走出胶林。我吐出一大口秽气。

月明星稀。有鸟南飞。

回台北后我写了篇《胶林深处的马华文学》，随即被退稿，老总的意见是“没有读者会对这种题材感兴趣的，离台湾太远了。”即改投马来西亚《南洋商报》的王君，竟然也被退稿，还附了封信：

……你可能不知道，在你拜访后不久，林材疯掉了（我们这里叫发神经），天天拿着胶刀在橡树上乱刻字，说他在写作。那胶林又不是他的。老板气得也快发神经了，报警把他抓走，还把他们一家赶出那胶林，把他的藏书和房子都一把火烧了，就像紧急状态时英国佬那样搞。林材现在被关在精神病院，还死命在写。写了就撕掉。如果不给他纸笔，他就用自己的大便在墙上乱写。可能余生都得住那里，关到死。他老婆搬去镇上和小孩住，靠打零工养家，很辛苦，没什么时间去看他，只好让他自己发神经。

马华作家很少写到发神经的。

文坛谣传说，可能是留台那些"红卫兵"派你来残害马华现实的。不知道给他吃了什么药，不然人怎么会无端端变神经病？恨你的人很多，我现在都不敢让人知道我认识你（以后别再写信到报馆给我，看到信封背面你的名字我快吓死了）。奉劝你有生之年都不要再和这里的马华作家接触，老乡们多数昏庸，又记恨，很多都是南蛮来的。如果你在吉隆坡吃肉骨茶被毒死也不奇怪。

大作提到那个老头，是个相当有学养的南来文人，是个传奇人物。说来话长，下次见面再细谈。

大作当然是不可能刊登了。你竟然写说是我介绍你去找林材的，你想害死我啊？

——初稿约写于一九九二年，淡水。

原刊于一九九四年《蕉风》第四六一期。
——收入《乌暗暝》(九歌，一九九七)。
趁打字之便，顺手做了番修订。
二〇一五年四月十日，埔里。

山组

1. 背影

穿过油棕树的荫影，母亲粗绿花布的上衣和那张眺望的脸仍依稀可辨。然而不知怎么地，他脑中却不时浮现着一熟悉的妇人背影，那背影以它占优势的清晰干扰着他眼前的景象。在他跃上铁道后，才猛然醒悟：那是弟弟妹妹们眼中，母亲无比忧伤地目送着他离去时，沉重异常的背影。身为兄长，他总是无缘体会母亲背后那几重童稚的哀伤。

他唯一不明白的是，母亲沉重的背影何以此刻突然在他脑海中频频映现，在这一次——一如之前的许多次凶险异常的、诀别的离去——在这样一个革命的、热血的年代。

然而，他是再也来不及明白了，也无从预知——他们的秘密组织早已被严密地侦视着，一个部署已久的围剿计画已在半个小时前展开。十五分钟后，他将和其他和他年龄相仿的青少年一样让子弹贯穿柔软青涩的身体，热血流尽后苍白地被送回母亲面前。

如果他从此神秘地失踪了，母亲期盼的眺望和哀伤的背影会永远持续下去。一直到那一天 ——

或许。

2. 月崩

第几个夜晚了，老人又瞧见那只赤色的土狗，在明月初起时，端立在东边的山坡上。它尾巴和头部都低垂着，好似在俯视着他和他的破寮子，以及那新近领养的一只小狗，他照例为这只新养的小狗取名鸭都拉（Abdulah）。他惯常在日落后在门前烧一个火堆，坐在火堆旁，边抚弄着小狗边为火堆添加新柴，不知不觉这已是他近来夜里唯一可做的事。自从他视觉逐渐衰退，以致屋里的油灯再也不足以照明，他遂自动取消黄昏后到附近老朋友家去喝喝酒嗑瓜子的唯一休闲活动。以前，他往往要徒步摸黑走上两英里的路程。住了几十年，这一带他几乎都摸熟了，更何况还有一只忠心耿耿的狗跟着，除非是雨天，雨天坐在破草寮里打蚊子回忆往事是唯一的消遣。

两个月前，最后一个老朋友突然死了。他接到通报时久久不能释怀，因为前一天晚上他们才一道喝酒，并且反刍了许多旧日经验，依稀也谈到了他自己的后事。他在这土地上早已没有亲人，如果哪一天死了，希望对方能帮忙料理；他一直把每个月节省下来的一点钱寄放在朋友那儿。没想到一个个比他年轻，却也比他先亡逝。从那热闹而丰饶的丧礼中回来后，更让他觉得难过的是，那只跟了他十二年的老狗，在一个月圆的晚上，垂着头朝月亮走去后，就再也没有出现过。每一天早上鸡啼以后他就把门打开，备好狗食，等它回来。往年它也曾翻山越岭，长途跋涉到远方去和其他公狗争风播种，然后带着一身母狗的骚味、情敌的齿痕，脚步虚浮地在日头出来之前赶回来。低着头，也不知是疲惫还是羞愧，哀哀地望着主人。他总是善解狗意地为它备好滋补的狗食——猪皮、猪卵葩等。然而这回情形有点不对——他足足等了九天（九，狗方言同音），第十天早上，他才确定它是永远不会回来了。如此说来，它是唯一一只真正的“好狗”——一如传说——真正的好狗假使寿终，不会赖死在主人面前让主人劳累。它会走得远远的，在一个人迹不能至的隐秘处所，静静地死去。养了一辈子狗，什么样的没见过，那些狗几乎毫无例外地忠贞，充分体现了传说中人类的道德。即使是在那些杀戮的年代，他白天躲起来，夜里不敢点灯，幸亏陪伴的是一只不爱吠的狗。然而早夭却是狗的宿命——在同类的牙齿、屠狗者的捕猎、挟怨复仇者的下毒暗杀之下，或者无声无息地失踪，或者剧毒发作惨嚎竟夜，痛极而死。能够像这只鸭都拉那样活到老，也算是极为侥幸了。

第十天早上，他从巴刹垃圾堆中，领回一只赤色小狗。

第几个夜晚了，那只狗和月亮同步出现，站在山坡上，没有再靠近一步。他为自己能准确辨认那只狗的毛色感到纳闷，即使是视力还没有衰退，恐怕也还办不到吧。也许竟是因为月光的缘故。

那一年，他唯一的儿子在一场森林驳火中给军警的机关枪轰个稀烂，二十岁的男孩，还没来得及娶妻传香火。是他独自去收尸的，只带了一条狗。妻子在听到噩耗时就几乎瘫了。他们没有别的亲人。在那个黄昏里他亲自为儿子清洗尸身，换上他最宝爱的衣服——新裁好尚未来得及穿的——一袭中山装。草草下葬了事几乎没有任何仪式。那时就是这么一个圆月，也不需要点灯，血几乎流干了的年轻人瘦瘦的尸身苍白得吓人。妻子除了流泪还是流泪，此后的几年里每逢月圆就大声哭嚎，渐渐也就不太能够控制自己。她把她的愤怒、伤心、沮丧都化为对那一只鸭都拉——一只短毛黑犬——无理的攻击，以刀，以棍，以矛，另外便是对月亮的诅咒，宣称要杀死月亮上的所有生物。月亮太远，她就对鸡鸭出气，尤其是鸭子——主要是拔毛——在她咬字不清的“你还跑！你还跑！”中，他揣测她或许是对于敏捷善躲的鸭都拉失败的攻击而迁怒于鸡鸭。每逢月圆，尤其是从那山坡上升起的圆月，都会让她不自禁地抽搐，继之以毫无节制地哭号。折腾了几年，在一个无月的夜里，他被她紧急的呼叫声惊醒：

“赶紧走！赶紧走！

“伊人拿枪来了！

“□□□□□啊啊啊

“月娘月娘□□□

“！　！　！”

他连忙翻身下床，窗子被打开了，外头漆黑一片，她睁大了眼睛指着窗外。散发，原本枯瘦的脸因为过度惊骇而扭曲收缩，如骷髅。他静静地在一旁守着。

过了好一阵子，终于放下手，转头，以陌生、空洞的目瞷瞪着他。许久许久，才流下两串清泪来。

接下来的日子她平静多了，却几乎是终日都陷在昏迷中，清醒的时候虽然少了，偶尔倒能够跟他说几句明白话，却似是在交代后事了。

“辛苦一世人，饲大一个囝，就这样没了。我要跟他去了。烟莫吸那么多，莫唔甘吃，肉莫拢拿去饲狗。[1]”

他知道，此后她的泪算是为他流了。可是她终究没能够挨到下一个月圆。

第几个夜晚了。月还是那么圆，而且在同一个时间、从同一个方向升起，那只狗又来了。这一切都透着股离奇，月亮不可能天天都那么圆……。替老东家顾园顾了几十年，从来没见过这么稀奇的月。然后他听到狗吠。

一如响在梦里，遥遥近近的，不十分真确。

他屡屡梦到去为儿子收尸，到他们被狙击的那个山上。月光如昼。他瞧见——那山在梦里变得光秃秃，一坑一坑的，像日本时代密密麻麻地挨过炸的某座据称是抗日军盘据的山。每一个坑里都塞满枯骨，白得雪亮。他着急了，找不到儿子的尸骨——回去怎么向老婆交代呢？一慌，他伸展双臂在一个坑洞中胡乱翻，骨头和骨头相互摩擦撞击咯咯有声，甚至其中一个颅

1. 闽南语，即“烟别吸那么多，别舍不得吃，肉别都拿去喂狗。”——编者注

骨通通通通地滚下山去。于是他只好唤狗——然后，所以——

他听到狗吠。

狗吠。

狗吠。

只见山坡上的狗顿时飞快地朝他奔来。骤然地动，四蹄飞奔，渐渐地近了近了，领头的正是最近失踪的那一只，一共十来只，每一只他都认得，都是他的“鸭都拉”，他不禁热泪盈眶。在第一只狗扑到他怀里的一瞬间，在那毛茸茸的一刹那，月亮却顿时崩裂了。像一个玻璃瓶，在狗吠声中猛然炸开。

3. 高粱

仰面趴下。

颜面已开始腐烂。早已失去温度和气息的身躯，不可思议地，在逐渐液化中，仍然保留着片段的知觉。腐化的肉身浓滞黏稠地徐缓下坠，浑身麻痒难当。是苍蝇在作怪吧，这一带的绿头苍蝇，都把卵下在他肿胀发黑柔软的身躯中，蛆虫地毯式的耕耘，钻到深处，扰动他隐蔽的内在。

嗡的一声，苍蝇惊起。栖息在附近的茅草叶梢，不肯离去。一只什么东西靠近了，草叶纷纷挪开。粗重的鼻息喷在他身上。压下来了——滚两滚，沾了黏液，满足地离去。哪家的狗？自家的——？

当初趴下时，这茅草坡上茅草初芽的锐鞘纷纷刺穿他肤表，血液沿鞘流下，浸进土壤中。而今，他液化的肉身流及之地，众草糜烂发黑。

那时他在一望无垠的茅草坡上奔驰，体内嵌着一颗沉重异常的子弹。在一处向下的斜坡前，他目睹了一出热带的奇迹：一秆血一般红的高粱穗子，高高地挺拔于众草之上。他顿时止步，含笑，跪下，趴下。鲜血染红了白衣。在酱黑的夜里，那高粱是唯一的火把。是他选择的无名的墓碑，无字的墓志铭。

几个月后，枯布包裹着白骨。周围新生的茅草尤其碧绿，密密的新芽持续向前探触。而一丛高粱早已优先从他心脏的部位破土，茂密的叶片坚持把他覆盖。七穗初实次第升起。

4. 两只老虎

——两只老虎、两只老虎

跑得快！跑得快！

一只没有眼睛，

一只没有耳朵，

真奇怪！

真奇怪！

两个约莫五六岁的小孩，一男一女，女的扎着辫子，男的剃了个红毛丹头，赤着脚边唱边跑边跳，一前一后地来到水沟旁。沟旁拉杂地种了些热带果树：红毛丹、波罗蜜、尖必辣……，正午的日光，筛下沉重的浓荫。

男孩提着网，女孩拿着桶。在浓荫里，他们蹲在水沟边，沉静而专注地伸长脖子瞪视着清澈见底的流水。水底落叶层叠，历历可数。沟旁青草松散，轻轻漂在水面。水中游鱼飞快地冲掠，是一群蓝线鱼——间中混着几只老虎鱼、三角鱼……。男孩以他自认最快的速度将网使劲地插入水中，向群鱼捞去，却只捞到几片朽叶。

也不知道过了多久——他们沿着水沟，逆着水流的方向——如是下游尽皆浑浊，而他们持续地往上游把水弄混浊。

起先水沟和人都在树影里，不知道什么时候他们仿佛听到远处有几声炮声，噼里啪啦地胡乱响了一阵，他们也毫不在意——半个多月了，早已听惯了。那是在黑森林的方向。突然他们都不自禁地觉得身体发热，一下子就汗湿了衣背，日头倒映在水沟的中央。猛然不远处几声刺耳的炮声把他们吓得弹起，僵直了身子，脸色煞白地对望着，侧着耳，倾听——这样他们才发觉已走近了围篱边。再过去，就是那一片没有边界的黑森林。回头望望，离最近的一户人家也有好一段距离。

仿佛有什么重物堕入水中，激起一阵水花，在围篱的另一边——他们下意识地回头，只见树丛后闪过两个人影，草绿的衣裤，印度人似的墨肤，头上裹着白布，手上扛着一台长条形的黑色事物——迅速地没入林中。许多处树叶都同时晃动，而后归于寂静。这时他们瞧见了围篱那端的水沟似乎浮着一团什么事物，清澈的流水快速地被染红，刺目的红色浆液在水中漾散，几只好奇的老虎鱼没入红雾中。良久，他们才发现卡在篱笆上的那堆黑色的事物似乎是人的头发——头颅，那么，那一整个比狗还大只的东西一定是——

当他们醒悟了什么而同时把手上的东西猛力摔开而往家的

方向奔跑时，隐约地听到家人正远远地以乳名叫唤他们回家吃饭。仿佛忆起了半个月来几乎每隔几天就会有士兵和警察抬着死者到村庄里搁着展示，身上几乎毫不例外的一片深红带黑。大人们都会遮着小孩的眼睛，一边听着“不可以看”一边连忙把他们带走。当他们好奇地问起时，有的凶恶的大人就会怒斥道:“囝仔人问啥！”或者干脆赏以一个响亮的巴掌，或只静默地应以圆睁的怒目。只有慈祥的老祖母曾经在他们耳畔悄悄地说:“拢是给老虎去咬死的啦。”

他们同时嚎啕大哭起来，喘着，踉跄着奔走。

第二天天还没亮，就听到说某某人的儿子被打死抬出来了。“入芭做共产党还不到两个礼拜。”

5. 没有地址

一九八五年甫在英国伦敦丘园档案馆一个长期被忽略的卷宗中发现的一张微不足道的手稿（只剩下局部，其余的部分因着某种今日再也难以追究的原因而被撕去）上，记载着一段也许是当时参与其事的低阶军官的含糊记述:

> ……已经是黄昏了，当我们抵达那里。那是一间孤立的木屋，离我们之前处理过的华人的村落业有半英里远。其实我们是在回营的途中偶然发现的，原以为是马共藏匿的地方，我们摆出攻击队形。呼叫屋里的人出来（投降），等了十分钟左右，大门依然深锁。我们也害怕被埋

伏的枪手狙击……五脚基上停放着两辆脚踏车……没有看到狗。这很奇怪，住在胶林里的华人没有不养狗的，尤其是那么孤立的一间房子。屋子里也没有任何声音。……仔细检查过，也许全家跑了，可是家具用品一应俱全，神桌上还摆着每家华人必拜的神。……我们的任务是：把华人集中到指定的集中地去，同时放火把他们留下的木屋烧了，以免受马共利用。……火烧得很快，脚踏车的骨骼在大火中屹立不倒，突然我们清楚地听到了惨叫声，非常痛苦地叫着（此处业经严重涂改）。没见到人又怎么会有人的叫声？……临走前，我们遇到了一棵很大的橡胶树，它的腰围大概不止十英尺。很少见到那么大的橡胶树，在夜里也看不出它有多高。

记载中充满着无用的细节和多余的描写，类似于夸大的回忆录文体。记载的内容也荒诞不经，近于乡野奇谭。不论是从它的内容还是文体来看，在史料鉴定的科学要求之下，它的被忽略，确实是合理的。据判断（根据档案内其他有署名及载有详细的时、地的文件加以推断），此一文件的写作日期约在一九五〇年十二月，唯地点不详。而那句刺眼的“遇到了一棵很大的橡胶树”以它多余的存在，像一个所指不明的符号那样，却指涉了一角历史的空洞。——这话怎么说呢?

在一九九一年出版的《高桥木次文书》卷九关于“南进”的日记，在一九四二年十二月二十日条下载录了一场杀戮，在记载上和前述文件颇有可以互补之处。一开始他就提到了

"……那儿有一棵非常壮硕的橡胶树，令人印象非常深刻。长官那时已经杀红了眼，因为这一条路上的反日分子非常多，是早已证实了的。我也不明白那一户人家为什么不躲入森林，我们的来到应该已经不是新闻了呀……，那一家人正在用晚餐，一家五口，有一个漂亮的女儿……。事后我们放一把火把房子和尸体都烧了，长官对今晚的行动非常满意。"后面有一句补充：

> 一九四四年六月一日补：前天出差，因为事务处理上有点耽搁而连夜赶路，在穿过距甘榜布路（Kampung bodoh）十里处的胶林时，突然心里发毛：我又遇到那棵非常高大的橡胶树。也许不是当年那一棵，一样是个没有地址的地方。有灯光，孤立的木屋，一只很凶的狗。赤色的毛，和我当年刺死的那只几乎一模一样。我不敢停下来，因为我相信门口那个漂亮的女孩也许认得我，虽然我只是大着胆子瞄了一眼。我自信没有认错人，她和那位被长官刺死时我心里想着"这样的女人，如果给我做老婆不知道多么好呀！"的美丽女孩一个样子。这事我不敢向人提起，怕被同袍耻笑。

那棵"非常高大的橡胶树"就在我们那一带村庄的河的对岸，那一家人的被杀据说和抗日游击队脱离不了干系，有人说是英军下的毒手，嫁祸于鬼子。少女的惨死刺激了不少青年投入地下反抗军的行列。房子被烧了几次，都很快地被盖回去，我们都猜想那是游击队干的把戏，为了吓唬那些良心不安的施暴者。夜里常隔河望着橡胶林深处的那一盏灯，的确可以为所有村庄的人心里不安，可以勾起他们的回忆——当年匆促的逃亡，竟来不及通知那一户人家。许多年后，一位蛰居森林四十余载的昔日的抗日游击队员证实说，火焚之后的房子确实是他们盖回去的，“作用当然是多重的。”然而他的目光中却突然露出了费解的神色。

“有一天，我们发现‘他们’又回来了。”

“‘他们’？”

“被英国人杀了一次，日本人杀了一次，我们的敌对派别杀了一次——只要房子一盖好，没几天，‘他们’就像出了趟远门那样回来了。若无其事地被屠杀，一直到房子自然衰朽之后……”

6. 六丘之墓

鬼子来临的前夕。

井畔巨大的香蕉树丛的荫影里，石板上，一阵阵急遽或舒缓的刷洗之声。伊鬓角发沿已花白，后脑勺挽了个髻，低头，一件白衣铺展在洗衣板上。被肥皂水稀释的血水沿凹槽流入香蕉丛根所在的土地里。

白衣上有多个拇指大小、边缘烧焦的穿孔，纽扣开襟处有一大片血迹，有一处利刃划过的痕迹。

伊使劲将它摊平，猛力刷刷，泼上清水，涂上肥皂，再刷刷——双手拿捏搓揉，用力极大，以致洗衣板铮铮地敲击地面。复摊开，浇上清水……

额上的汗水顺着鼻尖及下巴快速滴下，一张脸埋在阴影里，背上湿衣粘贴。

清水浇过、泡沫冲走之后，血迹如旧。伊蓦然住手，怔怔地盯着，才察觉自己身上汗水的奔泻，前汗已凉，后汗仍热。

日光已沉淀为淡淡的茶色。

茅草屋的顶缘已染为金黄。屋内暗黑空洞。门口石块上卧着只赤虎纹猫，翻了个身，一腹洁净的白毛沾上阳光。

屋子坐落于一块平地的中央，最远的前方，是峰头起伏的群山，那是日出之处，而今有几团灰云飘浮其上，了不沾滞。另一方，是大片密林推向远方，那是日落处，雾起之乡。深处一阵阵猿啼，夜鹗之吟哼，一群又一群的鹦鹉噪鸣着归去，夕阳瞬间把一切都镀上金黄。

粗短壮硕的汉子移动两张大脚板大步走来，走入屋内，倒了一大碗水，仰头喝了。喘了口气，抹去唇上的水渍，踅到门边。

此时伊已在位上生起了火，灶上搁着方形的铁桶，煮着水。伊把洗衣板上的白衣轻放入桶内，盖上铁片。转过头，看到丈夫的表情有点阴沉。果然，粗里粗气地吼道：

“刷了整天还不甘愿？”

她别过头喃喃自语：

“安怎刷就是刷不掉……”

“人死都死了，你备安怎叫伊再活过来？”

伊从包裹里拎出一双沾血的白布鞋，一件白短裤，一双染血白袜。泼上清水……

“一个又一个夭折去，连最后一个也唔留给咱。将来咱两个老的死了，叫谁来扫墓？”

母鸡咯咯地呼叫着小鸡缓缓靠近。

他蹲在门前，宽边布帽已挂在屋旁锄头柄上，脸上皱纹挤成一团，吋许长的白发，眯着眼，敲去烟袋里的烟灰，再从口袋里掏出一个掌心大小的锈铁盒，旋开，拈出红烟丝，以拇指细心地装填，擦亮火柴。

当滚滚白烟从他嘴角鼻孔不间断地喷出，他又大踏步走回园中。

日间烧的火堆还冒着烟。底层是枯树头，上面一层层覆盖着带土连根的草，可以闷烧竟日，甚至到次晨火苗还活着。升起的烟可以驱赶蚊蚋。

他走到其中一个火堆旁，以枯枝拨开其中一角覆盖，掏出几团带烟的黑色事物。两只狗摇着尾巴伸长了舌头奔跃过来。他把其中两个剥开，露出潮湿的金黄色，是烤熟的番薯。他平均地分给它们，自己以破布裹着其中一块，一边吹着气一边吃着。

一畦一畦的番薯，叶子已泛黄，畦上的泥土已明显处处露出龟裂的纹路，这意味着番薯的地下根茎已大到可以收成。

十余畦番薯之外，还有十来畦木薯。此外还有数量不等的姜、花生、南瓜、冬瓜等等及一些绿色蔬菜，散落四方的优雅的木瓜树、黄梨、柚子，野生的番石榴……

园地的另一方有六座并排的土丘，比成人略高些，方圆十尺左右。也许是原始莽林中残存的蚁丘，却又像是古文明遗迹。第一座土丘前竖了块界碑，地上累累香脚与褪色的蜡泪，这是拿督公的神位。奇怪的是第二、三、四座土丘前也都竖着矮矮的一截石碑，前两块碑上都镌刻着几个不同的汉字——刘亚良之墓、刘亚增之墓。第三个碑上只用炭灰歪斜地写着几个字——碑上的汉字都没有涂上红漆，似乎企图以石之原色遮蔽字迹。第四座土丘前的泥土是刚翻过的，碑的色泽也浅新。四炷香已燃近香脚，供着新鲜的香蕉黄梨。

他默默地在墓前摆上一块热烫的烤番薯，其余的隔着香蕉叶放入倒置的帽子里。

爬上第五座土丘。群山已轻轻地罩在雾里，太阳已下山，余光犹在。山前的小镇静默地展露它灰暗的色调，寥寥数家灯火，街道一片死寂。

正当他想拔步离去，狗突然狂乱地吠起来。树影草丛里冒出一对人影，年迈的马来夫妇。他唤住了狗，等待他们拨开重重高草，在无路的地方勉强走出路来。

一进入园子，迫不及待地争相露出零丁齿牙，礼貌性地问道：

“苏辣妈干！（吃了没？）”

“还没有。”

他以马来话回答。

夫妻俩脸带忧愁，转头看了眼坟丘，急促地争相发言：

“快啦，快点走啦，现在走还来得及！”

“再晚就来不及啦！”

“我们那么多年的朋友邻居……”

“他们少年人——拦不住啦！”

“何况是整个甘榜出动——”

“也不止我们那个甘榜——”

午前他们已经来过一次，那时他在吃午餐，妻在刷洗儿子的血衣。天刚亮时他们也来过一次，彼时他刚偷偷葬完儿子，浑身血气翻腾地坐在檐下喝自家酿的红米酒。

渐渐入夜了，两张脸油光混着汗光，语调也转为哀求：

“避一避也好啦——十天半个月事情过了再回来，种植的东西我们可以帮忙看着。”

“看着！”他心里默默哼了一声，“不是被抢光就是被烧光，还有什么可以留下来？”

他把其中几条烤番薯连着香蕉叶递给他们，双方推拒一番，对方还是收下来了。互相道了声谢，已经看不清脸孔了，犹叮咛不已。

屋里油灯亮着，桌上盛好两碗粥，一碟菜脯煎蛋，一碟花生。

伊快速地冲完凉，两人相对无言，只有间歇地吸吮汤水之声。

伊头发有点凌乱，似乎一天里白了不少。一径地低着头，一言不发。他吹熄了灯，搀扶伊到大门前坐在凳子上。一弯月牙遥遥地高挂在天际。

凉风徐徐，两只狗各守在凳子一端。

“头先[1]又遇到都曼尪某，叫咱赶紧避一避。”

1. 之前，闽南语。——编者注

伊沉吟一会，自顾自说着：

“讲起来也没意思。离开唐山，到番埠，艰苦二十年，到头来剩咱两个老的。”

他也仿佛跟另一个伊在对话：

“听说不只是番仔备杀唐人，单是靠他们，胆还不够。鬼仔已经来了。”

“唐山带来的留不住，番埠生的也留不住……唐山返不去，对不起列祖列宗啊！”

“街场内听到消息的早就逃了，今暝街路死静死静，番仔鬼应该已经出动了。”

说罢起身，踅进屋内，拎出两把长刀，就着星月之光，霍霍地磨起来。

“老了，”伊重重地叹口气，“走不动啰。”缓缓起身，穿过黑漆漆的内里，不一会，听到井畔响着重重的刷洗之声。

他专注地磨好了刀，洗净，高举过鼻，对着弯月注视锋刃，目光中隐隐流露出一股杀气。随后紧握着刀，向着竹烟斗，跛向漆黑的园子。狗往前奔着。

飘起了雾，远方有狗的吠叫。仿佛有陌生的叫声——是人的嚎叫？——也不太确定。

火堆犹在冒烟，渗进雾里去，混合着。

妻子的洗刷之声十分刺耳。

摸黑拔去几株遗漏的杂草。走着走着，又来到土丘前。登上其中一座无神无坟的，眺望，小镇一片漆黑。树林中某处似乎隐隐有火光闪耀。

蹲下，一只狗扑到他身边。他把刀搁在肩上，轻抚爱犬。它转头舔他的掌。另一只狗也扑了上来。舔他的背。他放下刀，双手各自抚弄一只，呼唤他为它们取的名字。眼眶不禁湿了。

和老伴省吃俭用挣下来的这一小片地，将来要留给谁呢？

那年在土匪威凌之下，为了保命而舍弃列祖列宗所在之地，冒险带着妻子和两个稚子买舟南下，跟随乡亲来到这个他们口中的富饶之地、蛮荒之岛。很短的时间内，他们便重新和这里的土地建立起深厚的感情。不问世事，种植养畜，就可以存活，不像故乡那么多天灾，人祸。

然而就在他们买下这块土地的第二年——也就是在这块土地生活的第十六年——长子次子却同时被乱刀砍死于一次镇上的械斗中。

唐山的烽火沿烧至此地，当鬼子入侵中国，这里的许多华人子弟也纷纷骚动起来，有的反日，有的亲英，有的亲日，……有的什么立场也没有，只认金钱，及所有可能的利益。他不知道儿子们为什么卷入，及如何、何时卷入，只知道他们非常痛恨日本人，常在家里用恶狠的话骂日本人。

有一天，他们支离破碎地被送了回来。妻子崩溃了一段颇长的时日。他在妻子以死要挟的哀求下，被迫违反殖民地的法律，在夜里偷偷地把他们埋葬在伊日日可以亲临打扫，原以为可以毫无疑问地让他们继承的这块土地。虽然做了些掩饰和伪装，及地理上提供的方便，却仍易于辨识。某位略懂风水的同乡就警告过他，在那样的土丘做那么样的安排，唯恐会带来更多的死亡。

五年后幸存的儿子又被残杀。

清静的夜，伊刷洗的音声如在耳际。

儿子懂事之后一直设法寻找杀兄的凶手。他和伊极力劝阻，再三叮咛，且严格地限制他的活动。然而少年的血气似乎注定要喷发，就像今夜的异族少年。

夜里的群山，脸颜消失于上升的雾与下降的云的融合之中。

狗跃下土丘。不远的前方，有一长列蚂蚁大小的火把稳定地移动着，鼓声随之响起，如鸡犬相唤，四个方向或远或近地同时响起密集的鼓声，更多蚁似的火点，在密林中生起，移动。血气隐隐上升。湿度下降。鼓声掩盖了刷洗声。

他握刀站起，战战。

7. 那些猫和他们的主人

日光猛烈的午后，微风和煦的甘榜里，一间寻常高脚屋。肥胖年迈的马来妇女身着纱笼，坐在廊上悠闲地缝补衣物。屋子左前方是一棵略显歪斜的椰树，右前方垂直竖着根竹竿，竿梢系了幅白底红心的太阳旗，迎风招招。

马来妇人的大腿上卧伏着一只肥胖的黑猫，酣眠无声。廊上各个角落甚至栏杆上也都伏卧着花色不一的大猫小猫，虎纹、斑点、全黑、全白、灰黑……。悄无声息，仿佛一直以来就住在一块，了无冲突，各自做着各自的梦。

一位中年马来男子自阳光下走来。妇人眯着眼瞄一瞄。他走到屋里洗手，喝了口水，抱起一只猫，坐在廊上。

“猫愈来愈多了。”

“是啊，阿曼、阿沙力他们家也是。”

“唉……”

“它们另外的家和主人都不在了。以前来来去去，我们这里住一阵，支那人那儿住一阵。许多从没见过的也自己找来了。”妇人乜了眼群猫，悠悠地说。若有所思地凝视着日光下、家家户户前荡荡的太阳旗。

“镇上的流浪狗也多了很多。”男人说。

“吃饭吧，”女人放下针线，正欲抱起身上的猫。

“先坐一下，”男人小声地说，“还没有胃口。”

“桥头那几颗支那人的头，还没撤下吗？”

“不可能撤吧。晒得焦黑，早就看不出是支那人、吉灵仔、日本人还是马来人的头了。”

东方吹来一阵腥风，夹带着浓烈的腐肉的气息。两人皱一皱眉头，伸手紧捂住鼻口。所有的猫都抬起头，睁开眼，耸一耸鼻头。

屋内几窝初次睁开眼的猫雏突然次第地喵喵叫出声来。

——1～5原载一九九四年十一月十九
——二十日“中央日报”副刊
——6原载一九九六年六月二十三日“中央日报”副刊
——7于一九九六年十二月十五日补

血崩

那是一九四五年九月的马来半岛。战争突然结束，市镇里白底红膏药旗[1]都换上了红底三粒星旗[2]，芭场园丘原先挂着的太阳旗[3]当然也都给撤下一把火烧了，要不废物利用地拿去包波罗蜜。许多人从广播或他人的嘴中听到消息说，鬼子天皇终于拉下大和脸谱宣布投降，原因可能是早先惹到米国红毛仔的卵葩子，屁眼给原子弹炸开两个无法修补的大洞。是啊，自己的屎漏不停，哪还有什么东京时间[4]去占人的处女地赤道粮仓？

---

1. 日军之旗帜。
2. 马共之旗帜。
3. 日军之旗帜。
4. 日本占领星马后，命令把当地时间改为东京时间，比当地原来的时间约提前一个小时半。

将近四年笑不出来的那些唐人，不论是大粒人还是贫的，一时之间都不由自主地裂开了嘴，尽管家里丢了几条人命或曾遭折磨，还是不禁逢人就笑。长期逃窜或者躲在森林的，也都和荷枪挺胸的山老鼠[1]一道回到市镇的街上，有的还捡到金条似的大声喊叫起来。这些唐山大兄——除了吃鬼子米之外的——无不脸黄腰细，身无几斤肉，和山老鼠一样，拢[2]是因为木薯吃太多，全身瘦瘪瘪。而那些战争期间替鬼仔做鬼的，每一个拢脸忧忧，不敢出门，担心会去给人敲死。鬼仔兵的四角面也拢沉下来了。那三年多，平日没事到处找人麻烦，要人向他们立正敬礼喊“大人”，要不就大巴掌扇过去，或用大猪脚蹴；相中过意的查某[3]囡仔[4]就想备[5]拖去强奸。

此时街场上却没看到几只鬼，有的忙着烧毁三年多留下的作孽档案，宪兵队偷偷处决那些知道太多秘密的汉奸。从八月尾开始，常常听到某某人失踪了，某某人给人斩死在某某芭内。蝗军内部早就知道支持不下去了。抗日军也从山老鼠变成胜利者接收者，十之八九拢是二十来岁的青少年，扛着长枪大旗，下巴上抬，戴着红帽，一身草青军装，整整齐齐地叩叩叩叩入街场，准备接收鬼仔的所有东西及维持秩序。有的地方，有的鬼仔不愿投降，带枪逃入芭内准备做矮脚山老鼠，以贯彻

1. 指潜入森林之抗日游击队。
2. 都，闽南语。——编者注
3. 女性，闽南语。——编者注
4. 孩子，闽南语。——编者注
5. “备”，即“欲”，要的意思，闽南语。——编者注

“武士道精神”；有的关起大门切腹，总之和战时同款[1]，每天都听到有人死或看到死人。

很少人知道，为了担心唐人报复，也不甘愿把嘴上的肥肉送回给英军，杀人害人最多的鬼仔宪兵部在全马各地拢推行了最后的恐怖计划：大刀会（及与它类似的组织）。首先是派人装扮成抗日军的模样，到各甘榜（Kampung，马来乡村）的回教堂拉屎、倒猪大便、挂猪头或撒猪肠，殴打村民，到处强暴落单的马来妹，威胁要烧掉他们的村庄，再派长期和他们合作的马来人到村庄去聚众开会，渲染唐人的劣迹，宣称大和矮鬼已败战，无力再保护他们，如果他们自己再不站起来，当英国人回来把权力交给拥有枪械的支那人，那他们就死定了，土地一定会被夺走被赶出世代居住的家园，永远也无法做这块土地上的主人。于是当大部分华人都为战争结束狂喜之际，在许多偏远的马来村庄，却都正秘密地举行着誓师大会。

他们在烈日之下或冷月，在火把熊熊的光辉里，所有成年男子手持巴冷（Parang）长刀，裹头巾，裸裎上身，下着纱笼，竖眉怒目地在日本军官、马来警察及兵补的引领下，肃穆地呼喊着口号：“杀光支那人！支那人滚回支那去！”

几乎同时，有些亲友被残害的唐人、共产仔也趁那权力真空之际对日本人、汉奸、马来人展开了零星的报复。真是乱啊。……

有些甘榜彭古鲁（Penhulu，村长）和唐人或抗日军关系

1. 相同，闽南语。——编者注

较好，早早派人去通知唐人赶紧逃。叫抗日军派人来处理，将带头的鬼仔当场掠[1]起，要不打死。发火要斩人的番仔[2]少年由彭古鲁自己去处理，讲唔听就先掠去“加咕间”（监牢）关一段时间。但是大多数地方，惨剧还是发生了。……

已入夜，大光灯光芒迸射，我们肃静席地围着一台老旧收音机趺坐，卡带徐徐转动，扩音器发出掺杂着闽南方言的嘶哑话语。外头风雨交加，阵阵惊雷紧接着黑暗被暴亮撕裂，忽远似近。大风掀动铁皮，暴雨亦疏亦密，犹如天际洒下铁豆。录音机屡受雷电干扰而嗞嗞作响，梁下大光灯受风摇晃，连带地我们的身影也随之伸缩。

这里是亲戚的榴梿园，正值产季。我以替他守夜的名义借住，顺带把几位同学邀来宿营。为的是会集各自的录音采集，以便尽早完成作业。

八月，天干物燥，偶大雨。学校“马来西亚史”课上的老师要求学生分组尝试去做一些田野采访，课程详今而略古。而近代史，几乎全岛所有的大小乡镇，及所有那一代人都被卷入。也因为历史是这么切身的缘故，刚从台湾毕业回来的年轻老师才会要求我们亲身去寻访，“亲自去体验看看”。没有特定的对象、方法、途径，只管从亲朋戚友当中年长的一辈去找，从他们的口中，就找有兴趣的论题进一步追踪，再比对教科书上的叙述。

---

1. 抓、捕，闽南语。——编者注
2. 此处指马来人。——编者注

我负责寻访一位战前读过几年书的亲族，他是这片五英亩榴梿园的主人。天有不测风云，在数天前，一个午后，我征得他同意按下录音机：

“很多唐人根本做梦也没想到就全家被杀，厝被火烧。你们想想看，暝时突然间狗吠，一大群人举巴冷刀到你大门前，不论男女大细[1]，见人就砍，谁想得到？哪来得及反应？就算想反抗，三几个人那挡得住几十人？……”

短暂的中断。

榴梿落地之声，在十余码外。

园主顿了顿，专注却又随意地弹落烟灰，微微低一低头，稀疏白发拂过脸际。抬头，深深吸一口烟，眯着眼，徐徐吐出。声音和手都微微颤抖。

午后酷热，空气中浓郁的榴梿香。树上果实累累，初熟的果实已开始离蒂下坠，我荫沐在榴梿树影中，坐在厚纸皮上，吃新剥的榴梿，喝着热茶，大汗淋漓。

持续有榴梿坠下，间歇，零星地落下。而我几乎每隔一阵子，不自觉地抬头望望树梢上多刺的绿实，唯恐它毫无声息地蓦然落下。原可以待在左近的铁皮屋子，但我们嫌热，外头好歹有清风，且视野辽阔。

“……有的父母平时警觉惯了，听见狗吠得不像（平时的）声（音），愈吠愈倒退，退到主人的脚边，就知道情形不对，不是有虎豹就是有歹人。赶紧叫查某与囝仔从后门先走，

1. 男女老幼，闽南语。——编者注

逃入附近的暗芭。但是几个查甫[1]留下来，也照样送死。邻近甘榜的华人村庄，更是没得逃。”

“……峇株巴辖（Batu Pahat）一带山区，抗日军趁鬼仔投降开入甘榜杀死一群和鬼仔合作的番仔，结果唐人住家分散的园丘，被砍死的唐人到现在也无法统计。从峇株巴辖到笨珍（Pontian）一带，沿路杀沿路逃。其他霹雳州、吉打州、森美兰等各州许多地方都有这款事情。从一九四五年到一九四七年，英国祖家回来后也没能力完全控制情势。许多警察都是番仔，叫他们去处理相杀的事情，只有火上加油。更加上有的抗日军不肯乖乖交出武器，事情愈变愈严重，州府处处天天流血，彭亨、吉打、槟城、星加坡、柔佛……从北到南，从南到北，唐人从唐山到马来亚百多年，和番仔从来没发生过这么严重的冲突……”

“……也因为局势这样乱——一直到英国祖家返来之后，许多地方还是没法度控制——而且英国人也是袒护番仔，又惊抗日军势力太大，会把州府变成赤色，可能也想用马来人的气势平衡游击队的势力。就是因为局势这样乱——抗日军大部分又都是二十几岁的青年，支持（马来亚）共产（党）的十个有七八个拢是青少年，少年人血气方刚，容易冲动，容易走极端，不怕死，遇到那样的情形，在我们的这个乡镇就有一个眼眉生得似剑的少年人和一群年纪和他差不多的成立了一个恐怖的地下组织，后来人叫作‘狗屠会’，他们自己叫作‘十

1. 男人，闽南语。——编者注

指联心会’——因为一共有十个成员，结拜于一九四五年的中秋，义结金兰，情同手足，好比十只手指那样血肉相连，心骨相牵。为什么被叫作‘狗屠会’（也有人叫作‘杀狗的’或‘斩狗队’）呢？是因为他们成立那个组织的目的就是进行暗杀。暗杀的对象主要有三种：（1）日本时代帮日本鬼欺负唐人的汉奸；（2）人人都知道的黑皮走狗；（3）逃入大芭内不肯投降的日本鬼仔。这群少年人身份隐秘，刚开始甚至没有人知道有这个组织，看到尸体只以为是抗日军内部派出来负责暗杀报复的‘清洁大队’，没想到它是一个相对独立的小团体。他们的行动诡秘，听说全身穿白衫，胸口用中文写四个红字，‘替天行道，字很丑，像四摊血。头戴白罩，只露出眼、鼻、口，一人一把磨得非常利的长刀，脚手矫捷。每一次行动前都有做过详细的调查，有的是一刀斩死，有的斩得全身刀痕。不管怎样死，背上（两肩胛间）一定用刀刻出一个拳头大小的‘犬’字。可能是‘狗’字笔画太多不好刻吧。”

“为什么用刀而不用枪？用枪不是更加方便？”

一个青嫩的声音问道。终于说到重点了……

“可能是枪不容易得到，也可能是和少年人个性残忍有关。从他们后来的表现来看，很有可能是他们认为用刀斩比用枪死得较慢，也比较痛苦。而且，用刀杀一定是近距离，大刀斩落去触及人的骨肉时，持刀还是可以感受到刀锋劈肉体的感觉，喷出的血还是烧的……”

“他们用的，拢是巴冷刀啰？”

我对细节产生了兴趣。

“当然不是，”他大摇其头，“巴冷刀是番仔的武器，他们当然不用，他们其中有的成员厝内是打铁的，把巴冷刀改造，打得更加利也更加薄。弯的刀头改成直的，不止可以斩，也方便刺，就像日本鬼的武士刀，非常利，割到不容易止血。他们的头‘拇指’用的就是不知从哪个日本鬼头手上抢来的日本宝刀‘秋水’，听讲单是刀锋的剑气就足以断发、破纸、伤肤。”

他的亢奋及对细节的掌握证实了传闻：他和“狗屠会”有很深的渊源。曾经有人怀疑他是其中一分子，但那不可能，因为内政部一定有他们的详细资料。如果他是，不可能还在外头逍遥。尽管他们大部分那时都未成年，用那么残忍的方式杀了那么多人依本地的法律，就算不枪毙也会关到老。比较可靠的猜测是，其中一个成员是他亲戚，而且是关系很近的亲戚，可能是其中一个狗屠者的弟弟。也因为这样，他的亲戚们一直拒绝谈那一个时期的往事，他自己一向也十分谨慎，更一直被他妻子严格地管束着，以免引起不必要的政治麻烦。

我之探访他是避开了可能的干扰而私下进行的，以后辈亲戚的身份，而且选在马共与官方已结束敌对的时刻，他压抑的冲动正寻求发泄管道的当儿。身为一个华文教育的支持者，他并不反对我们的“历史实习”，对于录音却一直十分谨慎，坚持要答应他几个条件:（1）不准转录;（2）不许流传;（3）书面文字整理后立即销毁（且最好在他面前销毁）;（4）书面文字中不得提及他的名字及任何可让人直接联想到他的特征描写。自然，我都一一答应，且“白纸黑字”，把细则写在他指定的一个榴梿壳白色光滑的内沿，且慎重其事地签了名。

"……可惜，事发之后武器拢给政府收了去。听讲那把武士刀下落不明，有可能被'拇指'匿在巴窑（沼泽）之中。"

风愈来愈冷，大雨持续稳定地下着，录音突然中断。

那天，他的妻子恰来访，我们远远地瞧见了，赶紧匆匆结束访问，并约好他日再聊。没想到隔没几天，他突然出事——被一颗坠落的榴梿垂直砸中，幸亏只击中肩膀而非头颅，否则难保不出人命。即便如此，也令他受伤不轻，缝了三十几针。当我去看访他时，他暗示我别再问他那些事了。眼中不时闪烁着惊恐的神色，仿佛他之受伤是由于泄漏秘密而遭惩戒。这意味着，短期内是不可能再找他了。为防止他急于向我要回录音带，我主动向他提出接下来的半个月，晚间由我和同学帮他看守园子。

暂时休息。我在灶上再烧一壶水，余人各自方便去。小屋极简陋，大厅的一角砌了个灶，另一边两张长椅上并排着七八片厚木板，铺上草席，搁着旧枕，悬上褪色的蚊帐，就是床了。墙边堆满了榴梿，屋内屋外香气沁人，几乎浑身的毛发孔隙肤表也都是那一股榴梿味。

一阵阵的寒风带雨丝，我们把门窗都关上。只把守园的狗留在外头，在屋檐下继续看守。料想如斯恶劣的天候，应不致有人会冒着狂风、暴雨及被榴梿砸中的危险而来偷捡罢。

接下来是另一位同学的采集。对象是一位此地退休的小学教师暨业余作家。他的访问单刀直入，直接触及重点：

"'十指联心会'？……这一代像我这个年龄的人大都有听过，只是大部分的人也只听过一些残缺的传闻。'十指联心会’也不能算是一个严格的组织，比较像是华人私会党那样的帮会。一般认为有十个成员，都是华人，那是因为他们自己叫‘十指联心会’的缘故。也有人怀疑不只十个，可能是十二生肖，十三太保，甚至十八罗汉。目前几乎无法找到文字资料证明他们的存在（也许在政府的机密档案内有一些），因为从他们的结义组党到被英军剿灭也不过是四五个月的时间，在那纷乱的时局中，他们的兴起和败亡根本不足以引起区域以外的人的注意”

“一直以来，在大部分镇民的记忆中，只记得他们在组织中的外号应该是（阿龙、阿虎、阿牛、阿羊、阿马、阿蛇、阿猴、阿兔、阿鼠、阿豹）或乳名（阿宝、阿财、阿清、阿发、阿安……）或者大概是谁的儿子（豆腐婆、杀猪王、臭脚、咖啡乌刘、云吞面陈、大头……的囝），根据当时的线索，这十个人应该是王阿浩、陈发财、陈来宝、陈亚清、刘大安、林财发、黄亚九、黄从龙、周南虎、许天发、杨猫、王天九、林文星、胡州府……因为前前后后有不少被杀的青年被怀疑是他们的组织成员，除了其中几位可以确定之外，其他的只能用猜的。杀人与被杀，在当时是平常的事。许天发、胡州府这二个人都是在他们各自工作的胶园内被杀害，两个都中枪，只看得出是报复，至于谁下的手是很难确定。这些人中有受教育的才四位，黄从龙、周南虎念到初中就遇到战争，林财发、王阿浩只念过三年小学，都因为家里太穷或者打战而没能继续念书，半数以上家人都受到日本人残害。领头的周南虎的父亲和两个哥哥都被当作抗日军而被杀害，黄从龙母亲被日本兵强暴，陈发财家曾遭马来人抢劫，一把火烧死了七口……。仇恨累积下来，一旦找到发泄的孔道，就会变得难以控制”

“没有人知道他们第一次暗杀的是谁，也没有人知道在那几个月内他们究竟杀了多少人，因为他们当中没有一个被生擒。只知道他们‘出草’时不一定是十个一起出动，有时是二三个一组。据推测，他们事前都会经过一番仔细策划，调查被暗杀对象的作息，然后再伺机下手。他们如何决定谁该被除去，也是件令人纳闷的事。只知道他们杀死的人之中，以华人为最多。因为被杀死的华人身上都画上‘犬’字，而印度、日本人、马来人则没有……在被他们暗杀的人当中，也不乏他们自己的亲戚，甚至包括替英国人工作的、马共的成员……这也是为什么后来他们不论躲到哪里都有人向警方通报，不止英军围剿，马共也向他们开枪，马来大刀队更是到处找他们，所以他们经常更换藏匿的地点。刚开始时特立独行的装扮在他们的‘三根手指’在一次行动中被击毙之后，他们就改变了行动的策略，在自信身份尚未暴露的情况下化整为零，废弃标新立异的装扮，回到各自的生活圈去，每每在行动前才由首领秘密地发通知，再会聚，往往在到达目的地前成员们都不知道要杀谁。经由这种方式，首领达到了绝对的极权。”

“他们的首领究竟是谁？大概有哪些成员是比较可以确定的？”

“他们的首领不是周南虎就是黄从龙，也可能是他们两位共同决策，其他人盲目执行。因为一双手总共有两根拇指。——他们俩的尸体也是最后找到的——在沼泽中。黄从龙刎颈，周南虎最不可思议——他潜入沼泽烂泥中，死都不肯投降。尸体被找到时还紧紧抱着树根，身上带着大大小小的伤，部分还给鱼或四脚蛇吃掉了。裤裆内还躲着十几条活蹦乱跳的泥鳅，随着尸体被捞上来，才从裤管中滚出来。

“成员方面，除了他们两位，就是那‘三根手指’（杨猫、王天九、陈发财），因为他们穿着写着‘替天行道’的白袍，身上被搜出刻着‘十指联心’的椰壳牌；与及在最后那场突击中被当场打死的‘三根手指’（陈来宝、陈亚清、王阿浩）……”

“我愈听愈糊涂……这样说来，竟是有的成员可能还在逃亡中，他们的总成员或者不足十个，或者甚至超过十个，这是怎么一回事？应该刚好十个才对啊？不是只有十根手指吗？”

“历史的奥妙就在这里。因为那段时间意外死亡的人实在太多，时局实在太乱，青年走极端的实在太多。也许有的不是他们的成员，或者是单独行动的，或者慕其名而自称为其成员者，或者是趁机找人报仇的流氓，甚至也可能根本就是无辜的受害者，都被算了进去。也可能他们的成员原来就不止十个，死了还有再替补。即使是最后被击毙的那几个，在他们身上也找不出可以证明身份的牌子或记号。”

“这么说来，反倒是最先那‘三根手指’的身份最确定啰？”

“这就要看你的观点是如何了。”

雨渐渐小了，风也平静下来，只是仍旧间歇地响着雷闪着电。大光灯黯淡了许多，我们将它取下，靠着墙角，使劲打了一回气，便又光芒四射。打开门窗，一颗榴梿在门外落下，发出一响闷声。一位同学冒雨出去捡了几颗，榴梿的尾端沾满了泥土，用雨水冲干净，拎进来撬开了吃。

退休小学教师的话提供了更多的细节，但却也留下许多困惑，一度我们还怀疑是业余小说家犯了虚构的职业病。负责的同学后来对他提及的名字做了一些谨慎而草略的查证，证实确是那时期的横死夭亡者。家属们几无例外地拒绝接受访问，并且伴随着极强烈的情绪反应：

"问这些事情做什么？不怕被捉？"

"问呢地野做冇？你老豆有冇教你地饭可以多食地，嘢唔好乱问？"[1]

"问这冲[2]啥？谁叫你来问的？"

"……"

其实这样的困难一直存在，其他小组甚至一开始就遇到强大的阻力，且直接来自于家长。当获悉历史老师的计划时，有些家长就显得十分紧张，不论他们是从事何种职业（商人、工程师、建筑师、工人……）都表示不愿意让子女们从事那样的"实验"，尤其是亲族中有人在那段时间"失踪"的，反应更为激烈。当知悉他们的子女执意要进行"实习"时，不少人都愤愤地直接向校方施加压力。一般低收入的则直接到校或打电话给校长，表明不愿让子女"阿呢细汉就插政治"[3]，担心他

1. 意即"问这个干嘛？你爸没教你们饭可以多吃，话不要乱问"，粤语。——编者注
2. "冲"，做、弄之意，闽南语。——编者注
3. 意即"这么小就管政治"，闽南语。——编者注

们会“掠入去呷[1]咖哩饭”；小资产阶级们则直接向学校的董事们——他们事业上的伙伴或商场上的朋友——抗议学校历史课“too politic（太过政治）”会让他们的子女“留下 black record（不良记录）”；甚至历史老师走到街上买东西都会受到民众的叱责：“你是不是政府派来的汉奸？”害得他不只被校长调去训话，更命令他马上解散已组织起来的学生，同时还被董事威胁说要解雇他，“我们不愿意学校遭受政治上的麻烦，以致危害到广大华社的利益。”

因此此一事件在短时间内顿时成为小镇最为受瞩目的话题，且敌意愈来愈深。在各方面的压力下，及历史老师在一次吃晚餐时被流氓殴打之后，他无奈地召集同学们宣布中止计划，只规定一些阅读材料（剪报资料）。其他小组都停了，只有我们仍未气馁；虽则表面上和大家一样接受解散，却趁假期之便，私下召集，化明为暗。不敢明目张胆，只能重点出击，尽量不引起公众的注意，严格地选择有保密可能者进行访问。

小学教师最后回答我同学的问题，是关于那场最后的伏击：

“一九四六年二月十七日，滂沱大雨的深夜，警方接到密报，说他们藏匿在镇外的一座榴梿园内，于是连夜调派当时英军手上最勇猛、最擅于打丛林战的锡克佣兵，不到十分钟就收工了。”

接下来是另一组同学的采集。以以上的采集为基础，经

1. 吃，闽南语。——编者注

小组开会决定做特殊的采集 —— 我们分头去寻访非常特殊的对象：亡灵 —— 当然不是直接面对他们 —— 虽然也有同学建议那样做。譬如设法找出他们的坟墓，三更半夜再到坟上去插青竹竿，砍鸡头，用热鸡血召唤他们上来问话。卒之被小组否决，因为那太过危险，我们的年龄和那些死者太过接近，很可能会被他们相中而成为替身枉死 —— 不如经由安全的中介：灵媒、乩童。查明各个对象确切的死亡日期、外貌、爱好及性格特征等等。其中最难取得的是他们的生辰八字，历尽辛苦央求在政府部门工作的亲戚帮忙，查阅那个年头的死亡档案，仅考得数人而已。接着到那间唤作“城隍爷”的庙去，那里找的小学同学在他父亲过世之后由他当乩童，由他当家。

那地方在一道黑河之水畔。我们和他相约在一个多风而清冷的夜，摒除了闲杂人等，以免造成不必要的麻烦。除了两位同学因找不到让家长信服的夜间外出理由而缺席之外，我们都到齐了。

庙依着丘陵，面河而建，终日由河口吹来躁郁的大风。四周都是他人的园丘，河畔密密地长着竹蔗，细瘦地织成自然围篱，向岸的方向倾斜。在夜间，更是一片的肃杀。若是平时，往往在深更里，还是会有一些求字的爱财之士远道而来。

我们交出那几位死者的生辰死日，他表示一次最多只能召唤两位，可能要分做几次进行。只见他易服设坛，燃香，歃血，在一张黄色的纸上写下逝者的生死日，接下口中念念有词。昏暗的灯光下，他的目光投向一个未明的空间，在那里凝驻，继之以一阵急遽的痉挛，脸露痛苦之色，鼻尖缓缓从黑暗中揭起，目光中浮着一股异样的光芒。

“……谁……找我？”

首先出场的是杨猫。我们道明请教之意。凉风中一声幽幽的叹息，仿如发自年耄老者，十分疲倦似的沙沙地说道：

“多少年的陈年旧事了，你们问来做什么？”

“了解真相。”

乩童白眼一翻，哼了一声。

“事情都过去那么久了，投胎的投胎，转世的转世，活着的也仍是那么有气没力地活着，哪还有什么真相？”

说罢激烈地咳起来。

此刻突然再度刮起大风，再度把雨滴给扫进小屋里来，夜更深了，几只狗同时呜呜地吠叫，凄厉地划破寒凉的夜。鬼魂继续透过录音机说着往事。

“……我们是一群狂热的……理想主义者，我们不是叛徒。狂热……是时代的需要。杀人也……是不得已的，谁叫我们身在……那样的一个杀戮的……时代？谁不渴望活在太平盛世？……我妈妈、姐姐、妹妹被日本人残杀，爸爸、哥哥又被汉奸检举……而出事，我那时也不过你们……现在的年龄，血气方刚，……遇到这种事，怎么可能坐得下来？……”

大雨再度来袭，气势庞沛。杨猫的叙事愈趋感伤：

“……说我们是被大哥利用……那也不尽然。个人的力量有限，团体的力量到底是比较大……些，也可以互相照应。时局那么乱，一个人……两下子就莫名其妙地被做掉了……。”

“……刚开始时大家是比较单纯，只想在那样价值错乱……的时局里……挺身维护最低限度的……正义，这也是大哥……提出成立组织时吸引……我们的地方。……我们都是一群战争的孩子，是战争中幸存下来的，即使不能有所作为……也注定要有所牺牲。……”

我们发问的声音几乎没录进去。

“……至于说杀了多少人，大概总有二三十个……吧。刚开始还颇有纪律，那时即已杀了十来人。后来许多……成员各自行动，就没法统计了……。前后大致有三四十来人吧，大部分是华人，其次……是马来人，几个当英国……雇佣兵的孟加里，一两个日本人……。”

“成员的名字……成员的名字……嗯呜嘿嘿唷哎……”

突然进行不下去。只见乩童又陷入激烈的颤抖，嘴角吐出一些白泡，喉头发出一些怪音。一个急促的声音此刻突然插入：“至少，首领的名字！”随后只听见他嘟囔着吐出三个孤立的音：

“余（于？）天（添？）送（宋？）。”

随即一阵战栗，乩童便十分虚弱地坐在凳子上大声喘着气，大口地喝着热茶。对于亡灵的突然逃逸我们百思不解，他最后说出的名字竟然并不在我们访得的名单之内，也令我们十分错愕。这是怎么一回事？难道是唤错鬼魂？

待他回过精神来，鬼魂上身之后的事他不复记忆，对于他何以突然离去也表示无法可施。他劝告说：

“对于这种事，最好不要强求。……很多事不是人力可以掌握的，一切随缘吧。”

经过一阵短暂的休息，他帮我们召唤周南虎。同样的仪式，在香烟缭绕及习习凉风中，鬼魂再度降临。一把阴恻恻的冷漠声音：

“谁找我？”

我们再度说明来意。

“哼，我就是周南虎。陈年往事了，想不到还有人有兴趣。哼哼！……没错，我就是‘十指联心会’的老大，一把‘秋水’，人人丧胆。我们前后杀了五十多条狗，要不是因为杀了老四的老子，他看不开而去告密，我们也不会那么快完蛋。”

“老四是指？”

就在此时，录音机中突然响出一把锐利的声音：

“什么鬼话，是你出卖了我们！”

静静地聆听着的我们蓦然浑身冒起鸡皮疙瘩——印象中，在鬼王庙时并没有听到这段话。不仅如此，接下来传出的是一阵群鬼嚣嚣之声，状似争吵，声音高亢：

“国有国法，家有家规，你们就是该听我的！”

“荒唐！为什么连我们的家人你都不放过，他们又没有犯什么过错！”

“连自己人的面子你都不给?!”

“说什么也不该搞大阿清的肚子，怎么说她都是我们结拜的妹妹，那岂不是公然乱伦？又没结婚，岂不是要置她于死地？”

“别说了！！！”

愈来愈吵杂，速度也愈来愈快，以至于到最后什么也听不清楚，只剩一阵刺耳的磨刮之声，仿佛卡带和唱头已陷于无意义的磨损。我们只好暂停作业，退出带子，再做休息。此刻方明白为什么当时第二度的降灵会中止得更快，而且之后乩童虚弱得几乎无力和我们多说话。摆摆手就要把我们赶走，且郑重地叮嘱我们别再来了，为了自身的安全，最好也别再找别人做这种尝试。

听了这段带子，才警觉事情可能远比我们想象的复杂。譬如，（1）我们的名单很可能并不完整，一定有遗漏，而且是严重的遗漏；（2）十指联心会很可能有没被杀或被捕的漏网之鱼，果真如此，如果他现在是有头有脸的人物，如果我们的行动可能让他（们）感觉对他（们）有危险，那我们的行动可能会有意想不到的风险；（3）包括警方的行动在内，可能也有迄今无人知晓的内幕存在，一般上那些都是禁止碰触的，碰触者都会惹上保证会令自己后悔的麻烦。换言之，是该收手了。

大雨倾泻，灯光又黯淡许多，我们的眼睛也疲惫了。再度为大光灯添油充气，让它恢复明亮，为我们自己泡一壶浓浓的“咖啡乌”以振作精神。除了还有另一段采集没有听之外，还要商议如何撰写这份报告。

看雨势，大概会一直下到天亮罢。地表免不了也成了烂泥了。

最后这一段是由一位马来文比较精通的同学负责。对象是当年参加该场围剿的英军雇佣兵之一，孟加拉籍，退休后在异乡落地生根，一直在我们的学校任夜间守卫（Jaga），生活单调，酷嗜椰花酒。在我们的计划决定之后，负责的同学即已针对他的嗜好下功夫，常从店里偷拿椰花酒去和他建立关系，时机成熟之后，再伺机向他探问，偷偷录音。

他的口音原就有点怪异，也许加上酒意，说话中混杂了他的乡音、怪腔调的英语词汇，所以他说的马来话对我们而言是很大的考验，必须经由那位同学适度的解说，才比较清楚他究竟在说些什么：

“……那一天夜里，我们一行十五人在指挥官带领下进行突击，那地方是个长着高草的榴梿园，密报说他们的老窝就在园子中央的一间荒废的小木屋。……那天下着少见的大雷雨，所以长官判断他们不会离开那里，我们准备将他们一举歼灭或者生擒。……没想到天气会糟糕到那样的地步，也没想到那么久没人照顾的园子还结了那么多榴梿，风很大，一直吹，成熟的榴梿就一直落下，有好几次就落在我身边，差点就给砸中。草很高，天又暗，雨又大，对方又是一群以狠出了名的疯狗，尖锐的枯枝一直从树上‘吧哒’地断落，插中的话很可能就没命了……。”

“在我们靠近约十码的距离左右，就听到一阵阵恶狗狂吠，刚看到人影和小屋的灯光，灯就被扑灭了。他们的警觉性很高。但是，我们却清楚地听到婴儿的哭声，好像还有女人的一声尖叫……有女人，有小孩，事情就麻烦了。不管是不是他们的家属，都不能轻易开枪。……”

“……指挥官命令我们加快速度继续俯身前进包抄，以免让他们逃走。……就在我们靠近小屋十尺左右时，几只狗突然不要命地冲过来。经验告诉我们：那些人在试图突围。我们不敢乱开枪，指挥官对空鸣枪喊话要他们弃械投降，显然没有人理睬他。黑影很快地靠近我们，为了自身的安全，而且在雨夜里什么也看不清楚，我们还是对着黑影开枪，虽然还是有人逃出包围网，大部分的叛贼都被射杀了。……逃在沼泽的，最终也难逃一死。……”

“……当部队冲入屋里，点着了灯，却发现一位十七八岁的年轻女人全身是血地躺在床上，身体还有一点温温的，看来刚死不久；床上也有一大摊血，尤其是在她胯下，剩下的脐带垂在床沿，很可能是刚刚生下小孩，大概还是难产，没有及时进行急救……。可是怎么找就是没找到婴儿，为了那婴儿，我们熬夜拿着手电筒来来回回找遍了榴梿园。……事后指挥官下令清查附近几个村镇近两周内办出生登记的婴儿的资料，却还是没有一点线索。”

“……谁是孩子的父亲呢？杀人组织中有女性团员吗？孩子哪里去了呢？是谁把他带走？他是怎么逃出军方的包围的？那个人到底是谁？……这一切都是无解的谜。……”

“……搜查屋内，发现除了女人的尸首之外，还有一些瓶瓶罐罐，在一个瓮里头找到一颗用盐腌好的人的头颅，后来查出那是日本宪兵岛田……还有几瓶的腌手指头、耳朵和几粒睾丸……。还有一座神坛，那个黑脸的神像听说就是你们的关公。原来他们并不是传说中的无神论者……”

大雨崩落，狗吠之声不绝。榴梿园，大雷雨之夜，荒废的小木屋，一群热血的年轻人。是的，也许，这里就是事情发生的地方。灯突然熄了，在我回头之际，隐然瞧见壁上剥落难辨的关公贴纸，数颗榴梿落在屋顶上。隐约记得这园中确是有一棵年逾百龄的榴梿树有点怪异——不像其他的榴梿树，果子即使成熟了也不会落下，而是一一熟烂在树上，果壳自尾端裂开，果肉在坠落前往往引来大群的蝙蝠（夜间）或松鼠（日间）。据本地人的信仰，那是因为曾经有人爬到树上且在上头逗留的缘故，那是属于榴梿树的禁忌。换句话说，那带着婴儿逃走的人一定是借雨的遮蔽躲藏在树上。会不会就是在这座园子呢?

那逃走的人是谁? 那婴儿又是谁?

寒夜暴雨里，没有答案。

——一九九五年十一月十四日于台中

貘

马来貘（Malayan Tapir, Tenuk），奇蹄目，貘科。分布于北纬十八度以南之缅甸及泰国南部、马来半岛、苏门答腊等地。草食性。经常栖息于沼泽地及湿地密林中。本种喜栖于天然林，对于人类所造成之栖息地变化毫无适应能力。随着赤道雨林的大量开发，本种已濒临绝种。目前存活数目不详。

——《濒临绝种野生动物志》

醒来。

车轨与轮子的摩擦发出刺耳的戛然之声。

车厢内漆黑一片。外头也是昏沉的黑，看不出是什么地方，依稀有一些印度人下了车。突然想不起该下车的站名。有点冷。远处有熊熊火光。

应该是在途中没错。然而为何置身此地?

……奔丧……送葬。脑中有声音说。

一个至亲之人逝世。然而想不起是谁。

心头激烈抽痛。一个似曾相识的朦胧面影。

车轮在轨上滑动。冷风扑面。

长途跋涉的疲惫，昏沉的知觉。试图搜索失落的记忆片段。

鼻端停积着一股香气，拜神的那种香。

一棵冲天的树忽而摧折。茂密的树叶乱颤如神巫乱发，舞于一阵回旋的狂风。空出一大片被独占了百年的天空，扯落的绿叶散开了大半亩地。“啪”“啪”“啪”，不知道哪里响着的回声。

枝干断折处迸出白色的汁液，缓缓沿树身流下。在空气中逐渐凝滞，转成黑红之色。

伊蹲在树旁烧着金银纸。

一群白衣人围着火光狂舞，呼喝，啸叫，顿足。炽烈的柴火上有物在烧烤，一物横穿，油脂飘香，看不清那是什么，约莫是四足的哺乳类。

纸钱的余烬随风卷起。

印度人的火葬场，一群人在焚烧乌黑的尸首。

●

记忆:

星夜里仓促出门电话里嘶哑的声音:“× × 去了，要不要回来见他最后一面？你自己决定。”

已经有很多年没有踏足这块土地，仿佛说过激烈的话：“再也不会回到这种族歧视的故乡！”

经常梦到家乡。（而家乡是一种宿命。）

只有重大的丧礼方能把你召唤回去。那是血的召唤。泪水畅快地流下。

母亲的笑颜一闪而逝。

一个人平躺如尸首，看不清性别，因为观者的视点在地平线以下。

（这位就是死者吗？）

旷野，枯干的茅草。他投下燃烧的烟蒂，涌起的烟，离散的火。橘色大火和诸物的黑色剪影。

砍砍杀杀的年代。一九六九，一九四三，一九一一，一八四〇，更早或更晚。他冲入绑着白头巾扬着长刀的人群中。

火把燃烧的夜。背上斑斓七色的图纹，圆形的异国的花，衬出中央一只异兽，留白，无色。一小行异国的文字：“食夢の獸”。栖息着百条蜈蚣的男子的身躯。

挥舞的刀，喷溅的血花，跃动的肌肉。

●

他站在河中涤洗沾满血的手和脸，身体和刀。

●

“种族主义者，”一个声音说，“支那人滚回支那去！”

“我们才是土地之子！”

火光焚烧着木制的矮房。一群握刀的男子围观。

咬牙切齿挥刀砍树的少年。

五位穿戴整齐的日本兵握着刀凝视着他过早发育的肌肉。

戴帽的军官，烈日下帽子阴影里半张线条分明的脸，紧抿的嘴角，似笑非笑。

他们斗鸡似的互瞪着，余人轻蔑旁观。

军官闪过他疯狂的砍杀，轻易地以刀背击落他的刀。

高妙的切割技术，一刀又一刀地割开他的肌肉。沙地上继续洒落的血滴。体无完肤的红色躯体，兀自狂乱地舞着刀。烈日在伤口点上一把火。

正当军官正欲一刀刺入他狂跳的心脏之际，被声音喝止。

半昏迷的他听到某人以他听得懂的语言说：“男儿汉！”

张嘴狂咽着米饭。

有人在他背上刺青，像绣花那样仔细地处理他多未愈伤疤的皮。

被令砍杀被逮捕的唐人。他们跪着，被反绑着面对自己挖掘的坑洞。初砍下的头，轻轻地飞起。

雨夜，他以蜥蜴的方式逃入丛林。

然而他不是父亲。

•

父亲……对父亲毫无记忆。

•

辜是你们的姓。辜，即是罪。

让你们都还原为兽。

“不要回头，”有着兽躯的男人说，“走得愈远愈好。”

离家的前夕，喝酒。廉价但异常香的椰花酒。

“你知不知道我的志愿是什么？”

“？”

“猜猜看。”

“黑道老大？”

“接近。是海盗！”他哈哈大笑，“我喜欢海，也喜欢岛。沙滩，船，酒，女人。”邪恶的笑。

“为什么不去？”

静默许久。他故作神秘：

“当然是有原因，只是现在还不能告诉你。”

转换话题：

“时代不同了。死葬唐山的时代已经过去了。死在哪里就葬在那里。葬于无名之岛。”

“是的，落叶归根、土葬的时代过去了。火葬、水葬、天葬……”说话的少年半边脸孔已发青。

“别说丧气话。有机会就尽量把握。这里一切都按种族分配，再优秀他们也不会给你机会。”

他的脸渐渐扭曲，恍如涟漪里的水中倒影。

离家的前夕，母亲重复说了许多话。

“不要饿了肚子。”

“照顾身体。”

“常写信回来。”

“用功读书才有希望。”

“家里的事有□□照应不用挂虑。”

□□又是谁呢？拍着头仍想不起来。

伊把手头长成的猪全卖出，筹得经费。买了件中国进口的毛毯和一支外国钢笔。求了一张护身符。装了一瓶自家的井水，切了块刚蒸好的蛋糕。

你这才发现自己没有行李。是没带，还是遗失，或者被偷了？

皮包也没带。这怎么可能？

护照、身份证……全不在身边。竟无一纸可以证明身份的文件。这是怎么回事？

搜尽全身的口袋，只找到一张折成三角形的符，绿色，但已褪色。不是早已烧掉了吗？

还有一小纸片，把头伸出窗外，借残剩的光。一则笔记：

貘，一名貘象。和产，唐山稀闻此兽。传说貘为食梦之兽。古人尝画貘字，置枕下，以驱噩梦。然貘象所嗜食者，或不仅止于噩梦云。

字迹十分陌生。为什么会在你的口袋里?

遥远的地方传来道士的诵经声。

母亲说：别就此不再回来。

火车开动，伊的脸扭曲了一下。

举起手，摊开掌，五指慢慢弯下，如菊之萎雕。

擦了擦眼角。

（一滴水消散于水面的涟漪，晃动了画面。）

热腾腾的猪食倒下槽子，猪头争先恐后地挨挤过来，张口便咬，倒满槽子后，方整齐地排成行，扇着耳，嗒嗒的进食之声。

一盏油灯。母亲低头专注地把粗大的香蕉切成细块。

墙上挂着满盛鸡蛋的篮子。

母亲在火光中睡着了，而持刀的手兀自挥动。

“啊！”伊放下刀，右手指头流着血。

血快速滴下。

（血滴漾涣于水面。）

“马来猪！”

谁在那里咒骂？心里的声音?

（“以我们的税收，豢养尔等懒惰部族。”）

●

火车又突然停下。

稀稀疏疏几个人下了车，穿过无灯的站子，没入黑暗之中。那些人一散，车厢似乎胀大了。

站子内一双晶亮晶亮的眼睛定定地瞅着。黑暗之中比黑暗更深的身影，那种目光，仿佛深深埋藏于记忆里。

企图寻找站名。巨大的白色牌子上，空荡荡毫无字迹，和残存的印象完全不同。把头伸出窗外，慌张地企图寻找任何写着站名的碑石、断墙，却找不到任何可以辨识的字。指头使劲搓揉着手中的纸片。

无名的小站。

火车开动。

●

那人经常坐在黑暗屋角凳子上，兀自熠熠地闪烁着眼珠子。那是至亲。然而，那究竟是谁呢？

●

屋旁有棵百年老橡胶树。

有树的家，先于你们生长在这块土地上的树。

百尺的身姿，十围的树腰，比其他胶树小得多的叶片。向南处，安了个没有神像的土地公神位。

每天黄昏，那人都爬上高树，径自眺望被日本人捉去后，就再也没有回来的妻子。一直到天全黑了才下来。

也从此不再说话。

暇时他常站在树梢枝叶稀疏处，像只鹰。

他的脸上有几分父亲的神情，然而，他也不是父亲。

不是父亲。（你唯一确定的也只是这一点……）

●

记不清起点。记不起从哪里出发。什么时候上的车？

头开始剧痛。

第一站的站名是……？

（“我在哪里？”

“我是谁？”）

谁在问？

●

耳际一再掠过的是火车栏栅的警报声。

母亲忧愁的脸剧烈晃动。

背上刺着异兽的背影。

千山的火光。

心头抽痛。

你掩面啜泣。

突然，暴雨狂泻，车窗外顿时一片迷蒙。

一任雨水喷溅。火车加速。

●

一点一滴的回忆。一点一滴消失的记忆。

●

两位警察在黄昏里突然造访。腰间佩带着枪，蓄着八字胡子，神情十分冰冷。他们经常造访。

他们念出一个名字。强调了嫌犯的重大特征：背上的刺青和细密错乱的蜈蚣疤。

母亲煞白着脸应对。

他们狐疑地四下张望。仰头盯着蓊郁的树，搜寻。

镇外又发生了命案。

你知道他躲藏在哪里，一个他们敬而远之的地方。

猪舍。

●

从他工作的大芭里带回山猪肉、鹿肉、鱼肉、蝙蝠或切成一段一段的蛇肉。最常带的是大腿粗的鱼。

雨季，在家下象棋，趁雨停时去钓鱼。

有时夜里带刀去找朋友。

凌晨在井边洗刷血衣。

老人指着他的头大声咒骂。

天亮前，他赶回他工作的遥远的莽林。

警察愈常来，他就愈少回来。

老人说他是“一匹被诅咒的兽”。

白发苍苍的老人，常自顾自地说着唐山故事。

望着他那爬上树的儿子长声叹息：

“一死，一疯，一狂。”

●

坟场。

母亲虔敬地摆上水果、鸡，点了香和烛。

墓碑上有几行字。伊用红漆把剥落的字重描一遍。

跪拜，喃喃自语。

拔去坟上的草，和着纸钱烧了。

●

白发老人死于一次暴雨惊雷之夜。

到镇上的路为大水所断，棺木无法运进来。乡镇里都没有小船。

大雨源源不绝，深恐装殓之后，也无法自林中运出，他自作主张，把尸体连带床板，绑在浮木上飘过大水，在乡亲宗亲的咒骂声中，运到火葬场，一把火把老人给烧成灰。宗亲会馆立即把他除籍。

“这个生番，”来自唐山的长辈怒骂，“把老爸当成木头，一把火烧成灰。”

中华义山差点不肯让老人葬在那里，幸亏老人早早为自己买好了墓地。此后难逃物议。风水先生冷冷地说：

“过水、过火再入土，风水大败。”

他省下了大部分的丧葬费用。为免风水祸延后人，他说：“走得愈远愈好，离开祖墓风水所及的那片河山，莫要回头。”

在镇上，再也难以避免乡亲憎恶的目光。

●

（“莫要回头，不管发生什么事。

妈妈有我照顾。不必担心。”）

物议：“孤叔不娶，寡嫂不嫁，同在一屋檐下，成什么样子！”

走后两年，小弟小妹相继出生。他们始终没有搬离那里。

于焉明白离去的意义。

永远别再回头？……

●

记忆突然明晰得难以置信。仿佛是某些碎片自行在脑中繁殖增衍，自行复制，以梦、幻想的逻辑——还是，那都是真的？如实地发生过？

尽管如此，还是有许多环节失落了。譬如：怎么上了这列火车的？是否已娶妻生子？该在哪一站下车？

于是焦躁地寻找站名。然而大雨滂沱，视野更受拘束，身体也被打湿。

无奈地拉下玻璃窗。闭目，连续打了几个哈欠。该好好休息了……。

●

也不知道昏沉了多久，（再度）醒来时，发觉雨停了，火车也停着——也许早已停了许久——火车内外都没有半条人影。拉开窗，呆呆地坐了好一会。西天有一勾弯月，良久，火车都没有再度开动的迹象。往窗外探，一个破落的小站，墙塌了一边，顶上长着一排矮树，仿佛荒废许久。愈想愈不对劲，只好下车。

沿着车厢往前走，一径地空荡荡。月光下，车顶上长着多肉植物，还开着小白花。

火车头油漆剥落，锈迹斑斑。

空气异常清新，四野皆雾，树影朦胧。

蹲下，仔细察看铁轨。车轮之前的铁轨已然严重锈蚀，车轮之下尚称完好。火车头前方铁道上，疏疏落落地长着草，间而有一两棵耐旱的灌木。那里一片干燥。

两旁都是高树丛林。极目搜寻灯火人家，以问明来处去处。残破的记忆已不足以指路。

某个方向隐约有灯光。毫不考虑地拨开重重高草前行，雨后的草叶，浑身湿透。

爬上一个茅草斜坡，紧依着莽林，捡了根导路的树枝，加快了速度。灯光愈来愈近了。拐过一堵墙，但见数十根白色洋烛点燃于一片水泥地板上。尽头处有座平台，上头白布包裹着人样的事物。你无意识地把蜡烛一一吹熄。

匆匆离去。

往暗处慌不择路地投去。也不知道走了多久，直到前方又再度出现灯光。

挨近，是土墩头一间小庙。高脚烛已近燃尽，合十，头轻点，再度前行。

更大的一团火光，熠亮熠亮地延伸成一长列。

是一条烧红的火炭铺成的路。止步，犹豫着。猛地一咬牙，大踏步走了过去。一股热腾腾的气蒸着身子。

潮湿的身体烤干了，鞋底也烧穿了，干脆甩掉鞋子。

接下来是黑暗的路。

潮湿的泥土，脚板和脚趾仿佛恢复了它们自己的记忆而加快了速度。

好一会，隐约瞧见泥中有异兽蹄爪的痕迹，于你，如熟悉的文字。

散落的冥纸、香脚。

香的气味。

滔滔的水声，前方有桥。奔腾的黑色流水已逼近桥面，桥已断。

断桥旁有一碑，向河倾斜：

“貘，象鼻犀目，牛尾虎足，似熊而头小脚卑，黑白驳文，毛浅有光泽。能舐食铜铁，及竹骨蛇虺。土人鼎釜，多为所食，颇为山居之患，亦捕以为药。其齿骨极坚，以刀斧椎锻，铁皆碎，落火亦不能烧。人得之诈充佛牙、佛骨，以诳俚俗。”

その糞は兵器として切玉となりうる。尿は鉄を溶かして水にする。

（熟悉的陌生的熟悉的陌生……）

倒树一棵，跨于两岸，树干可代桥。

过了河，路往低处倾斜，为大水所断。

正犹豫着，忽然一黑色事物飘飘浮浮地靠近。看清楚，是一无盖的棺木。捡了根湿冷的长枝条，你跨了进去。

渡水。

水边有一只湿淋淋的兽，白色的身影——黑色的部分隐没在夜里——仿佛等待已久。是的，就是它——

●

那是一个不甚晓事的年纪。清晨，鸡啼叫、猪只一一乙乙骚动，大雾游走吞吐于树树间，濡湿的轻风任意浸入莽林的微隙。离家数码之遥的厕所里透出浑黄的烛光，内急的你已在门外徘徊良久，一会轻抚肚腹，一会双手搓弄着臀，而厕里的人不动如山。不远的远方，胶林里灯影数点，仿佛是雾的泊地。

终于按捺不住你往原始林的方向奔走。只要枝叶可以藏住身影，那里便是可以方便的地方。灌木、高草，落叶与雾，你充分享受“排出废物”的乐趣，渐渐地发与脸颊与鼻尖都受了潮。当你就近捡拾枯叶擦拭毕，站起，拉好裤子正打算离去之际，蓦然发现前方似乎存在着某种庞然大物，仿佛听到它粗重的呼吸声在十余尺外，且那里羊齿叶正被拔扯、撕弄着，双目睁大，定定地凝视着，张大了嘴。不觉退了一步，右脚踩着了湿湿黏黏的什么，却不敢低头看。

心里头响着声音：

“不会是□□吧。”

因禁忌而不敢让它的声音浮现的字。老虎。

“如果是……如果是……那你会被吃掉，只剩下头发、指甲，最后将被消化成一团大便。除非来得及爬上高树，要不，只有和它‘对看’，万一、万一它看输了，就会转头离去……”

雾渐薄，一庞大身影的轮廓浮现。

大小如一头成年的水牛。看清楚些，前段身子黑，后段身子白，鼻子像一块软肉垂在嘴巴前端。蓦然它停止了觅食的动作，目光往你投来——当你们目光交会，也不过是一两秒的时间，只见它恍如被针扎到那样浑身一震，转头，箭也似的往密林中射去，只见白影一闪，它便消失在空气中，现场只剩下兀自晃动的叶梢。

你也向家的方向飞奔。

回家后发着高烧，陷入昏沉状态。说着胡话，做着梦。

你看到梦中幼小的自己在一片沁凉的白雾中，再度与那只黑白的异兽相逢。它四只脚全黑。它掉头，瞬间加速往某个方向冲去。稀奇的是，任凭它怎么加速也没能逃离你的视域，只是一径地变小，最终不过是如你一般大小，一匹黑白的小兽。它止步于一棵你十分熟悉的巨树之下，绕着树留下了一圈蹄迹。它的动作接着竟像一只雄犬——抬起左脚，朝树头射了泡尿。你的心里响着抗议之声：那树头，祖父安了神位啊！

（原来那老人是祖父……。）

更令人不解的事发生了，它像"梦港"（树懒，Konkang）那样缓缓地爬上树。

梦中的你感觉身体和视觉随着它的往上攀升而浮升。一直到那树干分岔之处，是一片尚称平坦，如床的地方。它俯卧在那里像小狗那样宁静地睡去。那是它隐秘的家居？……幼小的你疑惑着。

"那只东西有留下什么屎么——要是有，拿一点回来烧成灰给阿麟吃下去，大概就没事了。"母亲的声音。

"你团拉的屎倒是有一堆。"叔叔笑着说。（叔叔！……）

"要不它脚踩过的树叶也可以。"

"只是吓到而已。休息几天我看就没事了。"

多年不见，而今它就在水边等待着你摇摇晃晃地渡水。

因叔叔而想起伯父，及那棵树。

和异兽遭逢之后不久，有一天，半疯的伯父突然心血来潮，锯了许多拳头粗、一尺半长的木段，趁祖父不在家，一段一段地钉在那棵业已被奉为"神树"的老橡胶树上。

钉子穿过木段，戳进树身，溶溶地流下白色汁液，沿着初钉的梯子，淋漓狰狞。这棵异常的老树和其他的胶树不同，其他的胶树汁液凝固后，或者变成黄色，或者黑色，或者黄中带点粉红，而它，则是凝血似的红黑之色。

钉完后，他收拾了工具，赤着脚爬上树。他那样子看起来比祖父还苍老，更瘦，头发更白，不熟识的人都以为他是祖父的胞兄。

那天傍晚他没有回来吃饭。

祖父回家后知悉一切，发了一阵子脾气，对着树上喊了好几回。没人搭理。

第二天、第三天他也没下来过。家人都在担心，叔叔几度想上去查看究竟，祖父却坚决反对。他认为既然伯父自己选择那样的道路，也就只好任由他去。

第三天清晨，年幼的你迷迷糊糊地一级级往上攀爬，也不知道爬了多久，到达树干分岔之处，一处可容数人躺卧的宽大地方，中间有一洼积水和许多落叶，一堆屎，后来还发现大量的孑孓。伯父脏臭的衣服搁在那里，却不见人影。难道他趁家人熟睡之际，悄悄下去了？

你也没找到梦中的异兽。

往上，树干分成三个分枝，都有一般胶树粗大，尽头是苍郁的树叶。你怀疑伯父就躲在那树梢头，裸着身子，蹲踞，眺望。

天亮以后才发现这里视野极好，可以看见西边远处河畔的马来村庄，南边原始林树梢上的野鸟与猴子。东边，更远处，华人的市镇，可以瞧见偶尔经过的车子和细小的行人。然后肚子开始饿了。

听见有人喊你的名字。他们焦急地、里里外外地找着。拄着拐杖的祖父，屡屡和母亲往树上张望，指指点点，人似小狗大小。你谨慎地躲着，不敢出声。

叔叔微小的身影快速地往返于几个你常去游玩的地方。

原想趁没人时偷偷回到地面，此刻却发觉自己不敢下去。上来时不会回头，只顾盯着下一个木段，所以才一直往上爬。

不久便因疲倦、发冷而睡着。

仿佛在梦里爬上树，又在梦里睡着。睡着时突然感觉有人来到身边，而你说什么也睁不开眼；那人抱起你把你拽在他肩上，飞快地往下走，三两下足蹬平地。之后并没有停步，仍旧快速地朝某个方向走。两耳轻风，草叶拂动，不久他钻进草丛里去，又走了好一段路，才把你放下。脚步声快速远去。周遭恢复寂静，虫子、蚂蚁在你肤表游走。

午后，叔叔在草丛中找到沉睡的你。那是一个废弃的山猪巢穴。母山猪为生育幼崽而摆置的草窝。

你一直弄不清楚是谁把你从那儿搬下来，甚至还搞不清楚是否真实地爬过那棵树。想向叔叔求证，每回看着他的脸，却开不了口。

此后每天，总有几只乌鸦在那上头——也和往昔没多大的不同。

几天后，你们为聒耳的鸦噪所惊动，鸡鸭也不敢离寮觅食，公鸭雄鸡警戒之声不绝，母鸡雌鸭应和着，一看，大群乌鸦聚集在那棵树梢，喧闹起落，自那儿叼起什么，停栖在邻近的树上吞食。继续有鸦自远方大声叫着赶来，更高处，有三五只鹰盘旋。腐臭味刺鼻。

大凶之兆。祖父靠墙而坐，呜呜大哭。

“早两天前，就闻到味道不对了。”母亲喃喃自语说。

叔叔二话不说，拎了个麻布袋就往上爬。

树头的神位立即迁走。

伯父残剩的尸首几个小时后草草下葬。

●

异兽的足迹：前足四趾，后足三趾。

你尾随它的脚步。更远的前方，应该是家的灯火。

跟着它，却一再地走入不同的异境。

一中年人蹲在马路上，疯狂地捡拾花花绿绿的钞票。异兽一吸气，他和他的钞票便消失在它嘴边。

一白发老头裸裎地趴在赤裸的稚龄少女身上。

相貌平凡的少女和眼熟的歌星在沙滩上漫步，他向她屈膝，献花。舔她的脚趾头。

一群白衣学子坐在课室内考试，一位同学满头大汗地坐在那里。

港口，许多华人携家带眷地上船，像越南难民那样地飘向茫茫大海。一个声音喊着：Balik ke Cina！（滚回支那！）

邮差给恶狗追，以致摔进阴沟里，信散了一地。

无数的场景，飞快地消失在它的呼吸中。几乎来不及看，也来不及记忆。近黎明的暗天，转瞬变得七彩绚烂。

我搜寻跟自己相关的。终于：

背上刺着异兽的男人，赤裸地压着白色的女体，我看不清她的脸。（谁做这样的梦？）

一个仿佛是你的男子，和一位十分眼熟的女子，两位可爱的小孩自一辆黑色的车走下，母亲、叔叔和一对青少年男女笑吟吟地迎着。

一只貘在沼泽的水边吃着羊齿植物的嫩叶。

诵经声。道士的诵经声，回教堂的诵经声。

燃烧着的纸钱飞起。

又是我。在一个无名的小站遇见一位白发老人。他递给我一枚硬币，上头有袁世凯的大头。想起这是祖父生前经常把玩的事物——也是他离开唐山时他长兄送的纪念品——想起那是祖父，却发现他眼眶处空荡荡，两个深黑的洞。（谁在梦我？……）

背刺着异兽的男子，狂奔入大火中。

母亲在废弃的桶内烧纸钱。

莽林，大树倾斜，一段枯枝弹出，击中来不及回头的男子背上的异兽。他吐血、卧倒。

诵经声。屋外加搭的棚子，白色的灵堂，正中处有一张遗照。穿黑衣的妇人，披麻戴孝的青少年，紧跟身着古衣冠、握铃、口中诵经之声不绝的道士兜着圈子。

前方不远处有火光。

你努力想看清遗照上的容颜——一忽儿闪着你自己的形象，忽而又是他人——叔叔、母亲？

这时异兽又开始吸气——画面顿时扭曲，边缘处被吸入——恰好那道士刚走到那里。在那道士被吸入之际，你慌张中出声喝止——

它转过头，喷了一口气，瞪着你，缓缓吸气。

你的脚跟马上被抽离地面，身子急速地被吸往它多肉的鼻。简直来不及反应——因为全然在意料之外。危急间只想到，消失于此，是否会因此在另一个空间的你的睡梦中醒来？或是醒于他人的梦中？或竟就此消失？

心急想喊，却怎么也叫不出声音。

●

橘红色的火光熄灭。

黑色的光在视网膜幽黯的深处爆炸。

——一九九五年五月十九—二十三日《联合报》副刊

获《幼狮文艺》主办之第一届“世界华文成长小说奖”首奖

大水

有那么些个日子，你一直不相信她已经死了。每个大雨滂沱的夜晚，你都看见她浑身湿透了，披头散发地走来。那时她已经很老了，佝偻着身子，一身唐山古装。她的脚步声异常沉重，拖泥带水的仿佛业经长途跋涉，还带着一股浓滞的黄土味。粗布湿透了贴粘着枯槁的肉身，兀自在雨中漱漱地滴着水，那滴水之声竟尔穿透轰然一气的雨声，在你神经过敏的内在冷冷地敲击。

她在那河上的石板桥头停了下来，双脚外八字站开。先是九十度垂首，一袭黑与白的枯发铁线似的曲曲披挂，一张脸和整个身躯便给埋在幽幽的有无之际。水珠沿发溜下，落在她那扭曲短肿的脚趾头上，龟背状的脚背上，白花花的水珠绕着她滚了一圈，泻了一地。你看得如此清楚——她慢慢地抬起头，迎面将长发使劲往后一甩，灰色脸上一对暴跳圆睁的三角眼便在迷蒙的雨中森森的夜里迸射出恶狠的绿色幽光——如此地真实，以至于无可置疑。

那条红石子路的转折处——也就是分岔口——左边一条弯曲着延伸向外，指向消防局的路，途经一家咖啡店、一家制面的店子，和几厝人家。咖啡店里的零食和冷饮是这附近的孩童永恒的欲望。木板积着寸许厚的红尘。一间卖香蕉的店，一棵老树的半边影子，在右边的岔路的左边。香蕉店里永远挂着一梳梳一梆梆半熟或熟透的各个品种各种风味的香蕉，店里店外都是一股臭土味。右边的岔路的右边，垃圾堆再过去是一道横穿过路的水泥深渠，渠与路的交接处是宽大厚实的水泥板。作为路的延伸，它在作用上像桥，而在视觉上却无疑是路——介于路和桥之间的一种存在。

（桥下的水声似乎在暗示什么）

对于你们来说（不论就实际使用或象征上），这块带着桥的功能的水泥板是这条红石子路上的一个关键，一个转折（尤其，在烈阳下当你们回到这里）。部分源于这里曾经发生的一些事情，部分基于它如今犹真实地存在着（且比任何附近的住家还坚实）——就如同那条红石子路，与及路两旁那些默默相对而坐落而积着红尘而一如往昔——抗拒时间似的存在着——的木板屋。这最后的贫民区。

一群鸭子在红石子路上缓慢地踱步……

历史进驻过这里。长辈们说，当年他们徒步从新加坡走来时，这里还是无人的荒地。只要你建得起篱笆，围多少多少就都是你的。祖父母两手空空地来到这里，眼睁睁地望着同船而来的兄长把家乡祖屋变卖了换来的钱转化成篱笆（随后是一排木屋），并且宣告和他分手：他的手指向远方的绿森林，说，去吧，总不可能靠我养你们两公婆吧？也许，屈辱就在那一刻埋下。他们咬咬牙，踏着后来成为红石子路的小径走了。

希望也来过这里，谣传政府要把这一带的土地都收回，因为一条公路要经过这里，或者要盖大厦——总之，房子如果被拆除，即使是违建，有了门牌，政府也会赔上一片屋地，或者一间平民屋。而希望一直没有实现。

当年因为胶林被划为黑区而被迫外迁，走投无路，他们又回到这里。后来事过境迁，他们又搬回去，只有她坚持留下，把一个渺茫的希望看成一颗孵得出鸡团的蛋。男人死后，她的子媳派给她几个孙儿孙女同住，因为小学就在附近，因为她已经老得需要担心摔倒可能就爬不起来了。一届又一届，他们被带到这桥头，在这里转折。在噩梦边缘伫驻。

横过的渠那股气派，确然是英殖民时代的遗物。在所有房子都是木板钉成的当时，它竟然是水泥砌成的壁，水泥框成的骨。七英尺宽五英尺深，平日水浅，鸡尸死鸭白蛆猪肠；它的源头是医院，终点是林中的河；它是威武的，如果不挑剔的话。

站在水泥板桥头，左边正是渠突然增宽的部位，呈“亞”字形并列。寻常日子水也只流过中央地，两旁都是淤泥、杂草和垃圾，十英尺左右见方的偌大空间，显得一无是处。再往前走，是一截没有出口的红石子路。左边一棵百年大榕树，依在桥畔，把树影宽宽地洒了一圈。右边是一排搭连着的木屋，五脚基和洞开的门都十分阴森，一家打铁店。一家“司公”间，一网铁篱笆。三两张脸冷漠的脸偷偷窥视你的到来。

正确的方向是：一过了桥，立即右转。

……那时，你们怕极了下雨。十几分钟的大雨会给你们带来大半天的忙碌。每当下雨，你们便什么事都不做，怔怔地望着门外，希望雨快停快停……

一截向低处延伸的小路，与渠平行。

渠边堆积的杂物遮蔽了渠的所在，只看到椰树长长的叶子呈环形展开；小径便显得更窄仄了。窄仄和阴暗是互依的，邻家高高的墙雄伟地拔起，阳光就被割绝了。剩余的阳光被抛掷在渠边的杂物上，零零碎碎的像是一块千痕百孔的纱布。小径恒常潮湿。

……他或她经常从那些潮湿阴暗的小径推着高大冰冷骨节深黑的脚踏车在黄昏中缓缓走来或者离去。他的表情有点发愣。她却总是混合着沉思与忧郁。他们来自遥远的胶林。骑着脚踏车，上坡下坡，沿着曲曲折折的山径，来，或者去……

尽头在二十英尺处，一间低矮阴暗的铁皮木屋。

异常昏暗的大厅，水泥地板上积着一汪汪泥浆，衬托出地板的不平与凹凸。雨渐渐地歇了，椅子和一干杂物都搁在桌面上，一个小孩和老妇人在以竹扫帚刷扫，从通往厨房的窄门挤进挤出，弯着身子提出一桶桶的水。红色的桶蓝色的桶，整个大厅都是洗刷之声。四面的板墙都湿了一截。

一张有四只脚的大床。一袭暗红的毯子裹着他。猛然惊起。撑起上半身，双目圆睁，目光穿透白色的蚊帐，在寻找停靠的地方。床尾一张靠墙的长桌，桌旁是一扇关起的窗。窗外是一横窄巷，一堵高墙，墙头依着绿色的裂玻璃，墙后是一栋黑而高的板屋，黑屋右边邻界处是一通直巷，地上积水处处，尽头是和另一家共用的厕所，风常常从那儿吹来，飕飕地臭凉。窗子啪嗒啪嗒响，夜里的巷子是深黑的腔洞。在收缩、扩张。窗是陈旧的窗。

窗边摆了张有靠背的木椅。右边靠墙的是长方形黑色的花树。桌上摆放着一尊泥塑观世音。白色的黏土，轮廓依稀，双目似睁似闭，盘坐在莲座上，彩笔淡淡勾勒。观音头顶有一方开口，是投币之处。祂的体内有钱的声音。他的目光死盯着那座泥菩萨，身体微微发抖，唇煞白，双手合十，嘴里低声地喃喃念着，“保佑，保佑……”

你经常从睡梦中惊醒。

在那个黑暗的世界中，你眼中的一切事物都在变大，大至无限，而唯独自己的身体变小，小到连自己都看不见。

窗子拉开，清晨的阳光照在邻家的墙上。

一身鱼腥味，老妇人面对着嵌在衣橱门上的长镜，背对泥观音，骨嶙嶙的双手弯向后脑勺，缓缓解开那盘伏的髻，拈下一根根尖锐的针，取下那一片小小的罩髻的网，一头曲折稀疏的发便皱巴巴地泻下，黑、白、灰三色夹杂。举起木梳，专注地盯着镜中的老脸，另一手握着发身，庄严地，一小段一小段地梳，至发梢而后止。每一把梳罢，便使劲抓下留在木梳上的弃发，丢在地面上，乱成一团。梳罢，复把发蛇状盘伏在脑后，罩上纱网，一根根尖梢发亮的针斜斜地插上。

铁皮已经很旧，锈色黑褐遥指一远逝的年代。铁皮凹凸相间，目光便爬梯似的曲曲折折上了屋背，角落中有一棵芒果露出繁茂的枝叶，叶片绿油油的发亮。门洞开，墙是由废木板片片相接钉成的，衔接处也是梯样的痕迹。墙上挂着几篮杂物，铝藻盆、浴盆。暗巷向深处延伸。邻家的墙拔起，水泥屋基。那高墙把矮屋衬托得愈发矮了。檐影给压得更深更沉。门前的水泥地碎裂成离散的块砾。从门外往内瞄，只见屋内几乎比夜间还漆黑（因为夜里至少还点着灯），把日光全都挤在外头——在外头盘桓流荡，一地的流亮，仿佛在寻找那可以穿透的缝隙。

满是鸡屎味的大厅。

唯一的一扇窗推开了。格子状的铁网锈蚀冰冷。鸭嘴沿板缝塞进来，嗒嗒嗒嗒地震动一番，又抽了出去。鸭子拉屎的声音像老妇人在吐口水。

窗边挂着的篮子长年装满绿色的鸭蛋。古旧的神台靠墙，向着大门。红漆已剥落殆尽，上头供着一玻璃相框，大伯公古装的坐姿白须低垂，两旁伴着不知名的神。目光永远凝视视者。另一面墙也挂着一个相框，苍老的容颜，旁书“先考××……”。

墙后的房间里，浓烈的尿骚味一阵阵析出。

一条浅槽似的小水沟打门前横过。源自那拌着鸡粪味的暗巷深处，带着浊绿（鸡的饲料与粪便）的水，泻向那渠，渠壁为了它而凿了个圆形的开口。……每回大雨，你们都从那开口判断渠水的高度，等待沟水倒灌……。渠畔一棵高高的椰树长年撑开如伞。再过去是一棵爱开红白小花的杨桃树。树与屋间是高高堆起的废木，（大部分）捡自大水之后。养鸭的空廊。阳光薄薄的一片，锐利地划过去。矮屋的侧面有一眼窗，锈色斑斑。

透过窗子，视野内堆叠着她的收藏：旧铁皮覆盖着的废木。“不准出去。”她说。双目怒睁，“出去和三星仔玩。骨敲给你断。”她手上拿着厚木方，比画着，大厅内是旧铁皮析出的热气混合着鸡屎味。

视野中的椰树就只有那么一截粗褐，椰树下是那隐晦的渠，渠上宽下窄，马桶的形状。站在渠沿上，摸着椰干，上一凿凿深深的刻痕，色黑而潮湿，往上延伸一级级赫然便是梯。成熟的椰子一颗颗浑圆浅褐，随风微荡。长长的椰身略略弯成弧形。渠的对岸一户户人家紧挨着共用一面墙。每一户人家都有一个方形的开口面向渠，里头恒摆着一黑色，鞋形的马桶；

一块黄褐色的东西下伸，坠落。

窗口下方在墙的底部有几只脏兮兮的鸭子，正侧首把扁嘴塞进板缝，由下而上由上而下地震动……抽出，又插进来。另几只藏身在废木堆下，趴在厚积的鸭屎上，闭目休憩，另几只蹒跚移步，呷呷地叫个不休。尖着屁股缓缓地移行，逐渐深入那阳光荒疏的地带。鸡橱、杨桃树荫、厨房、厕所。鸡栖息在阴影中。

……你们忙着把东西搬上桌面，她却戴着斗笠捉她的爱鸡去了，她的身影在大雨中一团湿。把鸡放至废木上，她的爱鸡畏水。每回水沿沟倒灌，她第一个动作是去拯救豢养鸡。……

一道裂石板半覆盖着黏湿阴森的水沟。这已是屋子的后面了。水沟再过去是小小的后院，栽着二十余棵高大的香蕉树，树身都微微向不同方向倾斜——靠近厨房的就向屋檐靠拢，渠边的则伸向渠面，墙边的则集体逾墙。香蕉树下覆盖着厚厚黑亮黑亮的鸡屎鸭屎。数十只鸡鸭在打盹、觅食、追逐、发愣。阳光更为零碎了，给香蕉叶肢解为不规则、大小不一的光的碎片。某种黯淡的事物飞快地退却，直抵墙脚，沿青苔上升，墙上牢牢地嵌着绿色、白色、暗红色的玻璃碎片，泛亮泛亮。

邻家的旧墙与厨房的板壁间是窄窄的走道，是阴影充塞之处。水渍漫漶，落叶层叠。那棵二抱之围的老芒果树便从这走道中央拔起，它坐落之处恰在厕房与厅的临界线上。树身泌得出水来，苔藓徐徐上爬。

板壁也是潮着的。

人高处有一方开口，铁网把视线分割成无数方块。那便是厨房了。

一张古旧的黑色方木桌，右边摆了张圆凳，靠墙这儿露出长椅一角，正对面是唯一有靠背的黑褐色椅子。右边贴墙的是一长木柜，放着空碗和剩菜。再过去是一张二英尺见方的木桌，由外而内分别放着一群杯子（褪色的塑胶杯……）。再过去是通往大厅的开口。水缸。洗碗槽。又一张方桌堆满杂物，靠着两面墙。它的左边是炉灶，摆着锅镬。灶下堆着干柴废木。墙上也有一方开口。再右边是厕所兼冲凉房，柴门开着，里头幽暗难辨。它和饭桌之间是通向外头的开口。

老妇人的嘴巴像是某种咸水鱼。牙齿落尽而崩塌如拳。弓身，拎着老鼠笼，快步走到灶边。灶里柴火烧出橘黄色，哔剥价响。炉上墨黑色的水壶肚里咕咕有声。灰毛大鼠在笼里窸窸窣窣乱窜，嘴里吱吱叫个不休，鼻尖擦破了，嫩红滴血。

水壶噤声了，长长的壶嘴滋滋地喷着白气。她提起水壶，走到冲凉房，把老鼠笼搁在地板上，沸水便从壶嘴吐出，注淋在老鼠笼上。灰毛鼠更费力地游窜，老鼠笼激烈地晃动。不管它怎么躲如何避，滚沸的水仍是嗒嗒地落在它背上、头上、尾巴上，且跟着它的节拍移动。一冲着，毛便几欲滑落。一刹那间冲凉房里白气氤氲，吱吱叫声愈发凄厉。在白气中她的身影变得很淡很稀，吱吱之声终于歇了。她从白气中跨出，提着黑水壶。

稍顷，她一手提着老鼠笼，一手拉着灰毛鼠的尾巴，从白气中现身。走到门外，把灰毛鼠往渠中用力一抛。

中年妇人推着高大的铁马缓缓走来，在门前停下，把脚踏车架起，挽了菜篮，跨过门槛，穿过暗厅。步入厨房。唤了你的乳名，端坐在饭桌旁的圆凳上。老妇人稳稳地坐在那张唯一有靠背的木椅上，背对火炉。炉灶里金黄色的亮光为她淡淡地滚上一层金边。双目眦睁，鼓腮，皱塌的双唇不断掀动，咀嚼似的。妇人垂肩聆听。你倚着通往厨房的门柱。她们的目光时不时地向你投掷。和炉火一样冰冷炽热。

她们愈说愈小声。老妇人怒目暴眦鱼嘴快速开合如咀嚼。中年妇人的脸像一张饼。渐渐地，那张饼扭曲、收缩，像一块软糕。频频地瞅他。老妇人双眼睁至极限，而微鼓如蛇。你听到妇人略微大声地说："团仔坏就得打，不要不舍得，我在芭里管不到，该打就要打，免得将来学坏了。"

一根细长的藤鞭露出好看的黄褐色，亮滑亮滑的，刻镂着斑驳的黑色线条。

你只好让目光斜斜穿过窗外，杨桃树累累结实——绿色的杨桃，在残照中给烙得熟透。

你和他并排趴在床底下，胸腹贴着冰冷粗糙的水泥地，床压得很低，几乎抬不起头来。面前一只小碗，装满切成条状的杨桃，酱油、糖撒在上头。小心地用拇指和食指拈了一块，放进口里，小声地咀嚼。

悄无声息。

一忽儿听到脚步声，一步重一步轻地自门外走来。两人赶紧从床底爬出来，青花碗里一块杨桃浸泡在酱油里。

你沿渠侧走，到杨桃树下，废木参差，旧铁皮龇张。思考了一会，你双手接着木方，艰难地攀了上去。脚踩在铁皮上。接着爬上杨桃树，一棵棵浊绿的杨桃一身疙瘩，痣也似的一颗颗黑点。你一手抱着树干，另一只手使劲抓下一粒。那一扯，却扯得枝梢一阵震动，几颗黄透的杨桃便掉了下来。有的落入渠中，有的却打在旧铁皮上，发出闷闷的响声。

你把杨桃握在手中，心头一阵噗突乱跳。侧耳听听，没有异声。看看手中的杨桃，寻找下口的部位。

就在这时候，突然瞥见檐下黑影一闪，你一惊，手中的杨桃便掉下，摔在旧铁皮下，更大的一响，是她没错。嘴紧抿，满脸皱纹木质化的杀气。右手擎着一根长逾十余英尺的木棒。你一只脚正从树上跨下，木棒便正对着那脚踝刺了过来。赶忙一缩，往上爬。木棒戳中你屁股，手一松，几乎摔下，更抱紧了一些，往上攀爬。木棒跟着又戳来。你一闪，往上一跨，木棒够不着了。回头看看，那渠非常之深，屋顶铁皮尽收眼底。鸡屎味直往上冲。老妇人换了个位置，够得着了，又擎着木棒戳来。你抬头看看，已近树梢，枝丫柔弱。渠好深好深。木棒戳中了背。抱紧些，戳中手掌，那劲道太强，手登时一松，身体一轻。

黄昏，你们团坐在饭桌旁。你正对着老妇人。左手边是一位年近二十、单眼皮的青年。并排坐在长凳上的是和你年龄相仿、长相酷似的幼童。每个人手上都一碗白饭，黑木筷子。桌子中央三道菜：番薯叶炒虾米、油焖茄子、绞肉蒸蛋。你们都只把筷子伸向茄子和番薯叶，一大口一大口扒饭。单眼皮青年以筷子指着绞肉蒸蛋，含糊地说：吃啊！你们把目光投向那碗东西，目光马上被弹起，老妇人满脸杀戮之下，目光黑闷闷地扑向你们，你们马上把头垂下。番薯叶。悄无声息。

一会，单眼皮青年又以汤匙杓了一大块绞肉蒸蛋，放进自己饭余无几的碗中。你们不约而同地猛吞了一口口水。单眼皮青年又说了一声：吃啊。你们急急低头扒饭。

夜临了，你们自游玩的地方气喘咻咻地被唤回。在炉灶前被唤住。各一只空碗在右手。她从炉中拿起火钳，嘴皮不断掀动（死去哪里日头落山了还看不见人要死就烙给你死）火钳徐徐迫近，热气迫人。

落叶之声沙沙，拐过芒果树，是一间房间，一扇窗被封死。那便是她的寝居室了。

挂着厚厚布帘，没有光。掀开门帘，一股尿骚扑鼻而入，啊。尿壶搁在门边，靠墙。水的脚已经伸进来了。把木橱里她的衣服往高处迁。红花缀满她那带着异味的蚊帐，常年帏垂，把她的大床罩得森森密密。把蚊帐往上掀，把尿壶捧起——

屏息——大快走往门外走，倾倒入滔滔流水中，酱黄。

她在渠边以她稀释的尿浇灌那两畦番薯叶。

再往前走，是另一间房。窗口常开。泥塑观音在窗边。那年，单眼皮青年在偶尔到来的游乐园中以藤圈投得。他从祂头顶开口中塞入一把五角硬币。出国之后并没有带走。你不记得他走时的样子，只记得她在她那充满尿骚味的洞穴中嚎啕大哭，哭声断断续续地从板缝中挤出，以至于异常薄且非常刺耳。“你这一去这么多年，我看我是再也看不到你啦。”她含含糊糊地重复且重复。泪既浓且咸。是啊，长孙——金孙啊。

“他去读册有别的查甫孙陪你啊。”矮胖妇人悄悄安慰她。

再往前，那条通往厕所的巷子刮来一阵咸湿湿的风。邻家的鸡笼摆在一角。邻家的厨房。

那高大的妇人比这一带的男人都高上大半个头。她浑身骨头以至头形呈不规则多边形，颧骨尤其高逾鼻翼，身上长年分泌一股死鱼烂菜的气味。老女人和你们一致叫她“奸鬼”。

每回芒果或椰子成熟了下坠，在第一声响之后，从她家后门中就会飞扑出她和她的子女们，以四只脚的姿态扑取。你们也同时稍后出现，抢。

奸鬼和她的子女们每每宣称：椰树是她家的，芒果树当然也是，末了总结：这破屋子也是她家的。她们现在要收回来。她强调。她们是可怜她年老才借她住。没料一住就是十年。连椰树也被霸去。

她气冲冲地破口大骂。说当初给政府从胶林中赶出来，来投靠她查甫人的哥哥，没想到他竟然只给他一块养猪的低地，那些铁皮木板还是他们从垃圾堆中捡来的，没有一张是新的，透暝赶工铺红毛灰时，没想到刚铺好就下雨，就淹水，就被冲得一洼一洼。脸皮厚。敢讲是她的。是她的。屎才是她的。

她们各骂各的一如往昔，谁也不听谁的——也不用听——大家都熟透了对方的台词。

她又再度对着你们重述历史。下南洋的祖父。

中国动乱，他们兄弟俩卖了祖产，买船票南下。

做哥哥的买了地，他们夫妻俩却只好到林中去给人顾园子，住的是茅草屋，吃的是自己种的番薯芋头，两个人一个月薪水才四块钱。饲猪、饲鸭、饲鸡……

大门上没有对联。门楣上钉着R（X）6，门牌号码。门槛缺了一角。

一个轮廓如同正长方形的中年妇人双手拎着两袋东西从门外跨进来。脸、发型和瘦瘦的身躯在在都予人长方形的印象。提着重物的手给撑得笔直，素色衣裙，身上恒散发一股消毒水的味道。你涩涩地唤了声四姑，长方形的妇人唤你以乳名，微笑。

伊和老女人坐在厨房饭桌旁一阵低声长聊。

良久，又拎着两包东西来到大厅，一包放在桌上，背对老妇人从满是消毒水的身上掏出一块冷冷的事物塞在你手心，“给你买吃”，伊轻声说。拎着两包东西，长方形的走了。你悄悄摊开手掌，是两角钱镍币。

东西都收拾好了，连拖鞋都放到桌上去了。

你们各自倚在门边。看檐下流水，檐外的雨。视野一片白茫茫。门前的小沟水流箭急，射向大渠。雨点打出豆大的水花，打到脚踝局部冰凉。天昏昏暗，空气令人起鸡皮疙瘩。她在拯救鸡鸭。门前小沟水流停滞。水溢，门前小沟水逆流而上。黄浊的渠水沿着各个管道把水倒灌。水从板缝挤入，渗入。渐渐地覆盖了大部分水泥地。全部覆盖。

水位持续稳定地上升。

盖过脚趾头。脚板。脚踝。……

水大量地从后门涌入，经过大厅，通过敞开的大门，向外泻去。

你们对望一眼，复一动也不动。

飘来一些杂物——泡软了的纸张、木块、保丽龙、树叶，缓缓自眼前流过。水逐渐升高，及膝。雨渐渐小了。

良久，巷子深处飘来一团白色事物。仔细瞧瞧——是一只羽毛洗涤得异常干净的鸭子，表情自然，缩着脖子顺水漂流。愈来愈靠近了。你俩对望一眼，摇摇头：隔壁的。那鸭子自眼前晃过，往满渠的流水浮去。

水持续上涨。

一件黑色的事物自深巷处飘来。稍近些，认出那是和另一户人家共用的塑胶马桶。你们各往外跨一步，那只往外跨的脚却感到强劲的拉扯力。一人伸出一只手去截住那马桶。进了不少水，里头还有些许条状块状的“存货”。

大门外，两个小孩费力地扛着木箱，扛上脚踏车后座。木箱下垫了两片木板，箱子上铺着张报纸。黑色橡皮带从上头绕过去，抽紧，报纸两端便翘起，露出衣物与簿子。一个扶着箱子和脚踏车，另一个使劲地扯着橡皮带，而弯腰、蹲下。扣好了，拍去掌上的尘垢，抓着车把手，危颤颤地移动步子。

老妇人突然从屋里大步跨出，睚眦欲裂，嘴一掀，声音如铁锹刮水泥地：

“死囡仔三年没饭呷返树胶山去找你老母呷是么！”

那孩子不搭理，咬一咬牙，左手扶着车把，右手搭着木箱，缓缓推着脚踏车。另一个快步跟上，双手搭着箱缘，帮着推。

“死囡仔去死就不要再回来死！”

好容易上了红石子路。你帮着他直到上了石板桥。车子停下，他跨上，挥一挥手，艰难地一踩一踏地走了。

榕树密密垂下气根，粗细不等。树上小鸟叫得价响。

站在昔日的大门前，门槛只剩一方残石，昔日的矮屋连一块板一块旧铁皮都没有留下。芒果树只遗一截衰朽黑旧的树头。椰树和杨桃树还在……。和往昔并无甚不同。香蕉树、废木……都不见了。

眼前只是一列列晒在阳光下的衣服，竖起的木架愣愣的，在花花绿中愈发黯淡无色。

当你转身，抖然发现一老妇人的目光自板缝中退却。你移动双脚——脚步异常沉重缓滞。

你发现自己走在满是泥泞的路上，路灯疲软，周遭无人。仿佛耗了很长的一段时间才看到那家咖啡乌一般黑的咖啡店。夜色囤积在那条没有灯光的分岔路上。香蕉店寂寂，那股臭土味儿和泥浆味一搅和，变成一股鸡屎色的臭味。石板桥很滑，溜溜地想把人拽入那右边的黑窟中。你几乎是静止着前进。

突然觉得榕树怪怪的。

走近一看，把你吓得一个踉跄。

一根根榕须，胀大如油面，油油地挂了满树，一根根一条条地微微蠕动，尾端翘起，赫然都有个头，尖尖的，湿湿的，像蚯蚓。满树长长的蚯蚓。

你拔腿就跑。

然而却并不是那么轻易，一紧张，脚板反而陷入路面。用力一拔，泥浆却喷到脸上。

家家户户门窗紧闭。你跑向窄巷，那里漆黑混窒如流质，增加你身体移动的摩擦力。于是你伸手企图拨开前方的黑暗。左手便湿了。

你感觉左手往下一坠，指掌间一阵冰凉，一颗小水珠溅上脸庞。

在黑夜中猛然醒来。下意识的反应是转头一看，果然。白色的日本拖鞋与床同高，浮在灰郁郁的水面。你立即坐起来，心想糟了，衣柜里的衣服来不及往上迁了——来不及搬的东西还多得很呢。大厅里的一切。厨房里的一切。还有她呢？她哪里去了呢？是不是早已经起床了？如果是，那为什么没有把你也叫起来？——根据以往的经验，她会把你捏、拍、喝醒。

你坐正，着实懊恼了一阵子。为什么自己的警觉性那么差，以往只要夜里下大雨，你一定会自动醒来，坐在大厅等雨停或水淹进来。最严重的一次也不过是水初初从墙下爬进来。估量一下情势：雨下得非常大。太过密集的雨脚打在铁皮上发出非常整齐的音声，颇为催眠。照这样看来，水一定会再度升高。而且恐怕会升得很高。

你把灯扭亮了。

大厅大概出不去了。水已及腰。门外地势较低，水必然更深。巷口水流湍急。只有往上爬一途。水已升及床缘。你赶紧往上爬，手脚并用，踩在墙壁内倒的横木上，一攀。

不久前的一次淹水你们几乎被迫在水位不断升高中仓惶逃出。但她坚持不肯走。水湿了她的裤管，膝盖，水位持续上升，你和她只好爬到桌面上，各蹲在桌面一角，无言相望。你不时转换姿势，看各个视域里水流的变化。她溜一溜窗外，望一望墙上逝者的旧照。邻家的后门隔着急雨打开了，一颗黑头探出来，一张棱角的脸糊地亮了一下。门关上，你只听到雨声。水位上升。一只母鸭打屋子中央漂过，她敏捷地伸出扫把，将它截住，慢慢引导它到手边，手快速一探，抓着鸭脖子，一提，按在她胯下，用下体压制它。

一会，水位与桌面齐高，雨方渐渐地歇了。水浅浅地淹过桌面。

一小时后水退了，你双脚也麻痹了。搓揉良久才跳得下来。她却一动也不动，手扶着椅座，表情古怪，浑身发抖。她把鸭子递给你。她的胯下一摊热腾腾的鸭粪。

中年男人来了，推着脚踏车戴着斗笠穿着黑雨衣，在泥泞中走来。步伐有点急促。他高瘦的身子大踏步进门，叫了声“阿姆”，把她从桌面上搬到椅子上坐下，替她按摩双腿。你小声地朝着他黑色的背叫一声“爸爸”。

住在深林的他给夜半的急雨打醒，心跳响得几乎把身旁鼾声中的父亲给吵醒。他想：糟了。那里一定又淹水了。蚊帐中一片漆黑，他不断地更换睡姿，雨点在铁皮上轰得正热。他醒复睡，睡了复醒。他不断地梦到大水，大水冲走了一切，大水掩盖了一切。他盼望雨快点停快点停。不然他那年稚的弟弟可怎么办他那么小又一个人。长长的夜里雨声不曾稍歇。

高瘦的中年男人身上有一股焦褐色的烟味，劝她说：搬了吧，跟我到芭里去住吧。又不是鸭子，这样三天两天地淹水怎么住。他蹲在泥巴上给她揉小腿。她不语。他单调地重复又重复，声音里响着胶刀在胶树上划过的形象。

“我死都不会把这里让给奸鬼！”

她嘴一掀，斩截地说。他的背影里充满了骨头的形象。她在重述她和邻家的恩怨。说那个男人厚着脸皮到树林里把他们多年的积蓄借走，迄今未还。抓走了她养的猪，分文未付。

高瘦的他默然无语。

你爬到楼板上，坐在尘土里，大门紧紧关着。他对着她那蚊帐深罩的床唤了几声，没有人回答。后门关着，水色映白映灰。

他从床上跳起来，天亮了。雨还是那么大。他几乎快哭出来了。他望窗外。胶园里处处是积水。完了。他跑到母亲面前，她在厨房里饭桌旁剥木薯。她说：你看。隔壁园子淹水了。一棵棵油棕树栽在水中，路一定断了。出不去了。那他们怎么办？他张大嘴问。她的眼中有隐约的泪光。“只有靠天公保佑了。”她说。

水陆续升高，半篮鸭蛋泡在水里，水上了神台。你从木板间的缝隙往下瞥视。雨还是一样急。水位必然还会上升。你沿着梁栋走。蚊帐因泡在水中而张开。枕头和被子都浮起来了。水已盖过泥观音。你走到墙边，双手扶着柱子，抬起脚对着墙板便蹴。你真怕这屋子一经水便垮了。你不歇地踢、撞，使劲地。

“这里的河和那边的渠是相通的，”她说，“渠水流入河，河才流过这里和山里的河会合。所以这里淹水，外面的水一定淹得很高了。……”他想大喊，嘴巴张大了却发不出声音。高瘦的男子坐在门边对着大雨抽烟，他的脸容愁苦，背影中满是骨头的形象。

你剥开腐朽的木板，钻出头去。大雨打在后脑上，一阵晕眩。冷。你摸着了芒果树，亲切无比地潮湿。手抓着树干，脚一放，身体便提了起来。你双脚往树身一蹬，便猴身上了树。你下意识地往高处爬。直到觉得安全了，才把身子窝在树丫间，喘着气。水沿树干流下，从叶丛间滴下，你觉得很冷，便抱紧自己，视野中一片片的都是屋顶。水。天灰蒙蒙地亮了。

他呆呆地看雨。母亲唤他吃早餐。她说，我们的园子高。水不容易上得来。如果连咱们的园子都淹了，那镇上死的人就多了……。

雨终于停了。

你抱着冰冷的树干，打着盹，天渐渐地亮了。渠的形象已被一片黄水掩埋，骤然间奔泻的流水以罕有的宽度展现，刷刷地朝特定的方向冲去。视野内的房屋都泡在水里，泰半比窗子的高度略低些。一些人影站在各自的门口发愣，卷起裤管，他们都开着门，望着像河一般的路。

雨真的停了。她到哪里去了?

水退了些。他急着想出去，却被拦阻。路上的水还没退。他们说。走失了一只鸭子。母亲说。他还是坚持要出去看看。

水位渐次降低。板墙上的水渍是其明证，你仍然不敢下来。望望下头，水依然高逾围墙。每一洞门口都挨挤着等待水退的人。你张望着，全身不自禁颤抖。

他终于说动了担心他母亲安危的你们的父亲。他踩着高大的脚踏车让他坐在后座，一路上都是泥泞和流潦，路一经轮子辗过便现出深深的凹痕。地下水自路面涌出，途经几处下坡地，清水满满，小桥在水中。他坐稳，父亲下车推着，他的脚趾轻轻划过水面。

她辛苦收集的废木尽皆漂走，鸡鸭料亦如此。大水把椰树拉扯得更加倾斜了。水约莫又褪了一尺左右。

他终于来到这满是泥泞的黄泥路上。水虽已退尽却仍一汪一汪地潴积着泥浆。脚踏车轮子一辗过就给紧紧吸住。三两下便哑了，推不动，只得寄放在别人家门外。父亲光着脚，污泥两下子便粘满拖鞋底部，他举步艰难，只好把拖鞋也脱下，一掌套一只。污泥粘满他的脚底，令他步伐呆滞蹒跚。父亲搀着他，两旁的门口都挤着人，把目光往他们身上投掷。一股向上的拉力不断地把他扯向前。父亲的脚从泥泞中猛力拔起时泥浆溅了他身上和脸上。然后他们便踏上水泥板桥头。滑溜溜的几乎难以控制身体的动向。

就在他们走到石板桥中央，猛然瞥见汹涌欲溢的水中一团黑色的事物浮起，瞬即又给水卷没。再度浮起时已在桥缘，他看个清楚：一颗头颅，白多黑少的发已给水打散漾开，一身黑灰色唐山古装，双目抖然暴眦，只一瞬，便急速给吸入桥下。父亲张嘴欲叫，一转头，只见浊水滚涌，那事物便没有再出现。他沿着渠畔狂奔，门口的男人听见他的喊声跟着追了下去。

他缓慢地举步，踏步，向那截向低处延伸的小路，泥泞及胫，积水及膝。所以他每一步都走得很吃力；拔腿，踩下，复拔腿——踩下。

尽头处，一间低矮阴暗的铁皮木屋，门紧闭。

门生涩地开了一条缝，一双疲惫的大眼。一个人酷似他自己。他惊叫一声。

几天后——也就是那只失踪的鸭子在狗吠声中从邻家的园子步行归来的那个下午——附近甘榜的马来人来通报，说河里发现一具支那女人的尸首。

在那个惨淡的黄昏里，你们穿过隔壁的油棕园来到河边，来到那已经有一群马来人围聚的定点。

河水尚未褪尽，浮木参差阻拦造成水声激昂，尸首便像浮木那样卡着，衣服尽皆被水剥离。身体泡在水中，发散开，纠缠着落叶枯草浮木。河畔枯树梢上几声鸦啼，有人大声哭了出来。

——原载一九九四年十月十四、十八、二十一、二十五日

《南洋商报·南洋文艺》

非法移民

• 枉我身为……

也不知道第几回了，伊无意识地把目光投向丈夫归来的路。匆匆吃过午饭后阿良就披衣开着破车离去，除了向中间商催债之外，还打算多囤积一些饲料，赶得及的话可能还会到邻镇去参观一家新的养鸡农场，总之会赶在女儿放学前去把她接回来。然而，他预定回家的时间已过去了大半个小时。

倾斜的西照日把一整座橡胶林子投照成无边的栏栅，每一棵橡胶树和它被延长的鬼黑树影，共同切割着伊有限视野中的大地。那条蛇腹白的路，于焉也零碎不堪了。目光渐渐有些许黯淡，闪着白色的光的碎片，头沉沉地往下一坠——蓦然惊醒。扯着纱笼的左手也已松开。

打了个哈欠，深浓的睡意，摇荡着孩子不知不觉却打了个盹。都怪昨夜没睡好……。

日影更斜了，日色也渐深。伊不禁心绪一阵烦躁，掀开纱笼一瞧，只见幼儿睁着大眼骨碌碌地和伊对看。伊忍不住在她屁股上轻轻拍了两下：

“还不快睡！那么小就这么会享受。你不睡觉妈妈怎么工作？妈还有一大堆工作要做……”

左手使劲铮铮铮地荡了数下，心里不禁嘀咕：小家伙今天是怎么啦。都不肯睡。是不是……

蚊香烧去了一圈半。她还小，知道些什么……？

伊又瞟了一眼丈夫离去的路。住得离镇数里远，没自来水没电，伊又不会开车，每天丈夫都得出一两趟门——接、送孩子上学，采购食物及其他……。每天都有一些伊必须独处的时间空档。这么一个荒郊野外，远远的，只有独一无二的一户邻居。七只狗在林中嬉戏。

伊咬了咬嘴唇，无声地叹了口气。最近几次回娘家，母亲都盯着伊说怎么瘦得那么厉害，是不是因为太过害怕而睡不好吃不好？是呀，谁不怕呢？每天报纸都在登，印尼非法移民打劫、杀死华人，强奸妇女……。镇子里的也被抢，三五成群，拿着长刀，硬硬把门撞开，比什么强盗都还凶。附近郊区发生了几件案子，一位年轻的割胶妇人在黎明上班途中被拦下……一位妇人被击毙在林中，手上还握着胶刀，那地方离这里不过半里远，他也随众去看了，死者后脑稀巴烂，头发都陷进脑袋中去。案子迄今没破。也没听过哪一件案子是破了的。半个月来，不论相识还是不相识，见面必谈非法移民，一径地都在埋怨：怎么突然冒出那么多非法移民？为什么政府放他们进来作案，而受害者大多又是华人？而警察……

“因为他们同文同种，可以增加人口比率，大选时投票对他们有利。”“印尼人和马来人一样，都认为华人有钱。”“要是哪一天他们抢到了有钱的马来人头上，那情况就不同了。”而警察总是事发许久之后才赶来。在这座园子割胶的海南妹也在两天前辞职了，最后一天上班来得尤其迟，过了日午还在慢吞吞地收胶。伊留她吃午饭，她向伊道别，和所有其他的亲朋戚友一样，劝伊一家早日搬走，临走前好像中万字票一样笑着说：“明天不来了——我还没嫁人呢。”

他们能走，而伊一家人却走不了。在这一片租来的土地上，投下了夫妻俩全部的资金——五千只成长中的鸡雏，每回伊都必须向关心的劝说者重复说明：“至少也得等这一批鸡长成、卖出之后……”三年前下决心创业，也不曾预料到会发生这种事，也没料到最近会突然严重到如此地步。其中的两千只再过几天就可以出货了，另外的三千只却是刚买进不到半个月，只因为一个月前鸡价上涨，他就率自赌下去了。三年来鸡价不规律地忽涨忽跌，每天例行的喂鸡、清除鸡粪、添水、打针抹药、掩埋死鸡、隔离病鸡之外，就是担心鸡价与及其他所有必须担心的，尤其是在这种时刻——总是祈祷着一切顺利、一家平安——但愿不要发生什么事才好。小家伙大概睡了。……

伊试着松开荡摇篮的手，蚊香已烧去二匝。缓缓起身，揉一揉腰，目光扫过厅子正中央靠墙的神台上的大伯公神位，慈爱的白须白发老者，与及一左一右文雅的中年随从，都是一副古代人的装束。父家、婆家、夫家都拜着相同的神。蓦然发觉早上插上的三炷香都没烧完，只烧去了两吋许一截。目光下移，陷在阴影里的土地公神位，香炉里香脚丛中的三炷香也仅仅烧去指长的一截。心里难以自抑地浮起一阵阵强烈的不安，艰难地走了几步。

深呼吸。窗外嬉戏的狗蓦然全都休止了动作，被巫术定住了似的——一瞬间又全都动了起来，狗吠着，从不同的起点朝同一个方向飞蹿而去。伊三步并做两步走到纱笼旁边。

枉我身为土地公……枉为众神之一，……他们的祖先把我从世代蛰居的北方大陆迢遥渡海，供奉于这块南方燠热潮湿的土地，在他们家居的厅堂的内壁。大伯公、天后、玄天上帝、关帝、观音……是我寻常的。哦我是，我是那不得已权限萎缩的神祇，在异乡的土地。

……夜深了。怎么翻来覆去老睡不着。明天会不会起不来？好静好静的夜。

房间侧墙一盏幽微的煤油灯。伊睁开酸疲的眼。十五的夜晚，板墙上的裂隙和缝口透进明晃晃的月光。客厅的时钟微细的滴答之声已在伊的耳畔响了许久许久，穿插着睡者平缓的呼吸气息，飘来厅中烧给诸神的香的残余气味。没有风的夜晚，不确定方向的远方偶尔会传来几串狗吠。夜鸮、夜猿、昆虫的族类，窗外的夜的世界。

啊我是那废弃的神，什么也管不着。他们从哪里登岸？海滩、河口、码头与及所有可能的岸边。一窝窝、一簇簇、一船

船。到哪里去？工地、荒郊、华人掌管的大园丘。他们登岸的自由犹甚于国民。

傍晚狗吠得那么凶原来是他爸爸来，骑着摩托车走那么远的路。送我们的女儿回来，还带来一把猎枪。阿良给他打过电话，说会晚点回。“晚上不要睡死，一有风吹草动就要赶快起来。”阿良一回来，他饭也不吃就赶回去了，跑了久远的路，他早早就睡了。

大伯公：人间事，我管不着。

好静好静，前几晚这个时候狗都吠得很凶，一直到二三点。阿忠的几个儿子听说夜里有陌生人闲荡都回来了，劝老父尽快搬家，反正他银行里有钱，好像听到“地”的一声。踩断枯枝？嗯，又没有了。是我多疑了？咦，不对，又有声音——好像是脚步声——狗怎么没吠——好像在鸡寮那里——慢慢走远了。枪就在床头。好像不止一位——还是赶快把他叫醒——但愿是我听错了。

……鬼神不管人间事。

天初亮，伊蹲在井边涤洗衣物，白茫茫的雾充溢在四野，在树丛间慢吞吞地流动，远远近近的树身就像幢幢人影。从井边望着小屋，白雾仿佛自亚答屋顶蒸起。不断地有水珠从叶子上坠下，落在其他叶片上，或打在地面上。

阿良刚出门，送孩子上幼稚园，买菜，去收约好的债。他说会尽量赶早回来，给所有的鸡添了饲料就出门。

丈夫前脚刚跨出门，阿忠搬家的啰哩[1]也绑了满满一车的家当打井边驶过，在伊身旁停下，阿忠从车内探出头来，挤着满脸皱纹，沙哑地说：

"呃，陈太太，阿良出去了？昨晚谢谢你们了。"他费劲地咳了咳，清一清喉咙，"……还是搬出去吧，暂时避一避也好。你们还年轻，钱没了还可以赚回来，性命要紧啊！"

几部车子缓缓地驶过，在雾里渐渐地消失。伊不自觉地放下手上的工作，望着薄雾里的路，呆呆地站了好一会。回过神来，发觉脸都凉了。唯一的邻居，只余一间空屋，连他们的狗都载走了。

刷洗着衣服，忆起昨夜，犹心悸不已。

门缝外是月光与树影的世界。窥视了一会，阿良脸色一变，抄过猎枪，上膛。伊把孩子抱到身旁，搂着。

树影恍如活物，在月光下不怀好意地黏附着大地。而在阿忠家门前却相当清晰地晃动着几个指头大小的黑影——是人影，错不了。一、二、三、四、五……都在谨慎地采取动作，而狗竟一声也没吠。

"贼！"

蓦然一声喊叫，划破黑夜。

"啥咪人？"

女人的尖叫声，孩子的哭声。同时阿忠的门被撞开，伊只听到丈夫在喃喃道："狗怎么没吠……"伊忆起母亲提到镇子

1. 马来语 lori，指卡车。——编者注

边缘某家人被偷（抢），他家的七八只狗也没吠——阿良悄悄把窗打开——据说是后来用冷水泼头才会吠——示意伊掩住孩子的耳朵，把枪管伸向窗外——说是那些人都会使降头。朝天：

一声枪响。两声枪响。

伊紧紧搂着孩子，轻拍着她们的背，连说“没事、没事。”

伴随着婴儿的哭声，是激烈刺耳的狗吠。指头大的黑影快速地在月夜下消失无踪，狗狂吠着朝某个方向奔去。

阿良迅速驱车到阿忠家，热热闹闹都是人声：

“那些死狗！”

“吃就会，有贼来连吠都不会！”

“早就叫你搬你又不搬！明日透早我去叫车来搬！”

“头先差点——”

“谁叫你想反抗？一张椅子对人家有五六只刀，你有脑有？”

“钱可以再赚，命可赚不回！”

“给人 × 的印尼仔！”

“你们也搬吧……”

……

是拿督公保佑吧，伊乜一眼右前方坟起的一座土丘，一截黑色的残余树头前，三炷香犹未燃尽。……也许他们以为我们只是养鸡的工人，阿忠才是老板吧——俗大的铁皮屋，停了三辆蛮新的私家车。……今后只有拿督公祢是我们的邻居了……。

……日日向祢求平安保佑。往昔逢年过节拜祭诸神时也从没漏了祢的份。初一十五上香。祈求鸡价稳定，莫胡乱得病。一家大小健康。也曾向祢求子，妄想横财。如今只求度过难关，求祢管束和祢的子民同族的非法移民……

衣服洗刷罢，汲水。过水。

担心阿忠会去报警，借来的猎枪，阿良又没有使用的执照，警察一定会找麻烦。那把枪放在屋里怕不安全，带在身上又没法工作。天阴阴的……也许快下雨了。那些人会不会来报复呢？都蒙着面，谁知道是不是真的印尼仔呢？刮起风来了，好冷。小家伙也快醒了吧。她一定还很怕。今晚一定要把她们送去婆婆家。后面——好像有什么声音——是狗吗？不对，小黑、阿德、迈克、阿标、沙里、多列咪、山下奉文都在屋前、屋旁睡觉，那我背后的声音是——

枉我身为拿督公。……我身份暧昧，处处尴尬。属于这块土地，不属于这个国家。无奈无奈！

鬼神不管人间事。

——初稿写于一九八七年九月二十日

——一九九五年三月十七日《中华日报》副刊

注：拿督公在概念上一如土地公，是华人到“南洋”之后，顺应新的生存状况而生产出的地方神。据传闻祂是白虎精灵的化身，而祂内在的“人”的属性应属于马来人种，然而信奉回教的马来人又不（许）拜神，应是皈依穆斯林之前的马来人的泛灵论信仰的残余。住郊外的华人一般都把土地公安在屋内，拿督公一定立于户外。后者不设神像，不拜猪肉——这似又是基于尊重回教。关于此一信仰的起源、发展、分布的详细情形，待考。

乌暗暝

黄昏时，饭桌上垫着美禄罐子搁着一盏煤油灯，灯光灯影里冒着热气的菜肴——蕹菜、干梦鱼、马铃薯、猪脚；偶尔从斜处飞来一只灰蛾，总被一只强悍的掌往桌旁扫落。

不断地有筷子无声地往返于菜肴与翕张咀嚼的齿牙间，黯淡的灯光，数张昏暗的脸。两个十六七岁的女儿仿佛若有所思；暮年的父亲像羊吃草那样地细嚼，母亲一一收拾那连续吃了许多餐、业已泛黑几乎难以辨识的盛在小碟中的剩菜——苦尾菜、苦瓜、芥菜及一块硬得像木头的鱼肉。桌旁一角灯影里三十左右岁数的儿子皮肤黝黑，脸上横肉、身上肌肉偾张，一双大眼睛熠熠发亮，齿展、手伸、腮鼓，啧啧有声。

“火笑了。”

母亲睨了睨灶中的柴火。火烧得正旺，火舌在水壶下乱窜，比饭桌上的油灯亮得多。

“阿姆，你讲了整天了。”

小女儿半是撒娇半是不耐烦地应了句。儿子的筷子铿铿作响飞快拨完瓷碗内的饭粒，起身，拉开椅子，把桌面上的骨头鱼刺拨入碗中，蠢动的嘴含糊地吐出“吃饱了”，留下桌面的淋漓，走向身后的黑暗。

几只守候多时的狗第一时间拥上，他举起大脚踹开其中一只嚷道:“滚！”把骨头倒给他宠爱的汉都（Hantu），脑后传来母亲徐缓沉滞的话语：

“是啊，火笑了整天——从早上第一灶火，到下午暗暝，不论是烧水、炒菜、煮饭，火都唬唬笑——”

“骗人的啦——”他提高声量插嘴,“多叠几根柴火不是咔旺啰，天暗了还有谁会来？——”

说到这里蓦然下意识地住口，抬起头肃穆地盯着早早入夜的胶林。依稀可见的橡胶树干一柱柱一排排森森挺立，背景在树叶密密遮蔽中一片深邃的黑。在那精灵似的黑中仿佛藏匿着什么——茫魅的雾在树树间无声地漾开，仿如自地表淫淫生起，一股沁人的寒意。

“看到什么？”

肩膀被搭了一下，身体下意识地扭动，往旁边一闪，手上的碗险些滑落，一看，妹妹朝他笑一笑。

屋里的话题单调地继续着，母亲成功地又清出一个盘子。

“唔知，透早心就卜卜跳，眼皮一直眨——”

望一望炉火，水已烧开，柴枝烧去大半截，壶下的火炭仍然灼红，水溅下，滋滋响。

“火透早就笑到 HOHO 叫 ——”

儿子持着烛光踅向户外井边的冲凉房。女儿刺刺的刷牙的声音。

“我以为谁会来探咱咧，哪知整天都没看到人影。”

突然住口，有点尴尬地对丈夫咧咧嘴，似乎触犯了什么禁忌而略略不安，目光飘过漆黑的胶林，把最后一撮饭送入口中。小女儿收拾碗筷离桌。

雾渐渐包围着这间胶林中的小木屋，以它独特的流姿 —— 发散，聚合，升起，坠落……零星的萤火自在地在黑暗中延伸它的形式，忽而急速下坠，贴地快速飞行；忽而上升、回转、消失 ——“熄了”的错觉 —— 蓦然在一个难以预期的方向出现。是另一只?

父亲也吃完了，自语似的说道：

“阿明、阿辉也有那么久没回来了。”

连日的雨令他的脸上浮泛着一股割胶工人面临雨季时常有的黯淡之色，信步走到夜凉的门外，向远处凝视。

女人为狗分配它们的晚餐。鸡、鸭、鹅、火鸡在它们的栖处偶尔发出一些叫声。独处的鹅最轻眠，和狗一样会守夜、示警。火鸡应声虫似的回声令人厌烦，不论狗吠、鸡啼还是鹅叫，它的回音都一样。雨天的鸡鸭粪便，味道都比晴天浓，也散播得远。猪粪较不明显，它有单独的露天粪池，一场雨后却也满溢了。

猪也在乙乙地叫着，恍如梦呓。猪舍也盖得像房子，旧铁皮、原木柱子、水泥地、原木围栏。十来只猪，依大小分别畜养在两处。

他发了会呆，斜眼望去，女儿在摸黑洗碗，妻子蹲在屋旁另一座灶前。那是比屋内更大型的灶，烧的柴也更粗更长，炉火十分炽旺。炉上搁着一只直径四英尺左右的镬，烧着猪食。伊在调整柴火，几只狗围着取暖。四根原木柱子之上，盖着旧铁皮，像个亭子。在火光照射的范围之外，冰冷地站着几棵木瓜树，那是夜雾盘桓的地方。

他若有所悟地发现，妻子也在发呆。清凉的雾，不知何时已悄悄掩进到屋子里去了。

猫头鹰咕咕地叫了数声。

迸射的光。儿子已点亮大光灯，挂好，强光就向四方溅射。儿子的房里响起流行歌曲，单调的夜开始了。女儿分坐书桌两旁，各自静默地温习功课、做作业。

他缓慢地踱到五脚基，蹲下，为爱犬捉蚤子。

●

火车在古来（Kulai）停下来后，仿佛就没意思再开动。渐渐地入了夜，小镇的灯火零星地亮起。夜风有一股雨后的寒意。

车厢里各族的乘客似乎都颇有耐心。假寐，或到火车外透气，只是几乎没人交谈，仿佛皆已疲乏得无力张口。归家心切，令他有一股无言的焦躁。多年来浪荡于异国，谋食于现代化国家的速度之中，故乡无需交代理由的粗暴停滞让他坐立难安。频频往来于座位与车门间，肚子竟然饿了。起站时误点二小时，而今又延搁了将近一小时，回到家岂不是已经三更半夜？而其他搭客，似乎早已习惯了等待。

他判断此刻家里大概已用完晚餐，点着大光灯。哥哥长年守着家，父母亲大致不会有什么变化。倒是妹妹应已陌生地长大了。小学毕业就离家往大城市讨生活，家里没电话、没地址；自己文笔生涩，不爱写信，也没有固定的地址，向来都没联络。在转换工作之余、假期、情绪极端低落诸事不顺时……，偶尔才会想到回家。在生活的边缘，有时简直就把家忘了。只有在睡梦中，才会再度回到那多风多雨的胶林，在多泥泞和曲折、不断上坡下坡的无尽的求学之路上，弄脏了母亲辛苦洗净熨平的白色校服，一双脚木然立着；路走了一半，到校和折返一样远。生长于城市、宣称自己有洁癖、脸却臭得像没擦干净的屁股一样的女老师的藤鞭在等他——她只相信唯有贪玩才会弄脏校服。

从一个小镇到另一个小镇，然后在城市间流徙，在友人撺掇下出国，渐渐也意识到了世界之大和生存的本质。一个渺小的愿望：在小镇买间房子，让家人搬离那与世隔绝的胶林。那条漫长的路。

想到回家之路的漫长，心头不禁又是一阵烦躁。

不能忍受没有速度——没有进展。他突然下了个决定，拎起背包，大踏步，走下火车。穿过小站，往小镇的主街道走去。即使是搭巴士，多绕几个弯，多转几趟车，也总好过死等。这样的念头一起，就迫不及待地动身了。

●

源源不绝的飞虫自密林深处窜出，直朝大光灯的玻璃灯罩撞去。灯芯发出炽热的白色光芒，虫尸垒垒散落在地上，有的羽翼烧焦之后犹在踽踽爬行着。隔一阵子就有硕大的粪克螂斜斜地飞进来，使劲地撞向灯火，发出铿铿之声；而后向人或朝墙壁撞去，一直到被书本或拖鞋拍击到屋外为止。

母亲仍在厨房里切着待煮的猪食——香蕉茎、野芋、番薯藤。父亲持着蜡烛蹲在墙角燃烧蜘蛛之丝，刺鼻的气味伴随着滋滋之声。

女儿——姐姐在写自由命题的课堂作文《戒备》：

每年总会有许多个狗吠的夜晚，心惊胆跳地睡去，即使在睡梦中也还是听着狗吠、鹅叫、火鸡的回声。往往一晚醒来许多次，有时在梦里醒着，醒时睡去。

床头放着原木削成的木棒，紧急时手一伸就抄着。平时防备的也只是蛇、蝎子和外人。每间睡房都有类似的装备，父母和哥哥房里藏着锋利的长刀，每个房间各配一把手电筒。幸亏养着几只忠心的狗，不论白日或夜晚都尽职地守候家园。要不是它们，鸡鸭都给四脚蛇、老鹰、蟒蛇、石虎、果子狸偷走，鸡蛋鸭蛋也会沦为乌鸦的餐点。但我们最怕的还是人。

昨晚狗又吠了一夜。爸和哥都起来好几趟，拿着手电筒往胶林深处照。当然是什么也没照到。妈常说狗吠不一定是因为陌生人，大多时候是野兽路过。有时见着陌生的灯火，也不知道那些人到底来这种地方做什么。也许是马来人，附近住着一些散户的马来人。这里养猪，所以他们不敢靠近。剩下的最可畏的倒是吃猪肉的华人和印尼仔了。

即使是白天，我们也养成了警戒的习惯。一点点风吹草动，狗吠、鹅叫、火鸡的回声和我们紧张的神经，共同组织了胶林家居的日常戒备。

放下笔，阖上作文簿，几份作业都已做完。妹妹还在写中楷，印成九宫格的簿子，临着柳公权的九成宫。妹妹嘴里嘟囔，显是字又写糊了。

信步走到五脚基上，门前的路向远方倾斜。是一条下坡的路，胶树荫蔽着；在下方的谷地，便是雾生成、聚集的地方。每个清晨或黄昏，那儿都笼罩着一层白雾，像是行将出门或甫自远方归来的云。那是一片低洼之地，一道废弃的河蜿蜒流淌，把镇上的污水引入那片野芋和蕨类丛生的软腐之地。

每回出门，脚踏车一滑就溜个老远，载着胶片的父亲和载着胶果的母亲却因为载重的缘故，得谨慎地控制着脚踏车的速度。反正，归来，不论载重与否，到家门前必定一身汗。狗在波罗蜜树下守候，风从谷地吹来。

除非是橡胶落叶时节，否则见不着远处邻家的灯火。镇子在目光的界限之外，那是上学、购物、倒取馊水的地方。

●

在车站草草吃了盘马来炒面，上了巴士。巴士在夜风中奔驰，车窗在飞驰中震震作响。车内灯光昏暗，司机是位马来青年，剪票员是高瘦的福建人。乘客大多是马来人，上下频繁，巴士经过许多黑暗的乡村。他渐渐地睡着了，每一回在激烈的颠簸或猝然的刹车声中惺忪醒来，目光投向窗外，密林中一星灯火。不知名的路，不知名的野林，大片的漆黑中间隔出一点人间的星火，那便是家了。他人的家，却也是家的形式。

迷迷糊糊到了终点站，灯火的小镇。等下一班车。上车、剪票、昏睡。穿过密林，一盏盏不是他的家的灯火。巴士愈来愈空洞，到了最后甚至连剪票员都下了车，车上只剩下他和司机，司机把车内的灯也关了。

车子不再在途中停下，速度不知不觉地加快。很快地又抵达另一个终点站。小镇的灯火大半熄了，而有一股凄惶黯淡之感。车站内也仿佛行将歇业。最后一班车似乎是在等他。和其他两位夜归人一道上车之后，车站的灯火也熄了。

没有街灯的路。经过一条汹涌的河时，巴士与那班迟到的火车遭遇，平行驶过吵闹的桥。火车灯火通明，每一个车窗都亮着，仿佛露齿笑着，疾驶在迟到的夜里。马来乡村的高脚屋灯火也都熄了，家居之间披笼着一层肃穆的雾。只有回教堂还神圣地亮着。

车过密林，他那浸染着雾水的目光追逐着一盏盏、守夜的微明灯火。都该睡着了吧？割胶工人黎明就得起来，像煤矿工人一样头上顶着一盏灯火，劳碌着。

最后一站了，到了车站，再徒步走上一个小时，就可以见着等他归来的家的灯火。

●

临睡前，女儿习惯性地催促母亲去歇息。

掀开巨大的锅盖，滚滚白烟蒸腾，令伊侧着脸庞、眯着眼。馊水混合着野菜的猪食在初熟之际竟尔泛出一股热腾腾的香气。伊双手握着一根棒子使劲地搅拌，蒸腾的热气把伊的身子也遮蔽了，热气的边际如抽丝一般地被外头的寒意吸走，黑暗中的木瓜树宽大的叶子蛊魅似的静止不动。炉下的柴火全都化成了炭与灰，脚板大小的炭红炽炽的依旧十分耀眼。几只狗围在炉前取暖，等着搅拌出来的骨头，和猪们无法消化的大片且坚韧的厚猪皮。

小女儿打趣地问：

“火还笑吗？”

母亲笑笑，额上汗湿。姐姐捏了妹妹一把。

“东西煮好了，不用再添柴，火就笑不出来了。”

母亲说着，盖上锅盖，大功告成了。叹口气。

“以前都很有效——火笑一定有亲戚朋友来，今日——”

此时一旁的狗蓦然弹起，狗吠，朝某个方向奔去。她们不禁心里一紧，一个共同的念头泛起：又来了！

全家顿时陷入心理上的戒备状态。只见父亲、哥哥都已披上外衣伫立在五脚基上向某处张望，右手各握着一管手电筒。最近印尼非法移民打劫华人的新闻经常见于报端，抢劫、杀戮、强暴……已令乡间的住户日日活在紧张之中。报载，非法移民都是三五成群作案的，清一色男性，握着巴冷刀，即使是家门紧锁，也会被强行撬开——。

一如昨夜，他们迅速地把大光灯熄了。父亲持着长矛坐在五脚基的长凳上，母亲、女儿在把后门锁好之后，也都在父亲身旁警戒地守候着。从狗的吠声可以判断它们遇到了什么。这一带已经没有虎、象、豹，能迫使群狗后退的，大概只有人——尤其是手拿武器的人。

儿子拿着长刀，在树影的掩护之下，已悄悄地追随着狗吠声，没入了树林的黑夜中，俨然已是一个武装的狙击者了。

●

一走入胶林，顿觉凉意逼人。毛孔轻轻舒张仿佛吸吮着夜黑和雾气。

漆黑的林子，只有路是隐约的白色。摸索着折了根盈握的枯枝，以防遇着蛇，或者烂缠的狗。

沁人的雾气化为一波波的寒意，汗水和露水再也难以离析了。曲折的小路，在每一个转弯处都再度歧岔，每一个岔路都各属于一户人家。每当逼近那样的路口，该户人家的狗都会在极短的时间内飞奔而至，不只狺狺不已，甚至不怀好意地趋近他的小腿。他只好挥棒把它们驱赶开去，一面加快速度离去。

灯光下影影绰绰，仿佛在守夜。有的还拿出手电筒，远远地朝他照来——他下意识地躲到树后，以免多费唇舌。幸亏手电筒的照明度有限，让他得以轻易地闪躲。

走过几户邻家之后，他心里突然有一股莫名的不安，狗的吠叫和灯火的紧张，无端地制造了恐怖气氛——仿佛什么糟糕的事情即将发生，或者已经发生。

蓦然醒觉这样的情境他其实是熟悉的，只是因着时空远隔而早已忘却。幼年时，居于胶林深处中的家也每每为夜里的狗吠和莫名的灯火惊恐戒备，唯童年的意志往往不敌睡意，父母亲在大厅油灯的昏亮中守候，而他和同样幼小的兄弟姐妹依偎着睡去。渐长之后，才渐渐的懂得父母的忧虑。依稀记得有几回，陌生访客沿着手电筒的灯光徐徐趋近，坐到深夜，始徐徐道明来意——无非是要钱。

然而有时却是胶林深处一团橘红火球，神秘地浮现，离奇地消失。那样的火光是许久再也不曾见了，自从这一带的原始森林开发之后。那是祖父的时代了。

从狗的吠叫他仿佛感觉到这胶林的夜里藏匿着一种看不见的隐秘事物，没有固定的形状、形式，它是胶林的夜本身，或者说是一种相对于灯火的暧昧的存有……冷、不透明、恐怖……。摸黑的他被卷入了胶林的夜的稠密，在他无法以肉眼看穿夜黑的同时，似乎已被一种无所不在的目光监视着。他突然疯狂地担心起家人，尤其当他走到应该可以看见家的灯火的地方竟然几乎无法确定家的位置。他一时之间不知道该如何逃出这一片黑暗，只有奋力朝家的方向狂奔而去。然而那是上坡之路，酸疲的脚和地心吸力把他的速度转化为往下踩的重量。淌着汗，热气经毛孔无声析出，经由黑夜的牵引吮吸。

仿佛听到了家的狗吠。

一束灯火猛打在脸上，一声惊喝：

·青月光

后脑的激痛，悠悠醒转。衣襟已湿透，水珠滴落唇齿间，睁开眼皮。不知置身何方。高树巨大的黑影缠绕着雾，螺旋上升，一弯刃细月牙，青冷冷地吐露锋芒。

打了个喷嚏，艰难坐起身，一张脸露湿。头疼，思绪错乱。坐在一处未曾见过的胶林，除了身上衣服之外，无物伴身。抚着头站起，蹒跚地，向一条乳白色的路面走去。

确实是一条路，唯前方没有灯火。抱着只要找着可以投宿的地方就好的想法，跌跌撞撞地往前。良久，依

·一碗清水

首先是意识到寒冷，然后是潮湿——眼睫、脸颊、后背——，接着是激烈的疼痛，从后脑勺延伸至前额。他睁开眼看到黑暗，撑持着坐好，伸手往后脑一探，枯叶、砂土、头发与黏液紧密地粘结，轻轻扯下一片叶子，即引起剧痛。他尝试回忆，记忆库里却一片空白。

是深夜了吧，无意识地摸一下左腕，手表不在腕上。周遭是黑色的树影，幽游着浓雾，是萤火还是鬼火，一闪而逝。仿佛和雾一体的是灰色的云，一弯刀刃般的冷月，见证了云雾的急速流动。

稀见到十公尺外有一间黑漆漆的屋子，稀稀的雾徐徐地从它的边缘蒸散。新月下，淡青色的光芒敷上它的铁皮顶梢。

没有狗吠，没有人声。大门虚掩。他敲了敲，拍了拍，喊："有人在吗？"无人应，用力一推、再推，方始涩涩地开了个身宽的缝。一阵极为熟悉的、回到家的感觉。

"有人在家吗？"

他听到自己陌生的声音在身壳内回荡着。

凳子冰冷，墙上相框次第并排着，桌上有油灯，灯旁有一盒火柴，他把灯点亮。从前的感觉，有人在房内睡觉……。一间间揭开门帘，床上、床底都没人。怔怔盯着墙上祖父母、父母、兄弟姐妹的照片，不知道过了多久，灯熄了。青白的夜光自大窗流入，他仿佛听到母亲

左脚旁散乱着衣服、行李箱。胡乱地把衣物塞进箱子，拎着，觅着白色的路，一个脚步一个脚步十分沉重地移动着身躯。半晌，眼前空出一小片天。一间老旧的铁皮屋，屋顶泛着几许寒光，屋子像一张脸沉在黑影里。

屋前斜躺着数摊黑色事物，勉强辨认出几只近乎遭肢解的狗尸，内心有一股莫名的慌张与悸动，勉强加快脚步，五脚基上脚踏车斜倒，长凳掀放着。大门敞开。屋内没灯光，几乎一步也跨不进去，脚一动就踢着硬物。他蹲下，搁下行李，双手一面推开拦阻的杂物，一面往里头爬。桌、椅、水壶、杯子、玻璃碎片、血、镜框……只是一直摸不着灯及火柴。

确切无疑地，他感觉自己是回到家里了。站起，目光较适应黑暗了，跨过障碍

低低的声音：

“火笑了。”

他努力地去搜寻记忆，很讶异几乎所有的记忆都被洗掉了，像雾里的树那样鬼影幢幢，不着边际。为什么会出现在这里？从哪里来，还是从未离开？没有“过往”可言，所有的人、事、物都杳然无迹。残存的只是感觉本身的记忆。这处所、空间、相片、灯火、月光……。所有的人都到哪里去了？

从后门出去，烧猪食的地方灶里犹有残余的炭火，包裹在粉屑般白色的灰里，仿佛可以辨识出母亲温柔地凝视残留的温暖。雾自树梢往下沉，一只猴子因做着噩梦从树上坠下。远远的鸡啼，他转过头，木瓜树下缩着一只睡眠中的白鸭。

淡青色的月光，一涌雾朝他卷来。凉凉的湿意从前物，朝神像安置的处所寻去，依稀记得那儿的抽屉里一定会有蜡烛、火柴，然而神台已被推倒，墙上的大伯公相框也倾斜了。

持续地摸到一摊摊的血，黏稠，膻腥。终于，在屋角摸到一具尚有余温，全无心跳与呼吸的肉身。跌跌撞撞地在不同的房间里找到另外几具，沾了一身的血。还是找不着火柴。找遍了屋内每一个角落，就是找不到一个可以告诉他究竟发生了什么事的声音。他想哭，却没有泪。

他继续像大蜥蜴那般搜索着，一直到筋疲力尽，后脑勺的一阵凶暴的抽痛令他再度失去知觉。

醒来，趴在五脚基上的血泊中，大门紧闭。目倦神怠，复趴下睡去。

被灶中柴火的温度唤醒。

躯进入，自后背析出。雾过后，他讶然发现地面上油黄的自己的影子，半透明。黑色铁桶上覆着平日杀鸡盛血的白瓷碗，在它底部的中心，有一滴鲜血。

睁眼一瞧，灶里红熠熠的炭兀自吐着金黄的舌，浑身上下支离破碎般地疼痛。离身体不远处一青花瓷碗，清水八分满。口渴难挨，匍匐前进。水面无端漾着涟漪，令他伸出的手动作停止的是眼前的景观：一滴鲜红的血，沉在水底，碗中央。中心处深殷，边缘如微血管辐射状散开。

鸡啼，他听到母亲的脚步声一如往昔地踩响了厨房。

又是割胶工人三三两两成群走入胶林的黎明时刻。浓雾不升也不降，酣酣地充塞于树树间。工人们头上戴着煤油灯，一一撕开胶树的旧创，削去一层新皮。蓦然，有人在惊叫声中见着数团大小不一的火球追逐着往雾起之地狂掠而去。

（灶里残存的温暖里，响着母亲欢愉的梦呓：“终于回来了啊？”）

——《乌暗暝》原载一九九五年二月五-六日“中央日报”

——《青月光》原载一九九五年八月三十一日“中央日报”

——《一碗清水》原载一九九五年九月二十四日“中华日报”

鱼骸

光绪二十有五年，岁在己亥，实为洹阳出龟之年。

——罗振玉《殷墟书契前编·自序》

甲骨文字清光绪戊戌、己亥开始出于彰德府西北五里之小屯。

——王国维《观堂集林》

此地埋藏龟骨前三十年已发现，不自今日始也。谓某年某姓犁田忽有数片随土翻起，视之，上有刻画，且有作殷色者。……土人因目之为龙骨，故药铺购之，一斤才得数钱……购者或不取刻文，则削之而售，其小块或字多不易去者，悉以填枯井。

——罗振常《洹阳访古记》

古者庖牺氏之王天下也，仰则观象于天，俯则观法于地。……而神龟负文，河出图，洛出书，圣人则之。依天地之法象，以画易之卦。依类象形，初造书契。

——董楷《童溪易传》

龟生于草野深泽。

——褚少孙（补）《史记·龟策列传》

烈阳曝照的正午，四野静悄悄的，正是工人回家休息、蚊蚋稍歇的时刻。沼泽深处有鸟鸣蛙叫，大爬虫的腹部窸窸窣窣地摩擦着草茎，猴群次第跃过稀疏的树。水面勉强浮着给草叶切割成零乱碎片的日光。缓慢的步伐一路踩断枯枝，他来到草泽畔。穿着长筒靴，长裤，长衣，连脖子、额头也缠着湿巾；戴着白色手套拎着棍子的手徐缓地拨开迎面横着的草。大部分的草叶和茎都锐利如刃，要不则长满尖刺。一不慎便触肤生疼，马上留下淡淡的血痕。风也可以助长它们的态势，密密麻麻的刃叶胡乱打来。一举步即陷落，踩着了软泥，隔着靴子仍觉得异样的冰凉。被吸着的脚艰难地连靴子一道拔起，跨出下一步。水愈来愈深，淹过了靴，湿了裤子，及腰。他干脆俯身于水中，双手轮替抓着水涘的草茎，半爬半游地深入。因他的来到而自水涯“逢”声落水的或者是青蛙田鸡，大大小小的四脚蛇，要不就是常见的草龟，许多回，他看见它们自水中警觉地露出头来，眼一转便快速沉入水中。

沿着自然的水道无目的地往深处去，渐渐脚已踩不着软泥，腐殖质饱满的黑水见不着底。他以自己习得的狗爬、龟潜、蛙蹬……等等混杂的姿态紧靠着岸边前行，也不知道绕了多少个弯，见过水獭外貌凌乱的巢和它们遥遥的警戒，大若鳄鱼的四脚蛇冷冷的凝视，草丛顶端蓬乱的鸟巢……。在一处令人眩惑的所在他看到了难以置信的景象：堆积如山的巴掌大的龟壳像弃置的古朴陶碗，仿佛是龟之墓场。竟还有三五只那有他身躯的一半大、原始森林才有的大陆龟迟滞爬行……。

弟弟寄来的信：

> ……大哥的骸骨找到了，由于长期泡在水里而长满绿色的水苔。母亲十分伤心，好像大哥刚故去似的。……

母亲八十二岁了，属狗。大哥一九三五年出生，一九五二年失踪，一九九二年证实他死于失踪之年。

逐渐昏沉下来的日色，流金璀璨，空有光芒，并无一点热力。金色余光斜照在蓝色信笺上，倾斜无力的字迹却好似松开了久经压缩的岁月，令他陷落在某段在记忆里埋没的时间里。镇压信笺的是一块骨节似的褐黄色小器物，承接着没日余光。冬日里难得的一个好晴天转瞬将逝。天气预报说，又一波寒流将至，浑身关节打午后开始就无声息地幽幽酸疼起来。岁月啊岁月，迟来的绿色的白骨，竟是母亲数十年等待的报偿？那曾经支撑她活下去的信念被现实摧毁之后，她是否承受得了这一波忧伤的袭击？

……这些日子以来，母亲对你的惦念日深，也许是对长子的哀思衍伸为对久在异乡的次子的思念罢。……哪时候有空，可以回乡一聚呢?

到底也有许多年没回去了。一个地方住久了，不免对它产生严重的依赖。生活方式、生活圈子、生活步调甚至连生计都几乎被决定了，并没有比一棵庭院之树自由多少，只是较不易自觉罢了。

隔着研究室的窗子，斜躺在油褐亮的藤椅上，中庭的花树不论樱桃杏李，无不枯秃；待春日来时，花朵的繁盛总是先于枝芽，繁花的蓦然绽放总是令来自热带的他惊艳不已——如这异域冬季刺骨的寒凉——虽然多少年那样过去了。常绿的大榕树占据了中庭近半的天空，不论严寒还是酷暑，一径威赫赫的，在地底下恐怕更全是它的版图；有一天，甚至当他在老旧破敝的图书馆里翻查旧籍时，竟也发现它的须根悄悄地穿行于腐朽的砖石与石灰之间，不知何时它们微小尖锐黄嫩的细部已如触角那般探向即将自行瓦解的老旧书籍。图书馆年久失修的壁面与天花板均已有多处受潮剥落，数十年来不论白日黑夜如幽灵一般畏缩着身子游走出入终年阴凉的其间，却始终未曾察觉墙内缓慢延伸的生命。日末之景，斜光里，研究室中浮尘流转，恍若大雾飘茫。墙上挂着幅台静农先生的行书，是台先生晚年一写再写的向秀的《思旧赋》，沉郁忧结，老榕盘根。

研究室内一柜柜一橱橱的书，泰半是旧籍，二十五史，十三经注疏，百子丛书，甲骨文字集释，金文编，贞松堂全集，观堂集林，郭鼎堂文集，说文解字诂林，金文诂林，董作宾全集……。矮几上、角落里也全都是书或文件，一架电脑、一台印表机、热水壶、茶具……。书橱玻璃后是几个似真似赝的古中国石器时代的骨董，神话造型，蛮荒异兽。几幅比巴掌略大的相框，泛黄的少年及枯瘦的老夫妇黑白肖像，彩色的全家福……。六七尺长的办公桌上，黑色的拨码电话，一副完整龟壳，巴掌大，背甲和腹甲由甲桥相连着，背甲灰褐色，腹甲黄褐，两面都铭刻着裂纹般的字迹，背甲无字。他无意识地把玩着，在掌心，像盘弄古玉那般地盘着，掀开，合上，复掀开。背甲内侧白色的脊骨浮凸，因年深日久而微黄，龟背九宫八卦，隐契河图。而残阳镀以一抹远古的辉煌。廊外的方向，那口纪念老校长的铜钟又当当当当地连串响起。拨个电话回去，说今晚不回去吃饭了，“要熬夜赶篇论文，赶在截稿之前。”

日光初照的晨曦，树林里残余的夜雾加速稀释，氤氲吞吐，宛如是大地的调息。醒来时睡外侧的长兄不知何时已离去，只是床板仍然温温的。推开窗，潮湿的雾气蓦然迎面扑来，长兄瘦长的身影在雾中若隐若现，在无表情的树干间渐渐远去，朝向日升的方向。他那么早起来干什么?

之前一直以为他是到林中帮割胶的父母的忙，有一天竟听见他不客气地回绝父母关于帮忙的请求，他语气强硬地说：“我有更重要的事要做。”继而是父亲夹杂着威胁与惊恐的厉喝："啥咪代志'更加重要'？你唔惊掠去死？"[1]及往后日子里母亲在任何可能时机与长兄的窃窃恳谈："……你是大的，给你读书，要做小弟小妹的榜样啊。……厝内大小，将来拢得靠你，莫走错一步。"而长兄若非闷声不响，就是以青春期惯常的愤懑，用发音刻意标准、仿佛学自某方广播的北京话回敬："要是每个父母都像你们那样想，国家民族哪会有什么希望？"因而在父母忧愁担心的脸上直觉地意识到他是在秘密地做着什么父母反对的危险事情，也诱发了他的好奇心。

有一回他惺忪醒来，蒙眬中只见大哥在灯影里整理一些纸张，姿态十分庄敬专注。雾气从板缝中被灯火吹进，在他再度闭上眼时，听到轻轻的关门声。又一回，他想偷偷跟去，却被预先拦下，大哥说："你还太小，等你再大些再说。"

那一天他终于耐不住好奇心，克制住深浓的睡意，远远地尾随而去。只见初日从地表浮起，先是偌大的一颗咸蛋黄，一吋吋地往上浮升，大雾冲涌。大哥他最终消失在那一片广大绵延数十亩，覆被着各种热带植物的沼泽的水边，消失在一片烟水茫茫之中。稍顷，四下流窜的雾盘桓、隐遁于日光所未及的暗角，蓦然朝阳变颜，朝红退却，万道光芒迸射。在雾欲散未散之际，在他寒意的睡眼中，突然瞧见幢幢身影忽升忽落，一串串爆竹似的巨响，混杂着沉重的踏水声，清亮高亢的惨叫声，仿佛就发生在水边，或沼泽的深处。他感觉某件可怕的事情正在发生，而且很可能就发生在夜夜和他同寝的大哥身上。

1. 意即"什么事更重要？你不怕被捉去死"，闽南语。——编者注睁大了惊恐的眼，肩背死命地贴着树，除此之外他不知道还能做什么事。自雾中走出十几位红头绿衣的士兵，在水边踩下重重叠叠的脚印，铁打似的脸上尽是杀气，肩挎着长枪。有几位士兵两人一组地倒拖着猎物的脚，一共拖出五具兀自冒着鲜血的尸体。他不敢趋前，只是一径地瞪大了眼睛，看：也不知道是希望还是极不希望从中辨识出不久前走进雾里的那人。士兵发现了他，其中一位恶狠狠地朝他跨来，却被另一位带头模样的喝止。那人用他不懂的话问了几句，他不点头也不摇头，一径地贴着树，缓缓坐下。

没多久，视野更为开阔之后，附近一些住户及正在附近工作的人都赶来了，目瞪口呆地往水边的尸首及满地的鲜血张望。父母亲率先赶到，抢到尸首前，一一重复地掀翻，而紧绷的脸方稍见放松。及至发现瑟缩在树头上数十处遭红蚂蚁啮咬兀自不觉的他，脸色又转为惨白。

“你安怎会在这？”

“……”

“是不是你大哥……”

而母亲含着泪水飞快且用力地以头巾拍去他身上的蚂蚁，父亲低着头支支吾吾地向士兵们询问。后来经过家人的译述，才知道其中一人在乱枪中逃走。军警之后广泛地布线搜查，依旧一无所获。其中的几具尸首，证实是他大哥的同学，均为当地共党青年团干部。沼泽中发现的一间简陋的高脚屋，事后被付之一炬，一艘小舢舨，也被没收。

那年他刚要进小学，而大哥高二升高三。

长兄再也没有回来，也没听说有人见到他。尸体也一直没有找到，所以他在警方的纪录里只记载着“失踪”，没法办理死亡证明，并且一直在通缉中。很长的一段时间里，几乎每年都有便衣来向父母追问他的下落。

落籍于斯三十载，最小的儿子年岁也比印象中的大哥大上一截。然而作为那个时代的儿子的大哥，虽然来不及长大而容颜青嫩，却也来不及腐败而志气饱满。那种信心满满而嘴角紧抿，目光迫人的少年神情，他此生再也不曾见到。解严以来从头开始学步的学运，校园中悬挂的白布条，校门口前持扩音器叫嚣演说的大学生，不知怎的都予他一种幼稚之感。也许，要不是长兄的缘故，他几乎也可以算是那个时代的儿子吧。

小学六年，校内平静，校外风起云涌。几乎每天都可以见到被击毙而陈尸示众于大街上的青年，几乎都是华裔。午后阵雨式的示威，墨迹未干的白布条，挥舞着的小红书，军警的哨声，街头的逃窜。他已习惯于审视那些青年的脸孔——不论是生者还是死者——许多年后他才知道，在他自己也并未了然的无意识里，是期盼和那猝然的失踪者不期而遇的。许多年里经常做着同样的梦，床的外侧触手生温，少年在灯下写字，门开了，一条遥远的黑暗之路，雾茫茫，蓝色荧光浮沉，一曳而过。少年跨出门槛，他想喊，口中无声；欲起床，却宛如被钉着，动弹不得。

那是一个热火焚身的年代，曾经自诩日不落的大英帝国行将日落之际，东方古老巨龙始经退皮换血，所有生长于南方的华族子弟都深受鼓舞，纷纷自诩为革命的儿女。是的，他们把自己的鲜血当时代的燃料。自命为异乡千里的幼龙，以为人生不过鲜血与白骨，如此而已。那是一个燃烧的年代，冲突的年代。长兄先发的事故致使家人严密地守护着他的成长，叮咛再叮咛，告诫复告诫，甚至后来不惜举债把他远远地送到另一个异乡——台湾——以让他沉稳于时代的狂飙之外。

而小学三年级那年，政府把他胶林中的家划入黑区，和许许多多胶林中的住户一样，被迫迁往小镇边缘政府划定的“新村”内，原有的木屋被一把火烧了，以杜绝马共的后勤物资及免于成为他们现成的藏匿之地。每天凌晨，每一位工人在离开铁丝网、铁蒺藜围成的“新村”的关卡往林中工作时，都得经军警严密的检查是否夹带违禁品（弹药、传单等）或过量的食粮，返回时亦然，搜出任何带有文字的纸都会令他们惹上大麻烦。中文字，在那个时代，像符咒一样充满神秘的魔力。

在长兄失踪的前一年，已断断续续地教会他认识一些方块字，自家的姓，自己的名字，父母兄妹的名字，报章上斗大的“南洋”及“星洲”等等，也经常指着报章上寸许大血红的头版标题字中的“中国”要他牢记，肃穆地告诉他一个遥远、古老大陆的故事，要他长大后无论如何要以身为“中国人”为傲，而他的志愿，和其他那个年代的儿女一样，也无非是有朝一日回到那古老大地的长城、长江、黄河、大草原去遨游，“把自己的名字刻在祖国的石头上，”他说。因而有许多年，他一直以为大哥他潜逃回他的中国去了。他天真地以为，那片不知底蕴的沼泽也许里头就有通向长江黄河的秘密通道，长兄像一条幼龙那样游回去了。尽管如此，大哥梦想中的神州，他是一次也没去过，也从来没想过要去。在解严之后，妻子儿女岳丈岳母及同事们全去了不止一次，他还是默默无动于衷。虽然他对老中国的骨董有极大的兴趣，也以老中国文化符码的研究为毕生的志业，对岸各大学术机构或同行以私人名义寄来的邀请函（邀请出席研讨会、演讲或其他各项合作）均一概不予理会，半公开管道流进来的大陆专业书籍，倒是买了不少。最远他只去到香港。开会，买书，买些古玩，而独独钟情于号称是石器时代或夏商朝玉制或石制的古朴刮削器。这一切并非源于政治考量，而是基于更深层的情绪。

中国啊中国，它是致长兄及多少时代儿女于死的诅咒呵！

沉浸在黑暗里他默默叨念。多年以来许多事情他都懒得去想，日复一日，许多日子都一再重复。每日大部分的时间都花在“温故知新”——重读古籍——仔细地比对异代的注疏或版本，尤致力于先秦；一再浏览考释临摹未识的上古文字。读论文，岛内外及图书馆中对岸的学报，记札记、摘要心得，偶尔参加论文发表或讲评，给大学生与研究生上上课。学生来来去去，一届毕业了，下一届新生又来，如此循环不息，常一晃四年就过去了。也常碰见来自大马的侨生，他们也几乎都知道他的“同乡”身份，然而他对他们的态度既不特别热情也不特别冷淡；不会像某些心态有问题的老师专挑侨生来当[1]，也不像某些特别热情的老师逢年过节必请侨生到家里聚餐。他对同乡的冷淡，连妻子都看不过去，抱怨了许多回，“也不想想以前

1. 给分不及格。——编者注

你的老师是怎么对待你的！”她说。而他一贯地一言不发，若有所思。久了，也不再有人想去勉强他，而他也毫无改变的意思。有时遇到特别用功的学生，也会令他想破例以待，然而长久的习惯所形成的心茧令他那第一步总是跨不出去。稍一迟疑，他们又毕业了，眼睁睁看着他们回乡去，也不可能再和他联络。不止一次他被那些小同乡质问:“为什么不回去？为什么不为更需要你的地方多贡献一点心力？”他的反应都是一样的低调，沉思良久，沙沙地回答:“回不去了。还回得去吗？”不管对方再说什么，他都一径地摇头，最多再加上一句:“龟虽产于南洋，龟版却治于中原。杀龟得版，哪还能还原？”这些话，在一届届的小同乡毕业回去传播之后，早已流传甚广，许多新同学之所以向他发问，不过是为了证实传闻是否半句不差，后来他也渐渐知道了这回事，学会了默不作声。旅台大马同学会邀请他演讲座谈或参加他们的文学评审，他一次也没答应；母校、董教总、大马全国华团联合会、留台联总等机构邀他出席“马华文学的未来”“中华文化与大马华社”“二十一世纪的大马华人文化”之类的演讲研讨不下数十遭，他连回绝的信也懒得写，甚至老家也很少回去，数十年来还回不到十趟。每一次回去，愈到后来，与父母弟妹犹如枯木相向，只能聊几句最简单的家常，此外便是默默相对。

“身体好吗？”

“好。”

“钱够用吗？”

“够。”

所有关于他生活的细节，都靠着妻子的转述，而老家的种种，也都从她口中得知。

长久谋食于异地，谨慎地求自保已成为他无需思索的求生守则。那是一个虽然封闭但至少“安全”的世界；他没有野心，不讨好人也不得罪人，沉默寡言，以寡欲木讷的方式选择性的拒绝这一个圈子内数不完的酒会、餐会；宴会中可以拒绝的，不论是“党国”的、圈内大老的、师长、同行、同学，还是学生的……。为了合理化他的退缩，长久以来，认识他的人都晓得他对酒精过敏，连啤酒都不能沾唇；怕老婆怕到近乎可耻的地步，即使老婆说地球是方的他也不敢说是扁的；对政治极端敏感及冷感，任何在他职业所规定之外的签名要求他都敬而远之，不论是环保还是挽救某位学习激进的学生使免于退学。他知道存活于人世没有人可以免于多余的批评，况且是安身立命于这样一个窄小封闭的世界，与书为伴，与文字为伍。每个人的背都镌满他人的尖刻讥评。书呆子，老蠹鱼，书柜，南洋龟——等等，手握龟壳已是他个人的形象标签，兼之长久的畏缩造成的微微驼背，长期凝视染尘多寄生虫的古籍而严重近视，眼袋隆肿及粗糙如沙，低沉却又细小的催眠嗓音，令他也不禁觉得自己是只未老先衰的乌龟。仿佛未曾年轻过，是天生的苍老、忧愁，苟存性命于乱世。他似乎早已属于这前台北帝大、前日本帝国仿欧陈旧建筑暗影的一部分，就像这古老建筑暗处所有的寄生者。

漆黑的夜里，傅钟再度敲响。老校长的幽灵又出来走动了。多少个随国民政府撤退来台的文史学者在这座幽黯的大楼里度其余生。他们在大乱之中来到这里时差不多就是他现在这个年龄，他们属于那个大格局的时代，或多或少地都沾上一些那个时代的气势。旧学的底子，仿佛是他们先天的优势，刚刚进入这个世界听他们的课时简直有点目瞪口呆。这不全然是由于他们南腔北调的嗓音，而是那几乎没有边际的记忆——从晚清、他们成长的民国，穿越明、元、宋、唐以迄魏晋南北朝、两汉先秦周商，所有的知识都化为掌故，且如说故事者那般的感情投入，说古人如见其人，言古事如亲临在场。他们都是通灵人，上课犹如简化了的祭典和演出。源于他的南洋身份，老先生们也对他照顾有加，常谈起那个时代的种种情事。除了与其他同学一样常和老师一道喝茶吃饭、到老师家上课、听他们谈史论文之外，老师们也常对他嘘寒问暖，甚至补充他知识上的先天不足。于是在他的记忆里便充满着他们的声音与身影，家长般的温暖；这一切，在他们一一物故之后，也都化成了幽灵的身影，夜夜飘浮在这座衰颓的建筑。每天夜里，他几乎都是最后一个离开的人，十点以后听到校工使劲“砰……砰……砰……”地次第关上每一扇门窗，在所有的人都回去的午夜，剩下的就只有他一个人独自守在这座修道院，与幽灵为伍，倾听他自己的脚步声回响在空洞的长廊，回音追逐着回音，嬉戏于无人的夜；老榕的根须丝丝地向所有可能的存在间隙探路。

确实，那是他的秘密之一。有好几回，祖籍湖南的外省籍老校工意味深长地向他探话，问他半夜里在煮些什么好吃的，怎么味道那么怪，是在烤什么还是蒸些什么，偶尔晚归的院内同事也曾向学校抱怨午夜的学院里有怪味，令他不敢太频繁地进行他的实验。

许多个冬日的早晨或黄昏，只要大致不会引起太大的注意，守候在醉月湖边观察那些争相叠在同伴背上晒太阳的乌龟的他就会以非常快速的手法网起一只他的猎物，藏于研究室，在夜深人静之时悄悄地做起“实验”。

“实验”并不复杂，首先是燃起一根香烟，烟头往龟尾一烫，在龟头伸出的一瞬间手起刀落。先断其头，再断其四肢和尾部，切开上下甲之间的肌肉。有时只需刳去它的肚肠（以免残留的龟粪碍事），即可置于烤箱内烤食，十分钟内即可以听到清脆的“卜”的一声龟语；或于电锅内清蒸，啜其清汤。他的目的为的不仅是吃，同时也是为了取得龟甲。吃完后，可以把龟甲留下，洗净，阴干，置上数日。之后，刮去背甲表皮的胶质鳞片，刮平鳞片交叠处的纹路，并把高低不平处削平，再将它锯开成两片，用不同号数的砂纸把它磨平磨滑，晶亮晶亮如玉石。接着，用钻子在龟背上同样的部位钻孔，以便穿绳成册；用凿子在上头凿出浅孔，以便卜灼之用。往往在深更人定之时，他就可以如嗜毒者那般独自享用私密的乐趣，食龟，静聆龟语，暗自为熟识者卜，以验证这一门神秘的方术。刻画甲骨文，追上古之体验……。

寒风恻恻，窗外竟飘起雨来。

被圈在新村数年，住着和胶林中类似的铁皮木屋，竟然也在小镇边缘落了户。小学毕业那年，国家在一个民族的欢呼与另一个民族的愁云惨雾中独立，中国在一夜之间变为外国。所有移民的第一代在惊恐中度日，青年在沸腾。担心下一代可能没有机会学华文的父母毅然地把他送进华文中学，虽然那里头红云翻滚。

在高年级学生脸上，他再次看到他大哥那种亢奋，感受到他/她们体内不断升高的温度。他们长于演说，擅长发言，往往集体行动，即使是选一个班代表、参加一场篮球赛，也看到强大的组织运作。频繁的读书会屡次向他招手，他都借故避开，初中二年级那年，同班一位唤作“长白山”的男生主动向他伸出关怀之手，不只在功课上帮他解决了不少问题，也颇关注他经济甚为困难的家境，动用他的团体资源，为他争取校内仅有的工读机会。自然，他邀他去参加他们的读书会——有时设计为郊游、营火会、远足、庆生、端午或中秋晚宴，或任何可能想得出来的名目。碍于情面，他只参加了与中华文化或文学有关的，唯一的目的也无非是希望至少能借得几本书来读读——他可是一本藏书也没有，空荡荡的图书馆里也没有多少本图书。

他们不知道打哪儿弄来的出版品，鲁迅、胡风、巴金、茅盾、郭沫若……等人的小说、散文、诗及杂文，他胡乱地读着。借着这些读物,“长白山”很有耐心地向他解释了农民起义、阶级斗争的道理，令他动容地叙述了鸦片战争以来苦难的中国人民的历史；指着各种画报封面的彩色照片，教他认识当今中国政局的领航人，一张张黄土一般赭厚的脸孔；瑰丽如千年龙骸由高角度拍摄的古长城，日落金光闪闪的黄河，三峡天险长江，领唱高亢如军歌的“民谣”，一首首刺激肾上腺素分泌。模仿某人的语气和姿态吟诵：

“中国人民站起来了！”

长征，美帝，猪仔，革命青年。“长白山”陆续地给他上一课近代史，企图赋予他的存在一种使命，一种抽象的理念中的位置，及一种历史的厚度。他静默、存疑，却也渐渐地留意每天报上的新闻，听他们对李光耀和陈祯禄的各种批评，却仿佛有点自闭式地一直跟不上他们要求的反应速度。从来无法加入争辩，无法参与讨论，面对问题时总是先来一段长长的无意义的沉默。一日，“长白山”叹口气说：“看来你没法做时代的儿女。”许多年后他才明白，他的意思是说，他注定是一个时代的落伍者。然而当时他却感觉到，组织准备放弃争取他，也让他松了一口气。

组织性的热情冷却了，在私底下，“长白山”却没有因而冷淡他，只是不勉强要求他做他不可能去做的事，而是顺着他的性向，给予看书的便利。然而在任何可以利用的机会，他都不忘灌输民族大义，以及抽象的历史唯物论。在另一个偶然的场合，同样的在“长白山”（也许是因为见他看书过于专注）叹了口气说出“也许你注定不是这个大时代的儿女”的下半句：“你大哥却是个不折不扣的革命志士！”而令他突然失去惯常的冷静、逆转一贯的慢半拍，而变颜，颤抖，扯着对方的上衣，一个字一个字地咬出：

“你，认，识，我，大，哥？”“长白山”却摇摇头，“冷静点，”他说，“他的事我们都知道。”

“他，现在，在哪里？”

再度摇摇头。“我们花了许多时间去找，全无线索。事发后他再也没有和组织联络。”

松开手后的他说了声对不起，颓然坐下，沉默良久。

他清楚地记得那时他们是在一片山坡地的高处，一间华文小学校园内，一棵高大的相思树下。细碎的黄叶，蜷曲的豆荚，血红的相思珠子晶亮晶亮地撒了一地。开阔的视野，可以俯瞰近四分之一的小镇。黄昏里新村家家户户铁皮镀上金黄，平静的街，久久才有一辆车子缓慢地驶过。屋前细小的人影，水沟，椰子树，像一张昏沉的旧照。

“我大哥他是不是早就死了？”

他听到自己的喉间发出冰冷的声音。那声音仿佛不属于他自己，而是属于标志青春期性征的喉结本身。没有人回答，声音流失在空荡荡的时代的间隙中。

“长白山”在中学毕业前夕因某件案子和一群和他一样年少的同志被警方逮捕，驱逐出境，自愿被遣送到中国去，从此再无音讯。远赴异乡，成年以后的他不曾向任何人提起这诸多的往事（即使是结婚多年的老妻），在那么样的一个没有安全感的时代，封闭记忆的壳可以免去许多的是非。

即使是老家的事，在她亲临造访之前，妻子所知也十分有限。她一度以为他是家中的老大，一直到有一天不小心瞥见家书中的“二哥”才晓得事有蹊跷。他的解释十分简单直接：“高中三年级时死于意外。”她只知道他的“老家”就只有“新村”中那栋矮房，至于他成长期间的左派气氛，可是只字未提，讳莫如深。

在心里，他一直把“长白山”视为是他大哥的延伸与替代，对他的一生有着举足轻重的影响。

高中生涯的某一天，他从“长白山”那里获得一本残缺的书——说是“一本”其实不过数页——在那被白蚂蚁啃蚀的残余，他第一次读到关于殷商龟甲的记载。关于它出土的片段描述、特征、数量等等。“长白山”适时的旁白:“甲骨文、敦煌遗书、恐龙的骸骨的大规模发现，都在祖国最为风雨飘摇的危机时刻，也都大多为帝国主义所掠夺。”不管时局如何，这些记载总令他着迷不已。

残页中有一段谈到一九二九年秋季，中央研究院在小屯村北方大连坑南段长方坑中挖到四块大龟版，后来被董作宾先生命名为“大龟四版”，据学者参考GRAY氏大英博物馆龟类志，证明它们和现今产于马来半岛的大型陆龟是同种，而不见产于中国本土。换言之，它很可能是来自遥远的热带南方的进贡。然而那是在三四千年前啊!

这一发现令他兴奋莫名，虽然自己也说不上是因何兴奋。也因为这段机缘吧，几年以后他在台大中文系第五研究室面对黑色的甲骨拓片、殷褐色的甲骨碎片时，竟有一股难以压抑的狂喜。龟甲出土经风，兼之战乱运转的震荡，罕能保持完整，尽皆散为古老拼图不规则的局部。有的碎片上仍可以清楚地看见微细而有意义的刻纹，残缺或完整、已识或未识的象形文字。

在黑暗中以大拇指轻轻地抚摸龟腹甲上他亲手刻上的字，仿如摸牌的老赌徒，对符号的质感有一种亲切的体会，常令他想起那极不愿去回想的、年少时每当神经紧张就会重复做的一个令他甚为不安的梦。

梦的原型是一桩真实的事件。高中的某一天，某户迁返胶林中的住户在凌晨时刻遭受到武装攻击，一位他熟识的、年龄和他差不多的少年当场被格毙，鲜血淋漓地死在床板上。听到消息后他赶到现场，尸体仍留在原来的位置。狙击者撬开死者的窗子，隔着蚊帐开了十几枪，受害者当场毙命。依当时惯常的杀人手法来看，是遁入林中的马共分子干的，死者被视为是反叛分子、告密者。而在一般人眼中，死者却是个不折不扣的激进分子。这令所有的人都困惑。

是夜，他梦见性亢奋的自己，和一位细皮嫩肉的对象厮缠于凌晨的床。靠近森林的木床雾湿，他紧张地褪去对方的衣物，在青色的月光下对方的身躯苍白如裸鱼，泛出微细的绿色毫芒。他伸手往那神秘的胯下摸去，指掌冰凉的触感却令他大惊失色：摸到的是一对睾丸。于是他凝视对方的脸，那人眼睛望向黑暗的别处。他有点像白日的死者，也有几分像失踪多时的长兄。醒来，从衣橱里掏出他收藏的龟壳，无意识地套在他裸身上兀自勃起的阳具上，竟而达致前所未有的亢奋，涨红的龟头吐出白浊的汁液。

而后，梦和梦醒之际的亢奋成为他难以自抑的欲望。虽然有时候在梦中手的触感是一股稀烂温热，脑中浮现的意象是：母鸡刚生下的蛋周遭伴随的一坨鸡屎。

……没想到大哥他一直泡在沼泽内。据专家判断，他大概死于四十年前那场突击之后不久，他并不是唯一的生还者，更不是唯一逃脱的人。也许就在受突击的当天就因失血过多而死——由于年深日久，很难准确地查出死亡的时间——也或许遭枪击之后还活上好些天？只是在那种地方，有伤口没治疗，不给蚊子叮死也会给蚂蚁扛走。况且，他吃些什么呢？为什么不出来求救？知道必死无疑？为什么军队找不到他——即使在事后派上几十个兵士大肆搜索？这回要不是县政府要把那一片地填平了盖房子，大哥的尸骨也不知道还要在水里浸泡多少年。

爸爸和妈妈都十分难过。他们一直希望大哥老早就逃到中国去，娶妻生子，说不定还当上个小官，迟早有一天突然回乡看望两老。两人有好几天都吃不下饭，也不说话。但我想他们心里大概比谁都清楚，死在沼泽的深处的可能性还是大些，要是他逃走了，为什么那么多年来都不联络？妈在许多年前对我说，他是不想连累家人啊……。

……从大哥骨头散落的情况来看，他的尸体大概曾遭野兽光顾、昆虫与水族分享。有的曾被水獭叼去做窝，有的长年埋在烂泥里，有的部分散乱不全（尤其是双手双脚的指掌），大部分都残碎了。最奇怪的是，他的头骨和不知哪来的一大堆乌龟壳混在一块，没听过乌龟会蜕壳，看起来也不是很老的乌龟留下的壳，为什么会聚拢在一起呢？好像是某种动物的收藏品似的。背脊骨和胸骨十分稀奇还连在一块，腿骨和胫骨却分家了。倒置在水中的脊胸骨，乍看之下还真像是副大鱼的骨刺呢，虽然有点弯曲的弧度。

……妈妈虽然眼睛不太好，还坚持参与洗刷骨头的工作。她十分认真地细细刷上一整天，还吩咐我们别太用力，也不准用太粗的刷子。年深日久，雨打日晒，骨头早已十分脆弱。埋在土里的深褐，泡在水里的泛绿，怎么洗也是枉然。……

警方的鉴定报告早就出来了，只有寥寥数行而已。

闭上眼，耳际尽是潇潇的风雨肃杀之声。夜已深了，楼下响着老校工的关门声，砰然空洞的回响。傅钟当当当当地敲响自己，老校长又从他的墓园里爬出来，背着手巡视校园暗角中偷偷亲热的男女学生及各研究室内忙不知时的教授和研究生。只有风声雨声依旧。

右手拇指和食指扣着那块镇着信纸的器物。它和那龟壳同为他不离身的珍宝；除了妻子家人同事之外，数十年来也常会有好奇的人向他问起那是什么，他总是淡淡地回答说："一块鱼的骨头。"若再追问下去，他并不讳言那是携自南洋的纪念品，"一种大型的热带鱼的脊骨。雨林开发之后，就很少有那么大尾的了。"有时还会略微感伤地说，"……母亲送给我的护身符。"这桩事，他对所有的人都撒了谎。

长兄失踪之后，潜入那片沼泽深处一探究竟是他成长期间挥之不去的欲望。他一直在等待时机，等待家里放松对他的管束，等待黑区被清理为白区，等待世人的遗忘，等待自己肉体的成长。漫长的等待他像深谋远虑的智者那样沉住气，一晃，八年过去了。全无知识的准备便进入青春期，骨节在抽长，肉身中有一股无言的暴躁，青髭转黑，喉结外突，嗓音渐粗，身体某个部位像苏醒的异兽。一探究竟的冲动和体内的躁动呼应着。

几年内，他做过许多次只身潜入的尝试。有几回差点被溺毙，也因而勉强学会在深水烂泥中浮沉；有几回因准备不足而险被识破——被草叶割得手、脚、脸上都是伤痕，只好谎称参加童军团的野外活动；衣服上都是烂泥，只得在野外搓干净，曝晒干了才敢回去。只是一次比一次刺激，不断地刺激他心理和生理上的亢奋，仿佛是赶赴一场和神秘对象交媾的激情探险。后来他学乖了，懂得另行准备一套旧衣服、脸罩、长靴等，虽然无法像长兄那样备有一叶浮舟，壮着胆子，也足以深入其境。

他一次比一次深入，也一次比一次大胆。耗在里头的时间也愈来愈久。到后来，当进入那一片冰凉无人的黑水后，他总是恣意地褪尽衣物，裸游于那一片水域，良久良久，亢奋遗精。

比任何一次都特殊的那一次，他比以往潜入得更深，因为追踪一头大陆龟的缘故，而闯入一片之前从未探索过，为丛草所隔离的水域。那儿多竹、多弯道、多阳光。当他拨开蔽目的长草，暴亮的白光短暂地失去视觉。随后在黑水白芒与融化的翠绿中央，他清楚地瞧见一副仰卧的白骨，胸骨朝上。再看清楚些，确实是人的尸骨，颅骨和脊椎几乎全埋在腐土中，嘴牙咧张，牙齿整齐而完整；枯黄的草穿过肋骨间的空隙，双脚没入黑水中。他游近，跪在骸骨边，轻轻地抚摸着。骨骸浅埋于土，可是却因草根经年累月的纠缠而被牢牢固着于斯，无法移动。他有一股莫名的悸动，而难以自抑地抽搐着，放松十指爱抚他的每一截骨植，而烈阳镀照着他的背，汗水津津洒下。而又哭又笑，不断地叨念着:“原来你在这里。”难以控制的强烈冲动，想要把整副骸骨给带回去的欲望令他下意识地将手指插进软泥里，探索着它被掩埋的部分。炙痛的背部和脸上淋漓的汗稍稍缓和了他的情绪，他把自己投入水中，浸泡，思索该如何处理这一趟意味深长的偶然。初步的结论是：绝不能整副带回去，否则会引起他无法收拾的震荡，他也难以解释他何以会出现在这里。那至少，整条背脊带回去吧，它有着完美的形式，然而却不易收藏，要不就是颅骨，也十分完美，难处却似乎更大，易于引起可怕的后果。最后的考虑是摘取细小而完整的局部。手指或掌骨？脚趾或掌骨？还是……？最后决定截取与喉结相对的那一节颈椎，考量的是它位置的特殊性。代价是，它必须身首分离。当他用石头与树枝敲下那一节骨骸时，他有点惊讶地发现自己是全然没有丝毫悲伤或激动的感觉，反倒是异样的兴奋。他也知道自己再也不会回到这地方。

离去之际，在离枯骨不远的草丛中发现一堆手掌大小的龟壳，有的明显有烧炙的痕迹；草堆中也有一些残余的枯枝和炭，他顺手捡了副完整的龟甲，回头，遗精骸骨之上，离去。

寒凉的夜里，骨节似乎也会泛出毫末微细的磷光。带着这两样纪念品和他心底深处的欲望离开家乡，心里一直有一种逃犯的感觉，仿佛他的有效追诉期一直没满。犹如不久前他翻阅

《亚洲周刊》时看到当地政府对殖民时代的一桩案件所发表的评论:“追诉期没有时效，永远有效。”

雨更大了，气温骤降。电话响起。仍不想回家，但他的脚步声已先于他的行动回响于长廊梯脚间，傅钟敲响，门在他身后砰然关上。

——一九九五年十月二一七日《中国时报》人间副刊

第十八届“时报文学奖”短篇小说首奖

第十四届洪醒夫小说奖

再生产的恐怖主义
（初版《梦与猪与黎明》序）

小说的结集从来就不是梦想，因为梦想中的小说一直还没能写出来。十分世俗也十分世故地在手头拮据时才会打它们的主意，也不知道不甚满意的单篇是否可以互济互补地组合成一部较满意的集子。

大学时代班上有一位写小说的朋友，自负而拒绝发表、参赛，而那时我也看不懂他的现代主义。我的小说习作一开始就和生活费、文学奖结上不解之缘，大学时代几乎都局限在旅台同学圈内的“大马旅台文学奖”，在那儿寻找信心、补助，也默默地探索形式、理解类型，偷窥台湾以及世界文坛。写得不多，因为形式的探索劳多而功少。也因为发表园地上栽的似乎也都只是别家的花草。曾经有一段很长的时间养不成留底稿的习惯，总觉得每一篇作品都应该有它自己的宿命，投稿失败而遭缺德的编辑绞碎也不过是最糟糕的一种。有朝一日它会以不同的形式再生，虽然没有人晓得它究竟死过了多少次，有多少种不同的遗容。发表在报章杂志上是另一种存在的方式，报章杂志的唯一共同点是它们很快过期，之后很少人会再想去翻它。要不是因为结集，它们存在的姿态也许会更多元，也各有一份属于它们的冷清与忧郁。

小说是一种弹性很大的文类，可以走向诗，也可以侵入论文；可以很轻，也可以十分沉重。它的特征是谐拟、模仿、似真的演出，且具有无可抵御的腐蚀性和侵略性。然而当技术层面的问题解决之后，剩下的便交付价值和信仰。认为可以任意操弄语言、把它玩弄于股掌之上的人，最终必然遭到语词无声的报复；台湾的后设小说不幸地就走到了这样的险地。借小说以展现“语言无非是说谎、自我解构”这种教条化的陈腔滥调，且刻意清除自己的世界观、想法和感性以维持形式的纯净度，结果除了写出了作者的贫乏和愚昧之外，小说中就几乎一无所有了。

尴尬的是集子中有多篇作品有相当明显的后设形式，令我不得不做一些辩解——不是为后设形式辩护，而是为它在我的作品中的存在进行辩护。因为后设形式本身始终不是我的目的，它是让某些事物得以存在、显现的一种权宜方便。它是某些事物的居所。它或者是一组套箱、单一墙面上许多大小样式各异的抽屉、无限延伸的数列、不断增殖的病原体、某只壁虎一生中掉下来的尾巴的总和、画坏了的一百粒富士苹果、风流皇帝的三百个同父异母的亲生（？）儿女……后设形式的趣味和意义不在于愚蠢的自我解消（保留了手而取消大脑），而在于癌细胞式的、恐怖的再生产——再生产的恐怖主义——一种难以压抑的繁殖欲望，如我家乡雨季胶园中嗜血的母蚊子。它可以入侵任何文类，探讨任何问题——以遮蔽的庄严，世俗、肉欲的神圣，华丽的腐败与潮湿。自认功力尚浅，仍嫌浮露，潜隐得还不够深沉。湿度、温度、色泽的拿捏上尚欠火候。已发表的作品就像已生下来的儿子，嫌他丑、太像自己或太像别人，都已无可奈何。印刷文字有它的固执性，修改不如彻底再生——另写。

就我这么一个在出生地时属于台湾宣传中的隐形族群——“华侨”，在台湾求学时是侨生、办证件时是马来西亚人、打工时被逮到是非法外劳、假使入籍则变成“祖籍福建”的外省人第一代的“海外”留学生来说，后设是一种疲惫却又难以避免的存在样态；它不是蜗牛的壳，是寄居蟹的家。它是流浪的不确定，是始终飘浮着、没有定点的马可波罗第一百零几个看不见的城市；是梦者梦中醒着的“我”，也是精神病患不断分裂着的自我在一场内在研讨会上针锋相对的发言。套句翻错的存在主义格言：活在尘世里的每个人，都是他自己的异乡人。后设是“我”之中的“你”和“他”。

这些年来在马华文坛放了几把小火，年少气盛，恨铁不成钢。希望将来能顺利克服早已被前辈们建构成避风港的现实困境，让第三世界的丰沛得以次第显现。

集子中的作品半数发表在《幼狮文艺》，一份定位含混却还算长命的杂志，感谢多年以前何寄澎、陈鹏翔两位老师的牵线；它提供我一个适切的、隐匿的角落和某一年的不完全生活补助，致以感谢并向它告别。《M 的失踪》要稍做说明，那是某一年马来西亚某文学奖的参赛作品，主办单位事先公布的评审名单中有张大春，所以我把它“后设”进去；郑明娳后来的评论（刊于同期《幼狮文艺》），纯就“形式”立言，暴露出她根本对大马的华巫文化冲突和马华文学史上的“经典焦虑”一无所知，恰恰掉入“后设”的语言陷阱。建议有兴趣的读者，参看真实的会审纪录。许多篇名都刻意前有所承，《死在南方》典出龙瑛宗；《落雨的小镇》源于东年，内含三个篇名（参赛时没定名，即无定名；《植有木瓜的小镇》也取自龙瑛宗，省去“树”字，《黑河之水》取自丁云）；《少女病》取自田山花袋；《郑增寿》取自大马小说家雨川；《伤逝》出于鲁迅……曾想凑一本“选集”（也想“编”一本《马华文学选集》），许多篇章都还来不及写出。现在的书名是出版社的建议；自己定的书名，腹稿尚未孕成。

感谢“国家文艺基金会”的补助、蔡文甫先生的厚爱与促成、陈素芳大姐的劳心费力、齐邦媛老师的错爱（少了她那一票，“雏凤”就变“遗珠”了）、出版社的不计成本、“哥儿们”胡衍南的热诚校对。

写这篇狂野的序时，硕士论文基本上已经写完，几年来的学术实习获得了初步的总结，小说上的试探亦然。在淡江的这两三年，特别要感谢施淑老师，让我有机会得以有系统地阅读八〇至九〇年代的台湾和大陆小说，获益良多。在台湾方面，主要是让我“发现”了郭松棻和宋泽莱。他们不知何故，在我自己的涉猎中竟然遗漏了。郭松棻的文字，我觉得比许多大牌现代诗人更富诗意，质地也更为精良，是一块块让醇酒急速降温而本身却不轻易溶化的晶莹的冰。

少作的意义在于，如果以后自己争气，它而今就“待悔”；如果不争气，就只好接受它作为嘲讽的荣耀。

虽然作品不成熟，还是决定题献给父母。尤其是没机会念书却坚持让我们受高等教育的母亲。她老是认为“两代没念书了”，身为（中国）移民第三代的我们，“要念回本”。作品结集在这里依稀找到了它物质和精神上的意义。

——一九九四年四月十七日写于淡水

非写不可的理由
（初版《乌暗暝》序）

最近偶然翻阅少作《M 的失踪》[1]及自己当时写的得奖感言，惊觉一晃六年已然过去。那时还是彷徨前程的大学四年级生，以小说、感言等等形式在马华文坛放下的一把野火，到现在还在烧着，且时不时被我自己有意无意地在余烬残灰中重新引燃。刀耕火耨，早年耕作的经验——总要把旧有的枯枝败叶、老藤野草烧尽，翻扰故土，才能重新播种。志不在全盘否定老前辈们的努力，作品俱在，后人自有定评，我关心的毋宁是我们这一代该如何重寻出路。他们强调他们所留下的传统十分优良，后辈当宗之法之，在我看来，那不过是历史情势所造成的“不得已”，不能引以为通则。为

1. 指收录于大马福州社团联合总会青年团出版的“第三届乡青小说奖优胜作品专辑”，《秋千，落花天》（一九九〇年十月二十八日）的原始版本。

此，不惜与马华文学传统彻底决裂。而今，已有“马华现实主义”的原教旨主义者称我们的写作为“殖民文学”了。失踪的 M，并非如某位评审同乡的误读，它不是圣诞节的马来译名（Krismas），而是以缩写的马来语表征的黄金马来剑（Kris emas）。和李永平、张贵兴一样，渐渐地已无法回头，不论写什么或怎么写，不论在台在马，反正都是外人。为今之计，也别奢谈什么“对历史负责”，能对自己负责就已经不错了。

收入集子的这些作品，有的是这两年写的，有的却“历尽沧桑”。《非法移民》是我最早的小说习作之一，由于屡遭退稿而历经无数次的修改，然而格局已定，似乎也没能变得更好。把它收在这里其中一个重要的原因，是纪念齐邦媛教授在我写作之初给予的莫大鼓励——已经是陈年旧事了，一九八八年参加同学会主办的“第五届大马旅台现代文学奖”，由于主办单位没有限制个人投稿作品篇数而赶制了一大包习作寄去。有的落选有的获奖。在小说组，虽然是另一篇在这两本小说集中都没敢收入的习作得了主奖，《非法移民》却是齐老师耿耿于怀、花了许多口舌为之辩护的“遗珠”。对于写出的作品总觉得不满意，在写作的不同阶段，如果没有一些前辈和文学奖的鼓励，是不可能持续写下去的。《大水》也是从大学到硕士阶段一再重写而老觉得不满意，老是落选、退稿，而后在《星洲日报》花踪文学奖又被做掉的旧作。故事的“本事”铭刻了一段不愉快的过去。《胶林深处》由于被不同的杂志社或把原稿丢弃，或压上超过一年，以致我也忘了写作的日期；相对于其他变成纸浆的作品，《蕉风》主编良心发现把它刊出对我而言是“失而复得”，因其时我手边已无底稿。《山俎》由于是片段组合，各切片写作和发表的时间自然不一，横跨的时间也比较长。因而在某种程度上这本集子和上一本是难以分割的，不论在题材还是议题上，它们都是互补的关系；合并而观之，思考及摸索的痕迹斑斑可考。

和上一部集子类似，集子中的大部分作品都有一个相当明显的胶林背景，甚至可以说，胶林几乎已是我小说写作的原始场景。原因很简单，在来台之前，我及部分家人就住在胶林中。家乡在马来半岛的南方，那个州有着美丽名字：柔佛。有许多广袤的橡胶园油棕园，物产丰饶。不管官方公布的华巫财富比率统计数字如何，也不论有多少华人大老板以他们过人的财富刻板化了华人的形象，就个人所见，即使是在那么富足的州，一直到八〇年代，算不上“小康之家”的华人家庭比比皆是。祖父母自中国大陆南来，父亲是土生土长的一代，而我则是国家独立后出生的一代，各自铭刻着不同的时间性。因某种缘故，父母亲一直都住在胶园，以割胶为生，守着祖父母毕生劳力和血汗结晶成的一小片胶园，孩子一个一个生下。毫无例外地，我们的童年都在胶园的荫影里度过，一直到学龄了才走出胶园，见识文明世界里的事物。在学校里把乳名换成学名，沟通语也从方言改为华语，和家人以外的人交往，识字。往往，半天在明亮的学校，半天在阴凉的胶林，进出于两个截然不同的世界，穿的衣服也是不同的。从父母开始住进胶园，一直到搬出来的三十多年间，没有自来水，也没电。刚开始是土油灯、蜡烛，后来再加上大光灯，再后来买了小型发电机，才有日光灯，只是启用的时间有限，熬夜念书还是得靠油灯或烛光。我们常因考前开夜车而烧焦了头发，有时烧坏了桌子、板墙，偶尔还险险把房子也烧了。政府不是没有为乡区提供水电，水管和电线直奔马来 Kampung（村庄）而去，吾家就因为“不顺路”而被排除在外。

从有记忆开始，对夜里的胶园都会感到莫名的恐惧。我家没有邻居，最近的一户人家也隔了好几块胶园，望不见对方的灯火。四周是无边无际的黑暗，除流萤外，家是唯一的一盏灯。仿佛随时伺机而出的恐怖就潜伏在那难以穿透的黑暗之中，虽然老虎狗熊之类的猛兽已不太可能出现，眼镜蛇、蝎子、蜈蚣等已构不成威胁，最怕的其实是人，陌生人。基于安全的考量，养了许多狗。不管多早或多深的夜里，每当狗儿厉吠，全家人都会顿时神经紧张地站起，准备好手电筒，再严重些，则是拿起部落时代的武器，戒备着。所以，常在睡梦中莫名地惊醒，常为黑暗中突然出现的灯火而紧张，因为谁也看不见谁。总会有一些宵小、赌徒、吸毒者（“白粉仔”）到处寻找下手的机会。家里也不乏女性，付不起疏忽的代价。

八〇年代中期因为印尼非法移民大举入侵，官方也许因为种族（印尼人与马来人同文同种）的考量而睁一只眼闭一只眼，那时许多印尼仔之所以频频上报就是因为他们打劫的频率极高，基于“华人比较有钱”的刻板印象，一般而言受害者都是华人[1]，抢了钱不算，往往伴之以砍杀，强奸。

一九八六年我来台。之前的几年，经济不景气，母亲常因忧愁而失眠。也狠狠病了一场。我来台来得勉强，然而如果不走，在马来西亚也许一点机会也没有。华人人口占三分之一，税照缴，可是在本地受高等教育、公费留学等等，百分之八十以上的名额都保留给了马来人。高中快结束时，前途茫茫，更常陷入不知何去何从的苦闷情境。如果不走，或走不成，也许这辈子了不起当上某个行业的“头手”。然而台湾的中文系教育，却让人感受不到任何的血气和阳光，仿佛置身破烂的古墓，把弄文化的遗骸，与幽灵萤火共游。念大学的那几年，几乎夜夜都回到故乡的胶园，梦到收胶，在水井里捞到斗鱼，骑着脚踏车就可以回到家里……。日里夜里，都会担心家里的情况，然而却也无可奈何。三年后第一次回马，对速度毫无概念的故乡的火车，把我送到家乡小镇时已是深夜，和亲人在烛光灯火中相对，真确地体会到“夜阑更秉烛，相对如梦寐”的欢乐的感伤。

收在集子里的《乌暗暝》和《非法移民》对我而言最大意义就在于相当程度地记录了我及家人多年胶林生活的恐惧，那样的写作绝不只是李天葆所谓的“把写坏了的题材拾掇起

1. 进入九〇年代，非法移民比较受到官方的控制。一方面将之合法化为外劳，以合法的方式引入；一方面也是因为他们的人口已过量（也许已过百万），抢到马来人自己的饭碗。

来”[1]而已，它凝结了极大的痛苦和无奈在里头。既然要写作，即使老是写不好，也非写不可。对我而言仿佛有着一种伦理上的强迫性。在前引文中，同为小说写作者的我的同乡李天葆以相同的在地知识（Local knowledge）为基础进行解读，他相当敏感准确地道出了我写作时来不及去想（却时时思索关切）的、隐含的政治意涵。“胶林深处”[2]的生活，不正隐喻了大部分大马华人长期生活在敌意的环境下的无名恐惧？兢兢业业地过日子，任何时候，一瞬之间就可能让它化为乌有。有钱人可以四海为家，口中高喊维护华人权益，却置产国外，儿女都是小留学生，长大后是说纯正英语的“高级华人”。而小老百姓可是哪都去不了。《乌暗暝》原来缺了个收尾，其时家人仍住在胶林，虽是写小说，心中却难免犯了忌讳，多年来恐惧发生、不希望发生的“结局”，即使是在小说虚构里，也不情愿让它化为真实。它的两个结尾《青月光》和《一碗清水》是在父母于一九九四年九月因孩子一一远离不得已而从胶林中搬出来后才补上的。

一九九五年回马结婚，相当感伤地发现胶林也许真的回不去了。没有人住的房子，承受不了时间的剥蚀，其衰朽是直接

1. 参附录李天葆文，《幽黯夜缝里的流火——谈小说〈乌暗暝〉》，《南洋商报·南洋文艺》（一九九五年六月六日）。这里当然旨不在批评李天葆，而是借他的话来指陈一些现象。在大马，好一些长期住在大城市的“现实主义者”或什么主义者都是这么看的，他们大概以为这不过是“旧题重写”，华人在政府英明公平的政策下，铁定已经“衣食足而知荣辱”，可以大写快乐、无忧患的现实。

2. “胶林深处”也是马华作家爱用的篇名，在《马华新文学大系》中就有题为《胶林深处》者。雨川也有同名作。

而浮露的。往年回家，总是午夜抵达，睡在胶林的家的木板床上，夜里多雾、多露水，如秋日般凉。除许多虫鸣以外，总是可以听到远方猫头鹰“咕……咕”地阴阴地叫。第二天早上在母亲锅铲声中醒来，犹以为身在台湾，做着回乡的梦。搬出来镇子后，父亲仍然风雨不改地每天一早进去胶林，为他心爱的狗群张罗吃的，锄草，照顾胶树砍除后种上的果树，一直到天黑了才出来。母亲说，即使是新年也是如此，“怕他的狗会饿死”。儿子结婚也是如此——唯提早进园去，提前出来。多年以后，那曾经是家的地方必定渐渐失去它原来的形貌；也许——写作就像是照相定影的作业，为回忆的依据找寻一个徒然的居所。

从恐惧到写作，《胶林深处》自有其现实参照，不过并无恶意，作为写作者的马华作家处境相当不容易，谨以本文向那些默默写作而不整天叫嚷“汝辈不肖”的前辈致意。而从隐喻到直接去触及，从夜的恐惧到政治遭遇，不过是一步之遥。《鱼骸》《山俎》《血崩》《貘》《说故事者》就某种意义上来说是“旧题重写”，因为前辈对这些题材都写得十分粗率，往往草草了事，或语焉不详。作为写作者，这些题材都非身之所能及，比较上是比我大上十岁、二十岁的兄长辈，或更为年长的父祖辈那一代的记忆。记得上一本小说集出版后，时任中时开卷周报记者的朱恩伶小姐，在访问中提及我这一代的马华作家和当代大陆先锋派作家余华他们有一个共同处，都在“搜寻”上一代的恐怖、受创记忆。旨哉斯言。余生也晚，赶不上那个年代，只有以一种历史人类学家的研究热诚，搜寻考古，捕风捉影，定影成像，凿石为碑。这一条路还会继续走下去，和任何文学风潮无关，只因非写不可——在重写马华文学史之前，必须（在某种形式上）“重写”马华文学。当然，如果条件允许，会试着写些篇幅较长的作品——前提是它能保持写作原有的浓密度。要不，纯粹为了比长比多，绝比不过大陆作家。

家所在的居銮（Kluang，在马来语为蝙蝠之意）县在马来西亚成立前后一直是大马南方左翼分子活动的重心之一，是一个非常黑的“黑区”，郊区的大部分园丘，大概都曾留下那个时代之子的血汗和足迹罢——虽然大部分华人迄今仍讳莫如深，视为禁忌。我们是被时代阉割的一代。生在国家独立之后，最热闹、激越、富于可能性的时代已成过往，我们只能依着既有的协商的不平等结果“不满意，但不得不接受”地活下去；无二等公民之名，却有二等公民之实。同为写作者，我是多么羡慕李永平那一代，也曾去函建议他回头去写那丰沛不下于南美的大东马，惜乎他的内心仍未解严。也因为曾久居胶林及对历史的着迷，所以才对王润华《南洋乡土集》那种轻飘飘、欢乐童年、未识愁滋味的胶林书写感到极端地不耐烦，彼氏虽言《天天流血的橡胶树》，却有胶而无血无汗。然而他那个年代，却正是《鱼骸》《山俎》所想象的革命流血杀头的年代。

也许因为如此，部分篇章并不刻意避开华人普遍化的种族情绪——在大马，出于某种政治禁忌，或为了表现出华人“和解”的诚意，种族情绪在文学作品中若不是刻意地被避免，就是消融在种族和谐的期望中[1]。然而在现实生活中却并不如此理想，和马来知识青年永远存在的排外仇华情结一样，长期（也似乎永远）得不到平等对待的族群不可能都像“圣人”那样的超脱世俗，以德报怨。当然也不该以复仇之心牢记过往的种种，而无条件的遗忘毕竟是乡愿。该做的不是去遮蔽问题，而是必须把历史化的当代问题重新当代——历史化；对于华人意识深层里的“中国情结”也是那样，它并不比乡土虚构。如果把这些都抽离，华人的存在便是不可理解的抽象存在。

收入集子中的作品或多或少地都做了些文字上的修补更动。虽然某些作品颇得到一些掌声及“市场”上的成功，不知怎的，仍旧不觉得怎么满意。也许理想的作品总是在未来，如今完成的，不过是阶段性的目标。“得奖”和不得奖一样，都有其偶然性。多年前有朋友预言，以大马为背景的写作在台参赛，了不起得个佳作。因此，机运和偶然确实已帮了我很大的忙。对于我，得奖确实有许多现实的用处——至少有人邀稿了——虽然有的邀了还是照退。或许参加文学奖对我而言在某种程度上不过是一种比较极端的投稿方式，它的好处是即使被退稿，也已经过一个比较公平严格的汰选程序；它也驱使疏懒的我快点把蛋给孵出鸵鸟来。同时，奖金也可以让我活得不致那么穷窘，补助我回乡，娶妻。另一方面，对久居小镇的家人而言，那也算是一种荣誉吧。犹记那年千

---

1. 代表性的例子如丁云的《围乡》，收于氏所著《黑河之水》（吉隆坡：长青书屋，一九八四）。

辛万苦拎着沉重的联合文学“雏凤奖”奖杯抵达家门，好奇的父亲把它拿去“过磅”，以他平日客串摆地摊卖自己种的土产所用的磅称，满布皱纹的脸上露出近似孩童的顽皮的笑：“两公斤七百（克）。”

谢谢九歌出版社的蔡文甫先生及陈素芳大姐，在这文学不景气年代出版这本不可能卖钱的书。谢谢提供发表园地的诸友朋。谨把此书献给曾经一道住在胶林中的家人、目前仍居住在胶林深处的大马华人，及多年来共同客居斯地、“相依为命”的妻。

——一九九六年七月于台中

文学史的附魔纪录

——评黄锦树短篇小说集《梦与猪与黎明》

杨照

阅读黄锦树的《梦与猪与黎明》，过程中处处藏着对文学史，尤其是马华文学史的挑战与挑衅。他自己在《序》里面点明提到了“马华文学史上的‘经典焦虑’”“许多篇名都刻意前有所承，《死在南方》典出龙瑛宗；《落雨的小镇》源自东年……《植有木瓜的小镇》也取自龙瑛宗（省去“树”字）；《少女病》取自田山花袋；《郑增寿》取自大马小说家雨川；《伤逝》出于鲁迅……”

除此之外，在内容、风格方面更多马华文学史的指涉，等待读者、评者辨识、认领。《死在南方》写郁达夫之死（或未死？）、《错误》里死亡后复归的鬼魅气氛甚似早年写《凿痕》时的温瑞安，《落雨的小镇》开头的部分让人联想起李永平的《拉子妇》，而全篇写小镇的感觉则有《痴女阿莲》里商晚筠笔下南洋市街的味道；至于各篇各处写到乡野草莽传奇的部分，则显然受有张贵兴早年《伏虎》时期风格的影响。

《梦与猪与黎明》中诸篇作品最大的特色，正就是这种具备强烈文学史意识，呼应文学史上既有成规、典范，所组构的“互文”（intertextual）关系。从形式上看，几乎每一篇作品都不止要沟通、铺陈一个故事，而是展现为和文学史互动的一段对话。与其他“新人”作家非常不同的，黄锦树在创作伊始、甚至是创作之前，已经拥有丰富的文学史（大陆、台湾、马华）的知识，熟稔文学社群各个共同课题的流变挪移，敏感于文学典范、文学美学标准背后的游戏规则，他的作品深深地被这些第二序的知识穿透，甚至左右。

收在集中的各篇小说，每一篇的核心都无可避免地牵扯到写作、作品或作者。《大卷宗》《郑增寿》《伤逝》都是用一份文件、文本来推动叙事;《少女病》是影射川端康成的故事,《死在南方》则写郁达夫，两篇中都有虚构诬植的引文作为情节的高潮；甚至连《错误》都明白用郑愁予的诗作典故，还牵出一段和故事本身不是那么紧密相关的稿纸、字迹、杯痕。《M 的失踪》是这个形式最夸张的表演，中间层层叠叠牵涉到了一本寻找作者的作品，两场文学写作者的聚会，一份新闻报导，一篇小说中的小说，这小说里还预告了这篇小说中的小说（同样叫《M 的失踪》）在小说奖评审会议上招惹来的种种讨论。

“关于写作的写作”，这是所谓“后设”最简单、最基本的定义。黄锦树的小说当然是充满“后设”意味的。虽然他在《序》里对“后设”做出相当严苛的批评，然而小说作品却写来写去都没有脱离“后设”的框架。从他不喜欢“后设”却偏偏一直往“后设”的牢笼里钻的矛盾、尴尬中，我们真正看到的其实是文学史典范、问题意识走向所造成的不安与焦虑。熟读文学史对一个创作者产生的最大压力就是必须避免套袭，必须在文学史上已经出现过的典范风格外寻出可供自己挥洒的空隙。另一个压力则是文学史会在特定阶段形成特定的创作问题，而八〇年代末延续到九〇年代初，台湾小说界最庞大的共同问题正就是如何超越单一的权威式叙事声音，开放叙述、记录与阅读的多样性。黄锦树对文学史耿耿于怀，就注定了他的小说必须要面对这两大压力，所以尽管想解决的也许是自己的存在骚动，在形式上却只能选择方兴未艾的“后设”立场。

黄锦树的小说里多次出现“附魔”的情节，作者被某种神秘的力量支使，写作出似熟悉却又陌生的作品。我们可以把他自己的小说看成是在文学史沉重魅影附魔下的产物。强烈的文学史意识使他的作品具有异于其他新人习作的熟练技巧、明确的创意动机以及可供多方解读的文本厚度，然而同时却也会不断支配他写出一些自己其实无法充分掌握的题材，延迟他凸显自我风格的时机，并且一不小心就过度膨胀干扰、阻碍了他和读者之间的沟通。不过总体而论，热切研习文学史、选定过往典范积极对话，毕竟给了黄锦树开阔的视野、多样的技术根底，使他成为最值得台湾、马华文学史期待的一股新兴力量。

——本文载于一九九四年九月十一日

《中时晚报》“时代书房”

《乌暗暝》评介

张锦忠

《天方夜谭》里的沙娜查德讲故事，每逢紧要关头，天就亮了，于是得以苟全性命。叙事之娱乐与存在的焦虑恒在角力。黄锦树的短篇集《乌暗暝》中，来自“下风之地”的说故事者，重述的无非也是攸关生死的历史 / 故事。书中十一个短篇，十之八九涉及个人、亲人、族人之死或失踪，其课题之沉重可想而知；因此，尽管黄锦树或后设、或挪用、或嘲讽、或拼贴、或故事新编，极尽叙事玩弄之能事，读者却无法欣然开怀（被）愉悦。这些文本中的旧题在作者笔下“绝处逢生”，真实生活里头，在风声鹤唳的岁月，那些无法免于权力与暴力之恐惧与压力的海外华人，他们的出路在哪里？还是除了远离胶林之外根本没有出路？

但是离去之后总得回来，不管经过多少年后，以什么方式、用什么身份。《乌暗暝》书中人物出门回家、离乡返乡，或去国归国，一再重演星马华人移民从中国动乱的年代、日据时代、马共接收时期、紧急状态时期、独立建国、五一三族群冲突事件、非法印尼移民潮年代，到茅草事件后“离去与归来”的母题。作者借此母题追寻族群历史沧桑及创伤的用意昭然，不过他高明之处，在于没有宗法马华文学现实主义老前辈们的努力，提供族人或读者一盏指路明灯。书中诸篇小说着重的，毋宁是如《血崩》中做“马来西亚史”田野调查的叙述者召唤逝者亡魂般，重新召唤被抑制的族群记忆或失忆，彰显再现的不可能及其政治意义。但是，暗夜之后是黎明，还是只有“一束灯火猛打在脸上”？“寒夜暴雨里，没有答案。”小说家的任务不在提供答案。

相对于作者前书《梦与猪与黎明》（九歌）中诸多互涉文本显露的影响焦虑，《乌暗暝》中各篇勇于打破禁忌（马共与族群冲突涉及政治敏感，马华文学以此为题材者仍不多见），以胶林深处明喻大马华人困境，直书驱使海外华人离散飘零背后的政治文本，值得赞许。就叙事技巧与文字修为而言，《鱼骸》为作者迄今最圆熟的小说。有趣的是，本篇也是书中少数讲故事者远离胶林、不在原乡、“仍不想回家”的作品（《胶林深处》《新柳》不算），黄锦树以此篇收卷，是否对自己的思乡 / 失乡别有所喻，就不得而知了。

《胶林深处》是黄锦树少作《M 的失踪》的姐妹篇，作者以之反讽兼见证当代马华文学与华文的处境。不过，小说也是黄锦树虚拟的台湾地区与马来西亚书写的对话。来自台湾的记者采访马华作家的稿子“没什么新闻价值”，故不见天日；记者迫不及待要离开胶林深处，因为“胶林太深，晚了怕出不去。”是的，胶林深处的乌暗暝，更有震撼人心之处，不足为外人道也。

——本文载于一九九七年三月十三日
《中国时报·开卷周报》

再见普罗米修斯
——评黄锦树《乌暗暝》

张贵兴

从《M的失踪》到《胶林深处》，处处看到锦树作为一个华文写作者的焦虑和清醒。比起处女作《梦与猪与黎明》，《乌暗暝》更明显而肆意地宣泄使台湾读者感到异域趣味（exotic）的“大马地方色彩”，但红花绿叶般点缀大马前辈作家作品的这些异国风正是锦树点火烧毁的“枯枝败叶”。正如十多年前神州诗社成员寻找和歌颂的梦中龙土遭到锦树唾弃，锦树显然更魂牵梦萦四脚蛇或大蜥蜴（monitro）这只土龙盘踞称霸曾经是荷兰英国日本乃至汉人（三保太监？）显威的热带故乡。锦树的野火吞吃了（显然没有吃尽）幼稚无聊的“南洋传奇”和鬼影幢幢的“大中国”后，从中截取新芽嫩枝，呼吁有志一同的前辈后浪共襄盛举。锦树的写作过程的确挥洒当年华侨的垦荒和实务精神。早在六〇年代后期，诗人和评论家李苍（李有成）就放过类似的野火，试图唤醒暮气沉沉作品如讣文千篇一律的马华文坛，此举犹如捅了胶林深处的百年老蜂窝，被反讽地斥为“颓废”和“毒瘤”。多年后锦树动作更大，但也显然激起更多认同，有别李苍当年孤军作战。了解大马文坛者当知道二君两把野火放得多大胆豪爽，宛如普罗米修斯的火炬照亮朦胧晦暗妖孽遍布的胶林深处。

锦树兼具放火的终结者和播种的创造者。《乌暗暝》中除了《鱼骸》和《貘》，大部分仍延续《梦与猪与黎明》创作轨迹，其中多篇成绩甚至不如《M的失踪》《落雨的小镇》，或者那篇可能是作者最重要的少作《大卷宗》。追寻马华文学经典的《M的失踪》中的M从来没有失踪，此号人物从来没有出现过，但《鱼骸》中追寻大中国梦土的热血青年却货真价实，他们或者投共抛头颅洒热血，或者从武侠世界中继续追寻梦土（温瑞安），或者开车揽客但求温饱（黄昏星），或者烟消云散音讯全无，或者如行尸走肉呕心沥血创作如胶林深处的文学工作者。台湾读者很难理解一个从小受华语教育的大马华人的尴尬矛盾乃至维系甚或扯断这条来自华语母体供给自己养分的脐带时的柔肠寸断和鲜血淋漓。如果说锦树的作品仅仅提供了这种经验显然过度单纯。锦树最大的优点就在陷阱处处，容易误读，如步入一座处女森林，习惯了畅销作家的谄媚和卖点的读者可能马上发觉自己啃着食不知味的瞌睡（uninviting）果。作者不经意用了M作为马华文坛“不世出天才”的名字的第一个字母，M代表什么？大马（Malaysia）？神秘（mystery）？失踪的（missing）？经典（masterpiece）？即使M失踪了，貘绝种了，马共解体了，干台湾底事？

严格要求,《鱼骸》可能是作者至今唯一较圆熟的作品,但他无数意气风发的少作却预告了多种变数。吾道不孤，锦树不必担心放火后遭受鹰啄。对三十出头的锦树来说，以后才是他正式鹰扬的时代。

——本文载于《联合文学》一九九七年五月号

图书在版编目（CIP）数据

乌暗暝 / 黄锦树著 . -- 上海 : 上海文艺出版社，
2020（2020.4 重印）
ISBN 978-7-5321-7400-3
Ⅰ . ①乌… Ⅱ . ①黄… Ⅲ . ①短篇小说—小说集—中
国—当代 Ⅳ . ① I247.7
中国版本图书馆 CIP 数据核字 (2019) 第 222617 号

乌暗暝
黄锦树 著

版权登记号：图字 09-2019-881

发 行 人：陈 徵
选题策划：后浪出版公司
出版统筹：吴兴元
编辑统筹：朱 岳 梅天明
责任编辑：刘志凌
特约编辑：王介平
装帧制造：墨白空间 · 张静涵
营销推广：ONEBOOK

书 名：乌暗暝
作 者：黄锦树
出 版：上海世纪出版集团 上海文艺出版社
地 址：上海绍兴路 7 号 200020
发 行：上海文艺出版社发行中心发行
上海市绍兴路 50 号 200020 www.ewen.co
印 刷：北京盛通印刷股份有限公司
开 本：889 × 1194 1/32
印 张：15
字 数：297,000
印 次：2020 年 1 月第 1 版 2020 年 4 月第 2 次印刷
I S B N：978-7-5321-7400-3/I.5886
定 价：59.00 元

后浪出版咨询(北京)有限责任公司常年法律顾问：北京大成律师事务所 周天晖 copyright@hinabook.com